RESPIRA UN'ULTIMA VOLTA

LIBRI DI LISA REGAN

In lingua italiana

Le ragazze svanite

La ragazza senza nome

La sua tomba nascosta

La confessione finale

Le sue ossa sepolte

Il suo pianto silenzioso

I corpi lungo il fiume

Trovarla viva

Salvate la sua anima

Respira un'ultima volta

In lingua inglese

Detective Josie Quinn

Vanishing Girls

The Girl With No Name

Her Mother's Grave

Her Final Confession

The Bones She Buried

Her Silent Cry

Cold Heart Creek

Find Her Alive

Save Her Soul

Breathe Your Last

Hush Little Girl

Her Deadly Touch

The Drowning Girls

Watch Her Disappear

Local Girl Missing

The Innocent Wife

Close Her Eyes

My Child is Missing

Face Her Fear

Her Dying Secret

Remember Her Name

LISA REGAN

RESPIRA UN'ULTIMA VOLTA

Tradotto da Alessandro Cataoli

bookouture

L'edizione originale è stata pubblicata nel 2020 con il titolo "Breathe Your Last" da Storyfire Ltd. che opera come Bookouture.

Edizione italiana pubblicata da Bookouture, 2024
Prima edizione Novembre 2024

Un'edizione di Storyfire Ltd.
Carmelite House
50 Victoria Embankment
London EC4Y 0DZ

www.bookouture.com

Il rappresentante autorizzato nello SEE è Hachette Ireland
8 Castlecourt Centre
Dublin 15 D15 XTP3
Ireland
(email: info@hbgi.ie)

ISBN: 978-1-83618-689-2
eBook ISBN: 978-1-83618-688-5

*A Maureen Downey, per aver reso la mia vita
infinitamente più bella.*

PROLOGO

Non sempre ho la possibilità di vedere i loro volti quando esalano l'ultimo respiro, e mi chiedo: quando arriva la loro ora, si rendono conto che stanno per morire? Si rendono conto di quello che sta succedendo? Hanno paura? Qualcuno di loro pensa a me? Qualcuno di loro sospetta di me? Mi rimane sempre un po' di delusione quando non posso assistere a quegli ultimi istanti, ma quello che succede dopo è più che sufficiente a compensare questa sensazione. La parte soddisfacente non è nell'atto di uccidere. È in ciò che viene in seguito. Il vero brivido sta nell'osservare le famiglie e gli amici che si trascinano in una nebbia di sofferenza e di sconforto, come se davvero non si fossero mai aspettati che nella loro vita potesse accadere qualcosa di brutto. Ho visto di tutto: dagli occhi pieni di lacrime alle crisi di nervi. Le mie preferite sono le persone che nel lutto sono così sopraffatte dalla perdita da non riuscire nemmeno a reggersi in piedi. Sotto il peso del dolore il corpo non regge. Si accasciano e cominciano a tremare, a singhiozzare e a urlare. C'è, tuttavia, un aspetto che accomuna tutte le persone in lutto, ed è che ognuna di loro è tormentata da una domanda universale: "Ma che cosa è successo?".

Qualche volta vorrei poter guardare queste persone dritte negli occhi e rispondere: "Hanno avuto quello che si meritavano, ecco che cosa è successo".

Ma non posso. Se sapessero quello che ho fatto, probabilmente finirei in prigione. E se dovessi finire in prigione, non potrei più fare il mio piccolo gioco.

Che divertimento ci sarebbe?

UNO

La città di Denton scorreva velocemente davanti ai loro occhi. Josie stava accompagnando la sua amica Misty e il suo bambino di quattro anni, Harris, verso le montagne a nord della città. La luce del sole filtrava attraverso la chioma di alberi che sovrastava la tortuosa strada di montagna, dando alla polo del Dipartimento di Polizia di Denton che si era messa quella mattina una tonalità più tendente al rosa caldo che non al salmone. Quella maglietta, come tutte le magliette che portava a lavoro, avrebbe dovuto essere bianca. Sottovoce, continuava a maledire suo fratello minore, Patrick: frequentava il secondo anno all'Università di Denton e dato che il campus era abbastanza vicino a casa sua, aveva modo di passare frequentemente da lei per mangiare un boccone o per fare il bucato.

«Hai detto qualcosa?» le chiese Misty.

«No, niente.» mormorò Josie.

«Sei ancora arrabbiata per la maglietta?» le domandò l'amica.

Josie abbassò di nuovo lo sguardo sul tessuto, trattenendo l'impulso di imprecare ad alta voce. «Non solo questa maglietta...» precisò. «Tutte le mie magliette da lavoro. Mi toccherà comprarne di nuove!»

Misty allungò una mano verso il cruscotto e azionò la manopola del condizionatore dell'aria, alzandola. Nonostante fosse settembre, il clima era ancora caldo, anche di prima mattina, ed evidentemente la Ford Escape di Josie non si stava rinfrescando così rapidamente come Misty avrebbe voluto. «Cosa stava lavando?» continuò.

«Praticamente tutto il suo guardaroba...» rispose Josie, «compresa una maglietta rosso brillante che il suo capo gli aveva appena dato da mettere per andare al lavoro. L'ha lavata a parte e si è dimenticato di averla lasciata nella lavatrice.»

«Lavora al campus?»

«Sì, ha trovato un lavoro con il servizio asciugamani dell'università...»

«Servizio asciugamani?»

«Sì...» rispose Josie. «In pratica lo hanno incaricato di controllare l'uso degli asciugamani in uno degli impianti di atletica. Distribuisce gli asciugamani puliti, raccoglie quelli sporchi e si assicura che nessuno se ne porti via qualcuno dagli spogliatoi. E, nello specifico, hanno iniziato da poco a indossare una maglietta rossa. L'altra sera è uscito di corsa per andare dalla sua ragazza e ne ha lasciata una nella lavatrice. Poi, quando ho lavato le magliette che porto al lavoro per questa settimana, è successo questo.» spiegò indicandosi il petto.

Misty guardò la maglietta. «E non hai guardato dentro al cestello prima di metterci la tua roba per assicurarti che fosse vuoto?»

Josie le lanciò un'occhiata abbastanza decisa da chiudere la conversazione e Misty girò la testa per guardare fuori dal finestrino, ma non prima di averle fatto intravedere un accenno di sorriso che le spuntava sulle labbra. Josie pensò alla maglietta incriminata, appallottolata in una busta di plastica nel bagagliaio della sua auto. Patrick l'aveva chiamata poco prima che lei andasse a prendere Misty e Harris e le aveva chiesto se gliela poteva portare prima di andare alla centrale, perché doveva essere al lavoro per le otto e mezza. In realtà, Josie non avrebbe avuto tempo da perdere, ma aveva tutta l'intenzione di fargli una ramanzina sull'importanza di non lasciare indumenti rosso sangue nella sua lavatrice. Presentarsi con la maglietta da poliziotto ridotta in quel modo gli avrebbe sicuramente fatto capire il punto della questione. Nel frattempo, aveva mandato un messaggio alla sua collega al dipartimento, la detective Gretchen Palmer, per chiederle se le poteva portare e prestare una delle sue magliette di riserva. Le sarebbe stata un po' grande, ma almeno non sarebbe stata rosa fenicottero sbiadito. Perciò, premette più forte il piede sull'acceleratore. Più si avvicinavano alle montagne, più il malessere la incalzava, provocandole una strana sensazione alla bocca dello stomaco.

«Non mi piace.» disse a Misty, cercando di cambiare argomento. «Questo posto è troppo lontano dalla città. E se capitassero delle emergenze? I soccorsi impiegherebbero almeno una decina di minuti per arrivare qui, e probabilmente anche di più.»

Misty alzò gli occhi al cielo. «Josie, ho fatto ricerche approfondite e questo asilo ha il miglior programma di prescolarizzazione di tutta la città.»

«Quali emergenze?» chiese Harris dal suo seggiolino sul sedile posteriore. Josie guardò nello specchietto retrovisore e gli sorrise. Lui le sorrise a sua volta e lei rimase colpita da quanto somigliasse al suo defunto marito, Ray Quinn, con quelle fossette e quei capelli biondi a spazzola. Dopo che Josie e Ray si erano separati, lui aveva iniziato a frequentare Misty. Harris era nato dopo che Ray era morto e, nonostante le tensioni iniziali tra lei e Misty, l'amore per l'unico figlio di Ray le aveva unite in un'amicizia che ora proteggeva con affetto.

«Emergenze come quelle di cui abbiamo parlato, ricordi?» disse rivolta a Harris.

Misty fece un gran sospiro, facendo svolazzare in alto la frangia bionda che poi le si posò ordinatamente sulla fronte. «Ti prego, non ricominciare con questa storia.»

«Tipo cosa bisogna fare in un incendio?» disse Harris.

«Sì.» rispose Josie. «Esattamente. Cosa si fa in caso di incendio?»

«Se prendo fuoco, mi fermo, mi butto giù e rotolo sulla schiena come una palla perché voglio che il fuoco si spenga.» recitò Harris.

«Giusto! E che altro? Che cosa succede se c'è un incendio quando sei in classe?»

«Josie, non scherzo.» la ammonì Misty. «Voglio che viva un'esperienza normale all'asilo.»

Josie le rivolse un'occhiata accigliata. «E io voglio che sia preparato a qualsiasi imprevisto possa accadere.»

«Tu ci sei andata all'asilo?»

«No. E tu?»

«Beh, no, ma quanti incendi si verificano nelle strutture di assistenza all'infanzia ogni anno in questa città?»

Josie rimase in silenzio, mordicchiandosi l'interno del labbro. Neanche uno, ecco quanti. Lo sapeva perché si era informata. Aveva anche parlato con il capo dei vigili del fuoco di Denton, dato che come detective del Dipartimento di Polizia della città aveva accesso a molte più informazioni di un cittadino qualunque.

«La prima cosa da fare quando arriviamo è trovare tutte le uscite.» proseguì Harris.

«Bravissimo.» lo incoraggiò Josie. «E dimmi, cosa succede se entra in classe un estraneo e pensi che possa fare del male a qualcuno? Che cosa devi fare?»

«Josie!»

«Vado alla porta più vicina, esco e suono il mio allarme, poi tu vieni con lo zio Noah e porti lo sconosciuto cattivo in prigione.»

Noah Fraley era il fidanzato convivente di Josie ed era tenente presso la Polizia di Denton. E le sue magliette erano sfuggite al massacro a tinte rosa del fratello di Josie.

Harris alzò un piede e lo scosse, facendo ondeggiare i lacci della scarpa da ginnastica. Josie gli aveva agganciato a un passante dei lacci un piccolo dispositivo grigio delle dimensioni di un quarto di dollaro a forma di plettro per chitarre; anche se non poteva vederlo nello specchietto retrovisore, la confortava sapere che c'era un piccolo pulsante arancione ben nascosto lungo un lato del dispositivo. Era un Geobit, un localizzatore GPS per bambini. Josie ne aveva valutati una mezza dozzina quando Misty le aveva detto che avrebbe iscritto Harris a scuola, e il Geobit era l'unico con un allarme incorporato che avrebbe segnalato direttamente al suo telefono se Harris si fosse trovato nella necessità di usarlo.

«Non tutti gli sconosciuti sono cattivi, sai...» puntualizzò Misty.

«Questo lo sa.» si schernì Josie. «Gli ho parlato degli sconosciuti.»

«Lo so. E so che gli hai parlato anche degli aggressori sessuali, dei brutti segreti e della distinzione tra tocco cattivo e tocco buono. So che gli hai parlato dei rapimenti e so anche che gli hai mostrato come entrare nel bagagliaio di un'auto per disattivare e mettere fuori uso il fanalino posteriore in modo da poterci infilare una mano e fare un segnale a qualcuno.»

«Quello è stato forte!» esclamò Harris. «Possiamo farlo ancora?»

«No.» disse Misty.

«È sempre bene far pratica.» disse contemporaneamente Josie.

«Josie...» la rimbrottò di nuovo Misty.

Josie aprì la bocca per scusarsi, ma poi la richiuse. Non

aveva intenzione di scusarsi per aver reagito in modo eccessivo, dato che non era affatto dispiaciuta. Quando Harris era appena nato, era stato rapito. Erano stati fortunati a riportarlo a casa vivo. Aveva rischiato di morire. Tra questo e tutte le cose terribili a cui Josie aveva assistito nel suo lavoro da detective, le riusciva difficile non farsi prendere dalla paranoia.

DUE

Ho esaurito le forze, anche per gli standard del lunedì mattina. La notte è stata lunga: prima ad aspettarla, poi a mettere in atto il mio piano assicurandomi di non lasciare tracce del mio passaggio. Ho preso in considerazione l'idea di rimanere a casa e dormire tutto il giorno, ma so che non sarebbe una mossa intelligente. Non posso assolutamente rischiare di richiamare l'attenzione su di me in qualche modo. Come per tutte le altre volte, ogni cosa deve apparire perfettamente normale. In questo caso significa presentarsi con il sonno arretrato, nel luogo e nel momento che mi vengono richiesti ed esibire un gran sorriso. Oltre a questo, non potrei sapere se il mio piano ha funzionato prima di una lunga attesa. Non avrei potuto essere presente quando avrebbe esalato l'ultimo respiro. Raramente ci riesco. Devo essere paziente.

Ne varrebbe la pena. Immagino la telefonata, visualizzo esattamente come reagirei, come modulerei la voce in modo che la gente pensi che sia in preda allo sconforto e all'orrore. Questa volta la notizia finirà di sicuro nei notiziari locali, e chissà, immagino con gioia che magari potrebbe addirittura raggiungere le cronache nazionali. Naturalmente organizzeranno una grande manifestazione di solidarietà nei suoi confronti. Tutti quanti pensavano che fosse una persona perfetta, ed era esattamente questo il motivo per cui doveva morire. So già che nelle settimane a venire mi infastidirà dover ascoltare ancora e ancora la notizia della sua morte scioccante nei notiziari e in qualsiasi posto vada, perché le persone la definiranno "speciale" e "straordinaria", e la sua morte verrà presentata come una "tragica perdita". Ma alla fine le notizie passeranno e non dovrò sentire parlare della sua presunta grandezza tanto a lungo. Nessuno dovrebbe essere universalmente adorato in questo modo. Non era l'unica persona speciale o straordinaria. Invece, con lei in giro, era come se non esistesse nessun altro. Non riuscivo più a sopportarla. Soprattutto perché sapevo bene quanto mentiva. Non c'era persona a cui non nascondesse qualcosa. Cose orribili. Segreti che la rendevano spregevole come chiunque altro. Così ho fatto quello che ho fatto e ora aspetto che la notizia si diffonda. Ho controllato il telefono. Non ci sono ancora notizie, ma il mio piano procede. La magnifica ondata di dolore sta per colpire Denton in tutta la sua gloria.

È solo una questione di tempo.

TRE

Entrarono nel parcheggio della struttura adibita ad asilo nido e scuola dell'infanzia "Il Giardino delle Piccole Pesti", una vecchia casa in mattoni a due piani circondata da poco più di un ettaro e mezzo di terreno molto ben curato. Davanti all'edificio c'era un parcheggio asfaltato. Sulla destra, si poteva vedere un parco giochi recintato; sulla sinistra un grande giardino con tavoli, sedie e una piccola serra al centro. Nonostante Misty avesse già fatto delle ricerche sull'asilo, Josie non aveva potuto esimersi dal farne a sua volta non appena aveva saputo che stava pensando di mandarci Harris, e anche lei era rimasta molto colpita dalla varietà di programmi che offriva tra il giardinaggio, l'allevamento di pulcini, la gestione di un piccolo stagno di carpe koi e l'educazione generale al "Rispetto dell'ambiente". Josie non aveva mai imparato così tanto sull'ambiente in sedici anni di istruzione formale. Anche senza vederli, sapeva già che dietro al grande edificio c'erano altri spazi verdi, tra cui un piccolo teatro all'aperto dove i bambini potevano mettere in scena delle rappresentazioni per i compagni e per i loro genitori, e un piccolo zoo gestito in collaborazione con l'associazione del comune di Denton per il soccorso della fauna selvatica, in modo che i bambini potessero imparare a stare con gli animali. Sapeva anche che al Giardino delle Piccole Pesti veniva rispettato pienamente l'obbligo di legge di effettuare controlli sui precedenti dei propri dipendenti, quindi sapeva che nessuno aveva precedenti penali. E inoltre, nel raggio di una quindicina di chilometri da quel luogo non vivevano noti molestatori sessuali. Tuttavia, questo non bastò a placare la sua inquietudine quando Harris saltò fuori dalla Ford Escape e si caricò sulle spalle il suo zainetto verde a forma di dinosauro. Josie gli prese una mano e Misty l'altra. Aveva l'abitudine di stringerle la mano ritmicamente, proprio come suo padre, quando si sentiva ansioso. Se non fosse stata lei a tenergli stretta la mano, sapeva che lui avrebbe cominciato ad aprirla e chiuderla a pugno. Ray faceva lo stesso quando erano bambini e ora, anche se non aveva mai conosciuto suo padre, Harris faceva la stessa cosa.

Josie seguì il ritmo della sua manina che stringeva più velocemente mentre salivano insieme la rampa verso la porta d'ingresso dell'asilo. Lei gli rivolse un sorriso smagliante e disse: «Vedrai che ti divertirai.»

Harris non rispose. Superata la doppia porta, l'atrio apparve in una varietà di colori sgargianti e decorazioni che sembravano perlopiù dedicate all'apprendimento dell'alfabeto e del far di conto. Lungo le pareti erano appese alcune sagome di cartone raffiguranti animali. Una piccola folla di genitori e bambini si stava ammassando al centro della sala. Josie si guardò intorno, osservando che di fronte alle porte d'ingresso c'erano altre due porte, ognuna delle quali conduceva in un corridoio separato e ben illuminato. Alla loro sinistra c'era un'ampia scalinata che conduceva al secondo piano. Alla loro destra c'era una lunga scrivania in legno, al momento vuota, dietro la quale si aprivano altre due porte.

Harris continuava ad aprire e stringere, aprire e stringere.

«Tesoro, mi stai strizzando la mano.» disse Misty.

Josie strinse e liberò la mano di Harris con un ritmo simile, e lui le sorrise. Lei si abbassò su di lui e gli sistemò le bretelle dello zainetto sulle spalle.

«Ricordati che questa è un'avventura! Incontrerai tante persone diverse e imparerai tante cose nuove.»

Anche Misty si appoggiò su un ginocchio, tenendogli ancora la mano nella sua. «Conoscerai tutti gli animali dello zoo. Non vedevi l'ora, ricordi?»

Un altro sorriso illuminò il viso del bambino. «Per prima cosa voglio vedere la capretta.»

C'era una certa agitazione intorno a loro quando una donna uscì da una delle porte dietro la scrivania. Doveva avere poco meno di cinquant'anni, aveva un fisico robusto, un seno abbondante e capelli castano scuro raccolti in una crocchia sulla nuca. Indossava una maglietta verde brillante con la scritta: *"Le Piccole Pesti sono in buone mani"*. Si fece largo tra la folla di genitori e bambini finché non si posizionò tra le porte che conducevano ai corridoi. Agitò le braccia come se fosse un addetto allo smistamento di velivoli che dirige un aereo verso il gate. «Buongiorno a tutti.» annunciò. «Vi pregerei di formare due file. Due file.»

Josie e Misty affiancarono Harris mentre si univano a una delle file.

La donna si presentò come Mrs. D. «Mi chiamo Eileen D'Angelo, ma è più facile per i bambini se tutti mi chiamano semplicemente Mrs. D. Sono la direttrice di questa scuola.»

Un'altra donna uscì dalle stesse porte da cui era arrivata Mrs. D. e prese posto dietro la scrivania.

«Questa è Miss K. la segretaria della scuola.» proseguì Mrs. D. «Per qualsiasi cosa vi serva, io o Miss K. saremo liete di aiutarvi.»

Miss K. sembrava un po' più giovane della sua responsabile, ma non di molto. Josie stimò che avesse tra i quaranta e i quarantacinque anni; i capelli biondi, leggermente brizzolati alla radice, che le ricadevano sulle spalle, ed era a sua volta leggermente in sovrappeso. La maglietta che indossava riportava la stessa frase di quella di Mrs. D., ma la sua era di colore azzurro pallido. Salutò i presenti con un gesto della mano e un sorriso luminoso.

Mrs. D. andò avanti per diversi minuti, mentre i bambini, irrequieti, battevano i piedi sul pavimento in parquet, tiravano le braccia dei genitori e di tanto in tanto piagnucolavano, con la solita tiritera dei bambini dell'età di Harris: avevano sete, dovevano usare il vasino, avevano fame, volevano andare a casa. Da parte sua, Harris rimase fermo e in silenzio, a osservare. E a stringerle più volte la mano.

Infine, Mrs. D. disse: «È ora di andare in classe a conoscere i vostri insegnanti. Se volete seguirmi...»

Ma quando fu il suo turno di attraversare le porte del corridoio, Harris si bloccò. Misty e Josie cercarono di tirarlo delicatamente in avanti, ma lui non ne volle sapere. Dietro di loro altre tre famiglie attendevano.

«Scusateci...» disse loro Misty, riuscendo a tirare Harris da una parte.

Lei e Josie si misero di nuovo in ginocchio e lo guardarono negli occhi. «Tesoro, cosa c'è che non va?»

«Non voglio andare.» mormorò.

Josie cercò di mantenere un'espressione neutra. Neanche lei voleva che ci andasse. Da quando era nato, solo quattro persone si erano prese cura di lui: sua madre, la migliore amica di sua madre, Brittney, Josie e la nonna, la madre di Ray. Non riusciva neanche immaginare quanto potesse essere spaventoso per lui trovarsi improvvisamente scaraventato in una stanza piena di bambini sconosciuti e lasciato lì senza nessun adulto fidato nelle vicinanze. Il cuore di Josie fece un rapido doppio battito quando Harris le afferrò la mano, stringendola di nuovo ritmicamente.

Misty doveva essersi accorta dell'espressione di Josie, perché le diede una gomitata nelle costole e sorrise a Harris. «Chi è il bambino più coraggioso che esista?»

«Io?»

«Sì, tu!» rispose Misty. «Sei anche il bambino più intelligente che io conosca, e quello con il cuore più grande. Ti farai tanti amici e ti divertirai un mondo, molto di più che a stare tutto il giorno con noi adulti vecchi e noiosi.»

Guardò Josie, che fece un cenno di assenso.

Una mano gentile si chiuse su una spalla di Harris. Alzarono tutti lo sguardo per vedere Miss K. che gli sorrideva. «Come ti chiami, giovanotto?»

«Harris.» disse lui in modo appena udibile.

«Io sono Miss K. È un piacere conoscerti, Harris. Vuoi che ti accompagni fino alla tua classe?»

Lui scosse la testa e riprese a stringere la mano di Josie.

Miss K. sorrise e alzò la mano. Camminò dietro Josie e Misty e si mise in mezzo a loro in modo che entrambe potessero sentire quello che diceva più a bassa voce. «Se riesco a convincerlo a venire con me, voi due potete uscire di nascosto. Non si accorgerà mai che ve ne siete andate.»

Josie si alzò rapidamente e si girò verso la donna, facendo perdere l'equilibrio a Harris, che le strinse più forte la mano per sostenersi mentre si rimetteva in piedi. «Mi scusi... Miss K., giusto? Non vogliamo farlo.»

«Josie...» disse Misty, raddrizzandosi e lanciandole uno sguardo che voleva dire: «Stai calma.»

Josie si sforzò di rendere il suo tono meno brusco. «Intendo dire che non crediamo in questo genere di cose. Questo gli insegnerebbe solo che gli si può togliere il tappeto da sotto i piedi in qualsiasi momento. Gli abbiamo promesso che saremmo state al suo fianco in ogni momento, quindi se all'improvviso scomparissimo, imparerebbe solo che non può fidarsi di noi. Inoltre, come potrebbe non accorgersene? Ha quattro anni!»

«Josie!» esclamò Misty, facendole capire che non aveva proprio dato il meglio di sé nel mantenere a freno il suo linguaggio.

«Mi dispiace, Miss K.» si affrettò a dire Misty con gentilezza. «Apprezziamo il suo tentativo di aiutarci e so che per alcuni bambini questo metodo funziona, ma preferiamo non comportarci in questo modo in una situazione così.»

Miss K. guardò Josie di traverso prima di rivolgersi a Misty con un sorriso smagliante. «Naturalmente. Non occorreva dire altro.»

Poi, tornando a guardare Josie, si acciglió. «Lei è quella detective, non è vero? Quella che è sempre al notiziario. O è l'altra? Ha una sorella gemella. È una famosa giornalista, dico bene?»

«Sì.» rispose Josie. «Mia sorella, Trinity Payne, era una conduttrice del network. Vive a New York. Io sono la detective Josie Quinn, della Polizia di Denton.»

Miss K. non si lasciò impressionare. Senza dire nient'altro a Josie, si girò per rivolgersi ancora una volta a Harris, mettendosi sulle ginocchia in modo da trovarsi faccia a faccia con lui. «Harris, lo sai che oggi è il primo giorno di scuola anche per tutti gli altri bambini?»

«No.» rispose, con voce appena udibile, stringendo ancora e ancora la mano di Josie.

«È proprio così.» disse lei. «E indovina un po'? Anche gli altri sono un po' spaventati perché staranno qui con noi e non con le loro famiglie. E sai cos'altro?»

Di nuovo, lui scosse la testa.

«È normale avere paura.»

Josie sentì la vibrazione del cellulare nella tasca posteriore ma la ignorò.

Harris non sembrava convinto. Strinse la mano ancora un paio di volte. Si avvicinò a Josie, la guardò e sussurrò: «E se mi fa male la pancia mentre sono qui?»

«Penso che se ti fa male la pancia puoi dirlo alla tua maestra.» gli rispose Josie.

Miss K. annuì. «Esatto. Se c'è qualcosa che non va, lo dici

alla tua maestra e lei ti porta da me. E poi sai cosa faccio io? Chiamo la tua mamma.»

E Misty aggiunse: «E la mamma verrà a prenderti in un batter d'occhio.»

Il telefono di Josie ronzò di nuovo. Con la mano libera lo estrasse e guardò lo schermo. Era Patrick.

«Potrebbe essere importante.» le disse Harris. «Una chiamata della polizia. Dovresti rispondere.»

«Rispondo subito.» disse Josie. «Non appena saprò che qui starai bene.»

Le diede un'ultima stretta di mano e si avvicinò a Misty, avvolgendole le braccia intorno al collo. «La mia mamma può venire in classe a conoscere la mia maestra per un po'?»

«Certo.» disse Miss K.

«E anche tu?»

Miss K. batté le mani, entusiasta. «Mi piacerebbe molto!»

Josie rispose al telefono guardando le due donne che scortavano Harris lungo il corridoio fino a una delle aule. «Patrick, sarò lì il prima possibile.»

«Grazie.» disse lui. «Tra poco devo andare in piscina. È lì che mi fanno lavorare questa settimana. Sai dov'è?»

«Aspetta.» rispose Josie.

Tornò in macchina, accese il motore e trovò un tovagliolo e una penna per annotare le indicazioni che Patrick le dava per raggiungere l'edificio che ospitava la piscina del campus. Era da qualche mese che non visitava il campus dell'università, era un vero labirinto e non aiutava il fatto che con cadenza regolare venissero costruiti nuovi edifici. «Prima devo lasciare Misty a casa.» gli spiegò Josie.

Nel momento in cui riattaccò, Misty uscì dalla porta d'ingresso dell'asilo e si diresse a testa bassa verso l'auto di Josie, con i lunghi capelli biondi che le ricadevano sul viso. Solo quando prese posto accanto a lei, Josie si accorse che stava piangendo.

«Va tutto bene?» chiese Josie.

Con le guance rigate di lacrime fece un grosso respiro affannoso e disse: «È solo che non riesco a credere che sia così grande. Va già a scuola. Cresce a vista d'occhio. Non l'ho mai lasciato così a lungo alle cure di altre persone. È davvero difficile. Non pensavo che sarebbe stato così duro.»

Allungò una mano e prese il fazzoletto dalla mano di Josie e prima che lei potesse protestare, Misty lo usò per soffiarsi il naso. Quando vide che Josie la stava fissando, disse: «Oh, cavolo... scusami. Lo stavi usando per caso?»

Josie riuscì a sorridere. «No.»

«Era pulito?»

«Sì.»

Josie inserì la marcia e uscì dal parcheggio per tornare verso il centro di Denton. «Ascolta, Harris è un bambino intelligente.» le ricordò. «Hai fatto tutto il possibile per prepararlo a questo momento.»

Misty fece una smorfia e si asciugò gli occhi con il tovagliolo stropicciato. «Sei tu che hai fatto di tutto per prepararlo a questo momento. Io ho solo passato gli ultimi tre mesi a dirgli che tutto sarebbe andato bene, quando in realtà non lo sapevo con certezza.»

Josie allungò la mano e toccò la spalla di Misty. «Certo che andrà bene. Vedrai. Te lo ricordi il tuo primo giorno di scuola?»

Misty scosse la testa.

«Certo che non te lo ricordi, perché non è successo niente di traumatico. Lo stesso varrà per Harris.»

Dalla sua vista periferica, Josie vide Misty assumere un'espressione dubbiosa. «Lo dici solo perché gli hai dato quell'allarme. Per questo sei così calma.»

Josie scrollò le spalle. «Beh, in effetti non guasta.»

QUATTRO

Pochi minuti più tardi, Josie stava lasciando Misty a casa sua con un umore decisamente migliore. Mentre si rimetteva in strada per raggiungere il campus, usò i comandi vocali dell'auto per chiamare Patrick e farsi dare di nuovo le indicazioni. L'Università di Denton si trovava in una zona elevata rispetto alla maggior parte della città, in una delle sue estremità più collinose. La città stessa si estendeva per venticinque miglia quadrate. Incastonato tra le montagne, il centro di Denton seguiva una struttura a griglia, con un grande parco che si affacciava sul confine del campus verso la periferia. Un ramo del fiume Susquehanna serpeggiava nel cuore della città. Quartieri più tranquilli e privati si estendevano lungo il perimetro del centro storico, conducendo verso le tortuose strade di montagna che si estendevano come zampe di ragno fino ai centri urbani vicini.

Il campus era un labirinto di grandi edifici in mattoni, cortili e vialetti ben curati, e parcheggi in asfalto troppo piccoli per contenere tutti i veicoli che gli studenti cercavano di parcheggiare a ogni momento della giornata. Josie trovò l'edificio a tetto piatto in mattoni rossi che ospitava la piscina e, dopo aver seguito una fila di altre tre auto che giravano intorno al complesso in cerca di posti auto inesistenti, lasciò la macchina parcheggiando irregolarmente sul marciapiede di fronte all'edificio. Ci avrebbe messo soltanto un minuto.

Prese la borsa con la maglietta rossa di Patrick dal sedile posteriore e corse verso l'ingresso, attraversando una serie di doppie porte di vetro. Nell'ampio atrio fu travolta dall'odore di cloro. Una guardia di sicurezza con indosso un'uniforme marrone sedeva dietro una scrivania a forma di mezzaluna. Era un uomo di una certa età, con i capelli grigi e radi e una corporatura robusta. Inclinando il capo, guardò attraverso le porte da cui Josie era appena entrata. «Non può parcheggiare lì, signorina.»

Anche se non si trovava al campus per questioni di lavoro, Josie tirò fuori il suo distintivo della polizia e glielo mostrò. «Sto cercando Patrick Payne.» disse. «Dovrebbe lavorare qui questa mattina.»

Ammansito, l'addetto alla sicurezza indicò con il pollice alla sua destra. «È ai distributori automatici.»

Josie girò la testa e vide Patrick che inseriva un dollaro in un distributore automatico in un angolo dell'atrio, pieno di merendine e bevande varie, premeva alcuni tasti della macchinetta e poi infilava la mano nel vano di estrazione, tirando fuori una barretta al muesli.

«Ehi!» la salutò lui voltandosi verso di lei. «Grazie per essere venuta. Hai la mia maglietta? Sono già in ritardo. Grazie a Dio non è arrivato nessuno prima di me.»

Insieme si diressero verso una serie di massicce porte blu dall'altra parte dell'atrio. Josie gli passò la borsa e mentre Patrick si girava di spalle per aprire una delle porte, le rivolse uno sguardo perplesso. «La Polizia di Denton ha cambiato i colori del suo Dipartimento?»

Josie lo fulminò con lo sguardo e tirandosi il colletto, disse:

«Hai lasciato quella maglietta rossa che porti al lavoro nella mia lavatrice. Ora tutte le mie polo sono così, Patrick!»

Ridendo, Patrick spinse la porta fino a spalancarla. Josie non ebbe altra scelta che seguirlo. «Non c'è niente da ridere.» gli fece notare. «Queste costano parecchio!»

«Mi dispiace davvero.» rispose lui.

La piscina al coperto dell'università, con le sue otto corsie, occupava la maggior parte dell'ampio locale. Grandi finestre correvano lungo la parte superiore delle pareti intorno alla vasca. La luce del sole che entrava si rifletteva sull'acqua azzurra producendo luccichii in tutto l'ambiente. Tutto intorno ai bordi, su una pavimentazione in piastrelle, erano disposte diverse panchine. Era caldo e umido e Josie si sentì quasi subito avvolgere da una patina di sudore sul viso. Patrick si voltò in direzione di un corridoio contrassegnato da un cartello con la scritta "Spogliatoio maschile". Josie si fermò di colpo, con gli occhi attratti dall'acqua. Fece due passi verso il bordo della piscina ed ebbe un tuffo al cuore.

«Patrick!» gridò.

Nell'acqua c'era il corpo di una ragazza che galleggiava a faccia in giù con i capelli scuri dispersi come un'aureola intorno alla testa. Josie ne colse i dettagli come i rapidi scatti dell'otturatore di una macchina fotografica. La giovane galleggiava tra cinque e dieci metri dal bordo della vasca. Seconda corsia da destra. Canottiera bianca, pantaloncini blu, scarpe da tennis bianche. Josie ordinò alle sue gambe di correre, ma sembrava che qualcuno avesse azionato un interruttore per mandare il suo corpo al rallentatore. Ogni cosa in quella stanza sembrò fermarsi. L'immobilità dell'acqua davanti a lei era straniante. Una parte della sua mente in preda alla confusione si mise a strillare. I suoi piedi raggiunsero il bordo della piscina. Finalmente l'aria le tornò nei polmoni. Gridò: «Va' a cercare aiuto!»

Poi si tuffò in acqua.

CINQUE

L'acqua era sorprendentemente calda. Immergendosi, Josie si fece strada verso la giovane il più velocemente possibile, mentre una parte annebbiata della sua mente tornava a ricordare l'alluvione che aveva divorato Denton cinque mesi prima. Almeno ora non doveva lottare contro una corrente o, peggio, un'ondata. In pochi secondi la raggiunse e, prendendola sotto le braccia, la girò sulla schiena per posizionarla in modo da ritrovarsi guancia a guancia e si diresse verso il bordo della vasca. Quando lo raggiunse, con le mani protese verso l'alto, Josie si liberò del suo carico. Riconobbe la guardia di sorveglianza dell'atrio mentre insieme a Patrick stendeva la donna sulla schiena.

Josie uscì dall'acqua arrampicandosi sul bordo. La guardia aveva le dita premute sulla gola della donna. Patrick le controllava un polso. «Non c'è battito.» disse e guardò il sorvegliante. «Sente niente?»

La guardia scosse la testa.

«Si sbrighi!» gli disse Josie. «Chiami un'ambulanza, la polizia del campus e la polizia di Denton. Subito.»

L'uomo si alzò in piedi e tornò di corsa verso l'ingresso.

Josie cominciò a fare la rianimazione cardiopolmonare

premendo i palmi delle mani, una sopra l'altra, al centro del petto della donna e, tenendo le braccia dritte, si mise a pompare contando le compressioni sottovoce. Dopo averne fatte una trentina, si portò verso la testa della donna, sollevandole il mento e controllando che non ci fossero ostruzioni all'interno delle vie aeree. Poi chiuse la bocca sulle sue labbra fredde e le praticò la respirazione bocca a bocca, una volta e poi un'altra.

«Non credo che riuscirai a riportarla indietro.» commentò Patrick.

Josie lo guardò abbastanza a lungo da vedere la tensione sul suo volto. Perle di sudore gli colavano sulla fronte. «Ci devo provare.» rispose Josie, riprendendo le compressioni.

Sentiva gli occhi di Patrick su di sé mentre pompava con braccia e spalle infuocate per lo sforzo. Un giro di compressioni, uno di respirazione, uno di compressioni, uno di respirazione. La voce di suo fratello le giunse flebile quando disse: «Josie, credo che se ne sia andata.»

«Stai zitto!» gli intimò e ricominciò a fare le compressioni, la respirazione, le compressioni, la respirazione, le compressioni.

Le tornò in mente quella volta che era di pattuglia e aveva tirato fuori da una piscina un bambino di quattro anni, con le braccia e le gambe già violacei. Lei e l'agente che l'aveva addestrata avevano continuato a fargli la rianimazione per quasi dieci minuti prima che arrivasse l'ambulanza. A quel punto Josie era sicura che il bambino fosse morto, ma poi, alla fine, aveva fatto un respiro. Era tutto ciò di cui aveva bisogno. Un respiro. Un battito del cuore.

Andiamo, ordinò alla giovane nella sua testa. *Respira.*

Un solo respiro.

Il sudore le colava sul viso, piovendo sulla figura inerte della donna. La polo rosa e i pantaloni cachi le si stavano incollando alla pelle. Ogni muscolo del suo corpo si contraeva e faceva male. Josie non aveva idea di quanti minuti fossero passati fino a quando una corrente d'aria fresca la investì e dei passi batterono sulle piastrelle. Con la coda dell'occhio scorse il blu scuro delle uniformi dei paramedici della città. Continuò a contare le compressioni mentre alzava lo sguardo per vedere due operatori sanitari del pronto intervento che conosceva bene: Owen Likins e Sawyer Hayes.

Owen si chinò accanto a lei, la allontanò con un gesto brusco e la sostituì con le compressioni. Di fronte a loro, Sawyer cercava il polso. «Niente.» disse a Owen, estraendo un pallone auto-espandibile e mettendolo sulla bocca della giovane, stringendolo per farle entrare l'aria nei polmoni. Guardò Josie e poi Patrick. «Per quanto tempo avete fatto le compressioni?»

Gli rispose Patrick: «Almeno dieci minuti.»

Josie sentiva le braccia come gelatina mentre si accasciava, lasciandosi cadere all'indietro sulle piastrelle.

«Per quanto tempo è stata in acqua?» domandò ancora Sawyer.

Patrick guardò Josie e poi di nuovo Sawyer. «Non lo sappiamo. Siamo entrati, Josie l'ha vista che galleggiava e si è tuffata.»

Patrick prese Josie per una mano e la tirò in piedi, tenendole un braccio intorno alle spalle. Guardarono Owen e Sawyer lavorare. Sawyer aprì una delle loro borse e ne tirò fuori un paio di forbici di emergenza e si mise a tagliare la maglietta e il reggiseno della ragazza.

«Se vuoi usare il defibrillatore, dobbiamo asciugarla per bene.» gli disse Owen.

Sawyer annuì e si rivolse a Patrick. «Ho bisogno di asciugamani. Un sacco di asciugamani.»

«Da questa parte.» disse Patrick a Josie. Lei lo seguì di corsa nello spogliatoio degli uomini. Presero ciascuno una manciata di asciugamani bianchi arrotolati e li portarono a bordo piscina.

«Tiriamola fuori da questa pozzanghera.» disse Sawyer.

Josie, Patrick e Sawyer trasportarono rapidamente la donna su un punto asciutto del pavimento, mentre Owen continuava a comprimere il pallone auto-espandibile. Sawyer le asciugò il petto e preparò il defibrillatore automatico esterno portatile. Josie sentiva il cuore come in una morsa di paura. L'aria era appiccicosa intorno a loro. Il sudore le colava sul viso. Si chiese se fosse sicuro usare il defibrillatore automatico esterno in un ambiente così umido, ma Sawyer e Owen ci riuscirono senza fulminarsi. Naturalmente, erano dei professionisti in quello che facevano. Quando videro che non sortiva alcun effetto, Sawyer usò un trapano ortopedico per iniettare dell'epinefrina direttamente nella spalla della donna, con uno stridio simile a quello di un trapano elettrico che provocò una scossa in tutto il corpo di Josie. Ad assistere ai tentativi di rianimare quella donna priva di vita, si sentiva collassare lo stomaco. Ogni minuto che passava era come un altro chiodo sulla sua bara. *Respira!* gridò Josie nella sua testa. Ma dopo altri venti minuti di valorosi sforzi, Owen si appoggiò sui talloni e si asciugò il sudore dalla fronte. «Vuoi dichiararla tu?» chiese a Sawyer.

Sawyer alzò gli occhi e incrociò lo sguardo di Josie per un breve istante. I suoi corti capelli neri erano fradici e ricaddero in tanti ciuffetti appuntiti quando ci passò una mano in mezzo. Guardò l'orologio. «Ora del decesso 9:12.»

Owen si alzò e rivolgendosi a Josie, disse: «Mi dispiace.»

«Anche a me.» sospirò Josie.

Patrick le diede una stretta a una spalla. «Non sappiamo quanto tempo sia rimasta in acqua. Probabilmente siamo arrivati troppo tardi per rianimarla.»

«È vero.» confermò Sawyer. Si guardò intorno. La guardia stava attraversando le porte, facendo entrare una lieve ma gradita brezza. Lo seguivano il capo della polizia del campus, capo Hahlbeck, e due dei suoi agenti. Poi arrivò il collega di Josie, il detective Finn Mettner, che aveva iniziato la sua carriera come agente di pattuglia a Denton prima di essere promosso alla squadra di investigazione. Dei quattro agenti che ne facevano parte, Mettner era il più giovane e il meno esperto, ma aveva già assunto la guida di alcuni dei casi più difficili che avevano colpito la città e Josie riponeva in lui piena fiducia.

Il capo Hahlbeck li raggiunse e si fermò. Tarchiatella, con ricci castani che le arrivavano fino alle spalle e occhi azzurri, Hahlbeck era stata assunta dall'università quasi un anno prima. Aveva poco meno di cinquant'anni, quindici più di Josie, e aveva già lavorato per un grande dipartimento di polizia in un'altra parte dello Stato. «Oh Signore...» esclamò con tono sconsolato mentre fissava la donna stesa sul pavimento. «Questa è una tragedia, una vera tragedia!»

Per la prima volta Josie diede un'occhiata attenta al volto smunto della donna annegata. La sua pelle olivastra aveva assunto una tonalità opaca e i suoi occhi marroni erano sfere vitree e spente. Non c'era dubbio che fosse giovane, probabilmente era una delle studentesse dell'università, e aveva un'aria familiare, anche se Josie non riusciva a riconoscerla.

Mettner aveva tirato fuori il telefono e Josie sapeva che aveva aperto e preparato all'uso la sua fidata applicazione per prendere appunti. «Cos'è successo?» chiese, raggiungendoli.

«Ho incontrato Patrick qui perché dovevo portargli una delle magliette che porta al lavoro.» spiegò Josie. «Siamo entrati dall'atrio. L'ho vista che galleggiava nell'acqua.»

«Josie si è tuffata, l'ha tirata fuori e le ha praticato la rianimazione finché non sono arrivati i paramedici.» continuò Patrick.

Mettner li guardò incerto e puntò un dito verso la maglietta di Josie. «La tua polo è rosa. È per via del sangue?»

Josie tirò il colletto della maglietta fradicia. I vestiti bagnati pendevano pesanti sulle sue membra esauste. «No. Niente sangue. Questo è il risultato di un incidente con il bucato.»

Mettner continuò a guardarla perplesso e poi cominciò a scrivere sul telefono. «Niente sangue.» mormorò tra sé e sé.

Il capo Hahlbeck guardò la guardia di sicurezza «Gerry?»

Josie si voltò e vide che il viso pallido della guardia assumeva una sfumatura rossastra e aveva gli occhi marroni acquosi, con i capillari rotti che gli striavano il bianco degli occhi.

Stava piangendo.

«Gerry!» ripeté il capo Hahlbeck, con tono più deciso.

L'uomo si asciugò gli occhi con le nocche della mano destra. «Quella è Nysa.» esclamò con voce strozzata.

«So chi è, Gerry.» disse Hahlbeck. «L'ho riconosciuta dalla televisione. A che ora è arrivata qui?»

In un attimo Josie capì dove aveva già visto la ragazza morta.

Durante il fine settimana, il notiziario locale aveva pubblicato un servizio sulla squadra di nuoto dell'Università di Denton, con particolare enfasi su due studenti del secondo anno, una delle quali era Nysa Somers, che era stata definita la migliore nuotatrice della squadra e beneficiaria di un'importante borsa di studio assegnata da un ricchissimo ex alunno della Denton University. Josie ricordava i video in cui nuotava, con gambe e braccia forti e snelle che fendevano l'acqua senza fatica. Alla fine, il video la ritraeva in piedi a bordo vasca insieme ad altre compagne di squadra, con una cuffia rossa che copriva i suoi lunghi capelli castani e la testa rovesciata all'indietro per le risate. L'immagine tornò alla mente di Josie, in netto contrasto con il cadavere ai suoi piedi.

Un moto di tristezza le affiorò dal profondo, ma lo ricacciò giù, cercando di concentrarsi sulla scena in corso. Non avevano ancora modo di stabilire se si trattasse di una qualche forma di orribile incidente o di un crimine. Avevano bisogno di più informazioni.

«L'ho vista in televisione.» disse Patrick.

«Non... non riesco a crederci.» balbettò Gerry. «Sono qui da ventisette anni e non mi è mai capitata una cosa del genere.»

«Gerry...» chiese Mettner. «Lei lavora nell'atrio?»

La guardia annuì. Da un taschino tirò fuori un fazzoletto di carta che premette prima su un occhio e poi sull'altro.

«Tutti gli studenti entrano dall'ingresso?» chiese ancora Mettner.

«Sì.» rispose Gerry. «È l'unico modo in cui possono entrare. Ci sono due porte sul retro dell'edificio, ma solo i membri del personale del campus possono usarle, ognuno ha la propria chiave magnetica per entrare.» Il suo sguardo tornò verso Nysa. «Gesù. Non mi sono accorto di niente. Era qui da sola. Viene quasi ogni giorno a nuotare. Non avevo motivo di pensare... avrei dovuto controllare, io...»

«Gerry, va tutto bene.» lo tranquillizzò il capo Hahlbeck. «Hai fatto il tuo dovere.»

«L'ho fatto? Questa ragazza è morta e io non so nemmeno cosa sia successo.»

Josie si chiese quanto fosse stato vicino a Nysa perché la sua morte lo colpisse così tanto. O semplicemente era più sensibile di tanti altri alle tragedie? Josie aveva visto innumerevoli reazioni a una morte improvvisa e tragica da parte di persone con e senza legami affettivi con il defunto. Le reazioni variavano dal completo stoicismo all'isteria. Guardò Mettner per comunicargli silenziosamente la sua domanda. Lui digitò sul suo telefono, probabilmente prendendo nota di indagare sul legame tra la guardia e Nysa Somers. A Gerry chiese: «Ha visto Nysa questa mattina quando è arrivata?»

«Certo. È il mio lavoro. È arrivata prima del solito, ma sì, è entrata dalla porta principale. Mi ha dato il buongiorno, mi ha sorriso ed è entrata nell'area della piscina.»

«Che ora era?» si informò Josie.

«Verso le sei. Di solito arrivo qui verso le cinque e quarantacinque e apro le porte alle sei, anche se il lunedì non arriva nessuno così presto. Nysa è entrata subito dopo che ho aperto le porte. Di solito arriva alle otto.»

«Non c'era nessuno con lei?» domandò Josie.

«No.»

Josie guardò di nuovo il corpo di Nysa, i suoi occhi si spostarono dalle scarpe da tennis bianche che pesavano sui suoi piedi alla canottiera bianca e al reggiseno rosa di pizzo che Owen e Sawyer avevano accuratamente richiuso sul busto per coprire la sua nudità.

«Portava qualcosa con sé?»

La mano di Gerry si bloccò con un fazzoletto di carta a pochi centimetri dal viso.

«Come?»

«Portava con sé una borsa o un borsone da piscina? Una borsetta? Uno zaino, magari?»

«Io non... non mi ricordo. Non lo so. Non mi sembra.»

«Ha visto se c'era qualcun altro con lei fuori, prima che entrasse?» proseguì Mettner.

«No. Posso controllare i filmati di sorveglianza per esserne sicuro.»

«Filmati di sorveglianza?» chiese Josie speranzosa.

Gerry guardò intorno lungo il perimetro del locale. «Abbiamo telecamere a circuito chiuso nell'atrio e all'esterno dell'edificio.»

Josie si sentì travolgere dalla delusione. «Ma non qui dentro? Non all'interno della piscina?»

«Purtroppo no.» rispose Gerry. «Avevano provato a installarle un paio di volte, ma l'umidità creava sempre problemi e le telecamere continuavano a rompersi. Dovrebbero installarne di nuove il mese prossimo.»

Il che non li aiutava al momento, pensò Josie.

«Vorranno vedere tutti i filmati che abbiamo, Gerry.» si intromise il capo Hahlbeck. «Probabilmente avranno bisogno anche di farne delle copie.»

Josie annuì e, rivolgendosi a Gerry, disse: «Nysa era quella di sempre? O le è sembrata diversa?»

«No, non sembrava diversa.» rispose Gerry. «Sembrava la stessa, come al solito. Forse un po' distratta. A volte si ferma a chiacchierare con me e altre volte va subito a nuotare. Oggi è entrata e basta. Ho immaginato che fosse concentrata sull'allenamento prima di andare a lezione.»

«È entrato qualcuno dopo di lei?» domandò Josie.

«No. C'è stata solo lei finché non siete arrivati voi due. Come ho detto, il lunedì mattina è un giorno molto fiacco.»

«Quindi era sola in piscina?» precisò Mettner.

«Esatto.»

«Non c'era nessuno qui a lavorare o a fare qualcos'altro nell'edificio?» chiese Josie. «Negli spogliatoi oppure sul retro dell'impianto.»

«No. C'ero soltanto io.» Poi indicò Patrick, ancora in piedi accanto a Josie. «Finché non è arrivato lui, ma è andato subito ai distributori automatici. Poi è arrivata lei.»

Mettner disse: «Non ha sentito niente dopo che Nysa è entrata qui? Nessun rumore dalla zona della piscina?»

«No. Niente.» Si premette un palmo sulla testa. «Continuo a ripensarci, chiedendomi se mi sia sfuggito qualcosa. Le porte erano chiuse, ma anche con le porte chiuse, a volte sento i ragazzi che si chiamano l'un l'altro. Continuo a chiedermi se abbia urlato. Avrà urlato? Non l'ho sentita? Ma perché avrebbe dovuto urlare? È la migliore nuotatrice della squadra universitaria. Non avrebbe avuto bisogno di essere salvata dall'acqua. Ma forse è successo qualcosa e ha gridato. Mia moglie dice sempre che l'annegamento è una morte silenziosa. Non so cosa sia successo. Non so cosa pensare. Io...»

Le lacrime gli colarono dagli angoli degli occhi. «Gerry...» disse il capo Hahlbeck facendo una smorfia, «so che sei turbato, ma cerca di ricomporti.»

«Va tutto bene.» si affrettò a dire Josie mettendogli una mano sulla spalla.

«Grazie.» mormorò lui.

«So che è una situazione davvero sconvolgente, Gerry.» disse Josie. «Sta andando benissimo. Pensa di poter recuperare quel filmato per noi adesso?»

«Oh, sì. Tutti i filmati sono in una stanza sul retro dell'edificio. Ve lo recupero immediatamente.»

Hahlbeck fece un cenno a uno dei suoi agenti in uniforme che accompagnò Gerry verso i locali sul retro e attraverso una serie di porte non contrassegnate. Gerry usò la sua chiave magnetica per aprire la porta, oltre la quale Josie riuscì a vedere un corridoio di blocchi di cemento.

Sawyer si schiarì la gola. «Qual è il piano?»

Josie guardò Mettner. «Chiama la squadra di Hummel e la dottoressa Feist.» disse, riferendosi alla Squadra di Raccolta delle Prove del Dipartimento di Polizia di Denton e al medico legale. «Fai venire qui un'unità di pattuglia per perimetrare questo posto. Un agente all'ingresso e uno alle porte della piscina. Nessuno deve entrare o uscire fino a nuovo ordine.»

Mettner annuì e si allontanò, scorrendo il telefono e premendolo all'orecchio. Patrick si sedette su una panchina vicina. Tutti gli altri fissavano Josie, come in attesa di istruzioni. Stava per chiedere al capo Hahlbeck di posizionare uno dei suoi agenti alla porta della piscina, quando una delle porte che la separava dall'atrio si aprì di colpo. Una voce femminile si annunciò prima che potessero capire a chi apparteneva. «...Qui non c'è nessuno. Che diavolo sta succedendo?»

Josie immaginò che fosse una studentessa, visti i pantaloncini e la felpa con cappuccio oversize. Aveva i capelli scuri, li portava tirati indietro in una coda di cavallo che oscillava da una parte all'altra mentre si dirigeva verso di loro. Quando fu abbastanza vicina, Josie si accorse che il suo viso era tempestato di lentiggini. Spalancò i grandi occhi marroni per lo sgomento quando si posarono sul corpo di Nysa.

«Signorina...» disse il capo Hahlbeck, bloccandole la strada.

Ma la ragazza la spinse da parte e corse verso il corpo. «Nysa!» gridò.

Josie allungò le braccia in avanti e la afferrò prima che potesse raggiungere il corpo. Lo slancio fece fare a entrambe una mezza piroetta. Josie tenne ferma la ragazza prendendola per un braccio e cercò di portarla verso l'uscita. «Mi dispiace, signorina. Non puoi stare qui adesso.»

Si dimenò, cercando di guardare l'amica mentre Josie la spingeva verso la porta. «Nysa! È Nysa, vero? Oh, mio Dio. Che cosa è successo? Che diavolo è successo? »

SEI

Josie accompagnò la giovane nell'atrio. L'aria fresca fu un balsamo per il suo corpo madido di sudore. Guidando la ragazza verso le panchine che fiancheggiavano una delle pareti dell'ingresso, Josie le disse: «Mi dispiace molto, ma dovrai aspettare qui fuori.»

Sotto le sue dita, Josie poteva sentire i muscoli delle braccia della ragazza in tensione. Inspirò profondamente ed espirando disse: «Quella era Nysa, non è vero? Oh, mio Dio... È morta?»

«Vuoi sederti?» le propose Josie.

«Non posso. Non posso sedermi adesso. Che cosa è successo?»

Josie le lasciò il braccio e lei subito si strinse le braccia intorno al corpo. Le lacrime le luccicavano negli occhi.

«Come ti chiami?» le domandò Josie.

«Christine. Christine Trostle. Sono la compagna di stanza di Nysa. Ieri sera non è tornata a casa e ho pensato che fosse qui. Non posso crederci.»

L'isteria crescente nella voce di Christine era palpabile. Josie mantenne un tono calmo e uniforme. «Non abbiamo ancora avuto un riscontro positivo sull'identificazione, ma sì, crediamo che la ragazza che hai visto all'interno sia Nysa Somers, e mi dispiace molto dirti che è morta. È stata trovata nella piscina. Abbiamo provato, ma non siamo riusciti a rianimarla.»

Una piccola linea apparve al centro della fronte di Christine. «Rianimazione? Per quale motivo? Ha avuto un infarto o qualcosa del genere mentre nuotava?»

Josie pensò a quello che sapevano: la stella del nuoto universitario era stata trovata a faccia in giù nella piscina, senza borsa, senza costume da bagno sotto i vestiti e aveva ancora le scarpe quando lei si era tuffata per recuperarla. Come poteva essere venuta ad allenarsi?

«Non lo sappiamo.» le disse Josie. «Temo che per il momento non sappiamo granché su nulla. Io sono la detective Josie Quinn del Dipartimento di Polizia di Denton. La mia squadra indagherà sulla morte della tua compagna di stanza. Il medico legale sta arrivando, ma potrebbero volerci giorni, se non addirittura settimane, prima di avere una risposta definitiva. Quello di cui abbiamo bisogno adesso è di avere più informazioni possibili su Nysa Somers. Hai detto che eravate compagne di stanza. Da quanto tempo conoscevi Nysa?»

Christine strinse i pugni nelle maniche e ne usò una per asciugarsi le lacrime. Si guardò intorno come se si fosse accorta soltanto in quel momento dove si trovava. Era evidente che il suo cervello stava cercando disperatamente di elaborare ciò che aveva appena visto e che le era stato detto.

«Christine?» disse Josie con tono pacato.

«Dal primo anno.» disse lei deglutendo.

«Adesso siete entrambe al secondo anno?»

Christine annuì e usò la manica per asciugarsi altre lacrime. «Oh, santo cielo!» esclamò. «Non può essere vero.»

Josie cercò di farla concentrare sulle domande. «Eravate compagne di stanza anche durante il primo anno?»

«Sì. Stavamo nei dormitori. Siamo diventate molto amiche,

così quando è arrivato il momento di prendere casa per quest'anno, abbiamo deciso di prendere in affitto un appartamento insieme.»

«Da dove vieni?»

«Dal Vermont.»

«Anche Nysa veniva dal Vermont?»

Christine scosse la testa. I suoi occhi vagarono verso il soffitto. «No. Dal New Jersey.»

«So che Nysa era nella squadra di nuoto. Anche tu fai parte della squadra?»

Christine scosse di nuovo la testa. «No, figuriamoci. Sono una pessima nuotatrice. Gesù. Non riesco ancora a crederci.» Sfilò una mano dalla manica, la portò sopra la testa e si sistemò con movimenti spicci la coda di cavallo. Finalmente incrociò lo sguardo di Josie. «Ha detto che l'avete trovata in piscina. E adesso è morta. È annegata?» E prima che Josie potesse rispondere, continuò: «Ma come diavolo è possibile che la migliore nuotatrice dell'Università di Denton sia annegata da sola in una piscina?»

«Scopriremo cosa è successo.» le assicurò Josie. «Christine, hai detto che Nysa non è tornata a casa ieri sera, giusto?»

«Sì. Infatti mi sono preoccupata da morire.»

«Non è tornata a casa da dove?» chiese Josie.

«Dalla biblioteca. Ieri sera abbiamo cenato nella sala comune e poi io sono tornata al nostro appartamento, mentre lei è andata in biblioteca.»

«Che ore erano?»

«Sarà stato verso le sei o le sei e mezza. Nysa doveva consegnare un compito in uno dei suoi corsi di letteratura inglese e nella zona degli alloggi studenteschi in cui viviamo la situazione può diventare piuttosto rumorosa, anche di domenica, quindi voleva un po' di tranquillità.»

«È andata a piedi? O era in macchina?»

«È andata a piedi.» disse Christine. «La sua macchina è ancora fuori da casa nostra.»

«È andata a piedi dalla sala comune alla biblioteca tra le sei e le sei e mezza, e da quel momento non l'hai più vista.» ricapitolò Josie. «Sei sicura che non sia tornata a casa vostra? Magari dopo che ti eri addormentata?»

Christine scosse la testa. «Sono sicura, perché le ho mandato un messaggio alle nove. La biblioteca rimane aperta fino alle nove e mezza e Nysa mi ha detto che stava finendo. Dopodiché mi sono messa a ripassare per il mio corso di storia e quando mi sono accorta che erano le undici e non era ancora tornata né mi aveva scritto o telefonato, le ho mandato un altro messaggio.» Christine infilò una mano nella tasca della felpa e tirò fuori il cellulare. Digitò il codice di accesso e scorse alcune schermate. Poi lo girò per mostrarlo a Josie in modo che potesse leggere i messaggi che si erano scambiate.

Alle 23:03 Christine aveva scritto: *Dove sei? Va tutto bene?*

Alle 23:04 Nysa le aveva risposto: *Sì, tutto bene. Ho incontrato una persona mentre tornavo dalla biblioteca. Non aspettarmi alzata.*

Poi alle 23:06 Christine aveva scritto:*Una persona? E chi sarebbe?*

Ma dopo quest'ultimo messaggio Nysa non aveva dato alcuna risposta.

«Ho aspettato fino a mezzanotte e mezza, poi mi sono addormentata. Mi sono alzata alle sette e un quarto, perché avevo lezione alle otto, e non l'ho trovata in casa. Sono andata a controllare in camera sua, ma non sono riuscita a capire se fosse rientrata o meno perché il suo letto era disfatto. Il che era insolito. Alla fine ho pensato che non fosse tornata a casa perché mi sono accorta che lo spazzolino da denti era asciutto. Allora l'ho chiamata al telefono, ma è partita la segreteria telefonica.» Passò il dito sul telefono un altro paio di volte e poi mostrò di nuovo a Josie lo schermo che questa volta mostrava un registro delle chiamate che indicava che Christine aveva telefonato a Nysa tre volte tra le sette e un quarto di quella mattina e le otto e trenta.

«Ho provato più volte a chiamarla, ma niente. Non sapevo cosa fare, così dopo la lezione ho pensato di venire a controllare se era venuta qui. Nysa si allena ogni volta che può. Se non la trovo a casa o in classe, so che viene qui. E ho pensato che se non l'avessi trovata, avrei comunque trovato qualche suo compagno di squadra e poteva darsi che uno di loro l'avesse vista. Così sono venuta qui. Porca puttana... Se n'è andata davvero?» La sua voce salì di due ottave. «Non riesco a capire. Come può essere morta? Non ha senso.»

«Ti sei fatta un'idea di chi possa aver incontrato ieri sera?» la incalzò Josie. «Chi era la persona di cui parlava?»

«Non ne ho proprio idea. Ho semplicemente immaginato che fosse qualcuno della squadra di nuoto. Quei ragazzi sono molto uniti, sa? Escono spesso insieme.»

Josie si disse che avrebbero dovuto interrogare tutti i membri della squadra di nuoto. «Christine, quando hai visto Nysa per l'ultima volta, aveva con sé una borsetta o un borsone di qualsiasi tipo?»

«Aveva il suo zaino.» rispose Christine.

Le riprese di sorveglianza dell'atrio avrebbero mostrato se aveva ancora lo zaino quando era entrata nell'edificio della piscina. Avrebbero dovuto ispezionare anche gli spogliatoi. Lo zaino e il telefono dovevano essere da qualche parte.

Segnandosi mentalmente tutte le cose da fare riprese con le sue domande. «Nysa usciva con qualcuno?»

«No. Diceva di non aver tempo per queste cose.»

«Sai se aveva qualche tipo di relazione?» insistette Josie.

«Intende dire se andava a letto con qualcuno occasional-mente? Credo di sì, ma non ne sono sicura.»

«Cosa ti fa pensare che potesse essere così?»

«Il fatto che qualche volta rientrava tardi dagli allenamenti o dalle lezioni e arrossiva, era accaldata e... non so come dire...

ha presente l'aspetto di una persona quando la sorprendi mentre sta facendo qualcosa che non vuole che tu veda? Ecco, Nysa aveva quell'aspetto lì.»

«Le hai mai chiesto spiegazioni?»

«Non direttamente. Di tanto in tanto le chiedevo dove fosse stata o cosa avesse fatto, ma mi rispondeva sempre o che era uscita a correre o che si era trattenuta fino a tardi per chiedere aiuto a un insegnante, insomma cose di questo genere.»

«E non hai mai insistito sulla questione?» domandò Josie.

«No. Non sono sua madre. È un'adulta. Può fare quello che vuole. Viviamo insieme e siamo amiche, ma non è tenuta a raccontarmi tutto quello che fa.»

«Se si vedeva con qualcuno ma non voleva parlarne...» riprese Josie, «hai idea di chi potesse trattarsi?»

«Neanche mezza.»

«Potrebbe trattarsi di qualcuno della squadra di nuoto?»

«Credo di sì, ma non so perché non me l'abbia detto e basta. Non era niente di eccezionale.»

L'aria fresca, che fino a pochi istanti prima era stata un meraviglioso refrigerio, ora le faceva venire i brividi. «C'era qualcuno a cui sembrava particolarmente interessata o qualcuno che era interessato a Nysa, che tu sappia?»

Christine si strinse di nuovo le braccia in vita e cominciò a spostare il peso da un piede all'altro. «Non lo so. Diceva sempre che poteva dedicarsi soltanto allo studio e al nuoto e che gli appuntamenti erano uno spreco di tempo. Forse, dopo aver detto sempre tutte quelle cose, si vergognava di ammettere che si vedeva con qualcuno e per questo non voleva dirmelo.» Quest'ultima parte Christine la disse quasi tra sé e sé.

«E qualcuno che era interessato a lei?» proseguì Josie.

«Oh, immagino Hudson. È nella squadra di nuoto. L'anno scorso si era preso una bella cotta per lei, ma Nysa l'ha respinto. Quest'anno sono molto competitivi l'uno con l'altro, per esempio cercano di superarsi a vicenda e così via. Ha partecipato allo speciale che hanno fatto al notiziario nel fine settimana. Insomma, sono i due migliori nuotatori e quant'altro. Dovevano fare il pezzo solo su Nysa perché aveva vinto la borsa di studio, ma la madre di Hudson si è arrabbiata perché non avevano coinvolto anche lui, per questo ha partecipato. È stato un po' imbarazzante. Comunque, lui è un bravo ragazzo e a lei piaceva, ma aveva detto che la sua famiglia era un po' troppo impegnativa per lei.»

«Sì, ho visto quel servizio.» disse Josie. «Impegnativa in che senso?»

Christine si strinse nelle spalle. «Non saprei, immagino che fosse invadente. Nysa ha detto che era uno di quei ragazzi la cui madre sarebbe stata al centro della loro relazione per tutto il tempo, e lei non aveva l'energia per sopportarlo.»

«È possibile che si vedessero in segreto? Magari senza dirlo a nessuno?»

«No, non direi.» disse Christine. «Lui la guarda sempre con quegli occhi da cucciolo. È un po' triste.»

La lista di appunti mentali di Josie si allungava via via che Christine andava avanti. Tirò fuori il telefono dalla tasca posteriore per poter inviare alcuni messaggi a Mettner. Dopo l'alluvione che aveva colpito Denton cinque mesi prima, durante la quale Josie aveva dovuto affrontare fiumi in piena a più riprese, aveva acquistato un Samsung Galaxy 9 dichiarato impermeabile. Saltare in piscina con il telefono in tasca era stata la prima prova della sua capacità di resistere all'acqua. Quando Josie premette il pulsante di accensione e poi digitò il codice di accesso, si sentì sollevata nel vedere che il telefono era effettivamente sopravvissuto al bagno. Mandò dei messaggi a Mettner, anche se lui era ancora nell'area della vasca, per dirgli che dovevano interrogare tutti i membri della squadra di nuoto e, in particolare, un certo Hudson.

«Nysa ha avuto problemi con qualcuno di recente?» domandò poi a Christine.

«No. Andava tutto bene.» Il suo petto fu scosso più volte in rapida successione da un singhiozzo che le saliva in gola e ricominciò a piangere. Josie le concesse un momento per recuperare un po' di compostezza, poi chiese: «E ultimamente ti sembrava che Nysa fosse più stressata del solito?»

«No. Siamo ancora all'inizio dell'anno, quindi le cose non vanno ancora tanto male.»

«E di che umore era?» chiese Josie. «Ti è sembrata turbata o depressa di recente? Distratta?»

Christine si immobilizzò di colpo. «Perché me lo chiede? Pensa che si sia uccisa o che abbia fatto qualcosa di simile? Non è possibile. Nysa non lo avrebbe mai fatto. Era una delle persone più ottimiste e motivate che conosca.»

«La conosci da un anno. Non ti ha mai parlato di depressione o di crisi d'ansia?»

Christine scosse vigorosamente la testa. «No, no. Sicuramente non Nysa.»

«D'accordo.» disse Josie. «Capisco. E per quanto riguarda le droghe o l'alcol? Ne faceva uso?»

«Sa che non abbiamo ancora ventun anni, vero?»

Josie le rivolse un debole sorriso. «Christine, nella mia esperienza, questo non ha mai fermato nessuno, di certo non in un campus universitario. Non c'è problema se l'ha fatto. Dobbiamo solo saperlo.»

«Sicuramente non prendeva droghe. E beveva raramente. Era molto concentrata sulla sua preparazione per il nuoto. L'anno scorso ci sono state delle feste durante le quali aveva bevuto uno o due bicchieri, ma era molto attenta a mangiare sano e a tenersi in forma. Soprattutto avendo vinto la borsa di studio per il nuoto. I suoi genitori non sono ricchi o agiati, quindi per lei è stata una cosa importante ottenerla. Se avesse avuto scarsi risultati nella squadra di nuoto o fosse rimasta indietro con gli esami, avrebbe potuto perderla.»

«Christine...» disse Josie, «devo confrontarmi con i miei

colleghi, ma dopo, spero tu mi possa portare a vedere l'appartamento che condividi con Nysa.»

«Nessun problema.»

A Josie stava venendo la pelle d'oca lungo le braccia scoperte. I vestiti erano ancora bagnati e le faceva sempre più freddo. «Puoi aspettarmi qui?»

Christine annuì.

«Posso chiamare qualcuno per te nel frattempo?»

«I genitori di Nysa, direi. Sono ancora in città. Sono venuti a trovarci questo fine settimana perché la WYEP stava realizzando uno speciale sulla squadra di nuoto. Alloggiano al Marriott Hotel.»

Josie non aveva certo intenzione di chiamare i genitori di Nysa Somers per farli accorrere sul luogo del decesso della figlia, soprattutto quando la situazione era ancora caotica, ma avrebbe mandato qualcuno all'hotel per parlare con loro e invitarli a recarsi all'obitorio per effettuare l'identificazione del corpo. Magari avrebbe mandato Noah o la detective Gretchen Palmer, che avrebbero gestito la notifica di decesso con compassione e sensibilità.

Attraverso le porte di vetro, Josie poté vedere le luci rosse e blu di due volanti della polizia che si fermavano di fronte all'edificio. Si avvicinò all'ingresso e vide il piccolo furgone del medico legale, la dottoressa Anya Feist, che vi si fermava proprio davanti. «Devo parlare con i miei colleghi.» disse a Christine. «Se non ti dispiace...»

Christine incrociò le braccia sul petto. «Non vado da nessuna parte. Voglio sapere cosa è successo a Nysa.»

SETTE

Josie incontrò gli altri agenti della Polizia di Denton e la dottoressa Feist proprio davanti all'entrata. Piazzò un agente in uniforme appena fuori dalle porte d'ingresso dell'edificio e un altro fuori dalle porte del locale della piscina con una cartellina sulla quale registrare il nome di chiunque accedeva alla scena del crimine. Poi condusse gli agenti Hummel e Chan della Squadra di Raccolta delle Prove e il medico legale nell'area della vasca, dove fu percorsa da un brivido, nonostante il calore che li accolse nella stanza. Intorno a Nysa Somers si era formato un circolo irregolare che comprendeva Sawyer, Owen, il capo Hahlbeck, uno degli altri agenti del campus e Mettner. Dando un'occhiata alle panchine allineate al muro, Josie vide Patrick ancora seduto da una parte, a guardare i membri del personale di pronto intervento. Gli si avvicinò e gli chiese se stava bene. Lui rispose con uno stanco cenno del capo. Toccandogli la spalla, gli disse che era libero di andare e che se il suo capo avesse avuto da ridire sul fatto che si era preso il giorno libero, avrebbe dovuto parlarne con lei. Lui la strinse in un breve e inaspettato abbraccio e si allontanò di corsa. Josie si rivolse ai nuovi arrivati e fece loro il resoconto di ciò che era successo e di quel poco che sapevano, compreso ciò che aveva scoperto da Christine Trostle.

«Classifichiamola come morte sospetta.» concluse la dottoressa.

Hummel e Chan iniziarono a predisporre le loro attrezzature. La dottoressa Anya Feist si inginocchiò sulle piastrelle, scrutando il volto di Nysa. Josie tirò fuori di nuovo il telefono e chiamò Noah. Squillò otto volte e partì la segreteria telefonica.

«Mett...» disse. «Hai visto Noah alla centrale questa mattina?»

Lui scosse la testa. «No. Prova con Gretchen.»

Mentre Josie scorreva i suoi contatti per trovare il numero di Gretchen, gli domandò: «Era occupato questa mattina?»

«No.» rispose Mettner. «Non particolarmente.»

Noah era in servizio nello stesso turno di Josie. Si stava chiedendo dove fosse quando dal telefono le giunse la voce di Gretchen. «Boss?»

Josie si portò il telefono all'orecchio e spiegò rapidamente a Gretchen la situazione, oltre a chiederle di andare al Marriott Hotel per informare i genitori di Nysa Somers e accompagnarli all'obitorio. Quando ebbe riattaccato, il capo Hahlbeck disse: «Gerry è sul retro, sta preparando i filmati. Ho controllato lo spogliatoio delle donne per vedere se Nysa ci avesse lasciato qualcosa, come un borsone da piscina, uno zaino o una borsetta, ma non ho trovato niente. Ho guardato anche dentro le tasche dei suoi pantaloncini, e anche lì niente. Sono andata a controllare nello spogliatoio degli uomini per vedere se lì trovavo qualcosa di insolito e di nuovo non ho visto nulla. Ma immagino che vorrà dare un'occhiata di persona, detective.»

Josie annuì. Gli agenti della Squadra di Raccolta delle Prove cominciarono a scattare fotografie, mentre il medico legale si metteva in disparte. «Andrei a dare un'occhiata adesso, se non le dispiace.»

Il capo Hahlbeck le fece strada, passando prima dallo

spogliatoio femminile e poi da quello maschile, rispondendo alle domande di Josie man mano che lei gliele poneva. Non c'erano armadietti assegnati. Gli spogliatoi venivano puliti due volte al giorno dal personale di manutenzione, una volta a metà mattina e una a fine serata. Nessun addetto si era ancora presentato nell'edificio. Non avendo trovato alcunché di interessante, Josie tornò al corpo.

La dottoressa Feist, infilatisi i guanti, si era messa di nuovo in ginocchio sul pavimento accanto al corpo di Nysa Somers e ne esaminava braccia e gambe. «Mettile delle protezioni alle mani, Hummel, nel caso ci sia della pelle sotto le unghie.»

Hummel e Chan si misero al lavoro, mentre la Feist si alzava e si sfilava i guanti.

«Secondo lei è omicidio?» chiese Josie.

Il medico legale scosse la testa. «Non saprei. Non vedo alcun indizio che indichi che abbia cercato di difendersi, ma quante probabilità ci sono che una nuotatrice così esperta possa annegare? A meno che non fosse sotto l'effetto di qualche sostanza stupefacente o di alcolici, che è l'ipotesi più probabile. Eseguiremo gli esami tossicologici, ma come sa ci vogliono quasi due mesi per avere i risultati. Potremmo anche considerare che si tratti di un evento patologico improvviso, come un arresto cardiaco o una lesione interna. Poteva essere venuta a farsi una nuotata quando è stata colpita da un arresto cardiaco ed è annegata.»

Josie si acciglò, guardando ancora una volta i vestiti di Nysa Somers. «Non indossava il costume per nuotare.»

«Giusto.» concesse la dottoressa Feist. «L'indagine è di sua competenza, non mia. Tuttavia, non ritengo che l'insorgenza di un evento patologico improvviso sia molto probabile. Di solito non osserviamo questo tipo di fenomeni in persone giovani e in buona salute. Sicuramente non è una circostanza impossibile, ma in base alla mia esperienza, l'ipotesi più probabile è che fosse sotto l'effetto di qualche sostanza, che abbia pensato che fosse una gran bell'idea farsi una nuotata e che sia annegata accidentalmente.»

Josie si rivolse al capo Hahlbeck. «Pensa che Gerry abbia già preparato quel filmato per noi?»

«Venite con me.» rispose lei conducendo Josie e Mettner fuori dall'area della piscina verso il retro, fino alla porta marrone che Gerry aveva attraversato poco prima. Avvicinandosi, Josie poté constatare che era contrassegnata da un grande e intimidatorio cartello rosso con caratteri bianchi che annunciava: *Uscita di emergenza. Vietato ostruire il passaggio. La porta è dotata di allarme.* Dalla cintura, il capo Hahlbeck estrasse una chiave magnetica attaccata a un cordino retrattile che posizionò sotto una scatola argentata posta sotto la maniglia della porta. Un turbine di luci rosse danzò sulla scheda e subito dopo si sentì un segnale acustico. Hillary Hahlbeck varcò la porta, senza che l'allarme suonasse. Josie e Mettner la seguirono in un tetro corridoio pervaso dal grigio. Josie guardò da una parte e poi dall'altra. All'estremità di ciascun lato del corridoio c'erano altre due porte con la semplice scritta *Uscita*.

«Da questa parte.» disse il capo Hahlbeck, facendo cenno di seguirla a sinistra.

Josie e Mettner camminavano in fila indiana dietro di lei. Alcuni metri prima dell'uscita, sulla destra, c'era una porta marrone non contrassegnata con un altro scanner sotto alla maniglia. Hahlbeck passò la chiave e loro la seguirono all'interno. Si trattava di un piccolo ufficio in mattonelle e cemento con scrivanie allineate alle pareti. Su ogni scrivania c'erano due computer portatili con gli schermi illuminati. Due di questi computer mostravano tre riprese dell'atrio, mentre gli altri due mostravano diverse riprese dell'esterno dell'edificio.

Gerry era seduto alla scrivania più vicina alla porta, concentrato sul computer. Fece loro cenno di avvicinarsi, eseguendo alcuni passaggi fino a quando tre riquadri di uguali dimensioni riempirono lo schermo, ognuno dei quali mostrava un diverso angolo dell'atrio dell'edificio, e mentre cercava Nysa Somers sui video, Josie chiese: «Se qualcuno volesse entrare nell'area della piscina da queste porte sul retro, quanto gli sarebbe difficile?»

«Come ha detto Gerry poco fa...» disse il capo Hahlbeck, «è necessario avere una tessera magnetica di riconoscimento per accedere dalle porte esterne e alla porta sul retro dell'area della vasca. È una porta di sola uscita, quindi l'allarme suonerebbe se la si aprisse.»

«Se una di queste porte venisse aperta con la forza senza una tessera di riconoscimento...» chiese Mettner «dove scatterebbe l'allarme?»

«All'interno dell'edificio, e l'allarme arriverebbe al nostro centralino principale e ai telefoni del personale in servizio, attraverso un'applicazione di cui ci serviamo.»

«Anche nel cuore della notte?» si informò Mettner. «Prima dell'arrivo di Gerry?»

Il capo Hahlbeck annuì. «Sì. In quel caso, gli allarmi sarebbero arrivati al centralino principale e alle nostre pattuglie notturne. Ma posso dirvi che non è scattato nessun allarme in questo edificio né ieri sera né questa mattina. Ho già controllato.»

«E che mi dite del registro delle tessere di riconoscimento usate per accedere all'edificio?» disse Josie. «Se qualcuno vi avesse avuto accesso usando una tessera ieri sera o questa mattina, ne sarebbe rimasta traccia?»

«Sì.» confermò Hahlbeck. «Ho pensato anche a questo e ho fatto un controllo. Ma, a parte Gerry, nessuno ha usato chiavi magnetiche per entrare in questo edificio durante la mattina e lui è arrivato alle cinque e quarantacinque.»

«E invece la guardia del turno di ieri sera?» continuò Josie. «A che ora ha chiuso le porte?»

«Alle dieci.» rispose la Hahlbeck.

«Vorremmo vedere entrambi i registri, se non le dispiace.» disse Josie. «Quello che riporta gli allarmi delle ultime ventiquattr'ore e quello che registra anche l'uso della chiave magnetica.»

«Certamente.» rispose Hillary Hahlbeck avvicinandosi a un tablet touchscreen fissato alla parete sul quale si mise a digitare e scorrere con le dita. Un attimo dopo, una stampante sotto una delle scrivanie si accese e cominciò a sfornare una serie di fogli.

«Ecco Nysa.» annunciò Gerry, indicando il portatile.

Josie e Mettner presero posizione alle sue spalle. In tutte e tre le schermate, l'ora in basso a destra segnava le 6:02. Una di queste mostrava le porte esterne dell'ingresso che si aprivano. Nysa Somers entrava, con sé non aveva nient'altro se non la canottiera e i pantaloncini che indossava. Si fermava a metà dell'ingresso, girava la testa verso sinistra e sorrideva. Salutava e diceva qualcosa. Una delle altre riprese mostrava Gerry, seduto dietro il bancone a mezzaluna della reception, che sorrideva a sua volta e ricambiava il saluto, rispondendo con poche parole. Poi Nysa si avvicinava alle porte del locale della piscina e le attraversava.

«Gerry...» disse Josie. «Ha detto che veniva quasi tutti i giorni ad allenarsi. Di solito si portava dietro una borsa o uno zaino?»

Gerry aggrottò la fronte, mise in pausa il filmato e incrociò lo sguardo di Josie. «Beh, sì. Tutte le ragazze portano una borsa, anche se vengono con il costume sotto i vestiti. Di solito si portava un borsone. Alle volte si portava sia il borsone che lo zaino.»

«Quindi si è presentata alle sei del mattino con abiti normali, senza indossare il costume da bagno e senza portare nulla con sé.» riassunse Josie. «Quando è entrata cosa le ha detto, Gerry?»

«Ha detto: "Buongiorno, Mr. Murphy". E io le ho risposto "Buongiorno".»

«L'ha salutata chiamandola per cognome.» osservò Mettner. «Lei la conosceva bene?»

Gerry scosse la testa. «No, non bene. La conoscevo meglio della maggior parte dei ragazzi del campus perché veniva qui quasi tutti i giorni. Conosco i ragazzi della squadra di nuoto e qualche volta ci scambio due parole, ma niente di più. Non li conosco a livello personale. In buona sostanza, solo i nomi e le facce.»

«Ha presente uno studente di nome Hudson?» chiese Josie.

«Ma certo.» disse Gerry. «Anche lui fa parte della squadra di nuoto. Lo vedevo spesso insieme a Nysa. Secondo me quello si è preso una bella cotta per lei, ma prima di ogni altra cosa sono molto agguerriti l'uno contro l'altra. Cioè, erano molto agguerriti l'uno contro l'altra. Diamine....» Fece un respiro profondo. «Scusatemi. Faccio fatica a credere che sia successa una cosa del genere. È una cosa davvero orribile. Una tragedia. Povera Nysa.»

«Sa se Nysa e Hudson uscivano insieme?» chiese Josie.

«Oh, non saprei. I ragazzi non parlano con me di questo genere di cose.»

«A che ora è arrivato Patrick?» si informò Mettner.

«Ve lo mostro.» disse Gerry. Cominciò a cercare tra i video, ma Josie gli mise delicatamente una mano sull'avambraccio.

«Le dispiacerebbe andare avanti velocemente fino al momento in cui appare Patrick, in modo da essere sicuri che non ci sia stato nessun altro tra l'arrivo di Nysa e Patrick?»

«Certamente.» disse Gerry.

Fece un altro paio di passaggi e le immagini andarono avanti velocemente fino a quando le tre telecamere non mostrarono il momento in cui Patrick entrava nell'ingresso. Josie osservò che Gerry era rimasto alla sua scrivania per tutta la mattina, quindi, era da escludere che fosse sgattaiolato nel locale della piscina e avesse fatto qualcosa a Nysa. All'arrivo di Patrick, l'orologio segnava le 8:16. Portava sulle spalle uno zaino che posava accanto a sé quando si sedeva su una delle panchine. Lo guardarono stare a testa china sul telefono. Un attimo dopo si alzava, si stiracchiava allungando le braccia sopra la testa e si dirigeva verso la postazione dei distributori automatici. Passavano altri due minuti e Josie si vide apparire nelle riprese.

L'ingresso era silenzioso. Gerry era seduto alla scrivania a leggere un giornale. Alle 8:20 Patrick tornava di corsa nell'atrio, sventolando le braccia con la bocca spalancata. Gerry saltava dalla sedia, tirava fuori il telefono dalla tasca e iniziava a correre verso di lui. Dopodiché, le porte li inghiottivano entrambi.

«Basta così.» disse Josie. «Può mostrarci le riprese dall'esterno dell'edificio?»

Con fare solenne, Gerry chiuse le riprese che stavano guardando e riportò la schermata alla visuale in tempo reale dell'atrio, che mostrava uno degli agenti in uniforme della polizia di Denton in piedi di guardia con una cartellina, un agente del campus che si aggirava nei paraggi e Christine Trostle che aspettava seduta su una panchina.

Gerry spostò la sedia verso l'altro tavolo e fece qualche operazione su uno degli altri computer, facendo apparire quattro schermate dell'esterno del palazzetto di nuoto, tutte raggruppate in un unico schermo. Tutti e quattro i lati dell'edificio erano sorvegliati. Nella parte anteriore, dove si trovavano i veicoli di emergenza, Josie vide Sawyer Hayes che smontava l'attrezzatura, compresa una barella, dal retro dell'ambulanza. Più avanti c'era un parcheggio con diverse file di auto che si estendeva al di fuori della portata della telecamera. Sul retro del centro sportivo c'era un parcheggio più piccolo, con pochi posti riservati alla sicurezza e ad altri operatori del campus, oltre a un cassonetto. Più in là c'erano i boschi. Josie sapeva che si estendevano lungo una piccola collina verso una delle strade principali della città, fino al campus. Ai lati del complesso sportivo si estendevano cortili alberati con panchine e tavoli dove gli studenti potevano fermarsi quando il tempo era bello. Josie sapeva anche che, superati quei cortili, su un lato del polo sportivo c'era il Dipartimento Scienze Sanitarie e di Scienze Umane e sull'altro uno dei tanti edifici che servivano per le attività di atletica, ma nelle riprese delle telecamere si vedevano solo i cortili.

Guardarono Gerry che recuperava i filmati a partire dalle cinque del mattino. Alle 5:44 un piccolo fuoristrada si fermava sul retro. Gerry ne usciva un minuto dopo e usava la sua chiave magnetica per entrare. Non c'era anima viva tra i cortili e l'ingresso dell'edificio. Alle sei in punto, osservarono Nysa emergere dall'estremità del parcheggio anteriore, camminando con passo deciso verso il palazzetto di nuoto. Era sola, proprio come aveva detto Gerry. Guardarono il resto del filmato fino all'arrivo dei vari veicoli di emergenza. Nessuno entrava o usciva dall'edificio, a parte le persone che erano già state identificate. Josie sentì un brivido di sconforto alla bocca dello stomaco.

«Avremo bisogno di una copia di tutti i filmati che avete.» disse a Gerry. «Se potesse darci anche tutto ciò che ha a disposizione a partire dalle ultime ventiquattr'ore, gliene saremmo grati. Ora, se non vi dispiace, vorrei andare a parlare di nuovo con la compagna di stanza di Nysa.»

OTTO

Le uccisioni non sono iniziate con me. È vero che una parte di me ha sempre provato piacere nell'assistere alla sofferenza delle altre persone. Almeno, di alcune persone. Quelle che se lo sono meritato, come quelli che mi chiamano con dei nomignoli, che erano più bravi di me a scuola o che ricevono lodi o ricompense per qualcosa per cui io ho lavorato altrettanto duramente. Ho trovato altri modi per fargliela pagare per quello che mi hanno fatto senza che nessuno si accorgesse che c'ero io dietro. Ben poche cose danno più soddisfazione del vedere qualcuno che si crede migliore di te imbrattarsi i pantaloni per i lassativi che gli hai versato nel pranzo, o qualcuno che ti critica per il tuo aspetto fare una smorfia di disgusto perché gli hai mischiato del piscio nel frullato. Ma non credo che mi sarebbe venuto in mente di uccidere. Non credo che avrei nemmeno capito che avrei potuto farla franca se non glielo avessi visto farlo per prima.

Sia io che lei sapevamo bene che tipo di persona era lui, ma non avrei mai immaginato che avrebbe fatto qualcosa al riguardo. Invece, una mattina, la sentii chiamare il 911. Parlava con voce sommessa, forse stava cercando di non svegliarmi.

Mentre aspettava alla porta d'ingresso, andai nella loro camera da letto e lo vidi. Non c'era dubbio che fosse morto da parecchio tempo. Non avevo mai visto una persona rimanere così immobile. In qualunque punto la sua pelle toccasse il materasso o il cuscino era di un viola così intenso da sembrare addirittura nera. All'inizio ne avevo visto solo i contorni, ma quando i paramedici arrivarono e lo spostarono, ne vidi molto di più. Non si disturbarono neanche a fare un tentativo di rianimazione. Due di loro rimasero in camera da letto con lei, facendole innumerevoli domande. Non credo che si fossero accorti della mia presenza; me ne stavo in disparte, ad assistere a tutta la scena in un angolo della stanza. La mia attenzione era divisa tra lui, finalmente scomparso per sempre, e la conversazione tra lei e i paramedici. Uno di loro volle sapere dei farmaci.

«Un paio di tipi diversi.» le sentii dire. «Per il cuore e la pressione alta. Alcuni per il dolore. Ha avuto un infortunio al ginocchio qualche tempo fa. Ma non sempre prendeva le pillole correttamente. A volte le prendeva mescolate. Una volta ha preso sei pillole dallo stesso flacone, tutte di Vicodin. Ho dovuto portarlo al pronto soccorso per fargli una lavanda gastrica. Oltre a questo, beveva. Gli ho chiesto tante volte di smettere di bere con questi farmaci. Non mi ascoltava. Ecco, lì può vedere i flaconi.» Indicò il comodino dove si trovavano diversi flaconi da prescrizione arancioni, disposti in fila e pronti per essere controllati. Un paramedico si avvicinò e li prese uno alla volta per esaminarli. Poi guardò verso di me. Sapevo benissimo che lui non aveva confuso le pillole. Era lei che gliele somministrava. Non dissi una parola.

Il paramedico scosse un flacone che non produsse alcun rumore; non c'erano pillole all'interno.

«Digossina.» disse. «Una dose elevata può provocare la morte. Il flacone è vuoto.»

Aspettai che qualcuno si rendesse conto di cosa lei aveva fatto, ma nessuno ci arrivò.

NOVE

Il capo Hahlbeck consegnò a Josie una pila di fogli con le registrazioni richieste e poi riaccompagnò lei e Mettner nel locale della piscina. Ancora una volta, il caldo e l'umidità colpirono Josie come un muro, ma quantomeno poté rallegrarsi che i suoi vestiti erano quasi asciutti.

«Torno al comando per fare qualche telefonata e vedere se riesco a ottenere un elenco dei membri della squadra di nuoto da far interrogare al vostro dipartimento.» annunciò la Hahlbeck.

«Grazie.» disse Josie.

Mettner infilò il telefono in tasca e prese la pila di fogli dalle mani di Josie, mettendoseli sotto un braccio. «La biblioteca è l'ultimo posto in cui sappiamo con certezza che Nysa è andata ieri sera, quindi ci vado per cercare di ottenere un filmato di quando è arrivata e quando è uscita, così potrei provare a tracciare una linea temporale e vedere se ha parlato con qualcuno o se è andata via con qualcuno.»

«Perfetto.» disse Josie. «Io vado a controllare l'appartamento di Nysa.»

Guardò Mettner che si allontanava. Poi il suo sguardo si

spostò verso Sawyer e Owen, che avevano messo il corpo di Nysa in un sacco per cadaveri e lo avevano caricato sulla barella per il trasporto. Josie si sentì stringere il cuore dalla tristezza. La dottoressa Feist se n'era andata, presumibilmente per arrivare all'obitorio prima del corpo, in modo da poter parlare con i genitori di Nysa e chiedere a uno dei due di confermare l'identificazione. Il pensiero che una famiglia stesse per essere distrutta la toccò nel profondo, come accadeva sempre nel suo lavoro. Respinse i propri sentimenti. Ora il suo compito consisteva nel trovare risposte per quella famiglia. Non sarebbe riuscita a dar loro pace, ma avrebbe potuto scoprire che cosa era successo alla figlia. Era una misera ricompensa di fronte alla loro perdita, ma intendeva fare del suo meglio.

Quando Josie rialzò lo sguardo dal sacco per cadaveri, incontrò gli occhi di Sawyer. La sua bocca sottile era serrata e i suoi occhi blu lampeggiavano in una combinazione di dolore e rabbia. Come Josie, anche lui aveva subito molte perdite nella sua vita personale. A volte il lavoro colpisce nell'intimo, soprattutto quando le vittime sono giovani.

Noah si frappose direttamente tra loro due, impedendole di vedere Sawyer. «Quel tipo è ovunque.» brontolò.

Josie non aveva nemmeno visto che Noah era arrivato. «Ehi, dove sei stato?»

«Alla centrale, perché?»

«Ti ho chiamato e non mi hai risposto, e Mett mi ha detto che non eri in centrale.»

Noah diede una sbirciata da sopra una spalla, accorgendosi che Sawyer stava ancora fissando Josie mentre Owen finiva di sistemare il sacco per cadaveri. «Ero... avevo... il capo mi aveva dato una cosa da fare. Perché quel tizio ti sta fissando?»

«Cosa?» chiese Josie.

Noah tornò a guardare verso di lei e abbassò la voce, anche se Sawyer e Owen si erano già avviati verso le porte. «Sawyer. Ovunque andiamo, c'è anche lui. Capisco che ha lasciato

Dalrymple Township per venire a lavorare per Denton, ma ce lo ritroviamo intorno in continuazione. Non possono affidarci altri paramedici?»

Josie si mise una mano sul fianco. «Ma si può sapere di cosa stai parlando adesso?»

Sawyer e Owen scomparvero nell'atrio. Le porte si chiusero lasciando Josie e Noah da soli. «Viene a cena a casa nostra. Lo incontriamo a Rockview Ridge quando andiamo a trovare tua nonna. Ora siamo al lavoro e ce lo ritroviamo tra i piedi.»

«Adesso fa parte della famiglia, Noah.» gli ricordò Josie.

«Sul serio? Non è imparentato con te, solo con tua nonna.»

Lisette Matson aveva cresciuto Josie come sua nipote per decenni prima di scoprire che non avevano una parentela di sangue. Josie era cresciuta credendo che il figlio di Lisette, Eli Matson, fosse suo padre. Eli era morto quando Josie aveva appena sei anni, lasciando Josie in un ambiente violento, alle cure di una donna che credeva fosse sua madre. Lisette aveva fatto la sua missione di vita, sottrarre Josie a quel mondo e crescerla, e per tutta la vita Josie e Lisette avevano potuto contare soltanto l'una sull'altra. Poi, qualche mese prima, era comparso Sawyer, sostenendo di essere il nipote di Lisette, nato da una relazione che Eli aveva avuto con una donna che frequentava prima dell'arrivo di Josie. Il test del DNA aveva dimostrato che era tutto vero. La nonna di Josie, Lisette, era stata felicissima di scoprire che aveva un altro nipote; per Josie, invece, era stato un po' più difficile, perché temeva che il rapporto tra lei e Lisette potesse risentirne. Tuttavia, stava facendo del suo meglio per accettare questa nuova dinamica e accogliere Sawyer nella loro famiglia. Qualsiasi cosa non fosse il minimo indispensabile per accettarlo avrebbe spezzato il cuore di sua nonna e Josie non aveva intenzione di farlo.

«Sei stato tu a incoraggiarmi a conoscerlo.» gli fece osservare.

«Credo che ormai tu lo conosca abbastanza bene.» ribatté Noah.

«Ma che cosa ti prende?» gli chiese.

«Niente.» sbuffò Noah. «Sono solo scocciato.»

Lei lo guardò con fare autoritario. «Scocciato? Allora vedi di non pensarci. Adesso abbiamo un caso su cui concentrarci, Fraley.»

Josie scorse un leggero rossore sulle guance di Noah mentre agitava il taccuino in aria. «Sono concentrato. Ho parlato con Mett al telefono e anche con Gretchen. Cosa pensi sia successo qui? Un incidente?»

«Non lo so, qualunque cosa sia non mi convince.»

«Pensi che si tratti di un omicidio?» insistette Noah.

«No. Non vedo come potrebbe essere. Non c'era nessun altro qui.»

«Non c'era una guardia di sicurezza?»

«È rimasto alla sua postazione per tutto il tempo in cui Nysa è stata nel locale della piscina.»

«Qualcuno potrebbe essere entrato dal retro...»

«Lo escluderei.» disse Josie. «Secondo i registri che ci ha fornito il capo Hahlbeck, nessuno, a parte la guardia, ha usato la chiave magnetica per accedere alle porte posteriori, né ieri sera né questa mattina.»

«Ma è possibile che qualcuno sia entrato qui ieri sera e abbia passato qui dentro tutta la notte.»

«Non vedo come avrebbe potuto uscire dopo aver commesso l'omicidio senza far scattare l'allarme o essere visto dalle telecamere.»

«È vero.» concordò Noah. «Se non è stata uccisa, allora come potrebbe essere andata? È annegata accidentalmente?»

«Improbabile. È la nuotatrice di punta dell'università.»

«Era sotto l'effetto di qualche sostanza?»

«Non si direbbe, a giudicare dal suo comportamento nelle

riprese che abbiamo visto.» disse Josie. «Di certo non abbastanza da annegare accidentalmente. Se si fosse ridotta in uno stato simile, mi sarei aspettata che barcollasse o che almeno biascicasse nel parlare. Non ci resta che pensare a un evento patologico improvviso che, però, non spiegherebbe il motivo per cui sia venuta in piscina due ore prima del suo normale orario di allenamento e senza costume. Ci occorrono ulteriori informazioni. Una volta che la dottoressa Feist avrà fatto l'autopsia e avremo parlato con le persone che la conoscevano e che sono state in contatto con lei negli ultimi giorni o giù di lì, dovrebbe essere più facile concludere se si è trattato di un incidente di qualche tipo o di suicidio.»

«Suicidio...» le fece eco Noah. «Questo non lo abbiamo ancora preso in considerazione.»

«La sua compagna di stanza non crede che si sia suicidata. Gretchen sta andando al Marriott Hotel a prendere i genitori. Potrebbero essere in grado di fare luce sullo stato mentale di Nysa.»

Noah sospirò. «È terribile. Tu stai bene?»

«Sto bene.» disse Josie.

Era la sua risposta di circostanza, che fosse sincera o che sviasse l'argomento. Trovare quella ragazza riversa dentro la piscina e non essere riuscita a rianimarla l'aveva scossa profondamente. Tuttavia, la morte e la tragedia erano il pane quotidiano del suo mestiere. Era una professionista e un'esperta nel mettere da parte la propria tristezza per poter svolgere il suo lavoro. Più tardi, avrebbe dovuto incontrare personalmente i genitori di Nysa e voleva essere nelle condizioni di rispondere almeno ad alcune delle loro domande.

Noah non insistette sulla questione e cambiò argomento, chiedendole: «Dimmi, cosa vuoi che faccia?»

«Vai alla sede della polizia del campus e collabora con il capo Hahlbeck per convocare il maggior numero possibile di membri della squadra di nuoto e degli allenatori per iniziare gli interrogatori.»

«Agli ordini.»

DIECI

Lasciando il palazzetto di nuoto, Noah si diresse a destra verso la parte più alta del campus, dove si trovava il quartier generale della squadra di vigilanza. Josie seguì Christine Trostle attraverso il parcheggio, che aveva iniziato a riempirsi. In effetti, il campus era molto più affollato ora di quando Josie era arrivata. Alcuni studenti si erano fermati a guardare la coppia di volanti della polizia rimasta davanti all'impianto della piscina, ma altri stavano proseguendo per la loro strada, chiacchierando tra loro o guardando il telefono, ignari della tragedia appena avvenuta. Arrivarono davanti all'edificio delle Discipline Umanistiche e Letterarie dedicato in memoria di Ervene Gulley dall'altra parte del parcheggio, quello che era appena fuori dalla vista delle telecamere di sorveglianza dell'impianto della piscina.

«Christine, dove sono le sale comuni?» chiese Josie.

Christine si fermò e indicò alla sua sinistra due vialetti paralleli che scendevano verso il campus inferiore. «Da quella parte.» Si girò nella direzione opposta e indicò l'edificio più alto del campus, adibito a biblioteca. «Non è poi così lontano camminare dai cortili alla biblioteca. Le mostrerò la scorciatoia da qui al complesso di alloggi per studenti dove abbiamo casa io e Nysa.»

Girarono intorno allo stabile di Discipline Umanistiche e Letterarie e raggiunsero il retro, dove c'era un piccolo parcheggio e, dall'altra parte, un'area boschiva con un passaggio nella vegetazione. Il sentiero era largo abbastanza per una persona alla volta e ovviamente era stato creato dalle centinaia di studenti che lo percorrevano ogni giorno. Josie seguì Christine, stimando che la distanza tra il confine del campus e la piccola strada meno utilizzata da cui sbucarono fosse di pressappoco venticinque metri. Quando raggiunsero l'asfalto, Josie vide il retro di una fila di case di piccole dimensioni. Ognuna aveva un giardinetto delle dimensioni di un francobollo. Nella maggior parte erano pieni di griglie da barbecue, attrezzature sportive, frigoriferi e bidoni della spazzatura. Avendo già avuto a che fare con l'università nel corso degli anni, Josie sapeva che quella zona si chiamava Hollister Way. Si trattava di un insieme di sei file di piccole case a schiera e di solito affittate a studenti del secondo anno che volevano un po' più di spazio e di privacy rispetto ai dormitori. Le abitazioni di Hollister Way erano molto ambite per la vicinanza al campus. Josie seguì Christine mentre si dirigeva verso la fila di case più vicina. A ogni abitazione erano assegnati due posti auto e quasi tutti erano occupati. Christine svoltò a destra lungo la terza fila di case e Josie la seguì fino a una porta contrassegnata dal numero 14. Mentre Christine girava le chiavi nella serratura, indicò una Honda Civic azzurra parcheggiata davanti al portone.

«Quella è di Nysa.»

All'interno, la casa non comprendeva altro che una zona soggiorno che fungeva anche da sala da pranzo, una minuscola cucina e dei gradini, in cima ai quali c'era un bagno incastrato tra due camere da letto così piccole da assomigliare a cabine armadio sofisticate. Christine le mostrò la stanza di Nysa. Un letto a due piazze sfatto con un computer portatile ai piedi occupava la maggior parte dello spazio. Lungo una parete c'erano un'alta cassettiera e una scrivania incastrate l'una accanto all'altra; sopra la scrivania una pila di libri di testo e sopra la cassettiera due fotografie incorniciate. Una ritraeva un cagnolino bianco, nell'altra si vedeva Nysa Somers con la sua famiglia al termine di una gara di nuoto. Indossava un costume intero rosso e una cuffia. Al collo aveva una medaglia. Nell'incavo del braccio teneva un mazzo di fiori. C'erano un uomo e una donna anziani al suo fianco che le rivolgevano ampi sorrisi. Accanto all'uomo c'era una ragazzina dal sorriso più riservato che assomigliava moltissimo a Nysa. Dovevano essere i genitori e la sorella, pensò Josie, prima di dover distogliere lo sguardo. Le si spezzava il cuore al pensiero della notizia che la famiglia stava per ricevere e a come avrebbe distrutto per sempre la felicità che avevano conosciuto prima di quell'orribile giorno.

Christine rimase sulla porta a piangere sommessamente mentre Josie dava un'occhiata in giro. Non c'era niente di rilevante, a parte tre costumi da bagno piegati ordinatamente sul ripiano della cassettiera e una piccola borsa a rete con quello che sembrava materiale per il nuoto, nascosta sotto la scrivania. Josie si infilò un paio di guanti e diede una rapida occhiata alla borsa. Dentro c'erano gli occhialini, una cuffia da nuoto, le mollette per il naso, una bottiglietta d'acqua, una barretta proteica e un asciugamano. Non vide da nessuna parte uno zaino o un cellulare.

Il suo telefono squillò e tirandolo fuori dalla tasca vide il volto di Mettner che lampeggiava sullo schermo. «Mett?» disse scorrendo su Rispondi.

«Ho il filmato della biblioteca.» le annunciò. «Nysa è uscita all'ora di chiusura, da sola. Aveva uno zaino.»

«D'accordo.» sospirò Josie. «Hai provato a seguire il suo percorso usando le altre riprese di sorveglianza del campus?»

«Sì. Sono con il capo Hahlbeck e Fraley alla sede della polizia del campus. C'è una cosa che dovresti vedere.»

UNDICI

Josie tornò indietro attraversando Hollister Way fino a trovare il passaggio nella vegetazione e si fermò all'imbocco del sentiero per un lungo momento a osservare di nuovo l'ambiente circostante: scorse alcuni studenti che ne stavano uscendo in quel momento, con gli zaini in spalla e gli occhi puntati sui loro telefoni, tutti sorpresi di ritrovarsela davanti, in piedi alla fine del sentiero che dal campus riportava a Hollister Way. Uno studente le si avvicinò alle spalle e imboccò il sentiero in direzione del campus. La zona era tranquilla e nessuno vi si attardava. Nessun residente si affacciava dal balcone delle case che guardavano la strada. La gente andava e veniva senza che nessuno se ne accorgesse. Un'auto si fermò lungo il lato boscoso della stradina. Ne scese uno studente che si mise in spalla un borsone, chiuse la portiera e passò davanti a Josie per raggiungere il campus. Sul ciglio della strada, Josie notò un solco nel fango nel punto in cui finiva l'asfalto e iniziava il terreno. Nel fango erano rimaste impresse diverse impronte di pneumatici. Quella era una zona in cui gli studenti parcheggiavano spesso per sfruttare la scorciatoia, il che significava che qualcuno poteva aver parcheggiato lì la sera prima, quando Nysa ne era emersa. Sempre che ne fosse emersa, si disse Josie. In effetti, poteva aver passato tutta la notte nel bosco. Della notte precedente erano circa otto le ore di cui non si sapeva niente dei movimenti di Nysa Somers prima della sua morte. Non avrebbe saputo bene dire perché, ma Josie sentiva che scoprire cosa fosse successo a Nysa in quelle ore sarebbe stato di vitale importanza.

Incamminandosi lungo il sentiero, Josie procedette lentamente, guardando da un lato all'altro per vedere se c'erano interruzioni tra i rami o nella boscaglia lungo il sentiero. Individuò un paio di platani, due betulle e un acero. Il terreno era per lo più fitto di ambrosia, mirto, verga e cardo. Josie raggiunse il campus da un lato, che era in leggera pendenza, e si voltò a guardare indietro, analizzando tutto ciò che poteva vedere dalla posizione più elevata. Non c'erano interruzioni nella boscaglia lungo i lati del sentiero, né punti in cui sembrava che qualcuno avesse calpestato la vegetazione per entrare nel bosco. Tuttavia, da dove si trovava, sembrava che in mezzo a una grande distesa di piante di cardo asinino alla sua destra fosse passato qualcuno, a circa una decina di metri dal sentiero. La maggior parte delle piante si ergeva in altezza, con le punte spinose dei bulbi verdi e i fiori viola e rosa che spuntavano in cima, come tanti peli in tensione. Proprio come aveva fatto Josie a una prima occhiata, qualsiasi osservatore distratto avrebbe immaginato che fosse dovuto al passaggio di qualche animale, probabilmente un cervo che aveva calpestato parte della distesa di cardo. Ma mentre Josie si avviava a ritroso lungo il sentiero verso Hollister Way, allungando il collo per vedere meglio, vide una macchia di qualcosa di scuro. Non era sporcizia. Era tessuto.

Tirò fuori il telefono e scattò diverse foto prima di cercare di trovare il modo meno distruttivo di attraversare la boscaglia per raggiungere l'oggetto che aveva individuato. Mentre si faceva strada, un paio di studentesse scesero dal campus. «Va tutto bene?» le chiese una di loro. Josie rispose agitando una mano e con un sorriso, spingendo da una parte alcune piante di verga d'oro, cercando di farsi strada verso il cardo. Un attimo dopo, riuscì a vedere l'oggetto più chiaramente: era uno zaino nero. Sembrava che fosse stato gettato lì, piuttosto che appoggiato, perché giaceva in modo scomposto sopra alcune piante di cardo asinino con lo stelo piegato di lato. Guardò indietro verso il sentiero. Era possibile che qualcuno l'avesse gettato così lontano da là. Josie scattò diverse foto, riprese con attenzione il sentiero e chiamò l'agente Hummel. «Credo di aver trovato lo zaino di Nysa Somers. Potresti venire a prenderlo insieme a Chan?»

Gli diede le indicazioni per raggiungerla e pochi minuti dopo vide i due agenti che si incamminavano lungo il sentiero del campus portandosi dietro l'attrezzatura. «Faccio delle foto mentre avanzo.» disse Hummel tirando fuori dalla borsa dell'attrezzatura una grossa macchina fotografica e infilandosi i guanti. «Chan può isolare l'area mentre io documento. Quando avrò stabilito il perimetro e controllato lo zaino per vedere se c'è qualche indicazione che sia di Nysa, potrà avvicinarsi.»

Josie chiamò Mettner e Noah mentre aspettava sul sentiero che Hummel e Chan si mettessero al lavoro. Passarono altri studenti, ognuno dei quali si fermò a fare domande a cui Josie non poteva dare una risposta sincera. Una brezza fresca soffiava dalla direzione del campus, asciugando le ultime cuciture bagnate dei suoi vestiti.

«Porca puttana!» inveì Hummel.

«Cosa c'è?» chiese Josie.

«Che diavolo è questa roba?» Si alzò in piedi e indicò i cardi intorno a sé. «Sono pieni di spine.»

«Cardo asinino.» disse Josie. «Assomiglia al tarassaco quando cresce, solo che è spinoso. Cresce alto e si colora di rosa e di viola.»

Hummel alzò una mano e scosse l'indice da cui spuntava una spina verde e una goccia di sangue colava lungo il dito. «Aspettate.» disse. «Devo cambiarmi i guanti. Non voglio rischiare di contaminare qualche traccia.»

Chan gli passò un nuovo paio di guanti e poi si immersero entrambi tra i cardi. Pochi istanti dopo, Hummel gridò: «Tombola.»

Il braccio di Chan apparve in mezzo alla vegetazione e con ampi gesti della mano fece cenno a Josie di andare verso di loro. Quando Josie li raggiunse, trovò Hummel accovacciato accanto allo zaino, che teneva aperto. All'interno, Josie vide una cordicella con attaccato un documento di riconoscimento per studenti. Sulla fototessera c'era il volto sorridente di Nysa Somers. Tutta innocenza ed entusiasmo per la vita. Josie sospirò.

«Che altro c'è lì dentro?»

Hummel riprese a frugare all'interno dello zaino elencando ogni oggetto che conteneva, così che Chan potesse annotarlo su un taccuino. «Due libri di testo, un quaderno rilegato a spirale, un piccolo beauty per cosmetici...» Si sentì il rumore di una cerniera. «Rossetto, mascara, fondotinta, spugnetta per fondotinta, fard.» Richiuse la cerniera del beauty. «Penne, matite, ventidue dollari in contanti.»

«Il cellulare?» chiese Josie speranzosa.

«Solo un attimo...» le disse Hummel iniziando a frugare nelle tasche all'esterno dello zaino. «Eccolo. Telefono cellulare.» Premette alcuni tasti, ma non successe nulla. «A quanto pare deve essere messo sotto carica. Possiamo occuparcene noi quando lo riportiamo in centrale.»

«Fantastico.» disse Josie. Un piccolo brivido di eccitazione le salì dal ventre. Per gli investigatori contemporanei, non c'è niente di più prezioso del cellulare per risolvere un crimine, perché contengono tutta la vita delle persone a cui appartengono.

«E questo?» disse Chan, puntando la penna verso la tasca aperta da cui Hummel aveva appena estratto il cellulare.

Josie si chinò e sbirciò all'interno. Quello che spuntava sembrava un pezzo di plastica. Hummel allungò una mano ed estrasse la forma schiacciata dalla tasca, lisciandola. «Un sacchetto per alimenti.» disse. «Doveva averci messo uno spuntino.» Lo sollevò, osservando le briciole sul fondo. «Direi che erano brownies.» Aprì la busta e se la portò al naso, annusandolo. «Sì, sa di cioccolato.»

Josie notò un piccolo adesivo bianco nell'angolo inferiore sinistro della busta. «Cos'è quell'adesivo?»

Hummel si alzò e si avvicinò a lei in modo da vederlo. Era circolare, bianco e nero, delle dimensioni di un quarto di dollaro, con il disegno stilizzato di un volto. Gli occhi erano delle piccole "X", i denti a vista. Sopra gli occhi la fronte era spaccata in due come un guscio di noce e una serie di linee frenetiche si irradiavano verso l'esterno in tutte le direzioni.

«È inquietante.» commentò Hummel.

Josie annuì. «Spostalo sotto alla luce. Si vedono le impronte della penna o ti sembra una stampa?»

Hummel spostò l'adesivo da una parte e dall'altra mentre tutti e tre lo studiavano. Infine, concluse: «Sembra liscio. Deve essere una stampa. Sembra uno di quegli strani adesivi da skater o qualcosa del genere. Come quelli che i ragazzini mettono sui loro skateboard, avete presente?»

«Che ci fa una cosa del genere su un sacchetto per alimenti?» chiese Chan. «Non è un adesivo da skater. Quello che volevano era contrassegnare quei brownies come edibili.»

«In che senso?» chiese Josie. «L'adesivo indica la presenza di marijuana nei brownies?»

«Nell'ultima città dove ho lavorato avevamo avuto un paio di casi del genere. La gente del posto marchiava la droga prima di venderla, talvolta usando degli adesivi, altre volte dei timbri, e di solito si trattava di un disegno fatto a mano, in modo che non potesse essere confuso con qualsiasi altro simbolo in circolazione. Qualcosa di semplice, a basso costo, per ricordare da chi tornare per averne ancora. Non è sempre la pratica più intelligente perché rende piuttosto facile per la polizia rintracciare lo spacciatore e capire a chi ha venduto, ma alcuni lo fanno.»

Josie tirò fuori il telefono e scattò una foto dell'adesivo. «L'hai mai visto prima?»

«No.» disse Chan. «Ma potrei sbagliarmi. Sto solo buttando giù delle idee. Può anche darsi che Nysa abbia fatto i brownies a casa e qualche compagno di corso le abbia dato uno strano adesivo senza senso che è finito sul sacchetto.»

«Ne dubito.» disse Josie. Si chiese se la marijuana avrebbe messo Nysa Somers in uno stato tale da farla entrare in acqua e annegare, sia per addormentamento che per semplice stato di allucinazione. O forse era stata addizionata con qualcosa di più forte. Probabilmente qualsiasi cosa fosse quella con cui avevano preparato quei brownies, aveva avuto sulla ragazza un effetto maggiore di quanto previsto, dato che, a detta di tutti, normalmente lei non faceva uso di droghe. Ma allora perché avrebbe dovuto drogarsi la sera prima? Perché iniziare a prenderle alla sua età? Josie sapeva che l'università prevedeva di sottoporre a test antidroga tutti i suoi atleti, quindi non era possibile che Nysa ne facesse consumo regolare. Anche una sola volta sarebbe stata fonte di problemi per lei, dal momento che i test antidroga per gli atleti universitari vengono eseguiti in modo casuale, a meno che non si sospetti l'uso di sostanze stupefacenti. Perché avrebbe dovuto rischiare? O forse non sapeva che quei brownies erano pieni di droga. Li aveva presi dalla persona misteriosa con cui si era incontrata? Probabilmente confidava nel fatto che quella non le avesse dato dei dolci drogati. Oppure quella persona l'aveva convinta a lasciarsi andare un po' e a provarli? Non c'era modo di saperlo senza capire chi fosse.

«È possibile produrre in serie degli adesivi?» chiese Josie.

Chan alzò le spalle. «Si possono trovare adesivi in bianco in qualsiasi negozio di forniture per uffici e passarli nella stampante, oppure si può caricare il proprio disegno su un sito web e farsene stampare e spedire a volontà.»

Josie si rivolse a Hummel: «Metti tutto quanto in una busta e portalo al laboratorio della Polizia di Stato, per favore. Vorrei sapere cosa contengono quelle briciole. E dopo fai l'analisi delle impronte sul sacchetto.»

Detto questo tornò al sentiero e poi risalì la strada fino al campus. Una volta raggiunto il parcheggio, chiamò Christine Trostle. «Quando mi hai detto che Nysa non ha mai fatto uso di stupefacenti dicevi la verità?»

«Ma certo, perché me lo chiede?»

«Non ha mai provato nulla?»

Christine fece un verso di gola per la frustrazione. «Per quello che ne so io, non l'ho mai vista provare roba e non le ho mai sentito dire di aver provato qualcosa, ma non stavo mica con lei ventiquattr'ore su ventiquattro. Forse quando era a casa lo faceva, ma sarebbe stato davvero fuori dalla sua natura. Talvolta beveva, ma le droghe la spaventavano.»

«In che senso la spaventavano?» chiese Josie.

«Diceva sempre che sapeva cosa poteva aspettarsi con l'alcol, che aveva effetti prevedibili. Invece, con le droghe non sapeva come avrebbe reagito il suo corpo. Alle superiori, una delle sue amiche provò la cocaina pensando che sarebbe andata bene, ma conteneva polvere d'angelo e quella ragazza morì, per un attacco di cuore, se non mi ricordo male. Immagino che la persona da cui l'amica di Nysa aveva preso la coca non ne sapesse nulla. Nysa diceva sempre che il problema con le droghe di strada è che non sono regolamentate e che non ci si può fidare di nessuno; invece, se si prendeva una birra si sapeva esattamente da dove veniva e cosa conteneva. E a parte questo, dato che faceva parte della squadra di nuoto, era sottoposta a controlli antidroga a campione.»

«D'accordo.» disse Josie. «E tu o qualcuno degli amici in comune con Nysa fate uso di sostanze stupefacenti edibili?»

«Tipo erba?»

«O qualsiasi cibo che contenga droghe cotte, cucinate o miscelate.»

«No.» disse Christine.

«Non finirete nei guai se tu o i tuoi amici fate uso di edibili...» le garantì Josie. «Sto solo cercando di capire cosa è successo alla tua compagna di stanza.»

Christine rise. «Mi dispiace ammettere che né io né Nysa eravamo così disinvolte, detective, e come ho appena detto, Nysa era un'atleta e non avrebbe mai messo a rischio il suo fisico mandando giù qualche assurda schifezza.»

«C'era qualcuno per cui avrebbe potuto correre il rischio di assumere droghe?»

«Cosa significa?»

«Significa: ti viene in mente qualcuno che avrebbe potuto offrirle della droga e che, per un qualsiasi motivo, come le pressioni del gruppo, o perché le piaceva quella persona, non l'avrebbe rifiutata?»

«Non credo.»

«E i brownies? Le piacevano i brownies?»

«A chi non piacciono i brownies? Certo che le piacevano. Aveva un debole per le cose zuccherate.»

«Ne avete fatti di recente?»

«No.»

«Ne avete comprati?»

«Nemmeno.»

«Nessuno che ve ne abbia portati?»

«No. Glielo assicuro, detective, è dall'inizio delle lezioni che non mangiamo brownies da queste parti. Torni a casa nostra a dare un'occhiata.»

L'autopsia avrebbe mostrato il contenuto dello stomaco, se ne avessero trovato, e avrebbe rivelato se Nysa aveva mangiato brownies nelle otto ore precedenti la morte. «Va bene.» disse Josie. «Ti credo. Devo andare alla sede della polizia del campus.

Per ora ti mando la foto di un adesivo. Voglio che tu mi dica se l'hai mai visto prima.»

«Perché?»

«Dacci un'occhiata e poi ne parliamo.»

Allontanò il telefono dall'orecchio e mandò rapidamente a Christine una copia della foto che aveva scattato all'adesivo.

Passarono alcuni secondi e poi Josie avvertì un sussulto evidente. «È inquietante da morire.» disse Christine. «Che roba è? Una specie di bambola raccapricciante con la testa spaccata?»

«Non ne siamo ancora sicuri.» rispose Josie. «Ho solo bisogno di sapere se hai visto questo disegno da qualche altra parte.»

«No. Buon Dio... me lo ricorderei. Dove l'avete trovato?»

«Abbiamo trovato lo zaino di Nysa.» le disse Josie. «Era nel boschetto dietro Hollister Way. Dentro c'era un sacchetto per alimenti, con sopra questo adesivo, dentro al quale c'erano delle briciole che crediamo siano di brownies.»

Christine si prese un attimo prima di chiedere: «Siete sicuri che fosse il suo zaino?»

«Dentro abbiamo trovato il suo tesserino universitario.»

«Beh, non ho mai visto questo adesivo prima d'ora. Me lo ricorderei sicuramente. Non ho idea di come sia finito tra le cose di Nysa.»

«Va bene...» disse Josie. «Se lo vedi da qualche parte o senti qualcuno che ne parla o se ti viene in mente qualcos'altro che pensi di dovermi dire, chiamami.»

DODICI

Tornando indietro, Josie seguì le indicazioni che Christine le aveva dato per trovare il comando della polizia del campus. Era l'edificio più piccolo di tutto il complesso, osservò Josie. Non era altro che un palazzo quadrato in mattoni con quattro posti auto a fianco e due gradini che conducevano alla porta d'ingresso. All'interno, un agente con l'uniforme del campus seduto dietro una scrivania di metallo, fece cenno a Josie di attraversare l'area di ricevimento e di percorrere un breve corridoio. Solo una porta era aperta e all'interno Josie vide Mettner e il capo Hahlbeck seduti fianco a fianco a una scrivania, con gli occhi incollati allo schermo di un portatile. Noah era in piedi dietro di loro, a sbirciare oltre le loro spalle. Josie bussò con leggerezza allo stipite della porta e il capo le fece cenno di avvicinarsi.

Andò a prendere posto accanto a Noah e riferì ciò che aveva trovato nell'appartamento di Nysa, che consisteva in niente a parte il fatto che i costumi e la borsa da piscina erano rimasti lì e, cosa più importante, quello che aveva trovato nel bosco. Tirò fuori le foto del sacchetto e dell'adesivo e le mostrò a tutti.

«Sembra una specie di marcatore della droga.» osservò subito Mettner.

«È la stessa cosa che ha detto Chan.» gli confermò Josie.

«Sì, quando andavo all'università c'era un tizio che vendeva roba nel campus e la contrassegnava sempre con il disegno di un uccello azzurro. Era un timbro, però, non un adesivo. Come se le sue droghe fossero l'uccello azzurro della felicità o una stupidaggine del genere.»

«Non mi dire.» rispose Noah. «Se c'è una cosa che non manca in questa città, sono le attività di spaccio. Assurdo, scendiamo sotto l'East Bridge un paio di volte a settimana, eppure non ho mai visto questo adesivo. Capo, ha mai visto questo disegno nel campus?»

Hahlbeck guardò con attenzione lo schermo del telefono di Josie, arricciando il labbro superiore. «No, non l'ho mai visto, ma questo non significa granché. Non sono qui da tanto tempo. Mi mandi la foto, comincerò a chiedere in giro e a controllare nei file.»

Josie gliela inviò e indicò il portatile sulla scrivania. «E voi, ragazzi? Cosa avete trovato?»

Mettner fece un cenno al portatile e si rivolse al capo Hahlbeck: «Le dispiace?»

«Niente affatto.» rispose lei spostando un po' la sedia per lasciargli un po' più di spazio a Mettner che fece alcuni passaggi finché non visualizzò una schermata che mostrava l'esterno della biblioteca. «Qui vediamo Nysa che esce alle ventuno e trentadue, da sola.»

Josie osservò un gruppetto di studenti che usciva dalla biblioteca e identificò subito Nysa perché indossava gli stessi vestiti di quando l'avevano trovata in piscina. Sistemandosi uno zaino nero sulla spalla sinistra, si dirigeva verso la parte inferiore del campus. Mettner chiuse il filmato della biblioteca e fece apparire diverse altre schermate che mostravano gli esterni di vari edifici del campus. Le immagini erano poco luminose, perché a quell'ora della sera era già buio e l'illuminazione esterna del campus non era particolarmente intensa. Tuttavia, riuscirono a identificare facilmente Nysa nei video. C'erano pochi studenti in giro. Nysa camminava da sola, era una delle poche fra tutti gli studenti che camminava senza tenere gli occhi incollati al telefono. Non salutava nessun compagno, nemmeno con un semplice cenno. Un'altra finestra mostrava l'esterno dell'edificio dedicato a Ervene Gulley per le Discipline Umanistiche e Letterarie.

«Il passaggio che porta al complesso residenziale è dietro quell'edificio.» disse Josie.

«Sì...» disse Mettner annuendo, «l'abbiamo trovato.» e con un altro paio di passaggi fece apparire un'altra schermata, questa volta di una telecamera posizionata in alto sul retro dell'edificio, che inquadrava il parcheggio e l'area boschiva. Guardarono Nysa che attraversava il parcheggio e trovava il varco, dileguandosi tra gli alberi. Da sola.

«Ma sappiamo che non è tornata a casa.» disse Josie.

Mettner alzò un dito. «È qui che la cosa si fa interessante.»

Josie e Noah lo guardarono mentre mandava avanti velocemente il filmato, facendo passare ogni ora in pochi secondi. Nessuno aveva utilizzato il passaggio tra gli alberi durante la notte. Poi, alle 5:57, ne emergeva una figura.

Era Nysa Somers.

Indossava esattamente gli stessi vestiti della sera prima, ma non aveva lo zaino, e camminava con passo deciso e apparentemente verso una destinazione precisa. Quando uscì dall'inquadratura, Mettner chiuse la finestra e ne aprì un'altra. Questa mostrava la facciata dell'edificio Ervene Gulley, che si trovava proprio di fronte all'impianto di nuoto. Il parcheggio al di là di esso era vuoto e nessun altro studente si attardava nei cortili, almeno per quanto la telecamera potesse mostrare. Nysa camminava dritta verso la piscina finché non usciva dall'inquadratura.

Aveva impiegato circa cinque minuti per coprire la distanza tra il passaggio e l'ingresso del palazzetto di nuoto. Alle 6:02

aveva superato le porte, aveva dato il buongiorno a Gerry Murphy ed era entrata sul piano vasca. E dopo? Si era tuffata e non era più uscita?

«Quindi ha lasciato la biblioteca da sola alle nove e mezza...» ricapitolò Noah, «si è incamminata nel bosco ma non è tornata a casa. Poi è uscita dal bosco alle sei di questa mattina con gli stessi vestiti ma senza lo zaino. La compagna di stanza ha ricevuto un messaggio che diceva che si era incontrata con qualcuno. Ma dove?»

«Doveva andare dall'altra parte del passaggio.» affermò Josie. «Sbocca sul retro dell'ultima fila di case di Hollister Way.»

Mettner alzò lo sguardo su Josie. «Sei sicura che la coinquilina ti abbia detto la verità?»

«Sicura per quanto posso esserlo.» disse Josie. «Ho visto il suo telefono, ho visto l'appartamento e ho ritrovato lo zaino nel bosco lungo il sentiero.»

«E se Nysa fosse andata a casa?» suggerì Mettner. «Lei e la compagna di stanza hanno mangiato dei brownies contenenti della droga. Le cose sono diventate un po' movimentate e Nysa se n'è andata.»

«E per quale motivo Christine avrebbe dovuto mentire su una cosa del genere?» ribatté Josie.

«Perché la sua compagna di stanza è appena morta.»

«Però, questo non spiega il messaggio di Nysa alla coinquilina che diceva di aver incontrato qualcuno.» aggiunse Noah.

Mettner rimase in silenzio.

«Dobbiamo trovare questa persona con cui si è incontrata.» concluse Noah.

«Magari troveremo qualcosa quando Hummel avrà ricaricato il suo telefono. Con quello avremo una direzione da cui partire. Potrebbero esserci messaggi o chiamate da e verso questa misteriosa "persona" e, se il GPS è attivo, potremmo scoprire dove si trovava in quelle ore mancanti.»

Intanto Mettner si era messo a scrivere sulla sua applicazione per prendere appunti sulle varie piste da seguire.

«Dovremmo anche fare un giro tra le case di Hollister Way per scoprire se qualcuno ha notato qualcosa di sospetto o se addirittura ha visto passare Nysa.» aggiunse Noah.

«I miei agenti stanno radunando tutti i membri della squadra di nuoto che riescono a trovare e li stanno portando qui.» intervenne il capo Hahlbeck. «Compresi gli allenatori.»

«Le dispiace se conduciamo gli interrogatori qui?» le domandò Mettner.

«No, per niente.» rispose la Hahlbeck. «Possiamo sistemarvi in due stanze apposite. Se volete scusarmi.» Si alzò dalla sedia e lasciò l'ufficio.

«Noah, che ne dici di chiamare alcune pattuglie e di fare un sopralluogo a Hollister Way?» gli chiese Josie. «Intanto Mett e io interrogheremo i membri della squadra di nuoto e gli allenatori e poi più tardi andrò a parlare con i genitori di Nysa.»

«Certo.» rispose Noah. «Per caso hai sentito Gretchen?»

Josie scosse la testa e diede un colpetto alla spalla di Mettner. «Tu l'hai sentita?»

«Non ancora.» rispose lui. «La chiamo subito.»

Mentre Mettner cercava di mettersi in contatto con Gretchen, Josie accompagnò Noah fuori. Si incamminarono lungo il lato dell'edificio. Tra due aceri giapponesi c'era un piccolo spazio libero. I mattoni dell'edificio avevano assunto una leggera sfumatura verde, dovuta all'umidità che aveva fatto crescere a chiazze un sottile strato di licheni. Un secchio bianco da una ventina di litri, ormai ingrigito dalla sporcizia, era sistemato a testa in giù. Accanto c'era un secchio di latta più piccolo, pieno di mozziconi di sigarette. Evidentemente, alcuni agenti della polizia del campus usavano quello spazio per la pausa sigaretta.

Noah le chiese: «Cosa ne pensi?»

«Penso che le stelle del nuoto del college, ben ambientate e relativamente felici, che hanno avuto così tanto successo da vincere un'importante borsa di studio e da finire al notiziario, di solito non passano una notte con una "persona", mangiando brownies con qualche sostanza stupefacente per poi finire annegate.»

«Pensi che l'annegamento sia volontario? O credi che sia stata la sostanza che ha ingerito a farla svenire e che sia affogata accidentalmente?»

Josie sospirò. «Non lo so, Noah. Non ne ho proprio idea.»

«Quante casi di overdose pensi che ci siano nel campus ogni anno?» chiese lui.

«Due o tre l'anno, forse? Sono sicura che il capo Hahlbeck può fornirci il numero esatto. Ma tu pensi davvero che si tratti di una semplice overdose? La compagna di stanza è stata categorica nell'affermare che Nysa Somers non avrebbe mai preso sostanze.»

Noah scoppiò a ridere. «Nessun universitario si droga. È come dire che non piove mai. Anche gli studenti e gli atleti più impegnati provano qualcosa di tanto in tanto. Se dovessi scommettere dei soldi, considerando tutte le cose che ho visto fino a oggi nella mia carriera, direi che si è incontrata con un amico, l'amico le ha fatto provare i brownies, si è fatta di brutto, è andata in piscina per nuotare ma è svenuta ed è annegata. Magari l'amico non le ha detto che i brownies erano addizionati di sostanze stupefacenti. Ma può anche darsi che lei abbia semplicemente pensato di farsi una scorpacciata di cioccolato e che dopo sia stata male, così ha deciso di farsi una nuotata, è caduta in acqua ed è annegata.»

Josie pensò al video dell'atrio che Gerry Murphy aveva recuperato per loro. Nysa, saldamente ancorata al suolo, guardava prima da una parte poi dall'altra. Un sorriso le si allargava sul viso. La sua mano si sollevava in un gesto di saluto. *Buongiorno, Mr. Murphy.*

«Mi aspetterei che, se fosse stata sotto l'effetto di qualcosa di tanto forte da ucciderla una volta in acqua...» disse Josie, «avrebbe incespicato o farfugliato, come minimo, no?»

«Così sembrerebbe.» concordò Noah. «Ma in assenza di prove del contrario, questa è l'ipotesi più plausibile.»

«Immagino che l'esame tossicologico lo confermerà, se è così.» disse lei. Chiuse gli occhi per un attimo, riflettendo su quanto sarebbe stato tragico se Nysa Somers che, a detta di tutti, non faceva uso di droghe e beveva raramente, avesse deciso di provare qualche sostanza illecita e questo l'avesse portata alla morte. Tutta la vita che aveva davanti a sé era persa per sempre. Pensò a Patrick. Avrebbe dovuto fargli un discorsetto riguardo al non fare uso di droghe, come il tipico agente delle forze dell'ordine o la sorella maggiore. Poi pensò che un giorno Harris sarebbe diventato abbastanza grande da andare al college e provare qualche droga, e il cuore le si strinse nel petto. Interrompendo quel flusso di pensieri, riaprì gli occhi.

Noah la stava fissando. «Dovresti andare a casa a cambiarti.»

Lei scrollò le spalle e si mise a tastare il colletto della polo. «Non c'è tempo. E poi sono quasi asciutta e tutte le mie magliette sono ridotte così.»

«Come stava Harris stamattina, quando l'avete lasciato all'asilo?» chiese Noah.

«Era nervoso, ma credo che sia andata bene.» disse, tirando fuori il telefono per controllare se Misty le avesse mandato qualche messaggio, e vide che non ce n'erano. Se non c'era nessuna notizia era un buon segnale, pensò Josie.

Noah le si avvicinò e le scostò dal viso una ciocca di capelli. Si rese conto all'improvviso di quanto dovesse sembrare trasandata. Allungò una mano per passarsi le dita tra i capelli, ma Noah gliela fermò. «Sei bellissima.» le disse dolcemente.

«Hai battuto la testa stamattina?» gli rispose ironicamente. «Mentre eri disperso in azione...»

Noah rise e con il pollice tracciò l'interno della mano di

Josie. «Te lo garantisco, quel rosa salmone mette davvero in risalto i tuoi occhi.»

«Oh, ma smettila!» rispose Josie, ridendo suo malgrado. Cercò di tirare via la mano per schiaffeggiargli il petto, ma lui la strinse a sé e la baciò. Dato che nessuno li guardava, Josie gli si buttò addosso, sentendo un po' della tensione della mattinata placarsi. Poi lui la lasciò e si incamminò dalla parte opposta.

«E cerca di non sparire di nuovo.» si raccomandò Josie.

E lui, di rimando: «No, sta' tranquilla. Stasera abbiamo una cena con Misty e Harris. Voglio sapere com'è andato il primo giorno di scuola.»

«Ci vediamo lì.»

Si voltò per un attimo e agitò il telefono in aria. «Mandami un messaggio con la foto di quell'adesivo, così posso mostrarlo in giro per Hollister Way.»

Josie tirò fuori il telefono e gli inviò il messaggio. Poi lo guardò fino a quando non scomparve dietro la facciata dell'edificio, diretto verso uno dei sentieri che portavano alla parte bassa del campus. Il momento di pace che aveva provato stando vicino a lui svanì, sostituito da un profondo dolore al pensiero che i genitori e la sorella di Nysa Somers non avrebbero mai più avuto la possibilità di chiederle come erano andate le sue giornate.

TREDICI

Tornando all'interno della sede della polizia del campus, vide che gli studenti avevano iniziato ad arrivare; la maggior parte era vestita con felpe e pantaloncini, ma alcuni erano addirittura in pigiama. Avevano tutti un'aria sconvolta e vagamente confusa. Il capo Hahlbeck li aveva radunati nell'area di ricevimento, dove c'erano solo due sedie per gli ospiti, entrambe occupate. Tutti gli altri studenti si appoggiavano alle pareti o stavano seduti sul pavimento. Un basso mormorio si propagava per la stanza. Josie sentì più volte le parole "Nysa" e "morta". Una ragazza, che sembrava più grande della maggior parte degli studenti, circolava per la stanza distribuendo abbracci e rassicurazioni. Doveva essere una delle allenatrici, pensò Josie.

«Boss...» la chiamò Mettner distogliendo la sua attenzione dalla scena. Josie si guardò alle spalle e lo vide in piedi nel corridoio che le faceva cenno di avvicinarsi.

«Vuoi che interroghiamo ogni testimone insieme, o preferisci prenderne due per volta, uno tu e uno io in stanze separate?» le chiese quando furono abbastanza lontani da non essere sentiti dagli studenti.

«Facciamo gli interrogatori separatamente.» rispose Josie. «Così faremo più in fretta.»

Hillary Hahlbeck mise a disposizione di ciascuno una stanza. Quella in cui entrò Mettner era inequivocabilmente pensata come sala interrogatori, disponendo solo di un tavolo e un paio di sedie all'interno. A Josie venne assegnata una stanza dall'altra parte del corridoio con due scrivanie, posizionate l'una di fronte all'altra, ciascuna affiancata da uno schedario e da una sedia per gli ospiti. Immaginò che fosse il luogo in cui gli agenti svolgevano le loro pratiche. Scelse la scrivania più vicina alla porta e prese posto. Il capo Hahlbeck le aveva fornito una penna e un blocco per gli appunti. Mentre un agente della polizia del campus faceva entrare il primo studente, Josie accennò alla sedia degli ospiti. «Siediti.» disse. «Ho solo qualche domanda.»

Per la maggior parte gli interrogatori non richiesero molto tempo, anche perché nessuno aveva granché da raccontare: nessuno aveva visto o sentito Nysa la sera precedente, a meno che uno di loro non stesse mentendo, ma nessuno in particolare diede a Josie questa impressione. L'intera procedura si svolse più come una mezza dozzina di notifiche di morte che come una vera e propria indagine di polizia. Una buona parte degli studenti avevano appreso con grande sconforto la notizia della morte di Nysa. Era benvoluta e tutti la conoscevano per la sua gentilezza e il suo senso dell'umorismo. Ascoltare gli altri studenti che parlavano così bene di lei non fece altro che stringere ancora di più il cuore di Josie. Tutti dicevano le stesse cose che aveva detto Christine Trostle: Nysa non faceva uso di droghe e raramente beveva alcolici; nessuno riconobbe l'adesivo; Nysa non sembrava depressa e nessuno di loro era a conoscenza di una storia di ansia o di depressione. Nessuno di loro sapeva - o ammetteva di sapere - se Nysa frequentasse o meno qualcuno.

A un certo punto, Josie e Mettner si incontrarono in corridoio per confrontare gli appunti che avevano preso. I risultati degli interrogatori erano gli stessi: non stavano ottenendo nulla. L'unica notizia era arrivata da Gretchen, che aveva fatto sapere a Mettner che i genitori di Nysa avevano identificato il corpo della figlia e che erano tornati in albergo. «Rimarranno in città finché il corpo non verrà riconsegnato.» aggiunse Mettner. «Gretchen dice che non ha voluto approfondire troppo le domande perché le sembravano davvero sconvolti.»

«Non stento a crederlo.» disse Josie. «Possiamo andare a parlare con loro più tardi. Hai incontrato uno studente di nome Hudson?»

Mettner scorse l'elenco degli studenti che aveva creato sul suo telefono. «No.»

«Quanti ne sono rimasti da sentire?»

Mettner andò in fondo al corridoio, diede un'occhiata all'area di ricevimento e tornò indietro. «Cinque.» disse.

Era già passata l'ora di pranzo e Josie era esausta e affamata. «Vediamo se riusciamo a prendere una pizza o un tramezzino.» gli propose. «Abbiamo ancora una lunga giornata davanti a noi.»

Lui annuì e tornò nell'area di ricevimento. «Il prossimo lo mando da te.»

Josie ipotizzò subito che il successivo candidato doveva essere un allenatore, a giudicare dal fatto che sembrava più anziano di tutti gli altri. Era alto e robusto, aveva lineamenti pronunciati e capelli scuri rasati. Indossava un paio di pantaloni color cachi e una giacca a vento dell'Università di Denton. Al collo aveva un cordino. A uno sguardo più attento, Josie si accorse che vi era appeso un tesserino con una sua foto e sopra la scritta "Brett Pace, Allenatore Capo". Lo riconobbe allora dal servizio della WYEP, la rete che gli aveva dedicato solo un breve pezzo, di pochi secondi, in cui aveva elogiato Nysa Somers.

«Mr. Pace.» disse, indicando con un gesto la sedia degli ospiti. «Prego, si accomodi.»

La sedia scricchiolò quando lui vi si appoggiò. Mise i gomiti sulle ginocchia e sfregò i grandi palmi delle mani. Quando parlò la sua voce era roca. «Immagino che sia vero, allora. Il fatto che Nysa è morta...»

«Purtroppo sì.» disse Josie. «Sono terribilmente desolata.»

«Che cosa è successo?»

«È quello che stiamo cercando di scoprire.» disse Josie. «Mi dica, da quanto tempo fa l'allenatore?»

Lui le sorrise come se fossero vecchi amici e lei capì che era abituato a farsi strada usando il suo aspetto e il fascino che poteva sfoderare.

«Agente...» disse.

«Detective.» lo corresse lei.

«Detective, ascolti... so che non può dire niente a questi ragazzi, ma io sono l'Allenatore Capo. Ho lavorato direttamente con Nysa quasi ogni giorno. Le prometto che nulla di ciò che mi dirà uscirà da questa stanza.»

Josie gli rivolse uno sguardo interrogativo prima di dire: «Mi dispiace, Mr. Pace...»

«Coach.» la corresse lui.

Josie sorrise. «Coach, non sono autorizzata a fornire dettagli su un'indagine in corso.»

«Quindi questa è un'indagine? Questo vuol dire che Nysa è stata... uccisa, giusto?» chiese aggrottando la fronte.

Josie gli si avvicinò. «Ha qualche ragione per credere che sia stata uccisa, Coach Pace?»

Lui si ritrasse. «No, non ne ho. A meno che non si tratti di un'aggressione casuale. Ma è stata trovata in piscina, vero?»

Ignorando la sua domanda, Josie chiese: «Da quanto tempo fa l'allenatore in questa università?»

«Da circa sei anni.» Si spostò in avanti sulla sedia, sfoggiando un sorriso smagliante che si trasformò rapidamente in uno sguardo serio e preoccupato. Abbassò la voce fino a farla diventare quasi un sussurro. «Detective, siamo due adulti razionali, no? Le assicuro che so mantenere un segreto. Non riesco a credere che Nysa sia stata trovata morta in piscina. È la nuotatrice più forte della squadra. Deve esserle successo qualcosa. È stata... picchiata? L'hanno...» Non finì, e Josie vide quello che pensava fosse il primo guizzo di vera emozione nei suoi occhi. «Qualcuno le ha fatto del male?»

«Non sapremo niente fino a dopo l'autopsia.» gli disse. «So che è molto angosciante e scioccante, ma deve lasciare che la procedura segua il suo corso, e questo significa aspettare l'autopsia e i risultati della nostra indagine. Sarebbe davvero utile se rispondesse ad alcune delle mie domande. Mi sembra di capire che lei è l'Allenatore Capo.»

Lui si morse l'interno della guancia e, dopo un attimo, si decise a rispondere. «Sì.»

«Conosceva bene Nysa?»

«La conoscevo bene come conosco tutti i miei atleti. Li incoraggio sempre a confidarsi o a rivolgersi a me per qualsiasi problema che si presenti durante l'anno, anche se non riguarda il nuoto. A volte questi ragazzi hanno solo bisogno di qualcuno con cui parlare, sa?»

«Nysa ha mai avuto bisogno di qualcuno con cui parlare?»

«Certo. Chi prima chi dopo, vengono tutti da me.»

«Quando è successo?» chiese Josie.

Lui agitò una grossa mano con aria di sufficienza. «Oh, l'anno scorso. Era preoccupata di tornare a scuola quest'anno a causa delle sue finanze. Suo padre era stato licenziato. Sapevo che c'erano ancora delle posizioni libere per la borsa di studio dell'associazione ex alunni Vandivere, e che stavano cercando candidati per l'autunno, così le avevo suggerito di fare domanda. Non dubitavo che gliel'avrebbero assegnata. Era la nuotatrice più forte che abbia mai allenato.»

«Doveva esserne entusiasta.» disse Josie.

«Lo eravamo entrambi. Lei poteva continuare ad andare all'università e io potevo tenermi la mia stella.» Fece una pausa.

Josie vide una serie di emozioni attraversare il suo viso. Poi abbassò la testa tra le mani. Da dietro i palmi disse: «Mi scusi. Continuo a passare da una profonda incredulità, come se mi aspettassi che questa cosa non sia successa davvero, alla devastazione. Ma comportarsi come se non fosse reale non la riporterà indietro, dico bene?»

«Purtroppo è così.» disse Josie.

Alzò la testa e si sbatté i palmi delle mani sulle cosce. «Devo mostrarmi forte per i ragazzi. Sono davvero spaventati. Mi scusi. Cos'altro voleva sapere?»

«L'università effettua regolarmente test antidroga agli studenti della squadra di nuoto?»

«Oh certo. In modo casuale. Due volte a semestre. Di più se sospettiamo che ci sia qualche irregolarità. Un risultato positivo comporta la sospensione immediata seguita da un'indagine. Ma non abbiamo mai avuto problemi con la squadra di nuoto.»

«Non avete mai avuto problemi con i vostri atleti che facevano uso di droghe? Con edibili o varietà del genere?»

Il Coach Pace scosse la testa. «No, non ho avuto un test positivo in circa quattro anni. Se questi ragazzi si fanno di sostanze come gli edibili, o li nascondono molto bene o sono fortunati nei test antidroga casuali. L'anno scorso abbiamo trovato uno spinello nel borsone da piscina di uno dei ragazzi, ma non è risultato nessun test positivo.»

«E lei? Fa uso di droghe a scopo ricreativo?»

La sua espressione passò dal sorriso al broncio corrucciato. Incredulità, pensò Josie, solo che risultava estremamente falsa. «Agente...» riprese.

«Detective.»

«Detective, sono l'Allenatore Capo della squadra di nuoto dell'Università di Denton. L'uso di droghe è vietato.»

«Certo.» disse lei, notando che non aveva detto che non faceva uso di droghe, ma solo che farne uso era proibito. Tirò fuori il telefono e lo scorse fino a trovare la foto dell'adesivo.

Girandolo nella sua direzione, gli chiese: «L'ha mai visto prima?»

Lui rise, ma quando vide l'espressione di Josie, la risata gli si spense in gola. «Mi perdoni. Stava parlando sul serio. No, non l'ho mai visto. Che cos'è? Uno scarabocchio o uno schizzo? Come disegno non è male, ma che diavolo è?»

«Non lo sappiamo ancora.» disse Josie. «È stato trovato tra gli effetti personali di Nysa.»

Puntò un dito verso il telefono. «L'avete trovato tra le cose di Nysa? Beh, direi che chiunque l'abbia disegnato doveva essere strafatto. È per questo che mi sta facendo tutte queste domande sulle droghe? Pensa che Nysa ne facesse uso? Nysa non faceva uso di droghe e non riesco a immaginarla a disegnare qualcosa di così bizzarro. Era più una persona da cuccioli e cuoricini. Era completamente ossessionata dal suo bichon havanais.»

«Davvero?» disse Josie, ricordandosi della foto incorniciata di un piccolo cagnolino bianco che aveva visto nella stanza di Nysa. «Come si chiama il cane?»

«Oh, io... non me lo ricordo. I compagni di squadra la prendevano sempre in giro per quanto amava il suo cane. Lo teneva anche come sfondo del telefono.»

«Quando è stata l'ultima volta che ha visto Nysa?»

«Venerdì.» rispose. «Quando abbiamo fatto l'ultimo allenamento.»

«Lei compare nel servizio che la WYEP ha fatto questo fine settimana. Non l'ha vista in quell'occasione?»

«Oh, la mia intervista l'hanno registrata separatamente da quelle degli atleti, quindi no, non l'ho vista sabato.»

«Come le è sembrata Nysa durante l'allenamento di venerdì?»

«La stessa di sempre.» Un sorriso genuino gli attraversò il viso. «Era fantastica.»

«Non le è sembrata depressa o turbata?»

Lui la guardò quasi divertito. «Turbata? Perché avrebbe

dovuto essere turbata? Ascolti, Nysa non era come le altre ragazze, capisce? Era motivata e ambiziosa, certo, ma non era facile al pianto e alla lamentela. Era solita rispondere con una battuta agli altri ragazzi; se si lamentavano di qualcosa, lei diceva: "Ma non ti ha mica ammazzato". Alla fine, era diventato il tormentone di tutta la squadra. "Il mio compagno di stanza mi ha tenuto sveglio tutta la notte con la musica a palla. Ma non ti ha mica ammazzato." Oppure "Mi hanno bocciato all'esame di storia. Ma non ti ha mica ammazzato". Diamine, e ora è morta. Che situazione... Perché... Perché mi chiede queste cose?»

«È la procedura standard.» rispose semplicemente Josie. «Nysa ha mai avuto problemi con qualche compagno di squadra? Si facevano la guerra o si era fatta cattivo sangue con qualcuno?»

«No, niente affatto. I ragazzi vanno abbastanza d'accordo. E comunque, non permetto che accada questo tipo di cose. Se sorgono dei problemi tra compagni, li affrontiamo apertamente in modo che non si ripercuotano sulle altre dinamiche della squadra.»

«C'è qualche membro della squadra a cui era particolarmente legata?»

«No, non che mi venga in mente. Era amichevole con tutti, ma non credo che avesse qualche migliore amico in squadra.»

«E che mi dice di un ragazzo di nome Hudson?»

«Hudson Tinning?»

Josie si annotò il cognome. «Ho saputo che erano piuttosto competitivi e che lui potrebbe essersi preso una cotta per lei.»

Il Coach Pace rise. «Quello cercava sempre di fare colpo su di lei. Ha avuto un debole per Nysa fin dal primo giorno, ma è un po' immaturo. Anzi, direi un mammone. Deve ancora crescere molto. Una persona indipendente come Nysa non avrebbe avuto tempo per un ragazzo come lui.»

Josie prese qualche appunto. «Sa se Nysa frequentava qualcuno?»

«Ne dubito.» disse Pace. «Come ho detto, Nysa era concentrata sullo studio e sugli allenamenti. Se non la trovavi a lezione, andavi a cercarla in piscina. Se non era in piscina, era in palestra a darci dentro con gli esercizi di condizionamento muscolare. Se non era in palestra, era in biblioteca. Sarei davvero sorpreso se fosse riuscita a incastrare una relazione in un'agenda così fitta di impegni.»

«Coach Pace, ha detto di non aver visto Nysa da venerdì. Ma l'ha sentita? Per telefono o per messaggio? Sui social media o su qualsiasi altro canale?»

«Oh no.» rispose il Coach.

«Gli studenti hanno il suo numero di cellulare?»

«Sì, certo. Ce l'hanno tutti i ragazzi della squadra, ma lo usano raramente, se non per avvertirmi quando arrivano in ritardo o se devono saltare gli allenamenti.»

Il colloquio non la stava portando da nessuna parte.

«Lei vive a Denton?» gli domandò Josie, cambiando direzione.

«Sì, a un paio di chilometri dal campus.»

«Vive da solo?»

«Il mio cane conta?» chiese ridendo. «Sono divorziato e non ho figli.»

«Che tipo di cane ha?» approfondì Josie.

«Un Labradoodle.»

«Dove si trovava ieri sera?»

«Ieri sera?» ripeté lui. «Ero... Aspetti, perché vuole saperlo?»

«Lo stiamo chiedendo a tutti, Coach Pace...» gli disse facendogli un grande sorriso, «è la procedura standard.»

Lui non sembrò convinto, ma disse: «Ieri sera ero a casa.»

«Con il suo cane.»

«Sì.»

«D'accordo.» disse Josie. «Dopo le ventuno e trenta era ancora a casa?»

«Sono stato a casa tutta la sera.» rispose lui tornando a sfoggiare il suo atteggiamento eccessivamente amichevole. «I lunedì arrivano più in fretta con l'età, capisce cosa intendo?»

Josie abbassò lo sguardo sulla sua maglietta rosa. «Sì.» disse. «Ha ragione.»

QUATTORDICI

La prima volta che ho ucciso è successo poco tempo dopo. Non era una cosa che avevo pianificato in partenza, ma vivere con altre persone può essere difficile. Ti deludono sempre, sia nelle grandi che nelle piccole cose. Lui mi aveva deluso profondamente, ma era il continuo rantolo che mi faceva saltare i nervi. È incredibile pensare a quanto rumore fanno i polmoni quando si riempiono di liquido. All'inizio ero felice di vederlo così sofferente. Se c'era qualcuno che meritava di morire di una morte lenta, privato dell'aria a poco a poco, giorno dopo giorno, divorato dal fuoco della febbre, quello era lui. Era stata una fortuna divina che si fosse ammalato così gravemente. A quel punto, tutto quello che dovevo fare era sostituire i suoi antibiotici con qualcos'altro. Un paio di volte stava quasi per accorgersene e si mise a fare dei versi per dire che "non era sicuro che quelle fossero le pillole giuste", ma al quarto giorno era così debole e gli era rimasto così poco fiato a disposizione per parlare, che se ne stette zitto. Come c'era da aspettarsi, dovettero cambiare la terapia con nuovi antibiotici e allora mi toccò cambiare anche quelli. A quel punto avevo già deciso che se non se ne fosse andato entro un'altra settimana, avrei dovuto prendere misure drastiche. Quel respiro affannoso mi stava facendo impazzire, ma non volevo che guarisse. Non dopo quello che aveva fatto. Aveva mentito e non solo a me. In questo senso era molto simile a Nysa.

Alla fine, non ho nemmeno avuto la possibilità di vederlo morire. L'avevo lasciato che rantolava in cerca d'aria e quando tornai c'era solo silenzio. Ero entusiasta, non solo perché se n'era andato ma anche perché aveva avuto ciò che si meritava, finché uno dei medici dell'ospedale non parlò di autopsia. Avrebbe dimostrato che non aveva in corpo nessuno degli antibiotici che avrebbe dovuto assumere? Con mio grande sollievo, decisero di non farla. Tuttavia, mi aspettavo che qualcuno capisse cosa avevo fatto.

Ma nessuno l'ha mai capito.

QUINDICI

Josie seguì il Coach Pace nel corridoio, rimase a guardarlo mentre tornava nell'atrio e sentì l'addetto al servizio accoglienza del campus che diceva: «Ci vediamo più tardi, coach.» Dalla parte opposta del corridoio si diffondeva nella sua direzione un profumino di pizza al che, per tutta risposta, il suo stomaco prese a brontolare rumorosamente. Mettner fece capolino dalla sala di sorveglianza annunciando: «Se vuoi da mangiare è qui dentro.»

Josie divorò due tranci di pizza in un batter d'occhio. Nel frattempo, si scambiarono gli appunti degli ultimi interrogatori che avevano fatto, constatando che non avevano portato a un nulla di fatto.

«Hudson Tinning è l'ultimo che ci rimane da interrogare.» disse Mettner. «È nella mia stanza. Vuoi che gli parliamo insieme?»

Josie si pulì la bocca con un tovagliolo per togliersi il pomodoro della pizza. «Sì.» disse.

Quando entrarono nella sala degli interrogatori, Hudson Tinning si alzò da una delle sedie che circondavano il piccolo tavolo. Dalla sua figura alta e allampanata pendeva una maglietta nera con lettere bianche che recitavano: *Lo studio soffoca il mio spirito.* Le cuciture dei jeans strappati sfioravano le punte dei suoi piedi in infradito. Sovrastava Josie e vantava persino qualche centimetro in più di Mettner, che era alto quasi un metro e ottantacinque.

«Siete della polizia?» domandò spostando lo sguardo da Mettner a Josie e viceversa. I suoi occhi azzurro pallido erano spalancati. Ciocche aggrovigliate di capelli biondi gli pendevano ai lati del viso, dandogli un'aria da surfista. «Intendevo la vera polizia.» ci tenne a specificare. «Non semplicemente la polizia del campus.»

«Sì.» disse Josie passando a presentare se stessa e Mettner e mostrandogli il distintivo.

«Accomodati Hudson.»

Tornò a sedersi al suo posto. Mettner si sedette di fronte a lui e tirò fuori il suo telefono, selezionando l'applicazione per prendere appunti. Josie rimase in piedi. Hudson si passò una mano tra i capelli. «È vero, quindi? Nysa è morta?»

«Mi dispiace dovertelo dire, Hudson...» disse Josie. «Sì, Nysa Somers è morta questa mattina.»

«Oh Cristo.» Abbassò la testa e fece diversi respiri profondi. Quando tornò a guardarli, gli occhi gli luccicavano per le lacrime. «Ma dite sul serio? Cioè, è successo davvero? È morta?»

«Purtroppo sì.» disse Mettner.

«Santo Dio.» Appoggiò i gomiti sul tavolo, abbassò il viso sui palmi delle mani e si lasciò sfuggire un singhiozzo che riempì la stanza. Josie e Mettner gli concessero un momento per riprendersi, poi Mettner disse: «Hudson, so che questo per te è un momento sconvolgente, ma abbiamo davvero bisogno di farti qualche domanda.»

Rialzando il viso, Hudson si asciugò le lacrime dalle guance e annuì. «Sì, certo, scusatemi. Cominciamo pure. È che vorrei sapere... cosa le è successo?»

«Non siamo ancora riusciti ad accertarlo.» gli disse Josie. «È per questo che siamo qui.»

«Ho sentito qualcuno dire che l'avete trovata in piscina. Ed era già morta. Non ha senso. Sapete che era la migliore nuotatrice dell'università, vero?»

«Lo sappiamo.» gli disse Josie.

«Ma allora come ha fatto ad annegare?»

«Come ha detto la detective Quinn, in questa fase preliminare non siamo ancora sicuri di cosa sia successo.» spiegò Mettner. «Ne sapremo di più proseguendo nelle indagini.»

«E quanto vi ci vorrà?»

«Sfortunatamente potrebbero volerci un paio di mesi...» gli rispose Josie, «perché il medico legale sta effettuando gli esami tossicologici di routine, che possono richiedere fino a otto settimane.»

«Otto settimane!» esclamò Hudson. «Perché così tanto tempo?»

«Non ci sono abbastanza laboratori per svolgere tutte le analisi contemporaneamente e quelli disponibili sono pesantemente intasati; peraltro, alcuni dei test richiedono diversi passaggi, il che comporta che impieghino molto tempo per essere elaborati.»

«Ma la sua famiglia...» protestò Hudson, «vorrà sapere cosa è successo. I suoi amici, tutti noi vogliamo sapere cosa è successo.»

«Mi dispiace, Hudson.» disse Josie.

«I suoi genitori sono appena arrivati in città. Ci avete già parlato?»

«Una nostra collega li ha incontrati questa mattina.» lo rassicurò Mettner. «Hanno già identificato il corpo e anche noi andremo a parlare con loro, più tardi.»

«Potete fare a entrambi le condoglianze per la loro perdita da parte mia?»

«Ma certo.» disse Josie.

«Perché immagino che il suo funerale lo faranno a casa e non qui.»

«Il New Jersey non è molto lontano da qui.» osservò Josie.

Hudson annuì.

«Deduco che voi due eravate intimi...» intervenne Mettner.

Hudson appoggiò le mani sul tavolo. «Sì. Ci siamo allenati molto insieme dall'inizio della stagione. Eravamo già amici, ma abbiamo passato molto più tempo insieme da quando abbiamo ripreso le lezioni quest'anno. Siamo entrambi nella squadra di nuoto, tutti e due al secondo anno, e abbiamo frequentato qualche corso insieme.»

«Avevi qualche tipo di relazione sentimentale con Nysa Somers?» gli chiese Josie.

«No, assolutamente no. Io avrei voluto. Mi piaceva. Era forte, sapete? Non come la maggior parte delle ragazze dei corsi che frequento. Ma era troppo concentrata sugli studi e sugli allenamenti per uscire con qualcuno.»

«Nysa sapeva che avresti voluto qualcosa in più dell'amicizia?» chiese Mettner.

Lui scrollò le spalle, con lo sguardo rivolto alle mani. «Non lo so. Credo di sì. Può darsi.»

«Può darsi?» lo incalzò Josie.

Con gli occhi ancora bassi, lui borbottò: «Certo, credo che sapesse che mi piaceva. Lo sapevano tutti.»

«Le hai mai chiesto di uscire?» specificò Josie. «Le hai mai fatto qualche avances?»

«Ci siamo baciati una volta a una festa. L'anno scorso. Eravamo entrambi ubriachi. Ma poi mi ha detto che non le interessava vedere nessuno.»

«Nessuno?» disse Josie. «O solo te?»

Passarono alcuni secondi. Hudson tamburellava con le dita sulle cosce. «Non lo so. È quello che mi ha detto. Che non era interessata a vedere nessuno.»

«Come sono andate le cose nel fine settimana, quando la WYEP ha registrato il servizio su voi due?» disse Josie.

«A quello...» disse Hudson, scuotendo lentamente la testa, «io non volevo nemmeno partecipare. Però è andata bene. Siamo andati tutti a pranzo dopo le interviste: io, mia madre, Nysa e i suoi genitori. È stato tutto tranquillo. La WYEP ha girato le interviste e le riprese il sabato mattina perché i genitori di Nysa potevano venire. Le altre riprese erano filmati dall'archivio della squadra dello scorso anno. Immagino che abbiano montato tutto il giorno stesso, perché è stato trasmesso la sera al notiziario delle undici.»

«Quindi non ci sono stati problemi tra te e Nysa riguardo al servizio della stampa?» chiese Mettner.

«No, certo che no. È stato tutto regolare.»

«Nonostante il fatto che di solito eravate molto competitivi?» proseguì Mettner.

«Certo, è andato tutto bene. Voglio dire, sì, mia madre ci teneva davvero tanto che io fossi incluso nel servizio, dal momento che sono nato e cresciuto qui a Denton, ma a Nysa non dava fastidio dividere la scena. Ci siamo divertiti.»

«Hudson, quando è stata l'ultima volta che hai visto Nysa?» chiese Josie.

Finalmente, Hudson le rivolse lo sguardo. «A... una festa. Sabato sera. Era in quel complesso di alloggi per studenti che si trova nella parte superiore del campus. Non a Hollister Way, uno degli altri. Un ragazzo della squadra di nuoto, che è all'ultimo anno, ha organizzato una festa insieme al suo compagno di stanza. Sono stato lì quasi tutta la notte. Nysa si è fermata per un saluto ma non è rimasta.»

«Ha bevuto?» chiese Mettner.

Hudson scosse la testa. «Non ha bevuto molto. Quasi per niente, in realtà. Veniva sempre alle feste, solo per farsi vedere, o per fare due parole, ma non le piaceva bere. Si limitava a rimanere per un po' e poi se ne andava. Certo, è capitato che si sia ubriacata, come l'anno scorso, ma capitava piuttosto di raro.»

«Giravano droghe alla festa?» chiese Josie.

«Non lo so, è probabile, ma non me ne sono accorto.»

«Fai mai uso di droghe?» gli chiese Mettner.

Hudson spostò lo sguardo da Mettner a Josie e viceversa, con gli occhi spalancati.

«Non c'è problema se ne fai uso.» lo rassicurò Josie. «Non finirai nei guai. Non siamo qui per questo.»

«Oh, beh, avrò fumato un po' d'erba l'anno scorso.»

«Ma non quest'anno?» chiese Mettner.

«Quest'anno no. L'anno scorso ho perso una borsa di studio perché uno degli allenatori di nuoto ha trovato uno spinello nel mio borsone. Per questo devo scontare un periodo di osservazione da parte del senato accademico. Non posso permettermi di fare casini quest'anno, e immagino che sappiate già che ci fanno dei test antidroga a campione.»

Mettner prese un appunto sul suo telefono. «Mi sembra sufficiente.»

Hudson si protese in avanti fino a sfiorare con il petto il bordo del tavolo. «Sentite, potreste evitare di parlarne con gli altri membri della squadra? È un po' imbarazzante. Ovviamente il personale tecnico lo sa, ma loro...»

«Non c'è motivo che esca da questa stanza, Hudson.» disse Josie. «Dove avevi preso quello spinello?»

Lui alzò le spalle. «Da un ragazzo del mio corso di letteratura inglese.»

«Non ricordi il suo nome?» chiese Mettner.

Hudson lo guardò un po' imbarazzato, la sua espressione vacillò in un sorriso, come se Mettner stesse per fare una battuta. Dato che però non la fece, Hudson disse: «Non me lo ricordo.»

«E questo?» gli chiese Josie tirando fuori il telefono e

mostrandogli una foto dell'adesivo «Hai mai visto questo disegno?»

Lui la fissò per un attimo e scosse lentamente la testa. «No. Che cos'è?»

«Stiamo cercando di scoprirlo.» ammise Mettner.

«Che cosa ha a che fare con Nysa?»

«Stiamo cercando di scoprirlo.» ripeté Mettner.

Josie riprese il discorso. «Quando hai visto Nysa sabato alla festa, c'era qualcuno con lei?»

«La sua compagna di stanza, Christine.»

«Come ti è sembrata Nysa sabato?» indagò Josie.

«In che senso?»

«Era turbata?» spiegò Mettner. «Distratta?»

«No, no. Era come sempre.»

«Sai se c'era qualcosa nella sua vita che le causava stress?» proseguì Josie.

«No. Era piuttosto tranquilla.» disse convinto Hudson. «D'altra parte, il semestre è appena iniziato e non c'è ancora molto di cui preoccuparsi.»

«Nysa ha mai avuto problemi di depressione o di ansia, che tu sappia?» disse Josie.

I suoi occhi si inumidirono di nuovo e le sue spalle cominciarono a tremare. «Cosa? No. Era una ragazza felice. State dicendo che si è suicidata o qualcosa del genere? Perché è impossibile che si sia suicidata. Era molto ambiziosa. Voleva fare un sacco di cose e aveva diversi progetti per la sua vita.»

«Chiaro.» disse Josie, alzando una mano per farlo tacere prima che si lasciasse andare. «È comprensibile.»

Quello che non gli disse è che a volte anche le persone più motivate e determinate hanno dei demoni interiori a cui non riescono a sfuggire. Che qualche volta, perfino le persone che hanno avuto successo nella maggior parte delle esperienze della vita non sono in grado di superare quei demoni. E che certe volte, quei demoni portano chi ne soffre a compiere gesti che altrimenti non farebbero, per esempio mangiare brownies imbottiti di droga.

«Hudson...» riprese Mettner «c'è qualcuno che possiamo chiamare per te? Tua madre, magari?»

«No, per l'amor di Dio.» disse Hudson. «Per favore. Non ora, almeno. La chiamerò io più tardi, in giornata.»

«Va bene. Abbiamo solo un altro paio di domande.» disse Josie. «Dov'eri ieri sera?»

«A casa. mia» rispose lui.

«E dov'è casa tua?» chiese Mettner.

«Oh, a Hollister Way, nella stessa zona di Nysa e della sua compagna di stanza. Abito a un paio di isolati da loro.»

«Hai un compagno di stanza?» chiese Josie.

«Sì, c'era anche lui.»

Josie annotò il nome del coinquilino e mandò un messaggio a Noah per assicurarsi che lo rintracciasse e si facesse dare conferma dell'alibi di Hudson.

Mettner proseguì: «Quindi eri a casa ieri sera? Diciamo dopo le nove, nove e mezza?»

«Sì. Avevo un esame di chimica questa mattina, quindi stavo ripassando.»

Per uno che indossava una maglietta con la scritta *Lo studio soffoca il mio spirito* Josie stentava a credere che Hudson Tinning fosse il tipo che ripassava anche di domenica sera, ma non lo disse. Invece, gli chiese: «E com'è andato questo esame?»

«Oh, non lo saprò fino alla fine della settimana.»

«Solo un'ultima domanda prima di lasciarti andare...» disse Josie. «Conosci qualcuno che avrebbe voluto far del male a Nysa?»

Hudson rimise il viso tra le mani. «No, cavolo. Non direi proprio. Non so chi avrebbe potuto volerle fare del male e per quale motivo... era fantastica.»

SEDICI

Prima di lasciare il campus, Josie si informò con il capo Hahlbeck in merito all'adesivo. Hahlbeck aveva verificato nella loro banca dati ma non aveva ottenuto risultati, ma promise di fare ricerche più approfondite in tutto il campus. A quel punto, non avendo nient'altro da fare sul posto, Josie e Mettner tornarono in centrale. Josie provò un grande sollievo nel vedere la sua amata stazione dopo l'intenso caos e la tristezza della mattina. Era un massiccio edificio in pietra a tre piani con un vecchio campanile d'angolo inutilizzato. In origine, era stato costruito in funzione di municipio, poi, sessantacinque anni prima era stato trasformato in comando di polizia. Imponente, maestoso e dai toni del grigio, aveva una sua personalità e Josie lo adorava per questo.

Josie e Mettner arrivarono contemporaneamente e lasciarono le macchine uno accanto all'altra nel parcheggio comunale sul retro dell'edificio. Insieme, attraversarono la porta sul retro e salirono due rampe di scale fino alla sala grande, dove le scrivanie assegnate ai detective occupavano un posto fisso al centro della stanza, e tutto intorno c'erano le altre postazioni utilizzate a turno da vari agenti di pattuglia quando dovevano compilare delle scartoffie. Sulla destra delle scrivanie in condivisione c'era una nuova scrivania destinata all'ultima arrivata, la loro addetta stampa, Amber Watts, che l'aveva attrezzata con portapenne, matite, pinzatrice e forbici tutto in coordinato bianco e verde. Aveva anche appeso alla parete accanto alla scrivania una lavagnetta di sughero incorniciata, sempre in toni di bianco e verde. Un simile aspetto molto poco aziendale e allegro risultava un po' fuori luogo nella stazione di polizia, ma l'esuberanza sempre presente di Amber e il suo bisogno di coordinare ogni cosa cominciavano a piacere a Josie.

Amber alzò lo sguardo dal suo portatile e si scostò una lunga ciocca di capelli ramati dalla spalla, sorridendo a Mettner. Josie si accorse subito che le guance del giovane collega si tingevano di rosso mentre le diceva: «Miss Watts, Amber, piacere di vederti.»

Amber annuì, rivolse a Mettner un sorriso a trentadue denti e puntò in aria la sua penna a righe bianche e verdi. «Il sergente all'entrata ha detto di chiamarlo quando sareste arrivati. Ha qualcosa per voi.»

Josie andò alla sua scrivania e compose il numero dell'atrio dove il sergente Dan Lamay era di stanza ormai da quasi cinque anni. Il sergente faceva parte del Dipartimento di Denton da più tempo di chiunque altro attualmente in servizio. Aveva superato l'età della pensione, sopravvivendo a scandali e a diversi capi della polizia, ma quando Josie aveva rivestito l'incarico di capo ad interim, l'aveva nominato sergente di turno in modo che potesse continuare a prestare servizio in polizia, dal momento che la famiglia aveva bisogno del suo sostentamento e dei suoi benefit. Lei era stata ricompensata con la sua fedeltà, che le aveva salvato la pelle in più di un'occasione. «È arrivata.» disse lui quando rispose. «Salgo subito.»

Visto che Dan aveva una brutta artrite a un ginocchio che sembrava peggiorare di anno in anno, Josie stava per dirgli che poteva raggiungerlo lei, ma lui aveva già riattaccato e nel giro di un minuto lo vide entrare dalla porta delle scale tenendo in mano una busta di carta per le prove e avvicinarsi alla sua scrivania per porgergliela. «Hummel ha lasciato il telefono e il caricabatterie. Ha detto che è pronto per essere esaminato.» annunciò. «L'ha già analizzato per trovare le impronte e ha detto che ce n'era solo una, appartenente alla proprietaria del telefono.»

«Non ha detto niente a proposito di un sacchetto per alimenti?» gli domandò Josie. «Gli avevo chiesto di prendere le impronte anche da quello.»

Dan si grattò il mento. «Ha detto che sul sacchetto ci sono le stesse impronte del telefono. Vi farà avere un rapporto entro la fine della giornata, ma voleva che lo sapeste subito. Oh, e Gretchen ha chiamato perché ha ottenuto il permesso dai genitori di Nysa Somers per accedere al telefono.»

«Dov'è Gretchen?» chiese Mettner.

«È andata a Hollister Way per aiutare il tenente Fraley a raccogliere informazioni.» spiegò Dan. «Mi ha anche parlato delle sue magliette, Boss, e ne ho ordinata qualcuna per lei. Saranno disponibili tra un paio di giorni.»

«Dan...» disse Josie, «sei una benedizione dal cielo. Ti ringrazio.»

Lui fece un gesto con la mano per dire che non era niente di che. Voltandosi per tornare al piano di sotto, aggiunse da sopra una spalla: «Così può dedicare il suo tempo a cose più importanti.»

Josie aprì la busta e tirò fuori il telefono. Premette il pulsante di accensione. Sullo schermo apparve la scritta: inserire il codice di accesso.

«Ti pareva...» disse Josie.

Dan si fermò. «Cosa c'è che non va?»

«Occorre il codice di accesso.»

Dan si accigliò. «Oh sì. Gretchen ha detto di aver chiesto ai genitori se potevano dircelo, ma non lo sapevano.»

«Va bene, Dan.» disse Mettner mentre il sergente lasciava la stanza e tornava giù per le scale. Rivolgendosi a Josie, disse: «Chiamo Christine Trostle e vedo se lo sa.»

Christine non conosceva il codice di accesso, ma suggerì diverse alternative, nessuna delle quali permise loro di accedere ai contenuti del telefono. Josie si sedette sulla sedia con un sospiro, posò il telefono sulla scrivania e lo fissò.

Dall'angolo della stanza, Amber intervenne: «Avete detto che era una nuotatrice, giusto? Dovreste provare con qualcosa che riguardi il nuoto. Qual era il suo evento? La gara in cui ha fatto meglio?»

Un sorriso spuntò sulle labbra di Mettner.

Josie si protese in avanti e cominciò a scrivere sulla tastiera. «Ottima idea!» disse. Andando a recuperare l'ultimo servizio della WYEP sulla squadra di nuoto dell'Università di Denton, Josie, Mettner e Amber guardarono il breve video, che si incentrava quasi esclusivamente su Nysa. Hudson era stato incluso, come da desiderio della madre, ma il suo contributo era stato ridotto a brevi frasi di elogio per Nysa. Vederla viva, in salute e vigorosa era doloroso. Josie riusciva ancora a sentire la fredda sagoma senza vita di Nysa sotto le sue mani, mentre cercava di riportarla in vita.

«Sembra che la sua gara migliore sia stata quella dei cento metri farfalla.» disse Mettner.

«Scommetto che il codice di accesso è il suo tempo migliore!» esclamò Amber.

Josie mise in pausa il servizio della WYEP e fece una ricerca su Internet. Non le ci volle che una manciata di secondi per trovarlo. Prese il telefono, digitò 5786 e immediatamente il telefono si sbloccò.

«Sì! Amber, sei eccezionale.» esultò Josie, suscitando le risate di Mettner e Amber.

Si accalcarono dietro di lei mentre navigava nel telefono di Nysa. Nella schermata iniziale c'era la foto del cane bianco che

Josie aveva visto in cornice sulla cassettiera in camera della ragazza. C'erano diversi messaggi non letti, la maggior parte dei quali erano di Christine. Alcuni erano di altri studenti che evidentemente frequentavano gli stessi corsi di Nysa e che le chiedevano dove fosse stata quella mattina. Ce n'era uno che Josie immaginò fosse di sua madre, inviato alle nove di quella mattina, in cui le chiedeva come andava la ricerca per la relazione. Josie deglutì per un groppo in gola. Era evidente che Nysa e la sua famiglia avevano un rapporto molto stretto.

Doveva assolutamente scoprire cosa era successo a quella ragazza, si disse Josie.

«Non ci sono messaggi di ieri sera, tranne quelli che si è scambiata con Christine.» si lamentò. «Chiunque sia, la persona con cui si è incontrata, non le ha mandato messaggi. A meno che Nysa non li abbia cancellati.»

«Controlla il registro delle chiamate.» le suggerì Mettner.

Josie seguì il suggerimento, ma non trovò niente di utile a parte le chiamate di Christine, tutte perse. «Qui non c'è nulla.»

«Ma deve esserci qualcosa...» disse Mettner. «Fammi dare un'occhiata.»

Prese il telefono dalle mani di Josie e si mise a scorrere e sfogliare.

«Controlla la casella della posta elettronica e i social media.» propose Josie. «Devono pur esserci delle prove di questo amico misterioso. I filmati della biblioteca, li avevi controllati tutti, vero?»

«Sì...» borbottò Mettner. «È entrata, è salita al quarto piano, non ha rivolto la parola a nessuno se non alla bibliotecaria per chiederle qualcosa e poi ha lavorato alla postazione informatica fino all'orario di chiusura.»

«Allora deve aver incontrato questa persona misteriosa mentre usciva dal passaggio tra gli alberi.» concluse Josie. «Ci sono stata oggi. Potrebbe aver visto qualcuno lungo il sentiero o anche mentre tornava verso casa sua. Teniamo anche presente che molti degli studenti lasciano lì la macchina e raggiungono il campus a piedi. Quella persona poteva essere lì ad aspettarla quando è sbucata dal sentiero.»

Mettner alzò lo sguardo dal telefono. «Quindi questo è inutile.»

«Posso dare un'occhiata anch'io?» chiese Amber.

Mettner le passò il telefono e si rivolse a Josie: «Non avevi detto che la coinquilina pensava che Nysa frequentasse qualcuno di nascosto?»

«Sì...» confermò Josie, «è quello che ha lasciato intendere.»

«Forse si sono incontrati lì e hanno passato la notte insieme. Forse è un luogo in cui si incontravano abitualmente, al passaggio. Se così fosse, non avrebbero avuto bisogno di telefonare o mandare messaggi.»

«Non è da escludere, ma Christine si aspettava che tornasse a casa alla chiusura della biblioteca. Se il GPS fosse abilitato su quel telefono, potremmo scoprire dov'è stata ieri sera.» argomentò Josie.

«Però il telefono era nel suo zaino, che è stato gettato nel bosco.» le ricordò Mettner. «Probabilmente è rimasto lì tutta la notte.»

«Hai ragione.» concesse Josie. «Ma vale la pena di controllare.»

«C'è qualcosa nella sua agenda...» disse Amber. Alzò il telefono in modo che sia Mettner che Josie potessero vedere lo schermo. Non c'era alcun dubbio, nel quadratino di quella mattina c'era qualcosa. Josie prese il telefono dalle mani di Amber e toccò per ingrandirlo. Il suo cuore accelerò di qualche battito. «È vero.» disse. «C'è un promemoria sul calendario impostato per le cinque e cinquantacinque di oggi. Dice: "È l'ora di fare la sirena".»

«Che cosa può significare?» si chiese Mettner. «Si definisce così perché è una nuotatrice? Una sirena? Dovrebbe essere una specie di battuta? Sarebbe, al posto di "è ora di allenarsi", "è l'ora di fare la sirena"?»

Josie fece scorrere il calendario indietro di mesi, ma il promemoria di quella mattina "È l'ora di fare la sirena" era l'unica voce presente. «Non credo che usasse questa agenda.»

«L'ha usata questa mattina.» puntualizzò Amber.

«Certo. Ma qui non c'è nient'altro almeno da un anno a questa parte. Perché da un giorno all'altro avrebbe dovuto inserire nell'applicazione del calendario un promemoria per un orario in cui normalmente non andava nemmeno a nuotare? Perché sarebbe rimasta fuori tutta la notte tra domenica e lunedì con una persona misteriosa e poi si sarebbe diretta in piscina senza costume e senza borsone? Dov'è stata tra l'ora in cui è uscita dalla biblioteca e quella in cui è rientrata dal passaggio questa mattina? E con chi è stata?»

Mettner la fissò. «Dici che dovrei segnarmele queste cose?»

Josie scoppiò in una risata fragorosa. «No. Sto pensando ad alta voce.»

Mettner tese una mano e Josie gli diede il telefono. Lui fece qualche passaggio e scorse diverse schermate, accigliandosi via via. «Il GPS non è abilitato. Anche se lo avesse avuto con sé tutta la notte, non avremmo modo di scoprire dove è andata.»

«Prepara subito un mandato.» disse Josie. «Mandalo al suo provider, così scopriremo in quale zona il telefono si è agganciato all'antenna ieri sera.»

«Ma questo ci porterà solo a un raggio da uno a tre chilometri da dove si trovava.» le fece notare Mettner. «E potrebbe volerci una settimana per ottenerlo, a seconda del provider.»

«Vale comunque la pena di provare.» disse Josie.

La porta delle scale si aprì e Noah entrò nella sala grande. Aveva l'aria stanca. Dietro di lui, la detective Gretchen Palmer entrò trascinando i piedi, con una polo arrotolata sotto un braccio che porse a Josie prima di lasciarsi andare sulla sedia alla scrivania.

«Grazie.» disse Josie. «Dan mi ha ordinato delle magliette nuove. Te la restituisco non appena arriveranno. Voi avete ottenuto qualcosa?»

Anche Noah si mise a sedere, tirò fuori il suo taccuino e lo gettò sulla scrivania. «No.» disse.

«Un accidenti di niente.» aggiunse Gretchen.

«State scherzando?» disse Mettner.

«Vorrei che fosse così.» disse Gretchen. «Ma nessuno ricorda di aver visto Nysa Somers né ieri sera né questa mattina. Oppure, se l'hanno vista, non vogliono ammetterlo.»

«Quella tra domenica e lunedì è una delle notti più tranquille, a quanto pare...» proseguì Noah, «perché le lezioni del mattino non iniziano prima delle otto e Nysa è uscita dal passaggio verso le sei. Quindi, non ci dovevano essere molte persone in giro a quell'ora. Siamo andati a fare due chiacchiere con il compagno di stanza di Hudson Tinning. Dice che Hudson è stato a casa tutto il giorno domenica. Sua madre gli ha portato la biancheria pulita e la cena. Hanno cenato tutti insieme verso le sei e mezza, poi la madre è andata via. Il compagno di stanza dice che sono rimasti entrambi lì tutta la sera. È andato a letto verso l'una di notte e Hudson era in salotto a giocare alla Xbox.»

«Oh...» disse Josie, «immagino che abbia ottenuto un punteggio notevole a quell'esame di chimica.»

Mettner rise.

«E adesso che facciamo?» disse Noah.

«Vorrei parlare con i genitori di Nysa.» disse Josie.

«Non oggi.» disse Gretchen. «Ci hanno chiesto se potevamo lasciar passare il resto della giornata. L'altra figlia arriverà stasera per stare con loro. Frequenta la Temple University di Philadelphia. È al primo anno.»

Noah guardò il telefono. «Sono quasi le cinque. Dobbiamo tornare a casa se non vogliamo fare tardi per la cena.»

Josie sorrise nonostante il terribile stato d'animo in cui

l'aveva messa il caso di Nysa Somers. «Oh sì, non vedo l'ora. Andiamo a casa allora. Ho proprio bisogno di farmi una doccia. Dammi solo un attimo per chiamare la dottoressa Feist e sentire se ha avuto modo di fare l'autopsia.»

Josie compose il numero di cellulare del medico legale, che le rispose dopo sette squilli, con il fiatone.

«Detective Quinn, cosa posso fare per lei?»

«Ci chiedevamo se avesse avuto modo di completare l'autopsia di Nysa Somers.»

La Feist si lasciò sfuggire un sospiro. «Anche i piani migliori sfumano. Avevo chiesto al mio assistente di cominciare con i trattamenti preliminari, ma poi il pronto soccorso è stato sommerso di pazienti. Tre casi di convulsioni e due di insufficienza cardiaca acuta, uno dietro l'altro. Mi hanno chiesto di andare a dare una mano. Abbiamo una situazione da "tutti gli uomini in coperta" in questo momento.»

«Mi dispiace sentirlo.» disse Josie. «Non la trattengo oltre, allora...»

«Ci aggiorniamo domani, detective.» disse la dottoressa Feist. «Non si preoccupi.»

Arrivati a casa, Josie portò il loro Boston Terrier, Trout, a fare una passeggiata, mentre Noah iniziava a preparare la cena. Tra loro due, era l'unico che riusciva a preparare la cena dall'inizio alla fine senza far scattare l'allarme antincendio. Misty e Harris arrivarono nel giro di mezz'ora. Con grande sollievo di Josie, Harris aveva trascorso una giornata meravigliosa all'asilo e non vedeva l'ora di tornare la mattina seguente. Trascorse tutta la cena raccontando a tutti le storie degli animali del piccolo zoo. Ma nonostante la cena piacevole e il peso che si tolse dalle spalle sapendo che Harris aveva trascorso un ottimo - e sicuro - primo giorno di scuola, Josie non riuscì a prendere sonno. I pensieri di Nysa Somers, dei brownies contenenti sostanze potenzialmente nocive, dell'adesivo inquietante e delle ore di cui non si sapeva niente di lei prima della sua strana morte le turbinavano nella testa.

Quando controllò l'orologio per la terza volta di fila, segnava le 4:57. A quell'ora Nysa si trovava... dove? si chiese. Dove era finita per otto ore? Con chi era stata?

Trout uggiolò ai suoi piedi e saltò giù dal letto, trovando posto sul tappeto in mezzo alla stanza, come faceva a volte quando Josie si girava e rigirava troppo per i suoi gusti. Josie allungò un braccio verso Noah, ma il suo lato del letto era freddo e vuoto. Si alzò e scese le scale con il cane tra i piedi. Non riuscì a trovare Noah da nessuna parte. Tornata al piano di sopra, vide che il telefono e il portafoglio non erano sul comodino dove li lasciava di solito. Lo chiamò. Dopo sei squilli finalmente rispose.

«Dove sei?» gli chiese.

«Ho ricevuto una chiamata.» rispose lui. «Ci vediamo in centrale più tardi.»

«Perché non mi hai svegliata?» gli chiese.

«Dormivi come un sasso. Ho pensato che avessi bisogno di riposare. La prossima volta puoi andare tu. Scusami, ma devo andare.»

Josie aprì la bocca per aggiungere qualcos'altro: *Torna a casa. Vorrei che tu fossi qui.* Ma non era brava a esprimere questo genere di cose. Cose che svelavano la sua vulnerabilità. Sapeva che avrebbe dovuto provarci. Nel corso dell'ultimo anno non c'era nessuno che si fosse risparmiato di consigliarle di andare in terapia. Fino a quel momento aveva resistito. Rivivere i suoi numerosi e variegati traumi dell'infanzia le sembrava la cosa meno utile da fare. Preferiva spingerli nel profondo o eliminarli o metterli in un compartimento della sua mente dove non doveva ricordare nulla. Qualche volta, alcuni casi a cui lavorava facevano affiorare i suoi demoni. Era sempre più facile quando c'era Noah con lei, soprattutto da quando aveva smesso di bere. Ma lui aveva un lavoro da fare, proprio come lei, e sapeva che non sarebbe potuto tornare a casa, anche se avesse voluto.

«Ci sei ancora?» chiese Noah.

«Sì.» rispose lei. «Ci... ci vediamo più tardi.»

Noah riattaccò prima che lei potesse dirgli l'unica cosa che si sentiva a suo agio ad ammettere: «Mi manchi.»

DICIASSETTE

Tre ore più tardi, Josie stava attraversando il centro della città, percorrendo la lunga strada che portava all'ampio e massiccio edificio in mattoni, arroccato in cima a una delle colline più alte di tutta la città, che costituiva il Denton Memorial Hospital. Josie lasciò la macchina nel parcheggio e attraversò l'ingresso per prendere un ascensore e raggiungere il seminterrato, dove si trovava l'obitorio municipale. Era il posto più tranquillo dell'intero ospedale. Imboccò il lungo corridoio che conduceva al laboratorio della dottoressa Feist; c'era stato un tempo in cui le sue pareti erano bianco brillante ma ora erano di un grigio spento che si abbinava al giallognolo delle piastrelle del pavimento. Mano a mano che si avvicinava al laboratorio, Josie sentiva l'onnipresente odore di sostanze chimiche, unito a quello acre della putrefazione, assalire tutti i suoi sensi.

Passò davanti alla grande sala per gli esami autoptici e si diresse verso l'ufficio della dottoressa Feist. La porta era aperta, ma non la trovò all'interno, così si sedette sulla sedia degli ospiti davanti alla scrivania e aspettò. La dottoressa aveva fatto del suo meglio per rendere la stanza calda e accogliente: aveva dipinto le pareti in blocchi di cemento con un rilassante celeste pervinca con disegni murali astratti in colori pastello; teneva sempre spente le luci fluorescenti a soffitto, preferendo due lampade da tavolo, che davano alla stanza una luce più tenue. Dall'ultima volta che Josie era stata lì, la dottoressa aveva aggiunto una seconda pianta in vaso e, in cima a uno degli schedari, un deodorante per ambienti bianco di forma cilindrica che a intervalli di pochi secondi emetteva un getto di aerosol aromatizzato alla mela. Era un'aggiunta piacevole, ma non riusciva a contrastare l'odore dell'obitorio che veniva dalla stanza adiacente.

«Detective Quinn.» la accolse la dottoressa Feist, entrando nell'ufficio e andando a prendere posto sulla sua sedia dietro la scrivania con un sospiro che soffiava l'aria all'insù, facendo svolazzare la frangia bionda dai riflessi argentati. «È venuta sola?»

Josie controllò con gesto furtivo il telefono. Non aveva avuto notizie di Noah per tutta la mattina. L'unica risposta che aveva dato ai suoi messaggi era stato un secco: *Sono stato trattenuto. Ci vediamo dopo.*

«A quanto pare, sì.» rispose alla dottoressa. «Ha l'aria esausta. Tenga.» le disse Josie porgendole una tazza di caffè del loro bar preferito in città, il Komorrah's Koffee.

«Non sono ancora riuscita tornare a casa.» disse la Feist. Le si chiudevano gli occhi mentre sorseggiava il caffè. «Celestiale...» aggiunse. «Grazie.»

«L'hanno bloccata al pronto soccorso tutta la notte?»

Lei scosse la testa e posò il caffè sulla scrivania. «Non per tutta la notte. Hanno avuto altri tre attacchi di cuore dopo quei casi. Ho fatto quello che ho potuto. Di solito non mi occupo dei pazienti, ma ho cercato di rendermi utile in ogni modo possibile. Poi ho pensato: già che ero in piedi, perché non approfittarne per scendere giù a fare l'autopsia di Nysa Somers? Ieri ho incontrato la sua famiglia e non voglio che debbano aspettare a lungo per il rilascio del corpo.»

«La ringrazio...» disse Josie, «per averla sbrigata così in fretta.»

«Nessun problema. Non avrò un rapporto pronto prima di un altro giorno e, anche allora, sarà solo preliminare, perché dovrò aspettare i risultati degli esami tossicologici. Finché non saranno arrivati non potrò stendere un rapporto definitivo e, come sa, gli esami tossicologici possono richiedere fino a otto settimane.»

«Lo so.» disse Josie. «Tutto ciò che può dirmi al momento sulle sue conclusioni preliminari mi sarebbe utile.»

La dottoressa Feist si rilassò sulla sedia, appoggiando la testa allo schienale. «Prima di entrare nel merito, è bene che sappia che, se da una parte è abbastanza chiaro che Nysa Somers è annegata, dall'altra non è ancora chiaro se si sia trattato di un incidente o di qualcos'altro. Perciò, la causa del decesso è l'annegamento, ma sulle modalità del decesso, tra incidente, omicidio e suicidio, non posso darle una risposta certa in questo momento. Alle volte, quando constatiamo che l'annegamento è la causa del decesso, in particolare in quei casi in cui un corpo viene ritrovato in acqua e non sappiamo come ci sia arrivato, non è sempre possibile determinare con chiarezza come sia avvenuto l'annegamento. È per questo che gli esami tossicologici sono di fondamentale importanza. Mi rendo conto che l'attesa è frustrante, ma sfortunatamente non possiamo esercitare alcun controllo sulla rapidità del laboratorio.»

«Lo capisco.» disse Josie. «Che cosa ha trovato durante l'esame?»

La dottoressa Feist annuì. «Non aveva lesioni traumatiche, né segni di violenza sessuale, non c'erano lividi, né lacerazioni, nessuna traccia di pelle sotto le unghie e non ho trovato segni di malattie o eventi patologici improvvisi. In buona sostanza, a un esame preliminare, Nysa Somers era sana come un pesce. Le uniche anomalie che ho riscontrato sono compatibili con la morte per annegamento. I suoi polmoni erano molto congestionati. Ipergonfiati. Con una radiografia ho potuto riscontrare quella che in medicina chiamiamo "opacità a vetro smerigliato", proprio perché le immagini dei polmoni delle vittime di annegamento prendono quell'aspetto. Inoltre, aveva del liquido nello stomaco e nelle cavità paranasali. Ma, come ho detto, la modalità della morte non è determinabile, almeno finché non avremo i risultati degli esami tossicologici.»

«C'erano altri contenuti nello stomaco?» chiese Josie. «È possibile scoprire cosa e quando ha mangiato l'ultima volta?»

Il volto della dottoressa Feist si illuminò. «In effetti, al momento della morte c'era un alimento di qualche tipo nel suo stomaco. È stato difficile capire cosa potesse essere, ma sono vent'anni che faccio questo lavoro e la mia ipotesi è che si trattasse di cioccolato, di qualcosa simile a una barretta, un dolce o un brownie probabilmente. Non sono in grado di dirlo con precisione. Naturalmente ho inviato il contenuto dello stomaco al laboratorio per le analisi, ma anche questo richiederà tempo.»

«Lo stomaco impiega circa sei ore per svuotarsi completamente, dico bene?» chiese Josie.

«Beh, dipende da persona a persona.» rispose il medico legale.

«In questo caso sono circa otto le ore di tempo che non siamo in grado di riempire. Dalle nove e mezza di sera alle sei del mattino. È possibile che Nysa Somers abbia mangiato qualcosa in quel lasso di tempo, in base a ciò che lei ha trovato?»

«Non solo possibile...» rispose la Feist. «È molto probabile. È solo difficile stabilire quando l'abbia mangiato. Direi che potrebbe essere stato dopo la mezzanotte.»

«E per quanto riguarda l'ora del decesso?» chiese Josie. «È stata in grado di circoscriverla ulteriormente? So che si tratta di una finestra di appena due ore, tra le sei e le otto del mattino ma... sono curiosa.»

«Considerando la temperatura del locale in cui si trovava e dell'acqua della piscina, entrambe a livello costante, e le misurazioni effettuate sulla cavità toracica durante l'autopsia, direi che era morta da circa due ore.»

«Sta dicendo che è probabile che sia morta poco dopo le sei del mattino, ovvero subito dopo essere entrata sul piano vasca?» precisò Josie.

La dottoressa annuì e Josie rimase in silenzio.

«Cosa c'è?» chiese la Feist.

«Niente.» rispose Josie. «Sto solo cercando di capire come spiegare alla sua famiglia che ieri la loro stella del nuoto è annegata.»

DICIOTTO

Il capo della polizia, Bob Chitwood, in piedi davanti alle scrivanie dei detective, con le braccia incrociate sul petto magro, fissava Josie, Mettner e Gretchen. I suoi occhi scuri scrutavano ognuno di loro a turno attraverso le lenti di un paio di occhiali da lettura. Alcune ciocche di capelli bianchi gli galleggiavano intorno alla testa. Per lo meno le sue guance segnate dall'acne non erano ancora infiammate dalla frustrazione o dalla rabbia, pensò Josie. Per il momento.

Trafisse l'aria con un dito. Josie non riuscì a capire se fosse rivolto a uno in particolare di loro o a tutti quanti. «Mi state dicendo...» li apostrofò, «che ieri la migliore nuotatrice della squadra universitaria è affogata in piscina?»

I detective si scambiarono occhiate perplesse. Poi Gretchen, che tra tutti aveva l'effetto più tranquillizzante su Chitwood, disse: «Sì, Signore. Sembra che sia così. Non siamo sicuri della causa.»

«La notizia è già arrivata alla stampa.» aggiunse Mettner. «Amber è rimasta attaccata al telefono da quando è arrivata. Ora è a pranzo, ma questa mattina è stata piuttosto impegnata.

Per ora si è limitata a dare a tutti una risposta standard: "la nostra indagine è in corso".»

«Mi assicurerò che continui così. Quinn!» abbaiò Chitwood. «Tu hai trovato qualcosa?»

Josie cominciò raccontandogli delle briciole di brownie trovate in un sacchetto dentro lo zaino abbandonato di Nysa e della conferma della dottoressa Feist che Nysa aveva mangiato quei brownies prima di morire e infine gli consegnò una stampa dell'adesivo.

Con un dito Chitwood si spinse gli occhiali da lettura più su sul naso e fissò l'immagine. «Davvero bizzarro.» disse. Poi sospirò, gliela restituì e abbassò gli occhiali in modo da poterli guardare. «Quindi avrebbe preso qualcosa, si sarebbe sballata, sarebbe andata a nuotare in stato di intossicazione e sarebbe annegata. È dannatamente triste, ma non è un caso unico tra i giovani. Caso aperto e chiuso.»

«Signore...» protestò Josie, «non sono sicura che...»

«Fammi indovinare...» la interruppe lui, chinandosi e appoggiando le mani sulla scrivania, e fissandola attentamente negli occhi. «Pensi che questo sia qualcosa di più del caso di una ragazzina del college che fa una cosa incredibilmente stupida e ne paga il prezzo più alto?»

Josie si preparò a una delle tipiche sfuriate del capo. «A dire il vero, ci sono un paio di cose che mi sembrano sospette.»

«Sospette in che modo?» la incalzò Chitwood.

«Nel senso che sicuramente ha mangiato quei brownies e, sì, probabilmente erano addizionati con qualcosa, ma mi sono fatta l'idea che non avrebbe assunto volontariamente o consapevolmente delle droghe.»

Raccogliendo le fila del ragionamento, Mettner aggiunse: «Tutti quelli con cui abbiamo parlato ci hanno detto che Nysa Somers non faceva uso di droghe e beveva raramente. Se era sotto l'effetto di qualche sostanza, condivido il punto di vista della detective Quinn. Sarebbe strano che Nysa avesse scelto di mangiare quei brownies sapendo che contenevano qualcosa.»

«E, oltre a questo...» aggiunse Josie, «il promemoria sulla sua agenda "è l'ora di fare la sirena" non ha senso.»

«Ce l'ha se era fuori come un balcone, Quinn.» sbraitò Chitwood. «Sai che la gente fa cose assurde e senza senso quando è sotto l'effetto di sostanze.»

«Il fatto è che io non credo che abbia mangiato quei brownies sapendo che contenevano qualcosa.»

Chitwood fece un verso di frustrazione. «Non ti è ancora passato per la testa che forse era depressa e non le importava più di niente? Che probabilmente aveva tendenze suicide e non gliene fregava nulla che la droga la uccidesse?»

Gretchen alzò una pila di documenti dalla sua scrivania per mostraglieli e poi li rimise a posto. «Quando sono arrivata qui stamattina, ho preparato alcuni mandati e li ho notificati di persona al centro sanitario del campus e poi all'ambulatorio del suo medico nella sua città di origine, nel New Jersey, via e-mail. E con Mett abbiamo passato tutta la mattinata a controllare le sue cartelle cliniche, e non c'è il minimo accenno al fatto che stesse lottando contro la depressione o crisi d'ansia.»

«Anche le persone estremamente efficienti possono soffrire di depressione e non sempre si rivolgono a uno specialista per affrontarla. Hai già parlato con i suoi genitori?»

«Andrò tra poco all'albergo dove alloggiano per parlare con loro.» disse Josie. «Ma ho la sensazione che diranno la stessa cosa che hanno detto tutti quelli che conoscevano Nysa Somers: che non era depressa e che non avrebbe mai assunto droghe volontariamente o consapevolmente.»

«Quinn, i ragazzi del college fanno cose stupide in continuazione.» le fece notare Chitwood. «Anche quelli più promettenti. A volte le cose sono esattamente come sembrano.»

«E l'adesivo?» chiese Josie. «Chiunque abbia fatto quei

brownies e quell'adesivo ha dato a Nysa qualcosa che l'ha uccisa. O l'ha portata a suicidarsi.»

«Pensi che sia entrata in acqua e si sia lasciata annegare?» chiese Mettner. «Non sarebbe stato molto difficile fare così?»

«Non se fosse stata sotto l'effetto di qualcosa di molto potente.» sottolineò Gretchen. «Nuove droghe entrano in circolazione in ogni momento. Forse non era semplice erba quella nei brownies. Potremmo avere a che fare con una variante o una combinazione di droghe. Ho visto il video dell'atrio che avete ottenuto. Non sembrava affatto intossicata, eppure la dottoressa Feist ha detto alla detective Quinn che probabilmente è morta subito dopo essere entrata nel locale della piscina. Come si spiega una cosa del genere?»

Mettner guardò verso Gretchen. «Forse la sostanza che ha ingerito ha fatto effetto solo quando è entrata in acqua.»

«Allora perché sarebbe entrata in piscina con i vestiti addosso?» chiese Josie.

Gretchen, con gli occhi ancora puntati su Mettner, lo guardò con aria interrogativa. «Non stiamo parlando di dardi tranquillanti, Mett. La dottoressa Feist ha detto che aveva mangiato quei brownies poco dopo mezzanotte, non subito prima di entrare in vasca.»

«Lei non può sapere se...» cominciò Mettner.

Chitwood alzò le mani e urlò: «Basta così. Tutte queste congetture non sono altro che una perdita di tempo. L'unica cosa che possiamo dire con il novanta per cento di certezza è che questa ragazza aveva in circolo qualcosa, quindi dobbiamo aspettare il risultato degli esami tossicologici. È molto semplice. Più tardi Quinn andrà a dire ai genitori che la loro figlia ha mangiato dei dolci che, riteniamo, contenessero una sostanza illecita e poi è annegata. Quando arriveranno i risultati degli esami tossicologici, la dottoressa Feist finirà il suo rapporto. E chiuderemo il caso.»

«Però quell'adesivo...» protestò Josie. «Signore, e se altri studenti mettessero le mani sulla sostanza che c'era in quei brownies?»

«Hai appena detto che il capo della polizia del campus non ha riscontrato altri incidenti per droga collegati a questi adesivi. Non possiamo sapere se in quei brownies ci fosse effettivamente qualcosa. Sono tutte supposizioni. Diavolo, è una speculazione anche il fatto che quell'adesivo sia un indicatore della presenza di stupefacenti. Non intendo scatenare il panico dell'opinione pubblica finché non avremo maggiori informazioni.»

«Ma Signore!» disse Josie. «Lei non ha un contatto nella DEA? Potrebbe fare una telefonata e chiedere dell'adesivo.»

«Oppure potremmo aspettare i risultati degli esami tossicologici.» ripeté Chitwood. «Come ti ho appena detto.»

Josie era sul punto di rispondere, ma Chitwood alzò una mano per fermarla. «Quinn, so che hai la sensazione che c'è qualcosa che non va. So che il tuo istinto raramente ti tradisce e so che vuoi seguirlo, ma stavolta non puoi. Non c'è niente da fare. Non posso spendere il tempo e le risorse di questo dipartimento per un caso che si rivelerà un tragico incidente.»

Josie si sforzò di mantenere un tono calmo e uniforme. «Signore, mi lasci provare a rintracciare la persona con cui Nysa Somers si trovava la sera prima di morire.»

Lui incrociò di nuovo le braccia sul petto e la fissò. Josie sapeva di averlo in pugno adesso. Era una richiesta ragionevole. Una questione in sospeso che doveva essere risolta a prescindere dall'esito dell'indagine. «Va bene.» concesse Chitwood a malincuore.

«E mi lasci seguire il capo Hahlbeck nelle indagini sullo spaccio nel campus. Ha detto di non aver trovato nessun riscontro sull'adesivo nei suoi fascicoli, ma ha detto che avrebbe continuato a indagare e che avrebbe proseguito gli interrogatori tra gli studenti.»

«Quinn...»

Gretchen si alzò dalla sedia, attirando l'attenzione di Chitwood. «Non è niente di più che una conversazione, Signore. Tutto qui.»

Chitwood agitò il dito verso Gretchen, Josie e Mettner.

«Dovete fare molta attenzione...» li ammonì. «Voi tre vi state muovendo su una lastra di ghiaccio sottile.»

Poi si avviò verso il suo ufficio, sbattendo la porta alle sue spalle. Dopo un momento di silenzio, Gretchen disse: «Beh, non ha detto di no.»

Josie sorrise.

«Come farete a trovare la persona con cui era Nysa?» chiese Mettner.

«Ho bisogno che tu richieda quel mandato per vedere la posizione del suo telefono l'altra sera. È un punto di partenza. Inoltre, data la probabile presenza di stupefacenti, credo che dovremmo parlare con il ragazzo che ha organizzato la festa a cui Nysa e Christine hanno partecipato sabato sera. Hudson ha detto di non sapere se ci fosse o meno della droga.»

Mettner scorse gli appunti sul suo telefono. «Ho già interrogato quel ragazzo ieri. Fa parte della squadra di nuoto. Ha detto di non aver mai visto l'adesivo e di non essere a conoscenza che alla festa ci fossero sostanze stupefacenti.»

«Non mi sarei certo aspettata che dicesse diversamente.» commentò Josie. «Vedi se riesci a rintracciare altre persone che erano alla festa.»

«Pensi che abbia preso i brownies alla festa? Senza che la sua compagna di stanza lo sapesse?»

«Non ne ho idea, Mett. È un'altra pista. E ora come ora non ne abbiamo molte. Qualcuno dovrebbe anche andare giù all'East Bridge e mostrare la foto dell'adesivo da quelle parti per vedere se qualcuno lo riconosce.» propose Josie; sotto l'East Bridge di Denton si concentrava gran parte dell'attività di spaccio della città.

«Mi ci metto subito.» disse Mettner.

«E nel frattempo...» aggiunse Josie «io vado a parlare con i suoi genitori.»

Gretchen si alzò. «Vengo con te. Ma prima andiamo a mangiare un boccone.»

DICIANNOVE

Ce l'ho fatta. Ha funzionato. Non occorreva nemmeno che fossi presente. È stata una morte a distanza. La consapevolezza di ciò che ho fatto e la genialità di tutta l'operazione mi fanno venire ancora i brividi. Nysa Somers è morta. La mia euforia si è poi stemperata quando ho realizzato che la portata delle conseguenze è stata di gran lunga maggiore di quanto avessi potuto prevedere. Non solo la stampa si è avventata sulla storia, ma anche la polizia. In passato ci sono state occasioni in cui la polizia era intervenuta, ma aveva svolto un ruolo poco più che superficiale: si erano presentati, non avevano riscontrato nulla di strano e avevano chiuso il caso. In passato avevo sempre coperto le mie tracce abbastanza bene da non far nascere sospetti. Invece, questa volta le cose sono andate diversamente: la polizia ha preso la cosa molto più seriamente di quanto mi aspettassi. E so che dovrei spaventarmi.

Forse avrei dovuto adottare una maggiore cautela, ma la verità è che provo una sensazione di grande euforia. Niente mi aveva mai fatto sentire altrettanto bene. Prima di allora ero sempre invisibile. Solo io conoscevo l'impatto che avevo avuto su ogni morte. Ora, finalmente, mi vedevano. È la cosa più bella e più grande che abbia mai fatto. Vorrei farlo di nuovo. Potrei farlo di nuovo. Sarebbe davvero facile. Ma chi è rimasto? La mia lista si è accorciata col tempo. La mia vittima successiva non può essere una persona qualsiasi. Deve essere una persona che susciterebbe lo stesso clamore che ha avuto Nysa.

Altrimenti, che senso avrebbe?

VENTI

Josie e Gretchen andarono da Sandman a prendere un boccone e continuarono a discutere i dettagli del caso prima di fermarsi ancora una volta al campus per parlare con il capo Hahlbeck. Il colloquio fu piuttosto breve, dal momento che la Hahlbeck non aveva rinvenuto nessun caso precedente e nessuna menzione dell'adesivo né nei fascicoli della polizia né durante le sue indagini nel campus. Mettner chiamò per dire che nessuno da sotto l'East Bridge aveva visto, o aveva ammesso di aver visto, l'adesivo prima di allora. Indagare sul traffico locale di stupefacenti portava a un vicolo cieco.

Josie riattaccò, riferì la notizia a Gretchen e poi si avviarono insieme verso l'albergo dove alloggiava la famiglia di Nysa Somers. Il Marriott Hotel si trovava non molto lontano dal campus universitario, nella periferia della città di Denton. Era uno degli hotel che esaurivano completamente le camere ogni anno in occasione delle lauree ed era quello che le famiglie che venivano a trovare i figli preferivano. C'era una piccola caffetteria di fronte all'atrio con comodi posti a sedere, luci soffuse e un diffuso aroma di chicchi di caffè. Gretchen e Josie trovarono un tavolo e Gretchen chiamò Mr. Somers, proponendogli di incontrarsi con il resto della famiglia alla caffetteria o di farle salire in camera da loro. Una decina di minuti più tardi, un uomo e una donna sulla cinquantina e una ragazza sotto i vent'anni uscirono da uno degli ascensori e si diressero verso la caffetteria. Josie li riconobbe dalla foto che aveva visto nella stanza di Nysa e dal servizio giornalistico che aveva guardato; l'unica differenza rispetto alla foto era che non apparivano felici e vivaci. La morte di Nysa aveva risucchiato ogni traccia della loro vitalità. Sembravano spezzati, mentre si avvicinavano, come se la loro pelle tenesse a malapena insieme le ossa.

Il padre di Nysa si accomodò per primo nel posto di fronte a Josie e Gretchen. Era piuttosto alto e robusto, aveva una pancia considerevole, i capelli pettinati all'indietro e i calli sui polpastrelli, frutto del suo lavoro di meccanico, come le aveva detto Gretchen lungo la strada per il Marriott Hotel. La madre di Nysa faceva l'assistente alla poltrona in uno studio dentistico. Era più piccola e più magra del marito e aveva i capelli scuri che le arrivavano fino alle spalle. Josie notò immediatamente la somiglianza tra la madre e la figlia. Sedendosi accanto al marito, accennò a una sedia in fondo al tavolo, indicando alla figlia minore di prendere posto. A differenza di Nysa, che era snella e slanciata e aveva i capelli lisci, sua sorella era formosa, con fianchi larghi, un seno abbondante e i capelli ricci.

Dopo che Gretchen ebbe fatto le presentazioni tra Josie e i genitori, la sorella di Nysa allungò una mano. «Io sono Naomi.» si presentò. «Grazie per essere venute.»

In netto contrasto con i genitori, che abbassarono gli occhi sul tavolo, Naomi mantenne i loro sguardi: c'era una fierezza in quella ragazza che fin da subito scatenò in Josie un grande rispetto nei suoi confronti; eppure, conoscendo il compito che Naomi si stava già assumendo, ovvero accompagnare i suoi genitori in quella perdita spaventosa, Josie provò per lei anche compassione.

«Siamo davvero dispiaciute per la vostra perdita, Naomi.»

disse Josie. «E ci teniamo a dirvi che ieri abbiamo parlato con diversi compagni di squadra di Nysa e molti di loro, compreso Hudson Tinning, ci hanno pregato di porgervi le loro condoglianze.»

Mrs. Somers annuì. «Hudson è un bravo ragazzo. Siamo stati a pranzo con lui e sua madre, Mary, sabato. Abbiamo trascorso una bella giornata. È stato un fine settimana fantastico. Non capisco come...» si perse nel vuoto, sbattendo le palpebre per cacciare indietro le lacrime.

«Avete scoperto qualcosa?» chiese Naomi, andando dritta al punto. Josie sentì crescere la stima nei suoi confronti.

Le rispose Gretchen: «L'autopsia ha dimostrato che la causa della sua morte è per annegamento.»

Sia il padre che la madre di Nysa alzarono di scatto la testa, con lo sguardo rivolto verso di loro. «Com'è possibile?» chiese Mr. Somers. «Non è assolutamente possibile che mia figlia sia annegata. Nel modo più assoluto. Che razza di incompetenza è questa? Pretendo che venga fatta un'altra autopsia.»

«Papà...» lo riprese la figlia con un tono pacato ma autoritario.

«È una vostra scelta quella di far eseguire un'altra autopsia e possiamo certamente discutere le modalità logistiche.» spiegò Josie.

«Ma...?» cominciò a dire Naomi.

Sua madre fece scivolare una mano lungo la superficie del tavolo verso la figlia che la prese senza distogliere lo sguardo dalle due detective.

«Però la nostra indagine è ancora in corso e ci sono altre cose che dovreste sapere.»

Una lacrima scivolò sul viso di Mrs. Somers prima che dicesse: «Vada avanti.» Poi chiuse gli occhi.

Facendo un respiro profondo, Josie ripercorse tutti gli aspetti salienti che avevano appreso, riuscendo a mantenere un tono semplice, cercando di non trarre conclusioni al loro posto, limitandosi a presentare i fatti che avevano scoperto fino a quel momento e a riferire i loro programmi per portare avanti l'indagine.»

«Posso vedere l'adesivo?» chiese Naomi.

«Certamente.» disse Gretchen. Prese il suo telefono, cercò la foto che Josie aveva scattato e inviato a tutti i membri della squadra, e la mostrò alla famiglia Somers. La madre riaprì gli occhi e la guardò. Suo marito le diede un'occhiata superficiale prima di scuotere la testa e rivolgere lo sguardo al soffitto.

«Non l'ho mai visto prima.» disse poi Naomi. «E la cosa più importante che dovete sapere è che Nysa non avrebbe mai preso droghe. Sì, ogni tanto si concedeva di bere, ma...»

Suo padre le lanciò un'occhiata sbalordita, alla quale la figlia rispose con un secco: «Falla finita, papà. Siamo al college, mica in convento.» Poi riportò l'attenzione su Josie e Gretchen. «Ma Nysa non si sarebbe mai drogata.»

«Una volta Nysa aveva un'amica, una compagna di scuola, che è morta per aver fatto uso di cocaina.» spiegò Mrs. Somers. «Come si chiamava?»

«Regina.» disse Naomi. «Perciò credetemi: chiunque sia stato a darle quei brownies, o l'abbia convinta a mangiarli, non le ha detto cosa contenevano. Le cose non possono essere andate in nessun altro modo. Conosco mia sorella e lei...»

Per la prima volta, videro che l'emozione stava prendendo il sopravvento su di lei. Naomi si spense e la gola le tremò mentre compiva un grosso sforzo per ritrovare la calma. Sua madre coprì la mano della figlia anche con l'altra mano e la strinse.

«Ti credo.» le disse Josie.

Naomi annuì. Josie e Gretchen aspettarono che la ragazza riprendesse il controllo delle sue emozioni.

«Troverete la persona con cui mia sorella ha passato la notte? La persona che ha fatto quell'orribile adesivo e le ha dato i brownies?»

«Faremo tutto il possibile per scoprire chi è e trovarla.» le assicurò Gretchen.

«Sapete, è stata approvata una legge in Pennsylvania...» disse Naomi. «La legge sulla morte per spaccio. Se una persona dà della droga a un'altra e la persona che la prende muore, chi gliel'ha fornita può essere accusato di omicidio.»

Josie conosceva la legge di cui stava parlando Naomi, ma era stata concepita principalmente per gli spacciatori di droga e dubitava che il caso di Nysa Somers vi rientrasse, ma non aveva intenzione di mettersi a discutere di queste cose con una famiglia in lutto; senza contare che, tutt'al più, sarebbe stato di competenza del Procuratore Distrettuale, non dei detective del Dipartimento di Polizia. Il loro compito era quello di fare tutto il possibile per capire esattamente cosa fosse successo a Nysa.

«Hai ragione, Naomi.» concesse Gretchen. «A maggior ragione dobbiamo trovare la persona che ha dato a tua sorella quei brownies.»

«Se non vi dispiace...» disse Josie. «Abbiamo solo qualche domanda da farvi. Ci rendiamo conto che per voi questo è il momento peggiore per darci delle risposte, ma ci aiutereste molto nelle indagini.»

Mr. Somers emise un respiro tremolante e appoggiò le grandi mani sul tavolo. «Va bene.» disse.

«Quando volete fermarvi, ditelo e basta.» aggiunse Josie e Mrs. Somers annuì.

Ripercorsero la serie di domande che avevano posto a tutti coloro che avevano conosciuto Nysa. Ultimamente l'avevano vista abbattuta o nervosa? Era stressata? No. Aveva una storia di ansia, depressione o tendenze suicide? No. Usciva regolarmente con qualcuno o si vedeva casualmente con qualcuno di cui erano a conoscenza? No.

«Un'ultima cosa...» chiese Josie. «Nysa si è mai definita una sirena? O qualcuno di voi l'ha mai chiamata così?»

I coniugi Somers scossero la testa e Naomi disse: «No. La chiamavamo la nostra superstar.»

Le spalle di Mr. Somers cominciarono a tremare visibilmente e tutto d'un tratto spinse all'indietro la sedia per allontanarla dal tavolo, si alzò e, senza proferire parola, si diresse verso gli ascensori.

«Scusatelo.» sussurrò la moglie. «È solo che è...»

«Non deve mai scusarsi per il suo dolore, Mrs. Somers, o per quello di suo marito.» disse Josie. «Siamo addolorate per la vostra perdita.»

«Grazie.» rispose la donna prima di lasciare la mano della figlia, alzarsi in piedi e andare dietro al marito.

La sorella di Nysa, Josie e Gretchen la guardarono andare via. Quella era la parte peggiore del suo lavoro, pensò Josie.

«C'è qualcosa che dovete sapere e che non volevo dire davanti ai miei...» proruppe Naomi.

Josie e Gretchen riportarono l'attenzione su di lei.

Naomi intrecciò le mani sul tavolo e cambiò posizione sulla sedia. «Nysa si vedeva con qualcuno. È iniziata proprio all'inizio del semestre. Non era una cosa seria. Anzi, se n'era subito pentita. È questo il motivo per cui lo so, perché mi ha chiamata, in lacrime, la mattina dopo la prima volta che... è successo.»

«È successo?» chiese Gretchen. «Naomi... tua sorella è stata violentata?»

Le dita di Naomi scavarono nella carne del dorso delle mani. «No. Questo me lo ha detto chiaramente. Perché è esattamente la prima cosa che le ho chiesto.»

«Perché era tanto sconvolta, allora?» chiese Josie.

«Detective, quello che dovete capire è che, in fatto di rispetto delle regole, mia sorella era il non plus ultra. Dedita, disciplinata, ambiziosa. La prima volta che ha bevuto un sorso di birra ha pensato che fosse la fine del mondo. Quando mi ha chiamata era sconvolta perché l'avventura, o come volete chiamarla, che stava vivendo, era con un uomo molto più grande di lei. Sono abbastanza sicura che fosse un professore.»

Questo avrebbe dato conto del motivo per cui Christine Trostle aveva definito il comportamento di Nysa riservato e insolito, pensò Josie.

«Quindi non è stato con Hudson Tinning.» disse Josie.

Naomi sgranò gli occhi. «Cocco-di-mamma-Hudson? No. Le piaceva, molto, in realtà, ma sicuramente non era lui. Come ho detto, la persona che frequentava era più grande di lei.»

«Non ti ha detto chi era?» chiese Gretchen.

«Ha detto che non voleva che nessuno lo sapesse. Aveva intenzione di chiudere la storia e finirla lì, in modo che né lui né lei sarebbero finiti nei guai per questo.»

«E invece non l'ha fatta finire.» disse Josie.

«No, no, l'ha fatto.» confermò Naomi. «Le ho parlato venerdì pomeriggio e mi ha detto che aveva rotto. Infatti, si sentiva meglio, voleva persino festeggiare nel fine settimana. Beh, fare festa per quanto Nysa potesse permetterselo, quindi probabilmente significava andare a una festa e bere mezzo bicchiere di birra.»

«Ti ha mai confermato che si trattava di un professore?» domandò Gretchen.

«Non l'ha mai detto apertamente.» disse Naomi. «Sono io che ho pensato che si trattasse di un professore perché l'avevo sentita davvero spaventata.»

«Che cosa aveva detto di preciso?» si informò Josie.

Naomi allentò le dita e si strofinò i palmi delle mani. «Che lui era molto più grande di lei e che era inappropriato.»

Il cellulare di Josie squillò. Dando un'occhiata allo schermo, vide il volto e il numero di telefono di Mrs. Quinn, madre del suo defunto marito, Ray, e nonna di Harris. «Devo rispondere...» disse. Gretchen le fece un cenno per dirle che avrebbe concluso da sola la conversazione con Naomi; Josie si allontanò dal tavolo, uscì nell'atrio e scorse il dito sullo schermo per rispondere.

«Cindy, va tutto bene?»

«Sono all'asilo di Harris.» rispose Cindy Quinn. «Sono dovuta andare io a prenderlo perché Misty ha cambiato turno. Lo sai che questa scuola costa parecchio...»

In effetti, Josie lo sapeva bene, avendo aiutato Misty nelle spese. «Harris sta bene?»

«Oh sì, sta bene, ma non me lo lasciano prendere. Hanno detto che c'è un elenco di persone autorizzate e io non ci sono. Misty mi ha detto che mi aveva inserita, ma la sorvegliante mi assicura che non è così.»

«Evidentemente Misty deve essersene dimenticata...» spiegò Josie. «Hanno provato a chiamarla?»

Le parole di Cindy lasciarono trapelare un po' di fastidio. «A quanto pare non possono farlo. Non ho idea del perché, ma si rifiutano. Lo consegnano soltanto a Misty o a te. Misty lavora al call center e non riesco a contattarla, ma anche se ci riuscissi, direbbe loro la stessa cosa che ho detto io, cioè che mi ha messo in lista quando ha iscritto Harris. Sono quindici minuti che discuto con questa donna. Josie, è come un tiranno ubriaco di potere. Non mi lascia prendere mio nipote!»

Josie sospirò. «Purtroppo, Cindy, questa è una politica standard in questo genere di strutture. È pensata per salvaguardare i bambini.»

«Da che cosa? Dalle loro stesse famiglie? Josie, ne ho abbastanza di questa signora. Ti dico che si tratta di un errore d'ufficio che hanno commesso loro.»

«Non lo metto in dubbio.» si affrettò a dire Josie. «Ma a prescindere da questo, dobbiamo affrontare la questione. Dobbiamo soltanto rimettere il tuo nome in quella lista, tutto qui. Posso pensarci io.» L'ultima cosa di cui Misty aveva bisogno era che Cindy facesse una scenata all'asilo di suo figlio. «Dovrei riuscire a raggiungerti tra una decina di minuti. Chiederò di farti mettere in lista per le prossime volte.»

«Beh, sbrigati.» la esortò Cindy. «Non posso essere ritenuta responsabile di ciò che dirò a questa donna dispotica nel frattempo.»

Josie premette il tasto di fine chiamata e fece un gran sospiro. Alzò lo sguardo e vide Gretchen che le veniva incontro. «Abbi pazienza, ma devo andare alla scuola di Harris.»

«Non c'è problema.» disse Gretchen. «Naomi mi ha detto che tutta la sua famiglia ha lo stesso operatore telefonico. Dirò a Mett di inviare via e-mail al concierge alcuni moduli di consenso. Li stamperanno qui alla reception e uno dei genitori di Nysa li potrà firmare. In questo modo non dovremo aspettare un mandato per vedere la posizione del suo telefono tra domenica e lunedì. Mi procurerò le coordinate e poi le incrocerò con gli indirizzi di casa dei suoi professori passati e presenti. Se qualcuno dei loro indirizzi rientra nell'area in cui si trovava nel periodo in cui risultava irreperibile, allora ci andremo a parlare.»

«Ottima idea.» disse Josie. Iniziò a uscire dalla porta scorrevole, ma si fermò e si voltò. «Gretchen, metti l'Allenatore Capo su quella lista, ti dispiace?»

«Certo, Boss.»

VENTUNO

Nel parcheggio dell'asilo di Harris erano rimaste solo due auto. Cindy Quinn era seduta al posto di guida, con il finestrino abbassato e i lineamenti affilati in un'espressione di collera. Josie lasciò la macchina accanto alla sua e scese, avvicinandosi al finestrino. «Non ho intenzione di tornare là dentro.» bofonchiò Cindy.

Josie trattenne un sospiro. «Vado a prendere Harris e cerco di farti inserire nella lista.»

All'interno era rimasta solo Mrs. D., seduta alla scrivania che di solito era occupata da Miss K., e Harris seduto su una sedia accanto, con lo zaino, troppo grande per lui, sulle spalle. Le sue gambine oscillavano avanti e indietro, senza raggiungere il pavimento in parquet. Quando la vide arrivare, saltò giù dalla sedia e le corse incontro. Lei lo afferrò con abilità e lo prese tra le braccia, stringendolo stretto, con lo zaino ingombrante e tutto il resto.

«Miss K. non mi ha permesso di andare con la nonna...» le disse subito, con una smorfia sul viso.

Josie rise. «Questo lo so. Non c'è problema. Ricordi che abbiamo parlato del fatto che questo posto ha delle regole speciali per tenerti al sicuro? Sono proprio come quelle che io e la tua mamma abbiamo stabilito per tenerti al sicuro...»

«Capito...» borbottò.

Josie lo mise a terra e gli prese la mano, andando verso Mrs. D. «Puoi andare via da qui solo con gli adulti che io e la tua mamma abbiamo ritenuto adatti, ma ci siamo dimenticate di mettere la nonna nella lista. È stato un banale errore. Ma dirò a Mrs. D. di inserirla e tutto andrà bene. Intesi?»

Questa spiegazione sembrò bastare a fargli tornare il sorriso, così si alzò sulle punte dei piedi esclamando: «Intesi!»

Mrs. D. si alzò e scosse la testa. «Mi dispiace molto per questo inconveniente. Pensavo che Miss K. lo avesse spiegato chiaramente alla madre di Harris durante l'iscrizione: non possiamo permettere a nessuno di portare via un bambino se non è inserito nel nostro sistema e approvato dai genitori o dai tutori del bambino. Non possiamo essere al corrente di eventuali controversie che intercorrono tra i familiari, ed è risaputo che si sono verificate vicende terribili. Non possiamo mettere a rischio i bambini in questo modo.»

«Capisco benissimo.» disse Josie. «E sono perfettamente d'accordo. Sono più che sicura che nemmeno la madre di Harris se la prenderà. Ma potrei aggiungere all'elenco dei parenti Mrs. Quinn?»

Mrs. D. sorrise. «Certo, naturalmente. Mi faccia prendere il fascicolo di Harris.»

Scomparve nel suo ufficio e tornò con una cartellina sottile.

«Avete ancora dei fascicoli cartacei?» chiese Josie.

«Solo per i documenti originali di iscrizione. La maggior parte delle informazioni sono contenute nel sistema informatico, ma conserviamo gli originali di alcuni moduli.»

Josie sorrise quando Mrs. D. aprì il fascicolo, sfogliò alcune pagine e lo passò a Josie. Indicò un modulo con diverse caselle in cui i genitori e i tutori dovevano elencare le persone autorizzate per il ritiro dei bambini dalla scuola. «Compili quello in fondo a questa pagina.» disse Mrs. D.

Josie stava ancora guardando la parte superiore del modulo dove Misty aveva compilato le informazioni riservate ai genitori. Aveva detto a Misty di inserirla tra i contatti di emergenza, ma Misty l'aveva indicata come tutore. Non aveva alcun valore legale, ovviamente, ma era ovvio che il personale del "Giardino delle Piccole Pesti" non lo metteva in discussione, dato che avrebbe permesso a Josie di inserire Cindy Quinn nell'elenco dei contatti.

Mrs. D. indicò di nuovo il riquadro in fondo alla pagina. «Quaggiù.»

Josie stava per aggiungere il nome, l'indirizzo e il numero di telefono di Cindy, quando il riquadro sopra di esso attirò la sua attenzione. «Ma qui è già elencata Mrs. Quinn.»

«Come?»

Josie picchiettò la penna sul riquadro che Misty aveva già compilato, proprio come aveva detto Cindy, indicandola tra le persone autorizzate ad andare a prendere Harris a scuola. Mrs. D. girò la cartella verso di sé e si chinò a esaminarla. «Oh cielo...» esclamò. «Oh no. Sono davvero desolata. Non l'abbiamo inserito nel computer. Eppure, avrebbe dovuto essere fatto. Credo che Miss K. non abbia controllato l'archivio cartaceo. Le cose sono così frenetiche qui alla fine della giornata che... Le ho detto di non lasciare il suo posto, quindi forse è per questo che non è andata in ufficio a prendere il fascicolo.»

Josie rimise la penna sul tavolo e le rivolse un sorriso di circostanza. «Spero che questo significhi che non ci saranno problemi in futuro se Mrs. Quinn dovrà venire a prendere Harris.»

«Assolutamente no, glielo garantisco.» le assicurò Mrs. D. «Ne parlerò domani mattina con Miss K. per assicurarmi che non ci siano problemi in futuro.»

«Molto bene.» disse Josie. Si girò verso Harris e gli tese una mano. «Andiamo.»

Nel parcheggio, Harris non perse tempo e cominciò a intrattenere la nonna raccontandole le sue avventure all'asilo, quindi quasi non si accorse quando Josie gli diede un bacio sulla fronte e gli disse che ci sarebbe tornato presto. Poi spiegò l'errore a Cindy, che fu soddisfatta di aver dimostrato di avere ragione. Josie la guardò allontanarsi e poi salì sulla sua auto, dove, controllato l'orologio sul cruscotto, si mise a pensare al fatto che non aveva visto Noah per tutto il giorno. Era decisamente insolito. Dato che voleva sentire la sua voce, lo chiamò e fu sollevata quando le rispose subito.

«Dove sei stato tutto il giorno?» sbottò.

«Il capo mi ha fatto lavorare...» rispose lui vagamente.

Non riuscì a trattenere una nota di fastidio che si insinuava nella sua voce. «Davvero? E cosa sarebbe? Perché questa mattina lo abbiamo informato sul caso Somers ma non ci ha parlato di incarichi più urgenti.»

«Non è niente di che, Josie.» le spiegò Noah. «Te ne parlerò stasera.»

«Va bene.» concesse lei. «Ora torno alla centrale.»

«Sì, probabilmente non ti vedrò fino a stasera tardi. A casa.» Come se potesse percepire il suo disappunto attraverso la linea telefonica, aggiunse: «Prendo qualcosa da asporto. Il tuo preferito.»

Accettando la sua offerta di pace, Josie disse: «D'accordo. Ci vediamo stasera allora.» e riattaccò.

Si trovava a metà della strada di montagna che la riportava in città quando sentì odore di fumo. Rallentando, cercò tra gli alberi ai lati della strada e guardò il cielo per vedere se c'erano segni di incendio. In quella zona, talvolta, capitava che le persone andassero a bruciare la loro spazzatura dentro a barili di metallo o in focolari ricavati da vecchi cerchioni di pneumatici. Non era consentito farlo all'interno dei confini della città, ma succedeva. Josie non scorse nulla di strano e siccome non aveva alcuna intenzione di fare multe, decise di tornare indietro in fretta. Pochi istanti dopo, svoltando a un tornante della strada, vide una grande cassetta della posta di colore nero, al termine di un vialetto alberato. Non si riusciva a capire dove conducesse a causa del fitto fogliame. Accanto alla cassetta della posta c'era una ragazzina con i capelli lunghi e scuri. Era alta e magra, ma avvicinandosi Josie si rese conto che non poteva avere più di dieci o undici anni. Indossava un paio di jeans e una maglietta con un personaggio di un cartone giapponese. Agitava febbrilmente entrambe le braccia sopra la testa. Quando Josie accostò, i suoi movimenti si fecero più frenetici, i suoi piedi si staccarono dal suolo quando cominciò a saltare sul posto e infine corse verso la sua macchina.

«Aiuto!» urlò la ragazzina. «Ho bisogno di aiuto. La casa di mio nonno è in fiamme. Lui e mia sorella sono ancora dentro.»

«Dove?» disse Josie.

La ragazzina si voltò e indicò il vialetto. «Lassù. Ti prego aiutami!»

«Monta su!» le disse Josie.

La ragazzina montò sul sedile del passeggero e, nel momento in cui la portiera si chiuse, Josie diede un colpo di acceleratore, facendo balzare in avanti la sua Ford Escape e imboccando il lungo e tortuoso vialetto.

«Come ti chiami?» le chiese.

«Dorothy.»

Sembrava sconvolta, ma non aveva la faccia e i vestiti sporchi di fuliggine o di cenere.

«Dorothy, conosci l'indirizzo di tuo nonno? Così posso avvisare i vigili del fuoco!»

La bambina glielo disse e Josie usò i comandi vocali della sua auto per chiamare i soccorsi e avvertire dell'emergenza in atto. L'odore del fumo si faceva man mano più intenso. Quando arrivarono in cima alla collina, a Josie si bloccò il cuore in gola.

Davanti a lei si stagliava una casa a tre piani costruita al centro di una radura e un lato era completamente avvolto dalle fiamme. Dei gradini di pietra conducevano a quello che Josie supponeva fosse un portico, ma che ormai somigliava a una candela sciolta. Le fiamme divampavano dalle finestre del pianterreno. Pinnacoli di denso fumo nero si alzavano verso il cielo. Dall'altro lato della casa, l'incendio si propagava dalle finestre del piano terra, ma non dal piano di sopra, almeno per il momento. In quell'istante, a Josie risuonarono in testa le parole di uno dei numerosi vigili del fuoco del dipartimento comunale che conosceva bene: "Un incendio raddoppia ogni trenta secondi".

Se c'erano ancora delle persone all'interno della casa, Josie non poteva aspettare l'arrivo dei pompieri. L'intera struttura sarebbe scomparsa nel giro di pochissimi minuti. Si avvicinò il più possibile alla casa, parcheggiò e si rivolse a Dorothy. «Dove sono? Lo sai? Al piano terra? Al primo piano? Sul davanti? Sul retro?»

Gli occhi della ragazzina si riempirono di lacrime. Indicò il muro di fiamme che aveva divorato il portico d'ingresso. «Il nonno era nell'ingresso.»

«Come si chiama tua sorella?» chiese Josie.

«Bronwyn. Ha cinque anni.»

Una fascia di paura si strinse intorno al petto di Josie.

«Pensavo che fosse dietro di me. Le avevo detto di seguirmi.»

«Va tutto bene.» disse Josie. «C'era qualcun altro in casa, a parte tuo nonno e la tua sorellina?»

«Nessuno.»

«Va bene. Tu resta qui.»

Saltò fuori dall'auto e corse verso la casa, girando tutto intorno per vedere se riusciva a trovare un modo per entrare. Le finestre del primo piano erano troppo alte perché riuscisse ad arrampicarvisi senza una scala. Arrivata sul retro della casa, sentì un grido. Guardò alle sue spalle, aspettandosi di vedere Dorothy, ma non c'era nessuno. Ne sentì un secondo. Allora guardò in alto. Da una delle finestre del primo piano spuntava il volto di una bambina, incorniciato da capelli castano dorato, che agitava una manina.

«Aiuto!» strillò.

«Maledizione.» mormorò Josie. Non riusciva a raggiungere le finestre del primo piano, tanto meno quelle del secondo. La casa era quasi completamente avvolta dalle fiamme. Anche se fosse riuscita a trovare una via d'accesso all'interno, non poteva sapere se sarebbe riuscita o meno a raggiungere il secondo piano. Per quanto ne sapeva, le scale potevano essere già ridotte in cenere. Si prese un secondo per valutare la distanza dal suolo alla finestra.

«Aspettami lì!» gridò alla bambina. «Torno subito.»

Tornò di corsa alla sua auto e aprì con uno strattone la portiera del lato passeggero. «Scendi!» disse a Dorothy. «E vai alla fine del vialetto per fare un segnale ai soccorsi, proprio come hai fatto con me, hai capito?»

Dorothy saltò fuori, scossa dal pianto, ma annuì. «Sei riuscita a trovare la mia sorellina?»

«Sì.» disse Josie. «Non c'è molto tempo. Devi andare, subito.»

Dorothy partì di corsa. Josie raggiunse l'altro lato della macchina e si mise al posto di guida, il motore era ancora acceso, schiacciò il pedale dell'acceleratore e sfrecciò sull'erba, verso il retro dell'edificio, travolgendo una casetta di plastica e fermandosi accanto al muro della casa, così vicino che sentì il rivestimento raschiare la vernice del lato del passeggero. Le fiamme dell'incendio infuriavano, consumando fino all'ultima molecola d'aria intorno a lei. Scese e si avvicinò al cofano della sua Ford Escape, ci salì sopra e corse sul parabrezza fino al tettuccio. Il tetto metallico cedeva sotto il suo peso, ma da quell'altezza era molto più vicina alla bambina. Josie alzò entrambe le braccia e le urlò: «Devi saltare, Bronwyn.»

La bambina si sporse dalla finestra e guardò Josie, con un'espressione incerta.

«Ti prenderò!» la rassicurò Josie. «Ma devi saltare adesso.»

Come a sottolineare le sue parole, una finestra alla sua destra esplose, frammenti di vetro saltarono in aria e le fiamme lambirono affamate l'aria esterna. Sia Josie che Bronwyn alzarono istintivamente le braccia per proteggersi il viso con le mani da qualsiasi frammento di vetro o scintilla di fuoco che potesse raggiungerle. Josie si ritrovò dei vetri luccicanti sulle maniche della giacca e alzò di nuovo le braccia in aria, implorando la bambina di arrampicarsi sul bordo della finestra e di saltare. «Non abbiamo molto tempo.» disse. «Devi saltare subito!»

Il calore la investiva da ogni direzione, l'aria densa le ostruiva i polmoni. Le sembrò che fosse passata un'eternità quando finalmente la bambina si arrampicò sul cornicione della finestra, con le ginocchia tozze che spuntavano dai pantaloncini, annerite dalla fuliggine.

«Coraggio!» la incitò Josie.

Alla fine, la bambina saltò, atterrando goffamente tra le braccia di Josie con un braccio intorno al collo, la vita sopra un braccio e una gamba sopra all'altra. Josie vacillò e perse l'equilibrio, finendo sul tettuccio dell'auto. Istintivamente, quando se la ritrovò tra le braccia, si strinse attorno al corpicino della bambina, sperando di non rotolare giù dal tettuccio. Scivolarono insieme sul cofano dell'auto. Con uno scatto, Josie si raddrizzò, si mise a sedere e controllò che la bambina non si fosse fatta male. «Stai bene?» le chiese.

Bronwyn annuì, con i grandi occhi marroni pieni di tristezza. «Il nonno è uscito?»

Josie saltò dal cofano dell'auto e portò Bronwyn sul sedile posteriore al conducente, spingendola all'interno. «Non lo so, piccola. Dobbiamo aspettare i vigili del fuoco. È troppo pericoloso per noi entrare lì dentro. I camion dei pompieri stanno arrivando. Adesso devo portarti via da questa casa.»

Il calore all'interno dell'abitacolo era così intenso che Josie pensò per un attimo di abbandonare del tutto la macchina. Il poggiatesta del lato passeggero aveva iniziato a sciogliersi, rilasciando un fetido odore di plastica bruciata. Ma la macchina era il mezzo più veloce per allontanarli dalla casa. A parte questo, Josie non voleva provocare un'esplosione lasciando la sua auto così vicina all'incendio. Il motore prese vita. Josie inserì la marcia e schiacciò sul pedale dell'acceleratore. La Ford Escape sobbalzò violentemente e fece un balzo in avanti. Josie spinse più forte sul pedale dell'acceleratore e l'automobile si mosse come una bestia imponente con una zampa ferita. Si rese conto che probabilmente anche gli pneumatici più vicini alla casa avevano iniziato a fondere.

«Andiamo!» borbottò sottovoce, portando l'auto il più lontano possibile.

Quando furono abbastanza distanti dalla casa, scese di nuovo e tirò fuori la bambina dal sedile posteriore. La bambina era piccola e si avvolse immediatamente intorno a Josie, stringendole le braccia al collo e le gambe snelle intorno alla vita. Josie corse verso la facciata della casa, oltre i detriti della casetta giocattolo, lungo la linea degli alberi fino alla gradita vista del vialetto. Lo seguì fino alla strada, con i polmoni in fiamme e le gambe doloranti, tenendosi stretta la bambina. Quando raggiunse la strada, vide Dorothy che faceva cenno a un'auto-pompa dei vigili del fuoco sulla strada che veniva nella loro direzione.

Sollevata, Josie adagiò Bronwyn accanto a Dorothy, che si mise subito in ginocchio e gettò le braccia intorno alla sorellina. Le due si abbracciarono e scoppiarono in singhiozzi. Josie le strinse a sé e le fece scivolare sul margine del vialetto, in modo che non si trovassero sulla strada dei veicoli d'emergenza.

Tre camion le superarono e poi un'ambulanza passò davanti

a loro, risalendo il vialetto verso la casa. Una seconda ambulanza si fermò sull'altro lato del vialetto, di fronte a Josie e alle bambine. Due paramedici saltarono fuori: erano Owen e Sawyer. Sawyer andò direttamente dalle due bambine, mentre Owen aprì i portelloni posteriori dell'ambulanza. Josie indicò Bronwyn. «Era ancora dentro quando sono arrivata.»

Lui fece un cenno di intesa. Josie era preoccupata per i polmoni di entrambe le bambine, ma soprattutto per quelli della più piccola, che era rimasta più a lungo nella casa avvolta dal fumo e dalle fiamme. Rimase a guardare Sawyer e Owen che facevano salire le due bambine sul retro dell'ambulanza, le coprivano con delle coperte, controllavano i loro parametri vitali e posizionavano delicatamente delle cannule nasali sul viso di entrambe in modo da attaccarle alle bombole di ossigeno. Sawyer si allontanò solo per un momento quando sentì che la radio nella parte anteriore dell'ambulanza gracchiava. Una voce metallica passò dalla linea. La sentirono tutti. «Abbiamo un maschio adulto, sul retro della casa, vicino al bosco. È gravemente ustionato. Sembra che sia uscito e abbia cercato di allontanarsi dal fuoco. Non reagisce, ma i parametri vitali sono buoni. Lo portiamo al Denton Memorial, ma potremmo doverlo portare in volo a Philadelphia o al primo centro per le ustioni disponibile.»

Sawyer prese la radio. «Ricevuto. Avete bisogno di assistenza?»

«Ci basta che sgomberiate il vialetto.»

«Ricevuto.»

Girandosi, si fermò quando vide Josie. «Hai sentito?»

Lei annuì. Sawyer tornò dalle bambine.

«Il nonno è uscito?» chiese Dorothy «È vivo?»

«Sì» disse Sawyer, «è uscito ed è vivo.»

E Owen aggiunse: «Lo porteranno subito in ospedale.»

Mentre Owen chiudeva i portelloni posteriori, Sawyer saltò su e si mise alla guida dell'ambulanza per spostarla di qualche metro sul margine del vialetto, giusto in tempo perché l'altra ambulanza potesse passare rombando, con i lampeggianti accesi e la sirena spiegata. Svoltò verso la città e scomparve nell'imbrunire della sera.

Owen spalancò di nuovo i portelloni e intanto Josie sentì la vocina di Bronwyn che diceva: «Pensi che il nonno vivrà?»

Tutti gli adulti si immobilizzarono e Josie si accorse che il labbro della più piccola tremava e che la più grande li scrutava uno per uno, prima di riuscire a dire: «I dottori faranno tutto il possibile per salvarlo e, se dovessero pensare che serve un aiuto maggiore, lo manderanno in un ospedale più grande con dottori ancora più bravi.»

Le sue parole parvero tranquillizzare entrambe le bambine. Sawyer e Owen cominciarono a fare a entrambe una serie di domande, partendo dai loro nomi e le loro età e dicendo che erano state tutte e due molto coraggiose. Josie rimase in disparte, ascoltando i dettagli nel caso in cui li avesse dovuti riferire al capo dei vigili del fuoco. Sawyer chiese il nome e il numero di telefono della madre, Michelle Walsh. Bronwyn non lo sapeva, ma Dorothy sì. Mentre la ragazzina lo dettava ai paramedici, Josie lo inserì nel telefono e chiamò, con una piccola parte del suo cuore che si spezzava mentre dava a Michelle la notizia dell'incendio. Ma provò anche un pizzico di sollievo nel poter dire alla madre che entrambe le figlie erano salve e che il padre teneva duro.

«Sono a pochi minuti da lì. Potete aspettarmi? Mi metto subito in strada.» disse sbrigativamente Michelle.

«Certo.» rispose Josie.

VENTIDUE

Intanto che Sawyer controllava la saturazione dell'ossigeno delle due bambine e teneva loro compagnia nella parte posteriore dell'ambulanza, Josie rimase fuori con Owen.

«Sai di chi è questa casa, vero?» le chiese.

«No.» rispose Josie. «Tu lo sai?»

Owen annuì. «È di Clay Walsh.»

Quel nome le suonava familiare, ma non riusciva a ricordarsi dove l'aveva sentito.

«È un vigile del fuoco in pensione.» spiegò Owen.

Josie si sentì come se qualcuno le avesse dato un pugno nello stomaco. Diede un'occhiata all'interno dell'ambulanza. Le due bambine riposavano insieme sulla barella, la più piccola avvolta tra le braccia della più grande. Nessuna delle due dava l'idea di aver sentito, ma Sawyer fissò Josie con uno sguardo penetrante.

«Un vigile del fuoco che è quasi morto in un incendio...» mormorò Josie.

Salì all'interno dell'ambulanza. Sawyer sistemò la cannula di ossigeno sul naso di Dorothy e le chiese: «Sai come è scoppiato l'incendio?»

Entrambe le bambine spalancarono gli occhi. La più piccola guardò la sorella maggiore, come se cercasse nel suo sguardo una guida, un esempio da seguire.

«Va tutto bene.» le tranquillizzò Josie. «Qualunque cosa sia successa, non avrete problemi con noi. Abbiamo solo bisogno di sapere.»

Dorothy si asciugò una lacrima che le scendeva sulla guancia e mormorò: «Il nonno... lui...»

Distolse lo sguardo dal loro e chiuse gli occhi, cominciando a tremare tutta con l'arrivo di un lungo singhiozzo.

Sawyer guardò i parametri vitali della ragazzina: il battito cardiaco stava aumentando e allora per calmarla le disse: «Va tutto bene, bambine. Non dobbiamo parlarne adesso. Riposatevi.»

Ma Bronwyn si staccò dall'abbraccio della sorella e si mise a sedere.

«Bronwyn...» la ammonì Dorothy, riaprendo gli occhi. «Il nonno ha detto che non si fa la spia se pensi che qualcuno potrebbe avere dei guai.» proferì.

«È vero.» confermò Josie con delicatezza.

Attraverso le lacrime, Dorothy fissò la sorella. «Il nonno è ancora vivo, Bronwyn.»

Bronwyn mise il broncio. «Il nonno dice che dobbiamo sempre dire la verità.»

«Non su questo.» gracchiò Dorothy.

Sawyer aprì la bocca per parlare, ma Josie scosse la testa quasi impercettibilmente e, rivolgendosi alle bambine, disse: «Credo che Mr. Hayes abbia ragione. Voi due dovete riposare adesso, va bene?»

Dorothy parve sollevata e annuì. Bronwyn gonfiò le guance d'aria, quasi come se stesse per scoppiare a raccontare ciò che sapeva. Sawyer seguì Josie fuori dall'ambulanza e Owen gli diede il cambio per tenere d'occhio i loro segni vitali. Josie condusse Sawyer a diversi metri di distanza prima di parlare. «Dobbiamo aspettare la madre.» gli disse. «Sono minorenni.»

Sawyer si voltò verso l'ambulanza. «La più piccola stava per raccontare tutto. E comunque, questo è un incendio, non un omicidio o qualche altro crimine violento. Le regole sulla presenza di un genitore si applicano anche in questo caso?»

Josie gli rivolse uno sguardo di rimprovero. «Dobbiamo aspettare che arrivi la madre.»

Lui sostenne il suo sguardo per un lungo momento. Il rumore delle ruote che correvano sull'asfalto e di una portiera che sbatteva distolse l'attenzione di Josie da Sawyer. Dalla strada, Mettner si avvicinò a loro di corsa. «Ehi!» disse quando li raggiunse. «Stai bene?»

«Sto bene.» rispose lei. «Cosa ci fai qui?»

«Ho sentito la radio.» spiegò. «Quando hai segnalato l'incendio. Si sono preoccupati tutti, così ho detto che sarei venuto a dare un'occhiata. Cavolo, hai dei vetri nei capelli. Che cosa è successo?»

Josie si chiese se tra quei "tutti" ci fosse anche Noah. Non aveva controllato il telefono, ma si chiese se anche lui avesse sentito e provato a chiamarla. Sawyer li lasciò soli, risalendo sull'ambulanza con le bambine. Josie si scosse i capelli per cercare di liberarli dai frammenti di vetro e controllò il telefono mentre aggiornava Mettner, ma non c'erano chiamate o messaggi da parte di Noah, così concluse dicendo: «A parte questo, credo che la mia macchina sia ridotta a un catorcio, quindi avrò bisogno di un passaggio per tornare alla centrale o a casa. Per caso hai visto Noah?»

«Ehm... no.» disse Mettner. «La tua auto è distrutta? Quella che hai comprato appena sei mesi fa?»

Josie strinse le labbra in una linea sottile e annuì. Decisamente quello non era il suo anno fortunato con le auto.

«Bambine?» gridò una voce femminile. «Le mie bambine? Dove sono le mie bambine?»

Dalla strada, una donna sulla trentina che indossava jeans, una camicetta nera aderente e un lungo cardigan crema, si mise a correre verso Josie e Mettner, con i lunghi capelli color sabbia che le svolazzavano sulle spalle e le mani strette sui risvolti del cardigan, allungandoli finché le dita non lasciarono delle deformazioni nel tessuto.

«Michelle?» chiese Josie.

Per poco non corse dritta addosso a Josie, tanto che dovette aggrapparsi alle sue braccia per fermarsi. «Sì, sono io.» disse. «Dove sono le mie bambine?»

«Dentro l'ambulanza!» disse Josie. «Andiamo.»

Michelle la precedette sempre di corsa, saltò dentro l'ambulanza senza preavviso e spinse Owen e Sawyer fuori dai piedi per raggiungere le sue bambine. Le abbracciò, appoggiandosi al lato della barella e tenendole strette contro di sé finché una di loro non disse: «Mamma?»

Josie, Mettner, Sawyer e Owen aspettarono mentre Michelle si occupava delle sue bambine e si prendeva qualche minuto per tenerle tra le braccia prima che Josie salisse a bordo, sedendosi su una delle panche lungo la parete laterale. Mettner, Owen e Sawyer rimasero fuori, con gli occhi e le orecchie puntati su Michelle e le figlie.

«Dov'è mio padre?» domandò Michelle. «L'hanno portato in ospedale?»

«Sì.» rispose Josie. «Al Denton Memorial Hospital, anche se hanno detto che probabilmente dovrà essere trasportato in un ospedale di Philadelphia se le ustioni sono troppo gravi.»

Michelle si premette un pugno sulla bocca e annuì.

«Stavamo per iniziare a parlare con le sue figlie di quello che è successo.» spiegò Josie. «Ma abbiamo pensato che fosse meglio che lei fosse presente.»

«Grazie.» disse Michelle, abbassando lo sguardo sulle sue bambine. «Ma non vedo che male ci sia a parlarne con loro. Anch'io voglio sapere cosa è successo.»

Dorothy allungò una mano e strattonò il maglione della madre. «Mamma, non credo che dovremmo parlarne. Penso che dovrebbe essere una cosa privata.»

Michelle guardò la figlia con un'espressione perplessa. «Cosa vuoi dire? Dorothy, la casa del nonno è andata a fuoco!»

Il labbro inferiore della ragazzina prese a tremare mentre cercava di mantenere la sua compostezza. «Il nonno...» si interruppe e inspirò profondamente prima di continuare.

«Ragazze, non è una cosa che possiamo tenere nascosta. Capite? Questa è una tragedia. Una terribile, terribile tragedia. Devo sapere cosa è successo. Avete presente i vigili del fuoco che sono venuti poco fa? È probabile che conoscano il nonno. Alcuni di loro potrebbero aver lavorato con lui. Devono sapere cosa è successo.»

La tristezza nella voce di Dorothy, quando parlò, fu un colpo al cuore per Josie. «Ma hai sempre detto che il nonno era un eroe.»

Michelle sistemò alla figlia una ciocca di capelli dietro l'orecchio, aggiustandole il tubo della cannula. «È un eroe, tesoro e lo sarà per sempre.»

«Non più, mamma...» disse Bronwyn.

Tutti gli occhi si concentrarono sulla bambina di cinque anni. La voce di Michelle tremò quando le chiese: «Cosa vuoi dire, Bronwyn?»

Dorothy afferrò la mano della sorellina e la strinse, chiudendo contemporaneamente gli occhi, come se stesse aspettando che qualcuno le facesse qualcosa di doloroso. Josie non poté fare a meno di pensare a Harris quando doveva fare le punture.

Con una voce così bassa che tutti gli adulti dovettero chinarsi per sentirla, Bronwyn disse: «È stato il nonno, ha dato fuoco alla casa.»

Passò un attimo di silenzio. Poi Michelle disse: «Che cosa hai detto, tesoro?»

Bronwyn cominciò a spiegare: «Stavamo giocando tutti sul retro. A un certo punto il nonno è rientrato in casa. Dopo un po' che non tornava fuori, noi abbiamo iniziato ad avere fame e così siamo entrate dentro. Non lo abbiamo trovato in cucina e allora siamo andate in salotto e l'abbiamo trovato lì. In mano aveva un asciugamano tutto arrotolato e gli stava dando fuoco con un accendino.»

Michelle diede un colpetto alla spalla della figlia maggiore. «Dorothy, guardami.»

Dorothy non si mosse.

Michelle le scosse la spalla. «Dorothy. Apri gli occhi e guardami. È vero?»

Dorothy aprì gli occhi. Con la mascella serrata per lo spavento e con gli occhi semichiusi, guardò la madre. «S-sì. È stato il nonno ad appiccare il fuoco.»

Michelle ritirò la mano e incrociò le braccia sotto il suo petto abbondante. «Non è divertente, ragazze. Il nonno non avrebbe mai appiccato intenzionalmente un incendio e lo sapete benissimo. Se voi due avete fatto qualcosa e vi è sfuggito di mano, dovete dirmelo subito. E non mentite! Se mentite, finirete ancora di più nei guai, soprattutto quando il nonno si risveglierà e mi dirà cosa è successo davvero.»

«Ma stiamo dicendo la verità, mamma!» protestò Bronwyn dando uno scossone alla barella. «Il nonno ha dato fuoco all'asciugamano e lo ha usato per incendiare tutto, le tende e i mobili.»

«Bronwyn!» strillò Michelle. «Basta così! Dico sul serio.»

«È tutto vero, mamma.» le parlò sopra Dorothy. «Non stiamo mentendo. Pensavo che il nonno fosse, come dire... impazzito o qualcosa del genere. Gli ho chiesto cosa stesse facendo e lui mi ha risposto "È l'ora di fare il fiammifero".»

Quelle parole fecero sobbalzare Josie, che però non proferì parola.

«"È l'ora di fare il fiammifero?"» chiese Michelle. «Che cosa significa?»

«Non lo so.» disse Dorothy. «Continuava a ripeterlo all'infinito.» e imitò il nonno con voce bassa e monocorde. «È l'ora di fare il fiammifero. È l'ora di fare il fiammifero. Gli ho detto di smetterla e lui ha smesso, ma a quel punto tutto il piano di sotto era in fiamme. Mi ha guardato e mi ha detto di prendere Bronwyn e di uscire. E così ho fatto. Solo che mi sono accorta che Bronwyn non era dietro di me. Pensavo che mi stesse seguendo, ma non c'era. Ho cercato di rientrare, ma a quel punto il portico era crollato.»

«Sono tornata indietro per il nonno.» spiegò Bronwyn. «Era ancora in cucina. Gli ho detto di venire con noi e lui ha detto che ci seguiva, ma quando siamo arrivati davanti all'ingresso il pavimento non c'era più. Ho chiesto al nonno cosa dovevamo fare e lui mi ha guardato in modo strano. Mi sembrava che non capisse cosa gli stavo dicendo. Il fuoco stava mangiando tutto. Non sapevo cosa fare. Poi abbiamo sentito un rumore, un rumore molto forte, e il nonno mi ha preso in braccio e mi ha lanciato. Sono atterrata davanti alle scale. Mi sono voltata indietro per guardare e il pavimento era sparito... tutto il pavimento era sparito, dal soggiorno alla cucina. E non vedevo più il nonno. Non sapevo cosa fare, così sono andata di sopra.»

Michelle cominciò a piangere silenziosamente. «Tutto questo non ha senso. Niente di tutto questo ha senso.» Si voltò verso Josie e Mettner. «Mio padre non avrebbe mai fatto una cosa del genere. È stato nei vigili del fuoco per trent'anni. Ha salvato delle vite. È l'uomo migliore che conosca.»

«Forse stava male...» ipotizzò Dorothy. «Come se avesse una di quelle cose nel cervello. Come si chiamano?»

«Cactus.» disse Bronwyn. «Come quello che ha avuto la mia insegnante del campo estivo durante le vacanze.»

«Ictus.» la corresse la madre. Si premette una mano sulla fronte. «Non lo so. Può darsi. Non posso... questo non... mio padre non avrebbe mai potuto... deve essere stato qualcosa di molto, molto grave.»

Ogni singolo pelo del corpo di Josie si mise sull'attenti. Si chinò in avanti e incrociò lo sguardo di Dorothy. «Vostro nonno si è comportato in modo strano oggi?»

«No. Cioè, a parte quando siamo rientrate dal giardino e lui stava appiccando il fuoco.»

«Per quanto tempo siete state fuori con lui?»

Dorothy alzò le spalle. «Da quando siamo tornate a casa da scuola. Non lo so.»

Josie cercò di fare due calcoli: la maggior parte delle scuole locali terminava la giornata tra le due e mezza e le tre. Lei era stata al Giardino delle Piccole Pesti con Harris e Cindy fino alle quattro e mezza. Anche se l'orario regolare terminava molto prima, Misty aveva iscritto Harris al programma del doposcuola. Erano circa le quattro e quaranta quando si era imbattuta in Dorothy sul ciglio della strada.

«Voi che scuola frequentate, bambine?» chiese Josie.

Le rispose Bronwyn: «Io vado alle Piccole Pesti perché non ho ancora sei anni e bisogna avere sei anni per andare alle elementari.»

«Lo so.» disse Josie. Non ricordava di aver visto Bronwyn o Michelle lì il giorno prima, ma c'erano decine di persone tra bambini e genitori, e Josie si era concentrata completamente su Harris. «Sai a che ora è venuto a prenderti il nonno?»

«Alla stessa ora di tutti i giorni.» disse semplicemente Bronwyn. «Poi siamo arrivati a casa sua e abbiamo guardato la televisione finché non è arrivata l'ora di andare a prendere Dorothy.»

«Mio padre va a prendere Bronwyn all'una.» spiegò Michelle. «Abbiamo scelto quell'asilo perché è più vicino a casa sua e così gli è più facile per lui andare a prenderla. Non gli dispiace contribuire alle spese, visto che non deve fare molta strada per andare a prenderla. Ha frequentato anche il campo estivo lì.»

«E tu, Dorothy?» chiese Josie.

«Io vado alla Scuola Elementare Wolfson.»

La Wolfson distava circa una ventina di minuti dalla casa di Mr. Walsh.

«E dopo, con il nonno, vi siete fermati da qualche parte dopo la scuola?»

Entrambe le bambine scossero la testa.

Secondo i calcoli di Josie, dopo essere andati a prendere Dorothy, dovevano essere tornati a casa del nonno per le tre e mezza. Considerato lo stato dell'incendio al momento del suo arrivo e il tempo che Dorothy doveva aver impiegato per scendere in strada e attirare la sua attenzione, Mr. Walsh doveva aver appiccato l'incendio tra le quattro e le quattro e venti, anche se era possibile che l'avesse appiccato anche prima, verso le quattro e un quarto.

«È stato fuori con voi per molto tempo?» domandò Josie.

Dorothy alzò le spalle. «No, credo di no.»

Bronwyn aggiunse: «Ha fatto le bolle solo due volte e poi è tornato dentro.»

«Come mai è rientrato?» chiese Josie.

«Gli sembrava di aver sentito una macchina nel vialetto.» rispose Dorothy.

«Davvero?»

Bronwyn disse: «Non lo so, l'ha detto lui. Noi stavamo giocando dietro casa.»

«Una di voi due ha sentito una macchina?»

«Anche a me era sembrato...» disse Dorothy, «ma non ne ero sicura. Il nonno ha detto che sarebbe andato a controllare ed è rientrato.»

«Non siete andate anche voi?» chiese Josie. «Per vedere con i vostri occhi?»

«No.» rispose Dorothy.

«Il nonno ha detto di rimanere dove eravamo e ha detto a Dorothy di continuare a fare le bolle...» disse Bronwyn. «Ma lei non è brava come il nonno. Non fa le bolle grandi come le fa lui.»

Michelle emise un piccolo rantolo e si tappò la bocca con una mano, combattendo un singhiozzo.

«Bronwyn!» la riprese Dorothy con voce strozzata.

«Che c'è?» disse Bronwyn. «È vero.»

«Per quanto tempo è rimasto in casa il nonno?» chiese Josie.

«Non ne sono sicura.» disse Dorothy. «Ma avevo finito quasi tutte le bolle di sapone mentre era via.»

«Un sacco di tempo.» aggiunse Bronwyn.

«Avete sentito se c'era qualcun altro?» chiese Josie. «O avete visto qualcun altro? Avete sentito se il nonno parlava con un'altra persona?»

Entrambe le bambine scossero la testa.

Michelle distolse lo sguardo da Josie per guardare le sue figlie. «Ma siete tornate dentro perché avevate fame. Mio padre fa sempre trovare la merenda pronta alle quattro e un quarto.»

«Ma oggi non aveva preparato la solita merenda.» disse Dorothy.

«Già.» aggiunse Bronwyn. «Niente panini, questa volta aveva fatto i brownies. Io li volevo davvero, ma poi abbiamo visto che stava bruciando tutto.»

«Brownies...» disse Josie. «Ha fatto i brownies? Siete sicure?»

«Erano sul tavolo quando siamo entrate.» disse Bronwyn.

Josie guardò Dorothy. «È così?»

«Non mi ricordo.» ammise Dorothy.

Bronwyn alzò gli occhi al cielo. «Erano su un piatto di carta proprio sul tavolo della cucina.»

«Non li ho visti, Bronwyn!» disse Dorothy arrabbiata. «Il nonno stava dando fuoco alla casa!»

«Va bene, ragazze.» disse Josie, poi si rivolse a Michelle. «Suo padre preparava regolarmente i brownies per le nipotine?»

Michelle scosse la testa. «Non l'ho mai visto cucinare.»

Dato che Josie era, senza ombra di dubbio, la peggior pasticcera del pianeta, si rivolse a Mettner per chiedergli: «Quanto tempo ci vuole per fare i brownies?»

Lui alzò le spalle. «Non lo so.»

«Senza comprarli fuori...» cominciò Michelle, «che è l'unico modo in cui mio padre li farebbe se cucinasse... tra i venti e i venticinque minuti.»

Josie tornò a guardare Dorothy. «Pensi che sia rimasto dentro così a lungo?»

Dorothy scrollò leggermente le spalle. «Non lo so.»

I bambini hanno una scarsa percezione del tempo, Josie sapeva bene che non sarebbero state in grado di stabilire quanti minuti fossero passati.

«Voi bambine avete visto qualcos'altro?» si informò Mettner. «Qualcosa di diverso in quei brownies? C'erano sacchetti o altre confezioni? Un adesivo, magari?»

«No.» rispose la più piccola. «Erano su un piattino di carta sul tavolo.»

«C'era qualcuno in casa con il nonno?» chiese Michelle. Entrambe le bambine spostarono lo sguardo da un adulto all'altro, finché Dorothy fece un'alzata di spalle e rispose per entrambe. «Non lo so. Io non ho visto nessun altro. E tu, hai visto nessuno Bronwyn?»

Guardò la sorella che disse: «No. Solo tu e il nonno.»

«Dorothy, tu sei uscita per prima e sei corsa verso la strada.» disse Josie. «Non hai proprio visto nessuno?»

«No.» rispose lei. «Se avessi visto qualcuno, gli avrei chiesto aiuto.»

«Hai visto qualche macchina che usciva dal vialetto o che saliva o scendeva lungo la strada? Anche se erano troppo lontane perché tu potessi attirare la loro attenzione?»

La bambina scosse la testa.

Josie ripensò a quando era uscita dal parcheggio del Giardino delle Piccole Pesti e non ricordava di aver visto nessun veicolo venire nella sua direzione, proveniente dalla proprietà dei Walsh, e tantomeno nessuno che la superava. Se qualcuno fosse arrivato prima di lei, avrebbe visto Dorothy per primo. Stava ripassando nella sua testa tutto quello che le bambine avevano raccontato, quando sentì su di sé il calore dello sguardo di Michelle e si voltò per guardarla negli occhi

«Da dove venivano quei brownies?» chiese Michelle.

«Non so darle una risposta.» disse Josie. «Andiamo all'ospedale a vedere come sta suo padre. Può darsi che ce lo dica lui.»

VENTITRÉ

L'oscurità calò come una coperta sulla montagna mentre Sawyer e Owen assicuravano le bambine al loro posto sull'ambulanza. Sopra di loro, la luce di una mezza luna fendeva gli alberi, conferendo all'ambiente un bagliore argentato. Tutto intorno, i versi dei grilli, delle cicale e di una mezza dozzina di tipi diversi di rane richiamavano, fischiavano, facevano capolino e suonavano come campanelli. Il suono della vita continuava, ignaro della tragedia che si era appena consumata a meno di mezzo chilometro dalla strada. Si potevano ancora vedere i pinnacoli e sentire l'odore del fumo che si sprigionava dalla casa, così come i lampeggianti dei camion dei vigili del fuoco. Le voci concitate dei pompieri li raggiungevano al minimo levarsi del vento. Michelle accettò di seguire l'ambulanza fino al Denton Memorial Hospital. Josie seguì Mettner fino alla sua auto e si unirono alla carovana.

All'esterno, il pronto soccorso era tranquillo; all'interno la storia era tutta diversa: la sala d'attesa era gremita di vigili del fuoco della città di Denton che attendevano informazioni su Clay Walsh. Josie e Mettner si fecero strada tra gli uomini e le donne del Corpo, porgendo pacche sulle spalle e cenni di solidarietà. Alla fine, riuscirono ad arrivare al bancone della sicurezza, proprio davanti alle doppie porte di vetro chiuse che separavano la sala d'attesa dall'area di degenza. Mostrarono i loro distintivi e la guardia li fece passare. Non ci misero molto per trovare Clay Walsh. Tutto il rumore dell'unità era concentrato dietro a una vetrata. Infermieri e medici si muovevano velocemente registrando i segni vitali e seguendo il protocollo di intervento, disseminando il pavimento di rifiuti sanitari che rimanevano loro tra i piedi. I monitor emettevano diversi tipi di segnali acustici. Josie si guardò intorno ma non vide né Michelle né le sue figlie, e allora si rese conto che non potevano averle sistemate che all'estremità opposta del pronto soccorso, per evitare che assistessero al disperato affaccendarsi del personale medico che cercava di tenere in vita Clay Walsh. Vedendolo, il cuore le tremò, si bloccò e poi tornò a sussultare. La testa e una consistente porzione della parte superiore del suo corpo erano sfuggite alle fiamme, ma il colore della pelle della parte inferiore e di una delle braccia era una combinazione di nero e rosso della tonalità e della consistenza della carne cruda. Josie ne aveva viste tante sul lavoro, ma questa era difficile da sopportare. Si voltò, per fare qualche respiro profondo, e poi tornò al suo posto accanto a Mettner, a guardare Clay Walsh. Mettner non sembrava colpito. D'altronde, una delle cose che lo rendevano un eccellente detective era che non era facilmente impressionabile e quando era capitato che qualcosa lo turbava, non lo aveva mai dato a vedere. Dopo alcuni minuti, le attività nella stanza di vetro si fecero meno frenetiche e un medico sgattaiolò nel corridoio, togliendosi la cuffietta blu per rivelare una folta capigliatura scura. Josie lesse il nome sul cartellino: Dottor Ahmed Nashat.

«Dottore...» lo chiamò mentre lei e Mettner presentavano di nuovo i loro distintivi. «Mr. Walsh è in grado di parlare?»

Il medico scosse la testa. Ripiegando e infilando la cuffietta in tasca, rivolse di nuovo lo sguardo verso la stanza, dove gli infermieri stavano sistemando i tubi e somministrando i farmaci in una flebo. «Non sarà in grado di parlare tanto presto. Per il momento siamo riusciti a stabilizzarlo e abbiamo richiesto un elicottero di emergenza per trasportarlo all'ospedale dell'Università della Pennsylvania a Philadelphia, ma ha riportato ustioni a tutto spessore sul sessanta per cento del corpo. Le vie respiratorie e i polmoni sono un disastro per l'inalazione di fumo. Probabilmente lo sapete già, ma nei casi di incendio il fumo è più letale delle ustioni. Mi dispiace dirvelo, detective, ma Mr. Walsh potrebbe non sopravvivere al viaggio verso Philadelphia. E anche se dovesse sopravvivere, ho seri dubbi che saranno in grado di aiutarlo.»

«Quindi, non è stato in grado di dire niente?» domandò Mettner. «Non è riuscito a comunicare in nessun modo?»

Il dottor Nashat si accigliò. «Direi proprio di no.» Tornò ancora una volta a guardare Clay Walsh, poi sembrò ricordarsi di qualcosa e riportò lo sguardo sui detective. «Voi siete della polizia. Non sareste qui se non fosse stato commesso un crimine. È stato un incendio doloso?»

«Ci vorrà un po' di tempo prima che il dolo venga determinato concretamente.» spiegò Josie. «Non possiamo dirlo con assoluta certezza. Stiamo valutando tutte le possibilità.»

Il dottor Nashat fece un cenno con il dito per invitarli a entrare nella stanza. L'odore di carne bruciata fece rivoltare lo stomaco a Josie. Guardò Mettner e vide che l'odore aveva avuto effetti anche su di lui, almeno fisici se non mentali, perché il suo volto aveva assunto una pallida tonalità di verde.

Il dottor Nashat indicò un vassoio su un lato della stanza sul quale erano disposte diverse bacinelle contenenti brandelli di vestiti che erano stati evidentemente rimossi dalla carne ustionata di Clay Walsh. In una bacinella c'era quello che aveva tutto l'aspetto di un pezzo di plastica fuso.

«Questo qui...» disse il medico, mostrando la bacinella affinché lo esaminassero. «Lo stringeva nella mano che si è salvata dalle ustioni, così forte che ci sono voluti diversi tentativi per aprirgli le dita. Se volete, guardate più da vicino.»

Prese un paio di pinzette e le usò per evidenziare un punto particolare di quel pezzo di plastica. Qualcosa di bianco si stagliava in contrasto con la vaschetta di plastica rosa. Josie e Mettner si avvicinarono simultaneamente. Davanti a loro, attaccato a quello che Josie poté solo concludere che fosse un pezzo di pellicola da cucina, c'era la metà di un adesivo. La metà di un volto inquietante, con gli occhi a forma di "X", la fronte spaccata in due come un guscio di noce e una serie di linee frenetiche che si estendevano verso l'esterno in tutte le direzioni.

«Porca puttana.» disse Josie. «Dottor Nashat, può fare un esame tossicologico a Mr. Walsh prima di trasferirlo?»

Lui la guardò incuriosito, ma non fece obiezioni. «Certo, naturalmente. Perché no? Avrete un mandato?»

«Sì.» disse Josie, vedendo che Mettner si stava già premendo il telefono all'orecchio e si apprestava a lasciare la stanza dicendo: «Gretchen? Potresti fare una cosa per noi?»

Josie si voltò verso il dottor Nashat. «La ringrazio.» disse. «Torneremo tra poco.»

Uscendo dalla stanza, aspettò che Mettner avesse terminato di fornire a Gretchen tutte le informazioni necessarie, poi, quando ebbe riagganciato, gli disse: «Dobbiamo parlare di nuovo con Michelle Walsh.»

Dovettero girare un bel po' per i corridoi del pronto soccorso per trovare la donna, che si era fermata fuori da un'area chiusa da una tenda e parlava a bassa voce al cellulare. Aveva gli occhi arrossati e appannati dal pianto. Riattaccò vedendo che Josie e Mettner le si avvicinavano. «Siete riusciti a parlare con mio padre? Mi hanno detto che è in pessime condizioni. Lo stanno per trasferire in un ospedale di Philadelphia, ma pensavo che magari voi foste riusciti a farlo parlare.»

Josie scosse la testa. «Mi dispiace, Michelle, purtroppo non è stato possibile. Non è nelle condizioni di farlo.»

«Miss Walsh...» cominciò Mettner, «dobbiamo farle ancora qualche domanda.»

«Certo. Cosa vi serve sapere?»

Josie tirò fuori il telefono e fece apparire la foto dell'adesivo che avevano trovato nello zaino di Nysa Somers, dal momento che era intatto e non mezzo fuso come quello che Clay Walsh aveva stretto in mano mentre cercava di trovare una via di fuga dalla casa in fiamme. «Questo le sembra familiare?»

Michelle fece una smorfia. «Che orrore, no. Che cos'è?»

«Suo padre ha mai fatto uso di sostanze stupefacenti?» le chiese Mettner.

«Certo che no! E anche se avesse voluto, non avrebbe mai potuto.»

«Suo padre è in pensione, dico bene?» specificò Josie.

«Oh, sì, certo. È andato in pensione circa cinque mesi fa. Dopo l'alluvione. È stato un duro colpo per tutti. Però ero appena stata assunta per un nuovo lavoro e avevo bisogno di aiuto con le bambine, così lui è andato in pensione per potermi dare una mano, guardandole e andando a prenderle a scuola per me. Mia madre è morta quando Dorothy era piccola. Sono una madre single. Ho solo mio padre.»

Josie espresse una preghiera silenziosa affinché Clay Walsh si riprendesse miracolosamente.

«E suo padre non ha mai preso droghe edibili?» chiese Mettner. «Le ha mai provate?»

Michelle lo guardò stranita. «Sta pensando a quei brownies, vero? Cosa pensa? Che sia arrivato uno spacciatore mentre le mie figlie giocavano in giardino e che abbia venduto a mio padre dei brownies alla marijuana? Che assurdità sta dicendo?»

La sua voce aveva assunto il tono di un urlo. Con calma, Josie rispose: «Dobbiamo chiederlo.»

«Perché? Perché dovete chiederlo? Pensate che mio padre abbia dato fuoco a casa sua con le mie figlie all'interno perché ha mangiato un brownie alla marijuana? Ma vi state ascoltando?

Prima di tutto, quale diavolo di erba può spingere una persona a fare una cosa del genere? In secondo luogo, mio padre è uno dei vigili del fuoco più decorati di questa città, uno di quelli che ha prestato servizio più a lungo, ha salvato centinaia di vite e ha svolto più servizi alla comunità di chiunque altro nel dipartimento. Un conto è ciò che avete sentito dire dalle mie figlie, ma un altro è quello che è successo oggi; è quanto di più estraneo al carattere di mio padre si possa immaginare, ve lo assicuro.»

«Non crede alle sue figlie?» domandò Mettner.

Michelle abbassò il mento sul petto e un respiro tremolante la scosse dalla testa ai piedi. Poi tornò a guardare in alto, incrociando le braccia sul petto. «Certo che credo alle mie bambine. Ma anche voi avete sentito quello che hanno raccontato: mio padre ha sentito una macchina percorrere il vialetto. Non ha fatto lui quei brownies. Glieli ha portati un'altra persona. Qualsiasi cosa abbia fatto oggi non è stata colpa sua. Doveva essere sotto l'influenza di qualcosa, altrimenti non avrebbe mai appiccato intenzionalmente un incendio e non avrebbe mai e poi mai messo in pericolo le sue nipotine.» Abbassò la voce e si avvicinò di un passo a Josie e Mettner. «Stiamo parlando di incendio doloso. Incendio doloso! Già mi sto chiedendo come diavolo potrò spiegarlo ai ragazzi con cui lavorava. Pensate che crederanno a un paio di bambine, anche se sono le sue nipotine, che dicono che Clay Walsh, il leggendario Clay Walsh, ha dato fuoco di proposito a casa sua? Non lo accetteranno mai.»

«Pensa che suo padre avrebbe mangiato un brownie se avesse saputo che erano contaminati da qualche sostanza?» chiese Josie.

«Certo che no.»

«Michelle, io le credo.» le assicurò Josie. «Credo che sia successo qualcosa di più di quanto sappiamo e faremo tutto il possibile per arrivare in fondo alla questione, questo glielo garantisco. Potrebbe dirci se suo padre aveva dei contrasti con qualcuno? Magari un conto in sospeso con un'altra persona...»

«No, figuriamoci.»

«Usciva con qualcuno?» domandò Mettner. «O aveva appena rotto con qualcuno?»

Michelle scoppiò in una risata fragorosa. «Mio padre? Uscire con qualcuno? Ma per favore. No. Non esce con nessuno da anni.»

«Il nome Nysa Somers le dice qualcosa?»

«No. Chi è?»

«Era una studentessa dell'università di Denton.» spiegò Mettner.

Michelle non colse l'uso del tempo passato. Scosse rapidamente la testa e si passò le mani tra i capelli. «No. Mio padre non conosce nessuno dell'università. A parte in caso di incendio, non avrebbe mai avuto un motivo per andare da quelle parti.»

«Le viene in mente se c'è una persona che avrebbe potuto volergli fare del male?» proseguì Josie.

Michelle abbassò le mani sui fianchi e tirò su con il naso. «No, per carità, no. Mio padre è benvoluto da tutti. È il migliore.»

VENTIQUATTRO

Il sonno tarda a venire, ma il motivo principale è che provo un misto di tensione ed eccitazione che non mi permette di chiudere occhio. Per ore ho consultato il sito web della WYEP, alla ricerca di notizie sull'eroe di Denton abbattuto. Non solo è stato abbattuto, ma ora sarebbe andato incontro alla vergogna. Non è la prima volta che desidero poter condividere la mia genialità con qualcun altro. Purtroppo, non è un'opzione praticabile. La mia iniziale eccitazione all'idea di ricevere attenzione si è presto affievolita. Forse non sto veramente ricevendo attenzione - anche perché non è possibile - ma le mie azioni vengono notate. Per la prima volta, non vengono considerate come sfortunati incidenti. Ora tutti quanti conoscono il mio potere. È una sensazione molto diversa, molto più inebriante, rispetto alla tranquilla soddisfazione di sapere che, vendicandomi, ho inferto a qualcuno il giusto castigo che si meritava.

Ho continuato a cercare nel sito le ultime notizie. Poi, finalmente, poco dopo la mezzanotte, è apparso un articolo.

POMPIERE LOCALE RIMANE GRAVEMENTE
USTIONATO IN UN INCENDIO DOMESTICO.

Il cuore mi è balzato in gola. «Gravemente ustionato?» ho borbottato.

Non poteva essere. Poi ho capito che non aveva importanza. Questo è il bello del mio metodo nuovo e migliorato. Anche se sopravvivesse, non ricorderebbe quello che è successo. Non ricorderebbe di aver appiccato l'incendio e nemmeno di avermi visto.

Vorrei sapere quanto gravemente è ustionato. Abbastanza da fargliela pagare per la durezza con cui mi aveva trattato durante il nostro incontro di mesi prima? Il sangue mi sale alla testa ricordando la maleducazione con cui mi aveva parlato. «Togliti di mezzo.» mi aveva ringhiato prima di spingermi da parte, come se fossi una nullità. Non si era nemmeno scusato. Non mi aveva nemmeno rivolto un secondo sguardo.

Con la mente in tumulto, ho continuato a leggere l'articolo. Almeno ce l'avevo fatta a eliminare una di quelle mocciose che si portava dietro dappertutto?

«Merda».

Sono sopravvissuti tutti e tre. Non che abbia importanza. Nessuno di loro è riuscito a vedermi. Tuttavia, la situazione mi irrita. Alla fine sia lui che le bambine sono riusciti a salvarsi dall'incendio, eppure la WYEP riferisce che la "città è sconvolta per la tragedia che si è consumata nella casa di Clay Walsh".

Una città sconvolta.

Non si immaginano neanche. Anche prima che scegliessi Clay, avevo messo in moto altre cose.

VENTICINQUE

Procuratisi il rapporto tossicologico, Josie e Mettner tornarono alla centrale. Noah aveva finalmente risposto ai messaggi di Josie, promettendo di raggiungerla e di accompagnarla a casa. Per quanto fosse seccata per quell'atteggiamento, per non averle risposto per la maggior parte della giornata, non vedeva l'ora di vederlo. Una parte di lei voleva continuare a lavorare sul caso, o sui casi, finché non ne fosse rimasto più nulla e a tutte le sue domande non fosse stata data una risposta. Un'altra parte di lei non desiderava altro che andare a casa con Noah e lasciargli usare le mani e le labbra in modo che la aiutasse a dimenticare tutto quello che era successo negli ultimi due giorni.

Era tardi e tutti quanti, tranne Gretchen che si era offerta di lavorare fino a tardi, avrebbero dovuto essere a casa, ma una volta tornati nella sala grande della centrale, Josie, Mettner, Gretchen, Noah e il capo Chitwood si riunirono tutti insieme per gli aggiornamenti. C'era anche Amber Watts, ora abbigliata in maniera più informale con un paio di jeans e un maglione leggero e con i capelli ramati raccolti in uno chignon. Quando Mettner si sedette alla scrivania, lei gli si avvicinò e si mise dietro di lui.

Il volto del capo Chitwood era già rosso barbabietola e nessuno di loro aveva ancora pronunciato mezza parola. «Ho appena parlato al telefono con il comandante dei vigili del fuoco della città. La sua squadra di investigatori non sarà in grado di valutare le cause dell'incendio nella casa dei Walsh prima di domani. Non gli ho detto che un paio di ragazzine delle elementari hanno raccontato ai miei detective che uno dei pompieri più stimati della città ha appiccato un incendio nella sua stessa casa. Non voglio doverglielo dire. Ma è questo che dovrò fare?»

Nessuno osò rispondere. Era chiaro che non era in un buon momento. Continuò: «Palmer mi ha aggiornato dopo aver presentato il mandato per l'esame tossicologico di Clay Walsh, che tra l'altro è stato difficile da far firmare a un giudice, perché stiamo parlando di un eroe di questa città. Ma, a quanto pare, avete quell'esame, quindi per favore ditemi con cosa abbiamo a che fare, perché vorrei poter dire qualcosa di più al comandante dei vigili del fuoco e a tutti quelli che lavorano per lui, oltre al fatto che Clay Walsh ha perso la testa e ha raso al suolo casa sua.»

Mettner e Josie si scambiarono un'occhiata, nel tentativo di decidere in silenzio chi dei due avrebbe dato la notizia. Alla fine Mettner sospirò e disse: «L'esame tossicologico è risultato negativo.»

Un sussulto collettivo si levò nella stanza e il capo Chitwood esclamò: «Che cosa?»

Josie notò che Amber mise una mano sulla spalla di Mettner e la strinse.

Noah chiese: «Ma com'è possibile?»

Gretchen disse: «Avete detto che c'erano dei brownies e un adesivo, proprio come nello zaino di Nysa Somers. È così che ho ottenuto il mandato, sono riuscita a convincere il giudice che non è possibile che una campionessa di nuoto si anneghi il lunedì e un pompiere decorato si salvi per un soffio da un incendio appiccato in casa sua il martedì... è chiaro che deve esserci qualcos'altro sotto... è come se ci fosse una persona che va in giro a far mangiare alla gente dei brownies con qualche tipo di droga che li spinge a fare queste cose. L'unico motivo per cui ho potuto farlo accettare al giudice è che l'adesivo era presente in entrambi i casi.»

Josie alzò le mani per far tacere Gretchen. «Lo so, lo so.»

Chitwood disse: «Questo significa che i brownies non contenevano nulla? Che queste due persone, senza alcun collegamento tra loro, hanno solo sbarellato a distanza di un giorno l'una dall'altra?»

«No.» disse Josie. «Non è quello che sto dicendo. Non è affatto così. Sappiamo tutti che gli esami tossicologici non rilevano tutto, ma solo le droghe più comuni.»

«Esatto.» confermò Mettner. «Questo significa che possiamo eliminare anfetamine, cannabis, cocaina, oppioidi, barbiturici, benzos, fenciclidina, quaalude, metadone e destropropossifene.»

«E quali rimangono?» chiese Noah. «Le droghe da stupro? Il GHB? Il Rohypnol?»

«Questo avrebbe più senso.» convenne Gretchen. «Questi farmaci hanno un'emivita breve. Non rimangono in circolo così a lungo. Se è una di quelle, anche l'esame tossicologico di Nysa Somers risulterà pulito.»

«Ma se fosse una di quelle sostanze» disse Josie, «potrebbe comunque emergere dall'esame tossicologico di Clay Walsh. Non è passato un periodo di tempo così lungo tra quando crediamo abbia mangiato il brownie e quando gli è stato prelevato il sangue. Inoltre, ho avuto la sfortuna di vedere persone a cui sono stati somministrati il GHB e il Rohypnol e non direi proprio che fossero così stabili come, invece, appare Nysa Somers nel video di sorveglianza. Certo è possibile. Alcune persone assumono il GHB a scopo ricreativo, ma per lo più le droghe da stupro hanno lo scopo di rendere incapaci di agire. Nysa Somers era tutt'altro che incapace di agire e Clay Walsh tantomeno.»

«Vediamo di fare un ripasso generale.» disse il capo Chitwood, guardando direttamente Josie, che si mise a rielaborare tutti i fatti nella sua mente, poi prese fiato e cominciò.

«Nysa Somers va in biblioteca domenica sera. Quando esce non torna a casa. Scrive un messaggio alla sua compagna di stanza per dirle che ha incontrato una persona. Passano circa otto ore. Poi ricompare lungo il sentiero tra il complesso residenziale in cui vive e il campus. A un certo punto, dall'agenda sul telefono le arriva una notifica che dice: "È l'ora di fare la sirena". Lei o qualcun altro getta il suo zaino con il telefono nel bosco. Quando abbiamo recuperato lo zaino, abbiamo scoperto che dentro c'era una busta per panini nel quale c'erano quelle che, apparentemente, sembravano briciole di brownies, e su quella busta c'era l'inquietante adesivo di un teschio spaccato a metà. L'autopsia ha confermato che Nysa aveva dei brownies nello stomaco e che è annegata.»

A quel punto Mettner proseguì: «Entra in piscina di sua iniziativa, saluta con un sorriso la guardia di sicurezza chiamandolo per nome prima di entrare sul piano vasca e annegare.»

Josie si agganciò alle sue parole. «Clay Walsh è a casa a giocare in giardino con le sue nipotine. Sia lui che la nipote più grande, Dorothy, hanno l'impressione di sentire un'auto percorrere il vialetto. Clay Walsh rientra in casa e non ne esce più. Passa un tempo indefinito. Le bambine rientrano e lo trovano che si aggira per casa dando fuoco a ogni cosa e ripetendo: "È l'ora di fare il fiammifero", proprio come è successo con il promemoria del telefono di Nysa: "È l'ora di fare la sirena". La più piccola delle due nipotine ha detto di aver visto dei brownies sul tavolo della cucina. All'ospedale, nella mano di Clay Walsh, è stato rinvenuto quello che crediamo sia un involucro per alimenti con quello che restava di un adesivo di un cranio spaccato a metà.»

«Perciò qualcuno deve essersi presentato a casa di Clay Walsh.» disse Mettner.

«Indubbiamente.» convenne Josie e concluse. «Questa è la nostra teoria. Una persona misteriosa si presenta e gli consegna dei brownies. Crediamo che ne abbia mangiato uno. Poi inizia a comportarsi in modo strano e appicca il fuoco alla casa. Le nipoti hanno pensato che fosse ammattito. Bronwyn ha detto che proprio verso la fine, un secondo prima di perderlo di vista, quando Walsh l'ha lanciata lontano dal pavimento che stava crollando, l'ha guardata in modo "strano". È facile presumere che fosse disorientato. Quindi è evidente che c'è qualcosa in quei brownies. Solo che non abbiamo ancora capito che cosa.»

«Una persona misteriosa...» le fece eco il capo. «È il collegamento che dobbiamo inseguire.» Si strofinò le tempie con l'indice e il medio e fece un gran sospiro. «A che punto siamo con le ricerche sulla persona che era insieme a Nysa Somers la notte prima che morisse?»

«Nessuno a Hollister Way ricorda di averla vista la sera prima di morire o di aver visto qualcuno che suscitasse sospetti.» disse Noah.

«Però questa mattina abbiamo inviato la richiesta al provider di telefonia mobile di Nysa Somers di verificare la posizione del suo telefono durante le ore in cui era irreperibile.» aggiunse Mettner. «In questo modo potremo fare un controllo incrociato con gli indirizzi di tutti i suoi professori e dello staff tecnico della squadra di nuoto.»

«Molto bene.» disse Josie. «Perché sua sorella ha detto che si vedeva con una persona più grande di lei e ha definito la relazione "inappropriata". Inoltre, aveva rotto con questa persona appena venerdì scorso.»

«Bene. Ecco cosa farete.» annunciò Chitwood. «Tutti voi, tranne Palmer, andrete a casa a farvi una dannata dormita.

Voglio sapere quando arriveranno i tabulati telefonici e avrete fatto una lista di uomini più vecchi di Nysa Somers con cui è possibile che abbia avuto una relazione "inappropriata". Domani voglio che parliate, tutti quanti, con le persone che conoscevano Clay Walsh. Voglio nome e cognome di chi si è presentato a casa sua prima che scoppiasse l'incendio. So che sua figlia ha detto che non si era fatto cattivo sangue con nessuno e che non aveva una fidanzata dalla quale poteva essersi appena separato, ma voglio sentirlo dire da tutti quelli che lo conoscevano, prima di abbandonare questa linea d'indagine. Voglio anche che facciate di tutto per trovare un collegamento tra Nysa Somers e Clay Walsh. Non mi interessa quanto piccolo sia, lo dovete trovare. Trovate qualsiasi cosa! Mi avete capito?»

Tutta la squadra annuì. Mettner prese gli ultimi appunti sul suo telefono. «Nel frattempo io chiamerò il mio contatto della DEA e vedrò se può dirmi qualcosa di questo adesivo o di altre droghe su cui dovremmo indagare.» aggiunse Chitwood.

Amber si schiarì la gola, attirando per la prima volta l'attenzione su di sé. «Cosa ci fai ancora qui, Watts?» chiese Chitwood.

Lei non si scompose e in tutta risposta gli rivolse un sorriso allegro. Josie ammirava sempre di più la sua imperturbabilità quando aveva a che fare con il capo Chitwood. «Sto ancora ricevendo molte domande sul caso di Nysa Somers e stasera i giornalisti sono impazziti per sapere cosa è successo a Clay Walsh. Cosa vuole che risponda?»

«Niente.» grugnì Chitwood. «Niente di niente. Voi giornalisti siete bravi a usare molte parole per non dire un bel niente. Allora fallo.»

Mettner aprì la bocca per dire qualcosa, ma Josie intervenne tempestivamente. «Entrambi i casi sono indagini aperte sulle quali non possiamo rilasciare dichiarazioni. Sono in corso. Non abbiamo ancora abbastanza informazioni per rilasciare commenti.»

Chitwood puntò l'indice e lo sventolò da una parte all'altra contro ognuno di loro. «Non un solo dettaglio su questa faccenda dei brownies o degli adesivi, è chiaro? Non prima di aver capito cosa diavolo sta succedendo in questa città.»

Senza aspettare una risposta, tornò nel suo ufficio, sbattendosi la porta alle spalle.

VENTISEI

Una volta tornata a casa, Josie e Noah portarono il cane, Trout, a fare una lunga passeggiata. Il quartiere era immerso nell'oscurità e nel silenzio, ma le strade erano ben illuminate. Trout era così felice di stare all'aperto che Josie era sicura che non gli importava se fosse notte o giorno. Si sentì morire dal senso di colpa quando pensò a quante ore era rimasto a casa da solo quel giorno. Di solito tra lei e Noah riuscivano a trovare il tempo di fermarsi un paio di volte durante il giorno per portarlo a spasso e lanciargli la palla.

Noah camminava accanto a lei in silenzio. Josie cercò di raccogliere le energie per domandargli cosa avesse fatto durante la giornata, ma non gliene rimanevano molte da spendere. Nella sua mente vedeva e rivedeva a ripetizione la scena a casa di Clay Walsh. I volti sconvolti e rigati di lacrime di Michelle, Dorothy e Bronwyn Walsh fluttuavano nella sua mente a intervalli di pochi minuti.

«Ti accompagno a prendere un'auto a noleggio domattina.» disse Noah. «Hai già chiamato per far rimorchiare la tua da casa Walsh?»

Josie scosse la testa, tenendo gli occhi puntati sul cane che annusava un palo del telefono, ci faceva la pipì sopra, lo annusava di nuovo e poi ripeteva l'operazione altre quattro volte.

«Josie?»

Lei alzò lo sguardo verso Noah, il cui volto era illuminato da un lampione. «Cosa hai detto?»

«Che ti succede?»

Una voce nel suo cervello rispose per lei: *Non lo so. Perché non me lo dici tu cosa ti sta succedendo? Dove sei stato ultimamente?* Ma la sua bocca si limitò a dire: «Sto bene.»

«Josie...»

«È il caso!» sbottò lei, soprattutto perché non voleva dire nulla che potesse portare a una discussione. Non era la serata giusta. Non dopo due giorni di morti orribili e famiglie in lutto.

«È sempre colpa del caso.» ribatté lui, ridendo sommessamente.

«Non è divertente.» scattò lei. Trout si fermò bruscamente per fissarli.

Noah lo guardò dall'alto in basso. «Va tutto bene, bello.» lo rassicurò. Trout riprese la sua passeggiata. «Scusami.» le disse Noah un attimo dopo. «Non volevo dirlo così. Il fatto è che talvolta penso ci siano altre cose che ti frullano per la testa, ma tu preferisci parlare di lavoro perché è più facile.»

Josie era contenta che fosse buio, così Noah non poté vedere le sue guance tingersi di rosso. «Se questa è un'altra delle tue strategie per spingermi ad andare in terapia, puoi abbandonarla e risparmiarti il disturbo.»

«Paige Rosetti è una psicologa e tu hai già avuto a che fare con lei...» le fece notare Noah, riferendosi a una donna con cui Josie aveva parlato in un caso precedente.

«Noah, per favore. Lascia perdere.»

«Oh ma io lascerei perdere, se non fosse che certe volte penso che tu non voglia parlare nemmeno con me. Certe volte mi sembra addirittura di non sapere davvero cosa pensi o come ti senti.»

Josie si fermò di colpo e il guinzaglio di Trout fece un piccolo scatto. Il cane si fermò e tornò ai piedi di Josie trotterellando, fissandola con la lingua che gli penzolava dalla bocca. «Sto pensando che ieri ho tirato fuori da una piscina una ragazza di vent'anni e ho cercato di rianimarla senza riuscirci. È morta da sola e io ho dovuto sedermi a un tavolo con la sua famiglia devastata e dire loro che avrei cercato di dare un senso alla sua morte, anche se non sono sicura di poterlo fare. Sto pensando che, non appena mi sono allontanata da quel tavolo, ho dovuto salvare una bambina da un edificio in fiamme perché suo nonno - un uomo di cui si fidava - aveva dato fuoco alla casa nonostante le nipoti fossero all'interno. Poi ho dovuto vedere il suo corpo ustionato e ricoperto di vesciche, che sembrava fosse stato colpito con un batticarne incandescente, e poi ho dovuto dire alla figlia in lacrime che avrei fatto del mio meglio per dare un senso a ciò che gli era successo, anche se non credo di riuscirci. Ho paura che non riusciremo a risolvere questo caso perché è troppo complesso e non ci sono indizi. Ho paura che, anche se riuscissimo a capire cosa diavolo sta succedendo, non saremo in grado di dimostrare un bel niente, perché... che genere di droga fa fare alla gente cose come quelle che hanno fatto Nysa Somers e Clay Walsh? Sono terrorizzata all'idea che non ci sia più nulla di buono al mondo.»

Noah le accarezzò una guancia e allora Josie si rese conto di essersi attorcigliata il guinzaglio di Trout intorno alle dita così stretto da bloccare la circolazione. Una zampa le grattò lo stinco. Era Trout che cercava di attirare la sua attenzione. In un modo o nell'altro, riusciva sempre a capire quando la sua padrona era arrabbiata. E Josie supponeva che anche Noah lo sapesse, eppure negli ultimi due giorni era stato irraggiungibile quando lei lo desiderava di più.

«Josie...» disse Noah. «Tu sei il bene di questo mondo.»

Lei si srotolò il guinzaglio dalle dita e scosse la testa, cercando di non sorridere. Avrebbe dovuto sembrare banale o sdolcinato, ma detto da Noah suonava solo sincero. Questo era il problema con lui. Era sempre riuscito a vederla sotto una luce completamente diversa da come la vedevano tutti gli altri e, soprattutto, da come lei vedeva se stessa. All'inizio era una cosa che la metteva a disagio, ma con il passare del tempo si era appoggiata sempre più a lui. Le sembrava un progresso emotivo, ma una parte di lei si detestava per quanto aveva bisogno di lui.

Noah non aspettò che lei rispondesse e ne approfittò per dire: «So che non riuscirai a chiudere occhio stanotte, quindi facciamo qualcosa.»

«Che cosa?»

«Qualcosa riguardo al caso.»

«Per esempio? Sono quasi le undici di sera.»

«Coraggio...» la esortò lui. «Andiamo a casa e chiamiamo Shannon. Sarà ancora sveglia. Chiedile che tipo di sostanze possono rendere una persona arrendevole senza ridurla a essere incapace di agire. Una sostanza che faccia fare cose che normalmente non si farebbero.»

Shannon Payne era la madre biologica di Josie. Lavorava come chimica presso una grande azienda farmaceutica, la Quarmark. Viveva a due ore da loro.

«Shannon, però, non conosce le droghe da strada.» gli fece notare Josie.

«È vero, ma non è detto.» concordò Noah. «Tra l'altro, io ho già sentito tutti i miei contatti con l'Antidroga e Chitwood non ha ancora avuto notizie dal suo uomo della DEA... per questo, penso che parlare con Shannon sarebbe comunque un inizio.»

Affrettarono il passo con Trout per il resto del tragitto. Una volta rientrati a casa, si sistemarono al tavolo della cucina e misero il telefono di Josie al centro. Josie cercò il numero di sua madre e premette l'icona della chiamata, mettendola in vivavoce. Shannon le rispose dopo tre squilli. Scambiatesi i soliti convenevoli, Josie le chiese se potessero approfittare delle sue conoscenze in qualità di chimico della Quarmark.

Shannon si mise a ridere. «Non so quanto potrò esservi utile, visto che ho passato gli ultimi quattro anni a lavorare allo stesso farmaco contro il cancro, ma fate pure.»

«Sei a conoscenza di qualche sostanza che possa rendere una persona estremamente influenzabile? Una sostanza che possa far fare a chi la assume cose che normalmente non farebbe mai? Anche qualcosa di dannoso per la sua stessa incolumità?»

Seguì un attimo di silenzio. Poi Shannon disse: «Stiamo parlando di droghe da strada? Perché, Josie, non ne so molto...»

«Me ne rendo conto.» le rispose. «Ma è il tuo lavoro sviluppare farmaci. Se volessi sviluppare una droga che renda le persone influenzabili ma non incapaci di agire, cosa faresti?»

«Influenzabile ma non incapace?» le fece eco sua madre.

Josie pensò a Nysa Somers e Clay Walsh, al modo in cui erano stati perfettamente normali in apparenza, pur avendo preso alla lettera parole così insensate: "è l'ora di fare la sirena", "è l'ora di fare il fiammifero". Bronwyn aveva detto che Clay aveva continuato a dare fuoco alla sua casa finché non gli avevano detto di smettere.

«Una sostanza che, se somministrata a una persona nella giusta dose ovviamente, perché è chiaro che altrimenti gli effetti sarebbero diversi, ti permetterebbe di ordinare a questa persona di fare qualcosa, qualsiasi cosa, e quella lo fa, ma senza che si senta male o disorientata, e tantomeno che sembri intossicata.» riprese Josie.

«Hmmm...» rifletté Shannon. «Sembra davvero una domanda per qualcuno che fa parte di una task force dell'antidroga, ma va bene, ci provo. Fatemi pensare un attimo, vi dispiace?»

Aspettarono diversi minuti, ascoltando i rumori di Shannon che digitava sulla tastiera del computer borbottando in modo incomprensibile tra sé e sé. Poi la sua voce tornò a farsi più nitida e distinta. «Josie, Noah? Ci siete ancora?»

«Siamo qui.» rispose Noah.

«Inizierei con la scopolamina, che è nota anche come ioscina...» disse Shannon. «Benché non sia una sostanza regolamentata. Si usa soprattutto per curare il mal di mare.»

«È quella che si trova in commercio sotto forma di cerotto?» le chiese Noah. «Si mette dietro l'orecchio, se non sbaglio...»

«Esatto, è proprio quella.» disse Shannon.

«Come fai a saperlo?» gli chiese Josie.

Noah fece un piccolo sorriso. «Ho usato quei cerotti per la pesca d'altura.»

«Il cerotto ne contiene una dose estremamente ridotta...» spiegò Shannon, «che viene rilasciata nell'arco di tre giorni, quindi l'assorbimento è lento. In piccole dosi, viene utilizzata per prevenire nausea e vomito. Il corpo produce naturalmente una molecola chiamata acetilcolina, che permette la trasmissione di impulsi nervosi al sistema nervoso centrale e periferico. L'acetilcolina è il principale neurotrasmettitore responsabile della contrazione dei muscoli, della dilatazione dei vasi sanguigni e di molte altre funzioni. In pratica, può avere un effetto inibitorio o eccitatorio sul sistema nervoso, rendendo la trasmissione degli impulsi nervosi più veloci o più lenti. La scopolamina inibisce l'acetilcolina del sistema nervoso centrale. Non si sa bene perché, ma agisce sul centro che provoca il vomito. Come ho detto, di solito è il risultato del mal di mare o della nausea post-operatoria. A volte viene usato per gli spasmi gastrointestinali. È stato utilizzato in alcune terapie per prevenire la nausea causata dalla chemioterapia. In effetti la mia équipe ha sviluppato diversi anni fa un farmaco molto efficace sotto questo aspetto, che ora viene utilizzato in diverse situazioni.»

Prima che Shannon potesse lanciarsi in una descrizione completa del farmaco della Quarmark, Josie la interruppe chiedendole: «Cosa succederebbe se si usasse la scopolamina in dosi maggiori? O se la si ingerisse?»

«Beh, si può ingerire, non è un problema. È disponibile in

forma di pillola. In dosi massicce, però, si iniziano a vedere effetti collaterali come sonnolenza, prurito, mal di testa, battito cardiaco accelerato, confusione, dilatazione delle pupille. È molto probabile che provochi amnesia. A dosi estremamente elevate, si rischiano psicosi, convulsioni, allucinazioni e, naturalmente, la morte. Chiaramente, gli effetti collaterali variano da persona a persona. La chimica del corpo è diversa da individuo a individuo. I fattori che rendono un farmaco efficace per una persona ma non per un'altra sono davvero numerosi...»

Noah intervenne: «Hai detto che avresti iniziato con la scopolamina. Come mai?»

Shannon sospirò. «Beh, come sapete, io lavoro nel settore farmaceutico e questa è stata la prima cosa che mi è venuta in mente perché ho avuto modo di lavorare a questo farmaco in passato. Ma, a parte questo, come vi ho detto, blocca l'azione del neurotrasmettitore acetilcolina nel sistema nervoso. Questa azione potrebbe portare a problemi cognitivi e alla perdita di memoria. In alcuni studi, è emerso che la somministrazione di dosi più elevate provoca docilità, estrema suggestionabilità e uno stato assimilabile all'ipnosi.»

«Uno stato assimilabile all'ipnosi?» le fece eco Josie. «È possibile che una persona che ne ingerisce un'alta dose, ma non abbastanza da causare sonnolenza, confusione, psicosi, convulsioni e sintomi simili, possa apparentemente mostrarsi in uno stato normale, ma essere in realtà altamente suggestionabile?»

«Certo, immagino di sì.» confermò Shannon. «Le condizioni e i dosaggi dovrebbero essere perfetti, ma suppongo che sia possibile. Sapete, il governo ha usato la scopolamina come siero della verità nei primi anni Venti. E mi sembra che un paese europeo l'abbia usata per lo stesso scopo in tempi più recenti.»

Josie scoppiò a ridere. «Questa non la sapevo. Oh, un'ultima cosa: per quanto tempo rimane in circolo? Per finalità tossico-logiche...»

«Questo non saprei dirvelo. Sono abbastanza sicura che la

risposta sia che non rimane in circolo molto a lungo, però sarebbe meglio chiedere a un tossicologo...»

Madre e figlia chiacchierano ancora per qualche minuto e Shannon le chiese notizie di Patrick. Josie non menzionò l'incidente con il bucato, promise di dirgli di farla richiamare, poi riattaccarono.

«Patrick...» disse Josie. «Per prima cosa domani, è con lui che dobbiamo parlare.»

«Perché, è una specie di esperto di scopolamina?» chiese Noah guardandola con una certa sorpresa. «C'è qualcosa che non hai detto alla famiglia sul tuo fratellino?»

Josie rise. «No, ma è uno studente e vive nel campus. Il capo Hahlbeck ci ha dato le informazioni "ufficiali". Ma non sarà a conoscenza delle stesse cose che sanno gli studenti.»

«Intendi dire le cose che gli studenti non vogliono che lei venga a sapere.»

«Esattamente.»

VENTISETTE

Per prima cosa, la mattina seguente, Josie inviò un messaggio a Patrick per invitarlo a cena quella sera stessa. Poi Noah la accompagnò a prendere un'auto a noleggio. La lasciò alla società di noleggio dicendole che l'avrebbe raggiunta alla centrale, ma quando lei arrivò al lavoro, lui non si trovava da nessuna parte. Usando il telefono della sua scrivania, chiamò il Denton Memorial Hospital e chiese del dottor Nashat, sperando che potesse darle qualche aggiornamento su Clay Walsh. Quando il medico le disse che Walsh era sopravvissuto al volo per Philadelphia e che, per quanto ne sapeva lui, era ancora vivo, si sentì rincuorata. Riattaccato, Josie rimase alla scrivania a fissare il telefono, cercando di decidere se telefonare a Noah per sapere che fine avesse fatto. Forse stava forse reagendo in modo spropositato, ma non poteva fare a meno di pensare che in quegli ultimi giorni le era stato insolitamente distante. E se non distante, quantomeno irraggiungibile. Probabilmente era in giro a lavorare su una delle tante chiamate secondarie di cui i detective erano responsabili, a parte gli omicidi. Altrimenti dove avrebbe potuto essere? La porta delle scale sbatté e Mettner entrò nella sala grande portando sottobraccio un mucchio di fogli, tra cui quello che sembrava un poster arrotolato.

«Oh, bene.» gli disse. «Sei arrivato.»

Mettner le porse il poster arrotolato che si rivelò essere una planimetria della città. «Ho recuperato le coordinate dal telefono di Nysa Somers.»

Josie mise giù il telefono e prese del nastro adesivo per attaccare la pianta a una delle pareti dell'ufficio comune e con un pennarello segnò l'area in cui i ripetitori si erano connessi al telefono di Nysa nel corso della notte. Tenendo in mano l'elenco che aveva compilato con gli indirizzi associati ai nomi degli uomini che Nysa conosceva e che avrebbero potuto corrispondere al suo misterioso fidanzato, Mettner rimase a guardare Josie che si dava da fare. «Alle ventidue, queste tre antenne si sono connesse al telefono di Nysa, il che la colloca in questa zona qui... che comprende il campus e Hollister Way.»

«E parte dell'area a nord del campus...» aggiunse Mettner.

«È vero, ma questo potrebbe non essere preciso. Tuttavia, alle 23:03 la sua compagna di stanza le ha mandato un messaggio per chiederle dove era finita, e lei le ha risposto dicendo che si era incontrata con una persona; a quel punto il suo telefono si è collegato a queste antenne qui.» Josie indicò un'area distante all'incirca una decina di chilometri dal campus, che comprendeva parte di un quartiere commerciale, un tratto dell'Interstatale e due diversi quartieri residenziali.

«Non c'è che dire, la cosa si fa interessante.» disse Mettner.

«E alle due di notte il suo telefono si è agganciato a un'altra antenna qui.» disse Josie facendo un cerchio con il pennarello intorno alla prima area che aveva segnato e che comprendeva il campus e Hollister Way.

«Quindi è andata da qualche parte e poi è tornata indietro.»

«Proprio così.» disse Josie. «Il suo telefono è rimasto collegato all'antenna nella zona del campus e di Hollister Way fino a lunedì pomeriggio, quando Hummel lo ha recuperato e messo sotto carica. Infine si è collegato qui, nel centro di Denton, dove ci troviamo noi, cioè dopo che Hummel ci ha fatto avere il telefono.»

«Ma la coinquilina ha detto che Nysa non è tornata a casa.»

«La coinquilina ha detto anche che si vedeva con qualcuno. E così ha detto anche la sorella. Probabilmente, quel qualcuno l'ha incontrata nel punto in cui il passaggio sbuca a Hollister Way. A quell'ora della notte non doveva esserci nessuno da quelle parti e se anche ci fosse stato qualcuno, non avrebbe staccato gli occhi dal telefono per guardarsi intorno, è così che li ho visti percorrere avanti e indietro quel sentiero. Nysa Somers avrebbe potuto trovarsi proprio lì in mezzo con il suo uomo e nessuno se ne sarebbe accorto.»

«D'accordo.» disse Mettner. «Il suddetto uomo più grande con cui Nysa ha una relazione sconveniente va a prenderla al passaggio, la porta da qualche parte e poi la riporta indietro verso le due. E a quel punto? La compagna di stanza ha detto che non è mai tornata a casa. Niente fino alle sei del mattino, quando Nysa riceve una notifica sulla sua agenda che le dice che "è il momento di fare la sirena", lascia il suo zaino in mezzo al bosco, esce dal passaggio in direzione del campus e si incammina verso la piscina. Perciò, ci rimangono ancora quattro ore da coprire.»

Josie si grattò il mento con il cappuccio del pennarello, studiando la carta. «La compagna di stanza ha detto che non era sicura che Nysa fosse rientrata a casa o meno perché non si è svegliata prima delle sette e un quarto.»

«Quindi è possibile che Nysa sia tornata a casa, ci sia rimasta per quattro ore, abbia letto la notifica dell'agenda e sia tornata fuori?»

«Suppongo di sì.»

«E quando avrebbe mangiato il brownie? Ipotizziamo che la persona con cui è stata glielo abbia fatto mangiare prima delle due di notte... ne deduciamo che gli effetti sarebbero stati ancora presenti alle sei del mattino?»

«Difficile a dirsi.» rispose Josie. «Anche perché ancora non sappiamo che droga c'era nel brownie. Porca... Tutto questo non è altro che una serie di supposizioni.»

«Beh, non esattamente.» obiettò Mettner. «Sappiamo di sicuro che non si trovava né al campus né a casa tra le undici di sera e le due del mattino, quindi controlliamo gli indirizzi.»

Mettner le passò una pagina con metà degli indirizzi e si misero a segnarli sulla cartina. Quando ebbero terminato, la studiarono insieme.

«Ma che cazzo...» esclamò Mettner. «Non ha senso.»

Nessuno dei sette uomini viveva nelle vicinanze della zona in cui Nysa Somers si era trovata tra le undici di domenica sera e le due di lunedì mattina.

«No, invece...» gli fece notare Josie, «ha perfettamente senso. Perché non l'ha portata a casa sua. Non all'inizio, almeno. Sono andati a fare un giro in macchina e poi l'ha riportata indietro. Vive in questa zona, vicino al campus.»

Nella prima area di triangolazione c'erano due segnali di connessione: uno era in corrispondenza del domicilio di un professore e l'altro di quello dell'allenatore Brett Pace. Mettner si avvicinò ed estrasse dalla planimetria la puntina che rappresentava la casa del professore. «Questo tizio è sposato. Sua moglie è stata a casa tutta la notte. Certo, potrebbe essere riuscito a sgattaiolare via mentre lei dormiva, ma non avrebbe potuto portare Nysa con sé.»

«Il che significa che rimane solo l'allenatore Brett Pace.» concluse Josie. «Andiamo a farci due chiacchiere.»

Brett Pace non era al centro sportivo del campus. Controllarono in vari locali, ma non lo trovarono. Uno degli assistenti allenatori disse che il giorno prima aveva lasciato l'allenamento in anticipo e non era più tornato. Josie e Mettner si recarono al suo indirizzo: un ranch bianco su mezzo ettaro di terreno lungo una strada rurale appena sopra il campus. Parcheggiato nel vialetto di ghiaia c'era un fuoristrada. Aiuole vuote fiancheggiavano la facciata della casa. Sul gradino anteriore, sotto una serie di campanelli a vento, si trovava una sedia da campeggio dell'Università di Denton. Dalla tristezza che l'aspetto della casa trasmetteva Josie ebbe la sensazione che il divorzio di Brett Pace non si fosse svolto in modo pacifico. Quando si avvicinarono alla porta, si sentì della musica provenire dall'interno. Mettner suonò il campanello, scatenando una frenetica serie di latrati di un cane. La musica cessò bruscamente. Sentirono la voce di Brett Pace e poi i latrati del cane si ridussero a un basso ringhio. La porta si aprì e la grande sagoma dell'allenatore ne riempì il vano. Nel giro di un paio di giorni, si era trasformato in un uomo completamente diverso: una barbetta incolta gli copriva mento e mascella, un bel paio di occhiaie gli macchiavano la pelle sotto gli occhi e al posto dell'ordinata e sgargiante uniforme da allenatore, indossava un paio di jeans strappati e una maglietta nera con il colletto pieno di buchi. Per quanto fosse evidente che non aveva dormito molto in quegli ultimi due giorni, in un modo o nell'altro quello stato di trasandatezza gli conferiva un'aria più giovanile rispetto all'immagine di uomo curato che aveva proiettato al primo incontro. Josie si chiese se fosse questo il lato che Nysa aveva visto di lui e ne fosse rimasta incuriosita. O forse era stato il personaggio dell'allenatore sorridente e dalla parlantina fluida che ragionava di dinamiche della squadra ad attirarla?

Senza fare un fiato, Pace si fece da parte e li fece accomodare all'interno. Un labradoodle entusiasta li accolse scodinzolando e annusando le loro mani. Josie gli accarezzò la testa. Pace gli disse di andare a cuccia e il cane, a malincuore, si diresse verso un angolo della stanza e si accoccolò su una brandina bianca e logora. Josie fece una panoramica della stanza, che conteneva soltanto un televisore a parete e un divano in pelle. Si chiese se la sua ex moglie avesse ottenuto la maggior parte dei mobili al termine del divorzio o se Pace stesse traslocando. Sbirciando dietro di lui verso la cucina, si accorse che sul bancone c'erano due scatole di cartone con accanto degli involucri millebolle da una parte.

«Accomodatevi, se volete.» disse Pace.

«L'abbiamo cercata al campus.» gli disse Mettner. «Uno dei suoi assistenti ci ha detto che ieri ha lasciato l'allenamento in anticipo e che da allora non è più tornato.»

Pace rimase in piedi al centro della stanza, con le spalle curve. «Ho dato le dimissioni ieri sera.»

Josie sollevò il mento in direzione della cucina. «Si trasferisce?»

Pace sospirò. «Non voglio rimanere qui. Mio, ehm, mio padre ha una casa vicino alla Pennsylvania State University. Una piccola baita, un po' fuori mano. Ho pensato di ritirarmi lì per qualche tempo.»

«Ritirarsi lì?» gli chiese Josie. «Come mai?»

«Sentite, andiamo al sodo, d'accordo?» disse Pace. «Siete qui per Nysa. Quando si saprà, perderò il lavoro e verrò emarginato. Sto soltanto cercando di risolvere le cose al volo, chiaro?»

«Risolvere al volo quali cose?» volle sapere Josie.

Lui alzò gli occhi al cielo. «Volete proprio farmelo dire?»

«Sì.» replicò Mettner. «È il nostro lavoro.»

«La tresca. Beh, credo che non sia stata una vera e propria tresca, considerando che eravamo entrambi single ed entrambi adulti consenzienti. Ma io ero il suo allenatore, il che fa di questa storia uno scandalo, senza contare che io ero un po' più grande di lei e che Nysa si è suicidata perché ci siamo lasciati.»

Mettner lanciò a Josie una rapida occhiata di traverso. Poi disse: «Ci parli della rottura, Mr. Pace.»

Pace si girò e andò in cucina. Josie e Mettner lo seguirono. Dal frigorifero tirò fuori una Guinness. La sventolò in aria, a indicare silenziosamente che ne stava offrendo una anche a loro. «Siamo in servizio.» disse Josie.

Pace aprì la birra per sé e ne bevve un lungo sorso, usando poi il dorso della mano per pulirsi la bocca. «Giusto, giusto.» Si avvicinò a un tavolo al centro della cucina e si sedette. «Sentite, c'è una cosa che dovete sapere. Una cosa che tutti devono sapere, va bene? Quando la notizia salterà fuori e i suoi genitori lo scopriranno... devono sapere che è lei che mi ha scaricato. Mi piaceva, sapete? Avevo un paio di altre donne all'amo, donne della mia età, e le ho mollate una volta che le cose sono iniziate con Nysa. Le cose tra noi erano bollenti.»

Josie nascose il suo disgusto, mantenendo un'espressione neutra. Era sicura che non fosse una coincidenza che Pace pensasse che le cose fossero "bollenti" con Nysa dato che, casualmente, era più giovane di lui. «Ma se è stata lei a scaricarla...» iniziò Josie, «perché pensa che si sia suicidata?»

Pace bevve un altro sorso di birra. «Per quello che le ho detto domenica. Ma dovete credermi, non dicevo sul serio.»

«Quando abbiamo parlato lunedì, mi ha detto che l'ultima volta che ha visto Nysa è stato venerdì all'allenamento.» gli fece presente Josie.

«Beh, certo...» disse Pace. «Non avevo intenzione di spiattellare che mi sbattevo la studentessa che era appena stata trovata morta. Santo cielo.»

«Ma adesso non sta mentendo...» osservò Mettner. «Allora perché ha mentito lunedì?»

Pace iniziò a staccare l'etichetta della sua birra. «Perché avevo appena scoperto che Nysa era morta. Non sapevo cosa diavolo stesse succedendo. Stavo cercando di tutelarmi in qualche modo. Ma la sua amica qui...»

«Detective Quinn.» lo corresse Mettner.

«Sì, sì...» fece Pace. «Sapeva già che Nysa era in compagnia di qualcuno domenica sera. Perciò, era solo questione di tempo prima che scopriste che quella persona ero io. Sentite, io li guardo i programmi polizieschi alla televisione, sapete? So che ora avete ogni tipo di tecnologia che vi dice sempre dove si trovano le persone... infatti ho ragione perché siete qui. E a parte questo, non so a chi Nysa abbia parlato di noi due. A me aveva detto che non l'aveva raccontato a nessuno, ma era quel tipo di ragazza che mente in continuazione. È come se ce l'avesserc nel DNA.»

Per un momento, Josie provò un senso di repulsione pensando al fatto che Nysa Somers si fosse lasciata toccare da quel verme. Poi si ricordò di quanto si fosse mostrato affabile e cordiale lunedì, quando l'aveva interrogato. Quello era lui che interpretava il ruolo di un allenatore di nuoto del college. Probabilmente interpretava molti ruoli, quello che gli andava più a genio a seconda del momento. E in quel momento Josie era sicura di avere di fronte la vera natura dell'uomo dietro la maschera, e non le piaceva neanche un po'.

Mettner prese una sedia e si accomodò di fronte a Pace.

«Cosa è successo domenica sera, Brett? Cominci dal principio.»

«No, a pensarci bene...» si intromise Josie, «cominci da venerdì. Ha detto che Nysa l'aveva scaricata.»

Pace mandò giù il resto della birra. «Sì. Ci vedevamo dopo gli allenamenti e a volte dopo le lezioni, se non c'era nessuno nel mio ufficio. Venerdì, finito l'allenamento, le ho chiesto di rimanere fino a tardi, come al solito. Siamo tornati nel mio ufficio. Le cose hanno iniziato a farsi piccanti e all'improvviso si è fermata, se mi seguite. Ha iniziato a dire che quello che stavamo facendo era sbagliato e inappropriato e che era preoccupata per il suo futuro. Io ho cercato di dirle che non era un problema, perché nessuno l'avrebbe scoperto.»

«Ma poi l'ha scaricata lo stesso...» finì per lui Josie.

Pace tornò a cercare di staccare l'etichetta dalla bottiglia vuota. «Già. Ha detto che le dispiaceva, ma non poteva continuare a frequentarmi. Poi se n'è andata.»

«Non ha provato a chiamarla o a mandarle un messaggio?» chiese Mettner.

«Non esiste, amico. La prima regola quando si frequenta una studentessa è di non lasciare tracce...» Si interruppe, come se avesse appena realizzato con chi stava parlando.

Josie lasciò che lo scomodo silenzio si protraesse finché lui non cominciò ad agitarsi sulla sedia. Poi gli chiese: «Come faceva a sapere dove si sarebbe trovata domenica sera?»

«Usava sempre quel passaggio dietro l'edificio Gulley. Quello che va dal campus fino alla fine di Hollister Way. Ci incontravamo lì qualche volta. Non le piaceva, non voleva che ci vedessero da quelle parti, ma nessuno se n'è mai accorto. Sapevo che di solito mangiava al campus, così sono andato là ad aspettare. Solo che è arrivata che mancava poco alle dieci.»

«L'ha aspettata per tre ore?» chiese Mettner.

«Ascolti...» rispose Pace incrociando lo sguardo di Mettner, «quando le dico che le cose con Nysa erano bollenti, non lo dico tanto per dire. Sì, l'ho aspettata per tre ore. E a parte questo, era la mia nuotatrice di punta. Non volevo che tra di noi ci fossero problemi. Avevamo ancora tutto l'anno da superare.»

«Cos'è successo quando è uscita dal sentiero?» domandò Josie.

«Le ho detto di salire in macchina e lei l'ha fatto. Le ho detto di venire a casa con me per parlare, ma non ha voluto. Allora le ho detto: "Vieni solo a fare un giro con me e dammi modo di parlare." A questo ha acconsentito. Siamo stati in giro per qualche ora, ma non c'era verso di convincerla. Le cose si sono fatte un po'... spiacevoli.»

«Spiacevoli in che senso?» chiese Mettner.

«Potrei averle detto cose che non intendevo davvero, ma dovete capire che anche lei mi ha detto cose sgradevoli, del tipo che non ero davvero chi davo l'impressione di essere e che quella di mostrarmi l'allenatore simpatico era solo una recita e che si sentiva ingannata e che io la stavo solo usando.»

«Non era così?» lo incalzò Josie con tono deciso.

«Usarla? In che modo?» chiese lui scocciato. «Per cosa avrei dovuto usarla?»

Ignorando la sua domanda, Josie proseguì: «Cosa le ha detto dopo?»

Lui si passò una mano sul viso. «Potrei averle ho detto che se mi avesse scaricato, avrei raccontato di lei a tutti, ad esempio di come era a letto e cose del genere.»

«Che altro?» chiese Josie.

«Potrei anche aver minacciato di raccontare in giro che era venuta a letto con me per convincermi a raccomandarla per la borsa di studio Vandivere.»

Josie dovette fare uno sforzo considerevole per non indietreggiare di un passo e non sferrare un pugno alla gola di quell'uomo.

«Queste sono molestie sessuali.» gli fece presente Mettner. «Lo saprà sicuramente.»

«Beh, se anche non lo sapevo, Nysa si è assicurata che lo scoprissi, ad esempio quando mi ha detto che la mia carriera sarebbe andata a fondo se si fosse venuto a sapere di noi. Allora le ho fatto capire che, in quel caso, io sarei finito ad allenare altrove, mentre lei sarebbe stata umiliata per sempre e la sua reputazione ne sarebbe rimasta macchiata per il resto della sua vita. Penso di avergliela messa giù piuttosto pesante perché a quel punto è scoppiata in lacrime e mi ha chiesto di riportarla indietro, ma non mi ha nemmeno permesso di lasciarla sotto casa sua. Ho dovuto lasciarla all'ingresso del suo complesso.»

«Nysa le ha chiesto di portarla a casa e lei lo ha fatto.» ribadì Josie.

«Beh, sì. Era diventata isterica. E comunque, avevo iniziato a sentirmi un po' in difficoltà, sapete? Aveva ragione. A conti fatti, raccontare di noi sarebbe stato peggio per me che per lei. Ma volevo continuare a vederla. Ho pensato che se l'avessi spaventata...»

«Oh, sì...» commentò Josie, «non c'è donna al mondo a cui non piaccia essere spaventata per mandare avanti una relazione...»

Pace le lanciò un'occhiata acida. «Sì, lo riconosco, è stata una mossa da idioti, non ne vado mica fiero. Anzi, è stata una mossa da stronzi, ma non pensavo che si sarebbe ammazzata per questo. Non pensavo che fosse quel tipo.»

Mettner e Josie si scambiarono un altro sguardo di sottecchi.

«A che ora l'ha lasciata?» gli chiese Mettner.

«Non lo so. Saranno state le due, penso...»

«L'ha lasciata all'ingresso di Hollister Way alle due di notte ed è tornato a casa sua?» gli domandò più precisamente Josie.

«Sì. Poi quella mattina sono arrivato al lavoro e ho scoperto che era annegata in piscina. Che situazione... Non avrei mai voluto che accadesse una cosa del genere.»

«Le ha dato qualcosa prima di lasciarla?» domandò Mettner.

«Tipo cosa?»

«Qualcosa da mangiare.» spiegò Josie.

«Qualcosa da mangiare? Di che genere?»

«Crediamo che Nysa fosse sotto l'influenza di qualche sostanza quando è entrata in acqua.» chiarì Mettner.

«Sì, beh, questo era abbastanza scontato visto che voi due avete chiesto a tutti i membri della squadra di parlare di droghe. Da parte mia ho pensato che fosse talmente sconvolta da andare a casa, sballarsi e poi lasciarsi annegare in piscina.»

«Ma lei non le ha dato nessuna droga.» disse Josie. «Neanche per calmarla? Per convincerla a venire a casa con lei? Magari senza dirle che le stava dando qualcosa?»

«Dove avrei potuto trovare delle droghe?»

«Non lo so.» rispose Josie. «Ce lo dica lei.»

«Non ho dato nessuna droga a Nysa e non l'ho portata a casa mia.»

«Qui intorno, nemmeno i dirimpettai possono vedere casa sua dalla loro posizione, dico bene?» osservò Mettner.

«E questo cosa c'entra?»

Mettner si spostò in avanti, appoggiando i gomiti sul tavolo. «Beh, è solo che lei dice di aver accompagnato Nysa verso le due del mattino a Hollister Way. Ma, mi corregga, non c'è nessuno che possa confermare che è stato qui da solo tutta la notte...»

Pace scosse la testa. «No, non c'è nessuno, ma vi sto dicendo la verità. Nysa non è venuta a casa con me la notte di domenica.»

Considerando che mentiva con la stessa facilità con cui respirava, Josie non era convinta, così tentò un'altra strada. «Lei e Nysa vi siete frequentati in segreto per qualche settimana. Avevate dei soprannomi l'uno per l'altra?»

Pace aggrottò la fronte. «Cosa? Che razza di domanda è?»

«Risponda e basta.» gli intimò Mettner.

Con un sospiro, Pace disse: «Ne avevo uno per lei, ma lei non ne aveva uno per me. Le piaceva chiamarmi per nome. Brett. La faceva sentire come se fossimo due adulti alla pari, diceva.»

«E lei come la chiamava?» chiese Josie.

Pace spostò lo sguardo sul tavolo. «La chiamavo la mia sirena sexy.»

Né Josie né Mettner diedero segni di reazione. Mettner si limitò a continuare con le domande. «Conosce un uomo di nome Clay Walsh?»

«Chi?»

«Clay Walsh.» ripeté Mettner. «Lo conosce?»

«No, non conosco nessuno con quel nome. Chi è?»

«Dove si trovava ieri pomeriggio fra le tre e mezza e le quattro?» gli chiese Josie.

Brett Pace agitò le mani per indicare la cucina. «Ero qui...»

«Le piacciono i brownies, Mr. Pace?» chiese Josie con fare incalzante.

Tutta la sua espressione si contorse momentaneamente, come se avesse mangiato qualcosa di aspro. «Che diavolo di interrogatorio è questo? Siete dei poliziotti strani, lo sapete?»

Senza scomporsi, Mettner disse: «Allora? Le piacciono i brownies?»

Roteando gli occhi, Pace esclamò: «Certo, a chi non piacciono?»

Mettner si alzò. «Le dispiace se diamo un'occhiata in giro?»

«Per che cosa? Pensate che nasconda della droga? Andate pure a cercarla. Non ci sono molti posti dove guardare. La mia ex moglie si è presa praticamente tutto.»

Non esagerava: in effetti, oltre al tavolo e alle sedie della cucina e al divano, in casa non c'era nessun mobile. Solo un letto e una cassettiera. Come comodino, Pace usava una sedia pieghevole. Non c'era nessun elemento che indicasse che Nysa fosse stata lì, che Pace nascondesse o producesse droga o che avesse cucinato qualcosa di recente. Il cestino traboccava di contenitori da asporto. D'altra parte, avrebbe potuto farsi un'idea abbastanza precisa di ciò che la polizia avrebbe cercato fin dal primo interrogatorio.

«Credo che qui abbiamo finito...» Josie dichiarò a Mettner una volta che ebbero dato un'occhiata approfondita dappertutto.

Pace li accompagnò alla porta. Mettner gli porse un biglietto da visita. «Non si allontani troppo, Mr. Pace. Ci terremo in contatto.»

Erano a metà strada verso la macchina quando Pace sbucò sulla scalinata d'ingresso. Le campane a vento oscillarono contro di lui, sfiorandogli la testa, e lui fece un passo di lato. «Ehi!» gridò. «Non ho fatto nulla di male.»

Josie e Mettner lo fissarono per un attimo prima di tornare alla macchina.

Pace continuò: «Questa storia mi rovinerà la vita, non è vero?»

Josie si voltò, con un lieve sorriso che le incurvava le labbra. «Non direi che questa sia la prima domanda che dovrebbe porsi...»

Una linea di confusione increspò la fronte di Pace. «In che senso?»

«Questo le rovinerà la vita, sì, ma mica la ammazzerà, giusto?» gli disse di rimando Josie.

VENTOTTO

Josie e Mettner tornarono alla centrale per l'ora di pranzo. Con suo grande sollievo Josie vide che Noah era lì con Gretchen e che avevano portato anche il pranzo. Si riunirono alle loro scrivanie e mangiarono finché Chitwood non uscì dal suo ufficio per un aggiornamento. Noah e Gretchen non avevano ancora nulla da riferire. Avevano interrogato diversi amici, colleghi e conoscenti di Clay Walsh, ma non era ancora emerso alcun segnale che desse adito a sospetti o a collegamenti con Nysa Somers. Josie e Noah riferirono alla squadra i dettagli emersi dalla telefonata fatta con Shannon la sera precedente, compresa la sua ipotesi sulla scopolamina, o qualche sostanza analoga, che, se assunta in dosi massicce, poteva causare docilità e suggestionabilità. Chitwood assicurò alla squadra che avrebbe chiesto al suo contatto della DEA informazioni sul farmaco. Josie e Mettner raccontarono poi la loro conversazione con Brett Pace.

«Una scusa pietosa per chiunque voglia definirsi un essere umano...» commentò Gretchen.

«Non ne parliamo...» rispose Mettner.

«Quinn...» intervenne Chitwood. «Credi che Pace sarebbe in grado di fare una cosa del genere?»

«Non lo so davvero, Signore...» disse lei. «È un bugiardo patentato. Non ha un alibi. Ha ammesso di essere stato con Nysa domenica sera e il soprannome che le aveva dato era "sirena".»

«Non possiamo escluderlo dai sospettati.» osservò Chitwood. «Ho un brutto presentimento, soprattutto perché ha cercato di andarsene appena un paio di giorni dopo la morte di questa ragazza. Voglio che vi mettiate tutti quanti a cercare dei collegamenti tra Brett Pace e Clay Walsh, capito? Sarebbe bene che uno di voi tornasse all'East Bridge a mostrare la foto di Pace in giro e si facesse dire se ha mai comprato droga da quelle parti.»

«Signore...» cominciò Josie.

Lui alzò una mano. «Lo so, lo so, Quinn. Ho già fatto tre telefonate al mio amico della DEA. Non appena avrò sue notizie, lo saprai.»

Josie stava quasi per ringraziarlo, ma la porta delle scale si spalancò con un colpo secco. Si girarono tutti quanti in direzione dell'ingresso, dove videro un Sawyer Hayes trafelato, con il petto ansimante e una mano che reggeva un portabicchieri di cartone con dentro quattro tazze di caffè del Komorrah's Koffee. Lo puntò verso di loro e disse: «Avete mandato il vostro sergente centralinista sul campanile per qualche motivo?»

«Cosa?» dissero contemporaneamente Chitwood e Josie.

Sawyer fece qualche passo in avanti e passò i caffè alla persona più vicina, che si dava il caso fosse Mettner. «È sul campanile. Come si chiama? Lamay?»

«Dan!» disse Josie, alzandosi di scatto dalla sedia. Guardò i suoi colleghi. «Qualcuno sa perché Dan è sul campanile?»

«Io non sapevo nemmeno che si potesse raggiungere il campanile.» commentò Mettner.

«Io mi trovavo nei paraggi e visto che è stata una settimana difficile vi ho preso dei caffè. Stavo uscendo dal Komorrah's Koffee e l'ho visto lassù, affacciato alla finestra. Mi ha fatto prendere un colpo perché ho pensato che rischiasse di cadere. Se ne sta lì e si sporge sempre di più. Non ho idea di cosa stia facendo.»

Josie lo superò con i colleghi al seguito. «Allora vediamo di tirarlo giù. Andiamo.» Si precipitarono nel vano scale e salirono i gradini, due alla volta, fino al terzo piano. Il campanile si trovava sul lato est dell'edificio. Josie sfrecciò lungo due corridoi per raggiungere la porta. La varcò e salì i gradini stretti e tortuosi fino alla cima del campanile, che si ergeva per quasi un altro piano sopra il terzo della stazione di polizia di Denton. Un'altra porta, questa di legno pesante, precedeva la cima del campanile. Scricchiolò quando Josie la aprì. Salendo sulla passerella di legno che formava un pentagono intorno all'enorme campana, esitò. Era stata solo una volta sul campanile, durante il suo incarico di capo ad interim, quando aveva fatto venire un ingegnere strutturale per valutare le condizioni di integrità della torre e della struttura che sosteneva la campana di due tonnellate, per evitare che cadesse sulla strada sottostante e causasse danni disastrosi. Come allora, non si sentiva a suo agio in quell'ambiente alto e stretto, anche se le finestre erano aperte senza paraventi o persiane. Lassù la temperatura era più bassa di almeno cinque gradi e si sentivano tutti i rumori della strada che salivano verso l'alto: lo stridio degli pneumatici sull'asfalto, il rumore dei clacson, l'abbaiare dei cani, i saluti tra le persone. Josie fece l'errore di guardare in basso e si sentì immediatamente investire da un'ondata di vertigini. Un'impalcatura di legno correva per tutta la lunghezza del vano sotto il campanile. Travi spesse erano state incastrate in una struttura simile a quella del Jenga, tutte concepite per sostenere il peso sia della campana sia della struttura costruita intorno a essa. Josie sapeva con relativa certezza che c'era una scala lungo una delle pareti sotto il campanile, ma da dove si trovava non riusciva a vederla. La passerella che correva lungo le pareti, sotto le finestre a circondare la campana, disponeva solo di un sottile parapetto di legno grezzo lungo il lato che dava sulla campana. In un momento di terrore, tutto quello su cui Josie riuscì a concentrarsi furono le aperture attraverso le quali avrebbe potuto facilmente scivolare da entrambi i lati della passerella. Tra la parete di pietra e la passerella c'era uno spazio grande almeno quanto una persona; invece, lo spazio che separava la passerella dalla campana era leggermente più grande. Una caduta dalla torre campanaria al fondo del campanile l'avrebbe sicuramente uccisa. Fece un respiro profondo e mise un piede sulla passerella: al tatto, non sembrava altro che una fila di assi di legno accostate l'una all'altra. Fece un altro passo avanti, lasciando che tutto il suo peso si appoggiasse sulla passerella, mentre la mano sinistra stringeva la ringhiera, con le schegge che le scavavano il palmo. La passerella non si piegò sotto il suo peso, ma per i suoi gusti sembrò comunque troppo fragile. Si avvicinò alla grande campana, ormai segnata dalle intemperie. L'enorme ruota di fianco a essa incombeva su di lei, stagliandosi a un'altezza che tranquillamente raddoppiava la sua. Josie prese rapidamente le misure di tutti i meccanismi. L'ingegnere strutturale era stato molto entusiasta del suo lavoro e le aveva spiegato che il grande blocco di legno a cui erano attaccati la campana, la ruota e il tirante si chiamava ceppo, al quale la campana era fissata da un sistema di tiranterie e bullonerie. Un lato della campana era assicurato al ceppo dall'incastellatura di sostegno, travi di legno che tenevano la campana in posizione in modo che poggiasse su una slitta sottostante. Sull'altro lato della campana, a sua volta collegata a un sistema di incastellatura, una ruota alloggiava dentro un binario la corda da tirare per suonare la campana, nascosta alla vista di Josie. La campana non veniva usata da diversi decenni. Allo stato attuale era solo una decorazione. Josie non riusciva a pensare a nessun buon motivo per cui Dan fosse salito lassù, anche se, essendo in servizio da quasi cinquant'anni, era probabilmente fosse uno dei pochi agenti, oltre a Josie e al capo Chitwood, a sapere come accedere al campanile. Josie si ricordava che le aveva raccontato che, quando era una recluta, suonavano la campana ogni volta che moriva un agente di polizia, che fosse in servizio o per altri motivi.

Facendo qualche altro passo incerto, i suoi occhi furono di nuovo catturati dalla parte centrale del campanile. Per quanto conoscesse bene lo stato di conservazione dei meccanismi della gigantesca campana, Josie non riusciva a smettere di pensare a quanto sarebbe stato disastroso se il ceppo o un qualsiasi altro elemento a esso collegato si fosse spezzato e tutto ciò che si trovava nella torre campanaria, compresi lei e Dan, fosse precipitato giù per il condotto. Scrollandosi dalla mente quelle immagini, Josie si concentrò sul compito che aveva davanti, muovendo qualche passo più cauto lungo la passerella di legno. Mentre girava intorno alla campana sul lato della torre che affacciava su Main Street, intravide Dan. Un vento fresco soffiava attraverso le finestre ad arco, accarezzandole il viso. Dan le dava le spalle e si sporgeva da una delle finestre tenendo un piede sollevato dalla passerella.

Josie si fermò a pochi metri da lui. «Dan?»

Non riuscì a capire se l'avesse sentita, perché non le fece alcun cenno e, anzi, si sporse ancora di più fuori dalla finestra, con la pancia appoggiata al davanzale di pietra. Josie gli si avvicinò. Alle sue spalle sentì che le assi della passerella scricchiolavano; si voltò, vide che era Noah e con una mano gli fece cenno di fare il giro della campana dalla parte opposta. Lui le rispose con un cenno di assenso e scomparve dietro la campana. «Dan...» ripeté di nuovo Josie, ma anche stavolta, non ottenne risposta; Dan protendeva una mano fuori dalla finestra, come se stesse cercando di afferrare qualcosa. «Dan!» urlò Josie con più decisione, ma Lamay alzò anche l'altro piede da terra. Il suo busto si distese oltre il davanzale della finestra. Josie si tuffò in avanti mirando ai suoi piedi e riuscì ad afferrarne solo uno prima che lui cadesse oltre la finestra. Con le gambe raspò in cerca di un appiglio tra le assi ma sentì la gamba destra scivolare nello spazio tra la passerella e il muro di pietra. Sotto di lei c'era solo il vuoto e una lunga caduta sul cemento.

«Noah!» gridò.

Cercò di puntellarsi con il ginocchio sinistro sulle assi della passerella per stabilizzarsi e tirare su la gamba destra, ma sopra di lei Dan si dimenava, rendendole impossibile trovare stabilità. «Dan!» gridò. «Non muoverti.»

Lamay si immobilizzò, le sue gambe tornarono a toccare il pavimento dentro la torre, ma in questo modo spinse Josie, che si ritrovò con la gamba sinistra penzoloni oltre la fessura come ultimo appiglio tra lei e una caduta verso la morte. Alla fine, una mano le scivolò sottobraccio. Alzò lo sguardo e vide Noah, che con una mano stringeva Dan per la cintura dei pantaloni e con l'altra teneva lei per un braccio per cercare di riportarla sulla passerella. Josie mollò la presa dalla gamba di Lamay e si aggrappò a Noah, che la tirò su in modo che lei potesse arrampicarsi tenendosi a lui. Aggrappandosi alla spalla di Noah, non si azzardò a guardare di nuovo verso il basso. Il cuore le batteva così forte che ebbe l'impressione che ogni battito le facesse tremare le ossa.

Guardò Noah per un attimo, ringraziandolo tacitamente. Poi lo lasciò andare e rivolse la sua attenzione a Dan. Posando delicatamente una mano sulla sua spalla, gli disse: «Dan, stai bene?»

Con la parte superiore del corpo Lamay si sporgeva ancora leggermente fuori dalla finestra. Si tirò indietro e si girò verso di lei. Con il sudore che gli imperlava l'attaccatura dei capelli e il labbro superiore e con lo sguardo assente, la fissò negli occhi. «Devo prenderlo...» farfugliò.

Noah lo teneva ancora per la cintura. Josie incrociò il suo sguardo e scosse leggermente la testa per indicare che Dan non stava bene.

«Dan...» gli disse, «che cosa devi prendere?»

«Quello...» disse lui, voltandosi di nuovo verso la finestra. «Devo prendere quello lì.»

Josie colse l'espressione di preoccupazione che attraversava il volto di Noah e strinse delicatamente la spalla di Lamay. «Dan, non c'è niente quassù.»

«Devo rimetterlo a posto.» disse Dan contro la brezza che soffiava dall'esterno.

Josie lo fece girare e lui la lasciò fare, voltandosi di nuovo verso di lei. «Dan, lo sai chi sono?»

Un altro sguardo assente. Josie gli si avvicinò e notò che le sue pupille erano dilatate. Riuscì comunque a fargli un sorriso, cercando di mantenere la calma. «Sono io, Dan. Sono Josie Quinn.»

Noah si spostò alle spalle di Lamay, impedendogli l'accesso alla finestra.

«Josie Quinn...» disse Lamay in tono affascinato.

«E dietro di te c'è il tenente Fraley.» continuò Josie. Con delicatezza lo tirò verso di sé. «Perché non scendiamo le scale e andiamo a fare due parole, eh, Dan? Questo non è un buon posto per parlare. È un po' pericoloso quassù.»

«Pericoloso.» ripeté Lamay.

Josie si girò in modo che lui potesse stringersi accanto a lei e gli mise un braccio intorno alle spalle. «Vieni con me.»

Obbedientemente, Lamay camminò al suo fianco, mentre la passerella si piegava leggermente sotto il loro peso combinato. Lasciò che lei lo guidasse attraverso la porta, giù per i gradini tortuosi, con Noah che lo accompagnava da dietro, fino alla porta del terzo piano dove un drappello di colleghi li attendeva.

Il capo Chitwood chiese: «Sergente Lamay, sta bene?»

«Deve andare in ospedale.» rispose Josie, con un braccio ancora stretto intorno alle spalle di Dan.

Sawyer si fece strada a forza tra Mettner e Gretchen. «Che succede?»

«È disorientato...» disse Josie. «Riesce a parlare ma dice cose senza senso. Sembra che non sappia dove si trova o chi sono io.»

Dan si guardò intorno osservando tutti i volti. Josie lo sentì farsi teso sotto il suo braccio. «Devo prenderlo...» ripeté, ma ora la sua voce era molto più acuta, con una nota di panico che la portava a incrinarsi.

Noah si accostò all'altro lato di Dan e lo cinse con un braccio. «Va tutto bene, Dan. Chiameremo tua moglie e ti porteremo in ospedale, d'accordo?»

Josie gli strinse la spalla. «Adesso scendiamo le scale, va bene Dan?»

Lui esitò un attimo e poi fece un piccolo passo. «Scendiamo.»

«Sì.» disse Josie. «Scendiamo le scale e raggiungiamo il parcheggio.»

Mentre Chitwood, Mettner, Gretchen e Amber facevano spazio per lasciarli passare, il capo disse: «Chiamerò l'ospedale per informarli che state arrivando.»

«E io chiamerò la moglie di Dan.» aggiunse Mettner.

«Vai a prenderla.» gli disse Josie. «Hanno una macchina sola e Dan la usa per venire al lavoro. La figlia è al college.»

«Agli ordini, Boss.»

Sawyer disse: «Guido io.»

«No.» disse Josie. «Guido io.»

Sawyer li precedette giù per la tromba delle scale. «Questo è il mio lavoro, lo sai.»

Con tono tagliente, Noah gli rispose: «Se Josie ha detto che guida lei, allora guida lei.»

«Io farò più in fretta, Sawyer...» spiegò Josie mentre scendevano le scale verso il piano terra con Dan che, stretto tra lei e Noah, camminava docilmente. «Immagino che tu non sia venuto qui in ambulanza.»

Sawyer tenne aperta la porta del parcheggio. «No, non sono

in ambulanza. Ma almeno fatemi venire con voi. Posso dargli un'occhiata.»

Raggiunsero la macchina di Josie. «Questo sarebbe d'aiuto.» disse lei. «Andiamo.»

VENTINOVE

Sto controllando le ultime notizie sul sito della WYEP da due giorni per vedere se ci sono altre storie su di me o, meglio, su ciò che ho scatenato, e mi ha deluso particolarmente vedere che non c'è uno straccio di articolo. Non ancora, comunque. Posso aver calcolato male l'efficacia del mio nuovo stratagemma? Sicuramente no, perché è il metodo più semplice ed efficace che abbia mai usato fino a questo momento, che fa sembrare i miei sforzi precedenti a dir poco insignificanti, persino a confronto con la mia seconda uccisione, che ho sempre trovato estremamente ingegnosa. Certo, non è stato spettacolare come quello che ho fatto a Nysa Somers e Clay Walsh, ma ricordo comunque con affetto quel giorno. Avevo aspettato fuori dalla porta di casa sua, con un misto di nervosismo e di eccitazione. Avevo cominciato a ricordarmi tutti i torti che aveva commesso contro di me mentre me ne stavo lì, sofferente, ma non era nulla se paragonato alla consapevolezza che stavo per vendicarmi.

«Ce l'hai fatta a darti una ripulita?» mi aveva chiesto vedendomi entrare.

«Sì.» avevo risposto.

«Comunque, perché eri al rifugio oggi?»

Non avevo risposto. Invece, avevo allungato la mano nella busta marrone della spesa che mi pendeva dal braccio e avevo tirato fuori il cartone del succo d'arancia che mi aveva chiesto di comprare. Quello con polpa extra.

Me l'aveva preso dalle mani senza neanche ringraziarmi. Non mi ringraziava mai. Era andata in cucina e io l'avevo seguita e l'avevo guardata mentre se ne versava un po' in un bicchiere. Voltandosi verso di me, aveva detto: «Sai, se oggi eri al rifugio, avresti dovuto farti una doccia prima di venire qui. Te l'ho detto che sono allergica ai gatti.»

«Lo so.»

Si era accostata il bicchiere alle labbra. Aveva esitato. Aveva fissato gli occhi su di me. «Fortemente allergica.» aveva precisato.

«Sì.» avevo risposto. «Lo so.»

Non era riuscita nemmeno a bere tutto il bicchiere prima che l'anafilassi prendesse il sopravvento. Per prime, le si erano gonfiate le labbra e la lingua. Poi erano arrivati la stretta alla gola, il respiro affannoso, la caduta, il contorcersi e infine l'immobilità. L'ultima briciola di vita stava sanguinando dai suoi occhi quando avevo fatto qualche passo verso di lei, fissandola. Quella era stata una delle poche volte in cui avevo visto qualcuno esalare l'ultimo respiro. Un tempo l'avevo amata.

«Mi meritavo di meglio.» avevo detto.

Sorridendo, avevo fatto un passo verso il bancone per buttare ciò che era rimasto nel suo bicchiere e sciacquarlo. Poi avevo preso l'altro cartone di succo d'arancia dalla busta della spesa. Quello senza polpa. Avevo riempito il bicchiere per metà e lo avevo messo sul bancone. Avevo tirato fuori l'ultimo prodotto della spesa: una zuppa di broccoli preparata con crema di anacardi. Era fortemente allergica anche agli anacardi. Avevo lasciato la stanza avendo cura di portare con me il cartone di succo con polpa extra. Non mi aspettavo che qualcuno avrebbe sollevato questioni, ma era solo una buona precauzione per non lasciarsi alle spalle un cartone di succo d'arancia con dentro peli di gatto finemente tritati.

TRENTA

Un'ora più tardi, Josie si ritrovava a camminare avanti e indietro nella sala d'attesa del Pronto Soccorso. La moglie di Dan Lamay aveva appena ottenuto il permesso di entrare a vederlo. I medici avevano detto che era stabile e, sebbene non avessero trovato alcun segno di ictus o di problema cardiaco, stavano eseguendo altri esami per accertarsi di riuscire a individuare una spiegazione del suo comportamento. Avevano anche effettuato un prelievo di sangue. E dal momento che presentava disorientamento ma non segni immediati di emorragie cerebrali o di scompensi cardiaci, avevano eseguito gli esami tossicologici, che però erano risultati negativi. Josie non riusciva a togliersi dalla testa la sensazione che questo insolito episodio che aveva colpito Dan fosse collegato in un modo o nell'altro ai casi di Nysa Somers e Clay Walsh. Il capo Chitwood doveva essere d'accordo, perché aveva immediatamente ordinato a Mettner di ricostruire tutti i movimenti di Dan Lamay di quella mattina, rintracciare ogni persona con cui era entrato in contatto ed elencare qualsiasi cosa avesse ingerito. Aveva anche mandato Noah e Gretchen a lavorare sul caso Clay Walsh, come avevano discusso in precedenza, prima che Sawyer irrompesse nell'ufficio comune per avvisare che il sergente si trovava in cima al campanile. Nessuno se la sentiva di lasciare l'ospedale, ma il capo fu categorico.

«C'è del lavoro da fare, squadra!» urlò fuori dalla stanza di Dan Lamay, facendo trasalire le infermiere nei paraggi. Tutti quanti si dispersero, tranne Josie, che rimase risoluta in piedi davanti al capo, con le mani sui fianchi e il mento proteso in avanti. Chitwood la squadrò dalla testa ai piedi, con le guance che si coloravano di rosso. «Parlavo anche di te, Quinn. Sei una dei miei detective, se non sbaglio...»

«Io non mi muovo di qui.» replicò Josie.

«Porta il culo fuori da questo ospedale, Quinn.»

Il suo cuore prese a battere più forte, ma non si mosse. Dan Lamay era più che un collega per Josie. Era un amico. Più o meno tre anni prima si era ritrovata a toccare il fondo, personalmente e professionalmente, e Dan era accorso in suo aiuto, mettendo a rischio il proprio lavoro per lei, nonostante la moglie stesse lottando contro il cancro e la figlia studiasse all'università. Dan l'aveva aiutata quando nessun altro avrebbe voluto o potuto farlo, perciò non si sarebbe voltata dall'altra parte proprio quando era lui ad avere bisogno di lei.

Chitwood sospirò: «Quinn, ti chiameranno se ci sono novità o cambiamenti.»

«Signore, ha visto anche lei come si comportava Dan. Aveva le pupille dilatate e parlava a vanvera, ma ha fatto tutto quello che gli abbiamo detto di fare. Gli ho detto di scendere dal campanile e lo ha fatto. Gli ho detto di seguirmi, di salire in macchina, di farsi portare in ospedale da noi e, durante il tragitto, Noah ha fatto diverse richieste, come una specie di alcol test, e Dan le ha eseguite tutte senza fare domande. Era influenzabile, docile, ma non incapace di agire. Dal punto di vista clinico, sta bene. Nessun segno di ictus, nessun problema cardiaco e all'esame tossicologico è risultato pulito.»

«Pensi che non me ne sia accorto, Quinn, specie dopo quanto è accaduto negli ultimi due giorni? Dove vuoi arrivare?»

«Vorrei ottenere il permesso di Mrs. Lamay di far analizzare i campioni di sangue di suo marito per verificare la presenza di scopolamina.» affermò Josie. «So che è un'ipotesi azzardata e che non abbiamo ancora parlato con il suo contatto della DEA, ma se in qualche modo quello che è successo oggi a Dan è collegato a ciò che è successo a Nysa Somers e a Clay Walsh, ci rimane solo una ristretta finestra di tempo, dal punto di vista tossicologico, per fare le analisi del sangue di Dan. Se riuscissi a ottenere il suo permesso, non avremmo bisogno di un mandato; anzi, ho qualche dubbio che per una cosa come questa potremmo ottenere un mandato. Abbiamo un'opportunità. Se non ci portasse a nulla, l'unico costo sarebbe un esame di laboratorio in più.»

«Va bene.» concesse Chitwood incamminandosi verso l'uscita. Poi si fermò e, tornando verso di lei, disse: «Quinn, se in qualche strano modo l'incidente di oggi con Lamay è collegato ai casi Somers e Walsh, e se c'è qualcuno che va in giro per la città a somministrare alla gente una droga sconosciuta con un'emivita così breve che non rimane in circolo quanto servirebbe ai medici per analizzarla, tutta questa faccenda sarà difficilmente dimostrabile.»

«Lo so, Signore.»

«A te piacciono le battaglie in salita, non è vero Quinn?»

«Sono le battaglie che preferisco, Signore.» rispose.

Lui le lanciò un'occhiata strana e poi, lentamente, un sorriso si era allargato sul suo volto. A Josie si era fermato il respiro in gola. Solo un'altra volta lo aveva visto sorridere, e anche in quell'occasione non c'era nessuno che potesse testimoniare.

«Tienimi informato sulle condizioni di Lamay, d'accordo?» si raccomandò Chitwood.

Lei annuì e rimase a guardarlo mentre si allontanava.

Josie trascorse il resto del pomeriggio in ospedale per monitorare le condizioni del sergente Lamay. La moglie di Dan acconsentì senza esitazione a fare un test per rilevare la scopolamina. L'unico problema era che il Denton Memorial Hospital non era attrezzato per eseguire questo test. Avrebbe dovuto essere inviato a un laboratorio esterno, il che avrebbe richiesto due o tre giorni al massimo. Noah, Gretchen e Mettner lavorarono per il resto della giornata, separandosi per coprire più terreno possibile. Continuarono a scambiarsi messaggi di gruppo per tenersi informati su chi era stato interrogato e se era emersa qualche pista. Mettner scoprì che quella mattina Dan si era fermato in un mini-market locale per fare benzina, prendere un caffè e un pasticcino. Josie gli chiese di mettere in una busta per prove tutto ciò che era rimasto sulla scrivania di Dan e di inviarlo al laboratorio della Polizia di Stato per le analisi. Mettner recuperò anche i filmati del mini-market nelle poche ore che avevano preceduto l'arrivo di Dan e fino a quando Dan se n'era andato, ma quella mattina c'erano state così tante persone che avevano comprato caffè e pasticcini che era impossibile capire se qualcuno avesse messo le mani su qualcosa. Gli interrogatori con i dipendenti del mini-market non portarono a nulla. Mettner recuperò persino i filmati di sorveglianza dell'ingresso della centrale, dove Dan solitamente svolgeva le sue mansioni, per vedere le persone che erano entrate o uscite e se si erano comportate in modo sospetto. Non ne emerse niente. Gretchen e Noah continuarono a fornire i loro aggiornamenti nel corso della giornata, mentre lavoravano indipendentemente alle proprie liste, cercando tra le persone quelle che potevano mettere in collegamento Clay Walsh con Nysa Somers o Clay Walsh e Brett Pace. Ma non ne trovarono nessuna. Andarono anche sotto l'East Bridge a mostrare la foto di Brett Pace, ma nessuno l'aveva mai visto prima o, se l'avevano visto, non l'avevano ammesso.

Poco prima dell'ora di cena, dopo che il personale medico le aveva assicurato che Dan stava bene e che l'avrebbero tenuto in osservazione per la notte, Josie tornò alla stazione di polizia, esausta e senza riuscire a capacitarsi di cosa diavolo stesse succedendo nella sua città. Si lasciò cadere sulla sedia e appoggiò i piedi sulla scrivania. Gretchen entrò barcollando, seguita alcuni minuti dopo da Mettner. Sembravano tutti esausti come Josie.

«Dov'è Noah?» chiese Josie.

«Ha un paio di interrogatori dell'ultimo minuto.» disse Gretchen. «Non mi aspetto però che salti fuori qualche cosa.»

La porta dell'ufficio del capo si aprì di botto. «Quinn!» abbaiò. «Vieni qui! Subito!»

Josie si alzò, si sistemò la polo della polizia di Denton, quella che Gretchen le aveva prestato che doveva ancora restituirle, e i pantaloni cachi ed entrò nell'ufficio del capo. «Signore?»

Lui fece cenno alla porta dietro di lei. «E gli altri? Fa' entrare anche loro.»

Josie chiamò Mettner e Gretchen, che la raggiunsero. Si radunarono intorno alla scrivania del capo, che batté un tasto del suo telefono fisso. «Josh?» disse. «Sei ancora lì?»

«Sì, Bob.» rispose una voce. «Ci sono ancora.»

«Ho qui la mia squadra. Puoi ripetere per loro quello che hai detto a me?»

«Certo.»

Chitwood alzò lo sguardo verso i suoi detective. «State parlando con l'agente della DEA Josh Stumpf. È nell'agenzia da più di vent'anni. Ha visto di tutto. Abbiamo lavorato insieme in tre task force. Sa il fatto suo. Per questo l'ho chiamato e gli ho parlato di quello che sta succedendo qui. Piuttosto che ripetervi tutto quello che mi ha detto, ho pensato di farvi parlare direttamente con lui, in modo che possiate fargli tutte le domande che volete. Josh?»

«Salve a tutti.» disse Josh. «Chi c'è al telefono?»

Josie, Gretchen e Mettner si presentarono.

«Bene, allora...» esordì Josh. «Bob mi ha mandato una foto dell'adesivo che avete trovato. L'ho cercato nel nostro database e ho parlato con alcune persone. È qualcosa che non abbiamo mai visto prima. Bob mi ha anche detto che state valutando la possibilità di una droga da strada che renderebbe una persona influenzabile, docile e remissiva, senza però renderla completamente incapace di agire. Mi ha anche detto che uno di voi ha parlato del farmaco scopolamina. È emerso che c'è in circolazione una droga molto simile alla scopolamina. Si chiama "Respiro del Diavolo".»

Josie guardò prima Mettner e poi Gretchen. Entrambi stavano prendendo appunti: Gretchen sul suo fidato taccuino e Mett sull'applicazione del suo telefono.

«Qui c'è una discreta attività di spaccio.» confermò Josie. «E la detective Palmer ha lavorato in una grande città per quindici anni. Ma non abbiamo mai sentito parlare di questo Respiro del Diavolo prima d'ora.»

«Perché ha assunto una sorta di status mitologico.» spiegò Josh. «Qui, negli Stati Uniti, è considerato una leggenda metropolitana. Si trova soprattutto in Sud America. In Colombia, per l'esattezza, anche se abbiamo avuto notizie del suo utilizzo in Europa e in Thailandia. Si ricava dai fiori dell'arbusto *Datura Brugmansia* che si trova... indovinate dove?»

«In Colombia.» rispose prontamente Josie.

«Esatto. I semi sono sottoposti a un processo chimico che li trasforma in polvere e produce la burundanga, che è estremamente simile alla scopolamina. C'è una leggenda, che potete tranquillamente cercare su Internet, secondo la quale gli spacciatori sarebbero in grado di mettere la polvere su un biglietto da visita e consegnarvelo. Quando lo si tocca, la burundanga viene assorbita dalla pelle e si perdono la memoria e la capacità di agire. Ci si risveglia un giorno o due dopo, completamente nudi, in un posto sconosciuto e senza sapere cosa sia successo. Un'altra leggenda porta allo stesso risultato, ma con la differenza che lo spacciatore vi soffia la polvere in faccia. Da qui il nome di Respiro del Diavolo. E questa è la parte di leggenda metropolitana. È molto più probabile che ve lo rifilino in un drink. È inodore e insapore, quindi è facile che venga somministrata alle vittime senza che queste se ne accorgano. In Colombia è un vero e proprio fenomeno, e quando dico "fenomeno" parlo di casi di persone che arrivano al pronto soccorso per overdose di burundanga. I sintomi includono battito cardiaco accelerato, pupille dilatate, confusione, allucinazioni, insufficienza cardiaca, convulsioni, psicosi, e così via. Sebbene il Respiro del Diavolo sia, come ho detto, un po' una leggenda metropolitana, è indubbiamente reale e viene usato con regolarità in Sud America, a volte per facilitare la violenza sessuale, ma soprattutto per derubare la gente.»

«Viene usato per derubare la gente?» gli fece eco Mettner.

«Proprio così. Un tizio entra in un locale, viene avvicinato da una bella donna. Quando lui non guarda, lei gliela versa nel bicchiere. Lui si sveglia senza ricordare nulla, in alcuni casi non si ricorda nemmeno di essere andato in quel locale, ma si scopre che la donna lo ha convinto ad andare al bancomat e a prelevare fino all'ultimo centesimo per darlo a lei. E a quel punto il tizio si rivede in un video di sorveglianza che va insieme a lei al bancomat e prelevano i soldi. Dopodiché rintraccia le persone che li hanno visti la sera prima e quelle persone gli dicono: "Ehi, bello, non eri mica sballato o cose del genere. Sei tu che hai detto che volevi aiutare quella ragazza andando a prelevare dei soldi dal bancomat".»

«Ma non ci sono casi noti di utilizzo del Respiro del Diavolo qui negli Stati Uniti, vero?» domandò Gretchen.

«No, non in questo modo, per quello che ne so, ma il fatto è che rimane in circolo solo per circa quattro ore. Quindi, se qualcuno si sveglia dodici ore dopo, disorientato, senza alcun ricordo di quello che ha fatto la notte precedente e va in ospedale per farsi fare un prelievo di sangue, i medici non ne trovano traccia. Per di più, i controlli tossicologici standard da noi si limitano a verificare la presenza dei soliti sospetti, come il roofies, la ketamina e il GHB. Non verrebbero effettuati esami del sangue per rilevare la burundanga o addirittura la scopolamina, a meno che qualcuno non lo richieda espressamente e, anche in questo caso, ho seri dubbi che gli ospedali siano preparati a effettuare questo tipo di analisi. Ma questo non rientra nelle mie competenze.»

«Se mi volessi procurare il Respiro del Diavolo qui negli Stati Uniti, come potrei fare?» chiese Josie.

All'altro capo del telefono si udì un sospiro. Poi l'agente Stumpf disse: «Beh, il modo più semplice e diretto sarebbe di ricorrere al dark web. Oppure si potrebbe provare a produrre qualcosa di simile usando la scopolamina. Anche qui negli Stati Uniti esiste una pianta a fiore che si chiama stramonio comune. La potete trovare praticamente ovunque. Quindi, immagino che, sapendo cosa fare, la si potrebbe ricavare o dal web o da questa pianta. In entrambi i casi, non sarebbe una passeggiata. Per non parlare delle difficoltà nel raggiungere il giusto dosaggio... ma suppongo che se si produce questa roba con l'intenzione di fare del male ad altre persone non ci si preoccupa molto se le dosi sono eccessive. Con questo spero di esservi stato d'aiuto.»

«Moltissimo.» disse Josie. «Grazie.»

Chitwood ringraziò Josh, riattaccò e guardò Josie. «Sei soddisfatta?»

«Non particolarmente.» ammise Josie. «Sarà difficile da dimostrare, proprio come abbiamo detto prima. Stiamo solo ipotizzando di avere a che fare con una droga che potrebbe essere un intruglio di scopolamina fatto in casa o il vero e proprio Respiro del Diavolo, o un suo derivato, acquistato sul dark web. Abbiamo ancora bisogno di dimostrarne la presenza. Sappiamo che sono molto simili, il che significa che entrambi avranno gli stessi effetti collaterali, o quantomeno paragonabili, ma abbiamo bisogno di una prova concreta.»

«Dovremmo cercare di ottenere un mandato per far analizzare i campioni di sangue di Clay Walsh per la scopolamina, il Respiro del Diavolo o qualche suo derivato, sperando che siano rimasti dei campioni di sangue prelevati quando è stato ricoverato all'inizio. Possiamo farli inviare allo stesso laboratorio esterno a cui il Denton Memorial Hospital sta facendo analizzare il campione di Dan.»

«A quello posso pensare io.» si propose Gretchen.

«Oggi, quando ho ispezionato la scrivania di Dan, ho recuperato mezza ciambella e un quarto di tazza di caffè.» proseguì Mettner. «Hummel li ha presi come prova e li ha inviati al laboratorio di Stato per le analisi. Posso chiamarli e chiedere se possono fare un test per la burundanga e i suoi derivati. Abbiamo ancora le briciole del brownie nello zaino di Nysa Somers. Sono state consegnate al laboratorio lunedì. Ora che sappiamo cosa cercare, possiamo avvisare il laboratorio, così magari riusciranno a trovare qualcosa.»

«Quale laboratorio?» domandò Josie. «Lo sai?»

Mettner guardò il telefono e scorse gli appunti. «Quello di Greensburg.»

«Ho un'amica che ci lavora.» disse Josie. «Una persona che mi deve un favore. Datemi il tempo di chiamarla e di raccontarle cosa sta succedendo. Potrebbe essere in grado di accelerare il processo di analisi.»

Chitwood era ancora seduto dietro la sua scrivania. Si pettinò una ciocca randagia di capelli bianchi in cima alla testa. «Se quello che è successo oggi a Dan è collegato ai casi Somers e Walsh, abbiamo un problema serio per le mani. Quindi, dobbiamo muoverci il più velocemente possibile.»

Qualcosa in fondo alla mente di Josie si mosse, balzando alla sua attenzione. «L'ospedale...» mormorò.

«Che cosa c'entra l'ospedale, Quinn?»

«Sia Shannon che il suo amico, l'agente Stumpf, hanno detto che un'overdose di scopolamina o del Respiro del Diavolo può causare pupille dilatate, battito cardiaco accelerato, psicosi, allucinazioni e convulsioni.»

«Corretto.» confermò Gretchen, sfogliando le pagine del suo taccuino.

«Il giorno della morte di Nysa Somers...» continuò Josie, «ho chiamato la dottoressa Feist per sapere se aveva avuto modo di fare l'autopsia e lei mi ha detto che non ne aveva avuto il tempo perché il Pronto Soccorso del Denton Memorial Hospital era stato sommerso da casi di convulsioni e attacchi cardiaci.»

Il capo Chitwood si alzò. «Andrò di persona a parlare con l'amministratore. Sarà un incubo in termini di riservatezza delle informazioni sanitarie, ma gli spiegherò la situazione e così uno di voi potrà preparare i mandati e vedere se riusciamo a mettere le mani su alcuni dei nomi dei pazienti di cui vi ha parlato la dottoressa Feist. Se non sbaglio, Mettner e Palmer siete di turno per il resto della serata. Quindi, vai a casa, Quinn.»

«Signore...» cominciò a dire Josie.

Chitwood alzò la voce fino a gridare. «Maledizione, Quinn! Due giorni fa hai o non hai tirato fuori una ragazza da una piscina e hai cercato di rianimarla?»

«Io... sì.»

«Ieri hai salvato o non hai salvato una bambina di cinque anni da un edificio in fiamme, sacrificando la tua stessa dannata auto per farlo?»

«I-io... sì, Signore.» balbettò Josie.

La sua voce rimbombò nella stanza. «E oggi hai o non hai rischiato di sfracellarti per far scendere Lamay da quel maledetto campanile? Esatto, Fraley mi ha raccontato quello che è successo!»

«Signore, io...»

«Allora, per la miseria, torna a casa, Quinn! Trova Fraley, ovunque si sia cacciato, e portalo con te. E non fermarti a salvare bambini che annegano, cuccioli smarriti o vittime di qualche catastrofe naturale, mi hai capito bene? Se ti ci imbatti, chiama il 911 come ogni altra persona di buon senso e aspetta i soccorsi. E ora vai a mangiare e a farti un po' di sano riposo!»

Josie si alzò e si asciugò i palmi sudati sui jeans.

Si voltò verso la porta, ma Chitwood la fermò: «Aspetta.»

«Sì?» disse lei, voltandosi per guardarlo.

«Non mangiare e non bere niente che tu non abbia preparato con le tue mani, mi raccomando. Beh, almeno per il momento.»

Josie sorrise e lasciò l'ufficio.

TRENTUNO

Josie mandò un messaggio a Noah, ma lui rispose che era impegnato in un interrogatorio e che l'avrebbe raggiunta a casa. Prima di uscire dal parcheggio comunale, chiamò Misty per dirle di evitare qualsiasi cibo che non avesse preparato lei stessa fino a nuovo ordine. Misty emise un lungo e pesante sospiro. «Fammi indovinare, non puoi dirmi il motivo per cui mi stai facendo questa bizzarra richiesta, è esatto?»

«Proprio così, non posso dirtelo.» disse Josie.

Seguirono un lungo silenzio e un altro sospiro, poi Misty disse: «Sono troppo stanca per discutere con te di queste cose. E Harris?»

«Pensavo che glielo preparassi tu il pranzo.» disse Josie.

«Lo faccio, ma a volte all'asilo gli danno degli spuntini. Voglio solo sapere se il mio bambino è al sicuro a scuola, Josie.»

«Sì.» disse Josie. «Probabilmente sono solo io che sono troppo prudente. Voglio dire, so che è così. Ma... accontentami, d'accordo?»

«Va bene.» disse Misty e riattaccò prima che Josie potesse aggiungere altro.

Josie mise in moto l'auto presa a noleggio e tornò a casa.

Solo quando entrò nel vialetto si ricordò che aveva invitato Patrick a cena e che non aveva organizzato proprio nulla.

«Merda...» mormorò tra sé e sé mentre apriva la porta di casa. Quando la vide entrare nell'ingresso, Trout le corse incontro, lanciandosi con il suo corpicino grassottello verso di lei, ansioso di farsi accarezzare e strofinare la pancia. Mentre si chinava su di lui per dargli attenzione e fargli i complimenti dicendogli che era il miglior cane del mondo, notò che la televisione in salotto era accesa e sentì il ronzio della lavatrice dalla lavanderia.

«Patrick?» chiamò.

Lui si affacciò dalla cucina. «Ehi, spero non ti dispiaccia. Ho usato la mia chiave.»

«Certo che no.» disse Josie. «Stai facendo un altro po' di bucato?»

«Sì, abbi pazienza...» disse lui con aria imbarazzata. «Ma ti prometto di non lasciare nulla nella lavatrice questa volta.»

Trout seguì Josie in cucina accompagnandola con il ticchettio delle unghie sulle piastrelle. Patrick era in piedi davanti al tavolo della cucina e stava sfilando tre piatti di carta da una pila più grande mettendoli dove di solito sedevano lui, Josie e Noah. La cucina si stava riempiendo dell'odore della pizza. Lo stomaco di Josie brontolò rumorosamente. Guardò verso il bancone e vide due grandi cartoni di pizza.

«Mi dispiace tanto, Patrick.» disse al fratello.

«Lo so.» disse lui, interrompendola. «Il lavoro. L'ho capito quando sono arrivato qui e non ho trovato nessuno in casa. Stavo per tornare al campus, ma avevo portato il mio bucato, e quindi...»

Josie si avvicinò al bancone e aprì uno dei cartoni, ritrovandosi a fissare una squisitezza al formaggio, con tutti gli spicchi presenti all'appello. Sollevò il coperchio dell'altro cartone, e anche la seconda pizza era intatta.

«Ho usato i tuoi venti dollari per le emergenze» disse

Patrick «per pagare la pizza. Ma ho anche portato Trout a fare una passeggiata.»

«È perfetto, ti ringrazio. Dove hai preso questa pizza?»

«Da Girton.»

«Sei passato tu a ritirarla o te la sei fatta consegnare?»

Lui la guardò quasi divertito «Perché me lo chiedi?»

«Ritiro o consegna, Patrick?»

«Consegna.»

Josie guardò di nuovo la pizza. Non ci vedeva dalla fame, ma con un sospiro prese un cartone di pizza e lo portò al cestino, versandovi dentro le fette.

«Ma che cavolo stai facendo?» esclamò Patrick.

Prese l'altra scatola e buttò via anche l'altra pizza. Poi accese il forno. «Ho della pizza nel freezer. Ci vorranno venti minuti per scaldarla.» gli disse.

Patrick si fermò davanti al tavolo con una pila di piatti di carta in mano, con un'aria interrogativa. «E che differenza c'era con quella che ho preso io? Si può sapere che ti prende? Devo chiamare Noah? O il 911?»

Josie prese la pila di piatti dalle sue mani e li mise via. Trovò due pizze nel freezer e ne aprì la confezione, preparandole per il forno. «So che sembra che mi stia comportando come una pazza...» disse al fratello. «Ma fidati di me. Ho le mie ragioni.»

Patrick sospirò. «E hai intenzione di dirmi quali sono queste ragioni?»

Josie infilò la pizza surgelata nel forno e impostò il timer. «Ti dirò tutto quello che posso, ma che rimanga tra noi, affare fatto?»

«Certo.»

Gli fece cenno di sedersi a tavola e gli raccontò quanto poteva della teoria su cui stava lavorando la polizia di Denton senza rivelare dettagli che avrebbero potuto compromettere le indagini. Patrick aveva già capito che c'era qualcosa di sospetto nella morte di Nysa Somers, non solo perché aveva assistito al ritrovamento del suo cadavere, ma anche perché da quel momento si era ritrovato in mezzo a un giro di congetture sulla sua morte.

«Che tipo di congetture?» chiese Josie.

«Oh, ne ho sentite di tutte, ma in pratica nessuno crede che sia annegata, quindi la gente dice che il suo corpo era stato malmenato quando è stato estratto dall'acqua o che aveva il cranio tutto schiacciato. Ho persino sentito una versione secondo la quale non sarebbe stata trovata affatto nella piscina, ma sarebbe stata brutalmente ammazzata, e siccome le autorità dell'università non vogliono cattiva pubblicità, hanno detto che è annegata. Io non sapevo se dire qualcosa o meno. Io l'ho vista, ma mi è sembrato sbagliato parlarne.»

Josie combatté l'impulso di alzare gli occhi al cielo. Le chiacchiere e la morte non sono mai una buona combinazione. «Credo che per ora sia meglio tacere.» disse Josie. «A prescindere da quello che dirai per mettere le cose in chiaro, le voci si diffonderanno comunque. Nessuna di queste riguarda la droga, però, vero?»

Trout si avvicinò alla sua sedia e le diede un colpetto sulla mano per farsi grattare dietro le orecchie.

«No.» disse Patrick. «Immagino sia strano, visto che hai trovato quell'adesivo. Non è che potresti mostrarmelo?»

«Non vedo perché no.» rispose Josie. «So che il capo Hahlbeck l'ha mostrato in giro per il campus.»

Lei recuperò la foto sul suo telefono. Lui la studiò a lungo, socchiudendo le labbra.

«L'hai mai visto prima?» gli chiese Josie.

«Non mi sembra. A pelle ti direi di no, eppure, per qualche motivo mi è familiare. È piuttosto raccapricciante, però, non è vero?»

«Direi.» disse Josie. «Senti, Patrick, se hai fatto uso di droghe, non c'è problema, puoi dirmelo...»

Lui alzò una mano per farla tacere. «Ti prego, non cominciare. Non ti devi preoccupare per me. Credimi, se mi facessi e se sapessi qualcosa su questa storia...» e indicò il suo telefono proprio mentre lo schermo si oscurava e l'adesivo scompariva, «te ne parlerei, soprattutto perché c'è della gente che sta morendo... o che ci sta andando molto vicino. Quel vigile del fuoco è ancora vivo?»

«Fino a questa mattina, sì.» rispose Josie.

«Quindi di cosa stiamo parlando? Di una droga da stupro? Se ne sapessi qualcosa, lo segnalerei.»

«Sono contenta di sentitelo dire» rispose Josie «ma non è una droga da stupro. È una sostanza simile a quelle droghe, nel senso che dopo averle assunte, le persone non ricordano nulla di ciò che è successo. Quello che stiamo cercando di scoprire è se qui a Denton c'è qualcuno che usa o somministra ad altre persone una droga che, senza scendere nei dettagli scientifici, le rende arrendevoli, docili ed estremamente suggestionabili».

Il timer del forno suonò. Patrick si alzò e prese un guanto da forno per tirare fuori la pizza che poi lasciò sul bancone a raffreddare. Gettò il guanto in un cassetto e tornò a sedersi.

«Che cosa intendi?»

«Sto parlando di una droga che mette la persona che la assume in uno stato in cui puoi dirle di fare qualsiasi cosa e lei lo farà. Qualsiasi cosa. Dalla più banale indicazione di quale direzione prendere fino all'ordine di fare del male a un'altra persona, se non anche a se stessa.»

Lui si accigliò e si scostò una ciocca di capelli scuri dalla fronte. «Ma non necessariamente per fare del male a qualcuno?»

«No.» disse Josie. «Non necessariamente. La sostanza che stiamo prendendo in esame, essenzialmente, annienta la volontà di azione della persona che la assume. Per di più, mi è stato detto che dopo non ricorderebbe un bel niente di quello che ha fatto. Usato con cattive intenzioni, come sicuramente ti puoi immaginare, potrebbe essere estremamente pericoloso.»

Patrick annuiva mentre la ascoltava. «L'anno scorso nel campus circolavano certi video, subito dopo l'inizio dei corsi.»

«Circolavano in che modo?» chiese Josie. «Attraverso i social?»

Il fratello scosse la testa. «Tramite i classici messaggi. Unicamente tra gli studenti del campus. Nessuno sapeva da dove venissero o chi li avesse girati. Nemmeno le persone che comparivano in quei filmati lo sapevano, soprattutto perché non ricordavano di aver fatto quelle cose che erano state riprese. C'era una sorta di tacito divieto di pubblicarli, ma alla fine gli studenti del campus se li mandavano tra di loro.»

«Che tipo di video erano, Patrick?»

«I primi erano solo delle stupidaggini. Per esempio, in uno di questi video si vedeva un ragazzo che l'anno scorso frequentava l'ultimo anno ed era stato filmato mentre camminava in mezzo al campus, a notte fonda. Era chiaro che chiunque lo avesse ripreso, lo stava seguendo e si capiva che si trattava di un ragazzo perché se ne sentiva la voce. Gli diceva di fare delle cose e il ragazzo le faceva. Gli diceva cose come "fai il pollo" e il ragazzo iniziava a chiocciare e ad agitare i gomiti. Gli diceva di sdraiarsi in mezzo alla strada e il ragazzo lo faceva. Scemenze del genere. "Fai la verticale"... cosa che il ragazzo chiaramente non sapeva fare. E alla fine si sentiva la persona che stava riprendendo che diceva una cosa del tipo: "Sta arrivando la polizia, filiamo!" e il video finiva lì.»

«Lo studente ripreso sembrava disorientato? Barcollava, incespicava? Farfugliava qualcosa? Era impacciato?»

«No. Sembrava completamente normale. In realtà, quando il video ha iniziato a girare tra i telefoni degli studenti, tutti quanti dicevano che era palesemente finto. Immagino che fosse cominciata come "guardate cosa ho fatto fare a questo imbecille ubriaco", e tutti quelli che l'hanno guardato dicevano "quel tipo non è mica ubriaco!".»

«E gli altri video?» chiese Josie. «Quanti erano?»

«Erano quattro». Patrick si alzò, prese il suo piatto e quello di Josie e andò al bancone per servire entrambi con due fette di pizza. Accanto a Josie, Trout emise un basso mugolio e lei gli disse di andare a cuccia, cosa che fece: si diresse verso la sua brandina nell'angolo della cucina ed emettendo un pesante sospiro vi si sdraiò. Patrick posò la pizza davanti alla sorella, ma nessuno dei due mangiò.

«Io ne ricordo solo quattro.» disse Patrick. «Ce n'era uno in cui una ragazza si arrampicava sul tetto di uno degli edifici del polo sportivo, anche lei nel cuore della notte, e si metteva a fare la cheerleader... mi sembra proprio che fosse una cheerleader della squadra di football... e il tizio che filmava la faceva spogliare, lei rimaneva in reggiseno e mutandine e faceva una tirata inventata da lui su quanto gli sport facessero schifo. Era divertente a modo suo. Solo che verso la fine rischiava di scivolare giù dal tetto e la telecamera cadeva e si spegneva. Credo che abbia avuto problemi con la squadra delle cheerleader, ma poi se n'è uscita dicendo che doveva essersi ubriacata e non se lo ricordava nemmeno lei perché lo aveva fatto. L'hanno messa in libertà vigilata, o qualcosa del genere.»

«Ma non l'hanno cacciata dalla squadra?» chiese Josie.

«Non credo, ma tutto quello che ti sto dicendo l'ho sentito di seconda e terza mano. Sono soltanto delle voci. Non so nemmeno se quello che ho sentito sia esatto.»

«Capisco.» disse Josie. «E gli ultimi due video?»

Patrick appoggiò i gomiti sul tavolo e si passò le mani sul viso. «Sto cercando di ricordare, ma il terzo video non me lo ricordo molto bene, a parte il fatto che si vedeva un tizio che barcollava un po'. Andava in giro a leccare le cose.»

«Leccare le cose?» gli fece eco Josie. «Come sarebbe?»

«Esattamente quello che sembra, leccava qualsiasi superficie. Il marciapiede, i pali del telefono, i pomelli delle porte. Qualsiasi cosa facesse ribrezzo, lui la leccava. Solo che quel tipo sembrava davvero ubriaco, e probabilmente è stato quello che gli studenti del campus hanno trovato più divertente. Cioè, non era divertente nel senso che non è mai divertente far fare a una persona ubriaca cose che normalmente non farebbe, ma questo è il video che è stato condiviso più di ogni altro. Almeno, così mi sembra, perché doveva essere il video che aveva fatto più visualizzazioni. Lo dico in modo aneddotico, chiaramente. Non ho mica dei dati.»

Josie si lasciò andare a una risatina. «Sembra di sentire la mamma. E l'ultimo video? Non te lo ricordi per niente?»

Patrick fece una smorfia. «Sì, quello non era affatto divertente. Anzi, era piuttosto agghiacciante. In pratica si vedeva una ragazza del primo anno... io non la conoscevo, ma i miei compagni di corso sì. Credo che Brenna la conoscesse. All'epoca non uscivamo insieme, ma dopo che ci siamo conosciuti, una volta a una festa è saltato fuori l'argomento dei video e Brenna si è arrabbiata molto e ha detto che l'ultimo video non era divertente perché aveva quasi rovinato la vita di quella ragazza.»

La pizza, che poco prima emanava un profumino delizioso, ora sembrava del tutto inappetibile e Josie si limitò a mangiucchiare la crosta. «Parlami di quel video.»

«La ragazza camminava per strada. Era buio. Il tizio che registrava la seguiva. Lei indossava un vestito e dei tacchi alti, come se fosse uscita per andare a una festa o a una cerimonia. Era davvero inquietante, però, perché non si capiva se lei si rendesse conto o meno che quel tipo la stava seguendo.»

«Sapresti dire dove si trovavano?» chiese Josie.

«No, non me lo ricordo. Non sembrava il campus. Però mi ricordo di aver pensato che fosse da qualche parte a Denton. Comunque, lei arrivava verso il fondo della strada, vicino a un lampione, e lui le diceva di smettere di camminare e così lei si fermava. Non si girava nemmeno, si fermava e basta. Poi lui le faceva fare tutta una serie di cose stupide, come cinque piegamenti e saltare su un piede solo, ed era come se fosse un robot.»

«Sembrava ubriaca o drogata?»

«No. Beh, a un certo punto si riusciva a vederle gli occhi da vicino e le pupille erano gigantesche. Quindi doveva essere sotto l'effetto di qualcosa, ma non inciampava e non barcollava. E il video andava avanti così, con lui che le diceva di fare cose sempre più stupide, come guardarsi il culo, cosa che lo faceva scompisciare talmente tanto che in quel punto la ripresa gli veniva tutta mossa.»

«Tutto questo è avvenuto in pubblico?»

«Sì.» disse Patrick. «Si sentiva la gente in sottofondo, che passava lì accanto e che rideva o che chiedeva alla ragazza se andava tutto bene e lei rispondeva sempre di sì. Il tizio che registrava diceva che erano ubriachi e che stavano solo facendo gli scemi.»

«Ma stava esagerando, non è vero?» ipotizzò Josie.

«Sì.» sospirò Patrick. «Alla fine esagerava. Le diceva di togliersi i vestiti. Tutti. E lei lo faceva. Senza alcuna esitazione. E riprendeva a farle fare altre stupidaggini. A quel punto era davvero una sofferenza da guardare. Per il finale, la faceva salire sul cofano dell'auto di chissà chi e la faceva urinare.»

«Buon Dio.» esclamò Josie. «Questi video ti sono stati mandati sul telefono?»

Patrick annuì.

«Chi li ha mandati?» gli chiese.

«Uno dei miei amici li aveva ricevuti da qualcuno del suo corso che li aveva ricevuti in una chat di gruppo e poi il mio amico li aveva diffusi in un'altra chat di gruppo in cui c'era anche il mio numero. Nessuno sapeva davvero da dove venissero, ma li avevano comunque condivisi.»

«Ce li hai ancora, almeno uno?»

«No.» disse Patrick. «Non li ho tenuti. Non mi interessavano nemmeno tanto, a parte il fatto che tutti ne parlavano. L'ultimo mi aveva davvero fatto tristezza. Era faticoso guardarlo fino alla fine e mi sembrava... sbagliato, capisci? Guardarlo, dico. Non era divertente. Era inquietante.»

Josie gli rivolse un sorriso sofferto. «Lo capisco.» disse. «Sei un bravo ragazzo, Patrick. Sai se qualcuno di questi video è mai stato pubblicato online?»

«Non credo, ma non posso esserne certo perché non è che li abbia cercati.»

«Conosci o ricordi qualcuno dei nomi degli studenti che si vedevano nei video?»

«No, purtroppo.»

«Non ha idea di chi abbia fatto i video?»

Lui scosse la testa.

«Erano solo quattro?»

«Che io sappia, sì, ma credo che quello fosse davvero l'ultimo. La maggior parte delle persone che l'hanno visto ne sono rimaste piuttosto infastidite. Io l'ho segnalato alla polizia del campus.»

«Che cosa hanno detto?» chiese Josie.

«Che avrebbero "indagato", ma dato che non sapevano nemmeno se la ragazza del video era una studentessa, se non fosse stata lei stessa a sporgere denuncia, non avrebbero potuto fare granché.»

Sembrava esattamente quello che avrebbe detto il predecessore del capo Hillary Hahlbeck. Quell'uomo si era sempre dimostrato incompetente e pigro, nonché una costante fonte di frustrazione per la polizia di Denton, che si era ritrovata spesso a indagare sui crimini che lui aveva archiviato e ad aver bisogno della collaborazione della polizia del campus, che puntualmente lui ostacolava a ogni passo. L'arrivo del capo Hahlbeck era stata una gradita novità.

«Pensi che qualcuno di tua conoscenza possa ancora averne uno, o anche più di uno, di quei video da farmi vedere?»

«Ne dubito, ma posso chiedere in giro.»

«Hai detto che pensi che Brenna potrebbe conoscere la ragazza dell'ultimo video... Pensi di poterle parlare per me e cercare di farti dire un nome?»

«Posso provarci.» disse Patrick. «Ma lei è molto strana al riguardo. Direi protettiva. Ho l'impressione che la ragazza del video ne abbia passate veramente tante e che Brenna non voglia aggiungerne altre.»

«È comprensibile.» disse Josie. «E sicuramente parlerò con il nuovo capo della polizia del campus per vedere se può scoprirlo per me senza dover passare per Brenna. Ma Patrick, in questo momento stiamo lavorando ad alcuni casi in cui molte persone potrebbero essere in serio pericolo. Se la persona che ha girato quei video è la stessa che ha somministrato alle sue vittime la droga di cui ti ho parlato per indurle a fare tutto ciò che diceva e se riuscissimo a localizzarlo, potremmo risolvere il caso. Non lo chiederei se non fosse estremamente importante. Non è che siamo esattamente sommersi di piste. Anche la più piccola informazione potrebbe esserci d'aiuto.»

«Naturale.» disse Patrick. «Ho capito. Le parlerò domani. Ehi, di', ma dov'è Noah?»

Josie controllò il telefono. Avrebbe dovuto essere a casa da ore. «Non lo so...» disse. «Adesso gli scrivo.»

Gli scrisse un messaggio al volo e la sua risposta arrivò meno di un minuto dopo. *Sono ancora a caccia di piste. Non aspettarmi.*

Josie cercò di fare come le aveva detto, ma il suo cervello non ne voleva sapere di spegnersi. Patrick se ne andò una volta terminato il bucato e la sua assenza non fece che peggiorare quello stato: non riusciva proprio a staccare la mente dal caso. Il pensiero che ci fosse una persona a piede libero che stava deliberatamente somministrando ai suoi concittadini una sostanza che li rendeva così docili le faceva raggelare il sangue. Continuava a immaginarsi Noah che se ne andava in giro, narcotizzato, alla mercé di qualcuno che era così freddo e crudele da dire a una campionessa di nuoto di annegarsi e a un vigile del fuoco di appiccare un incendio in casa sua.

È l'ora di fare la sirena.

È l'ora di fare il fiammifero.

Quello di Lamay era un caso anomalo, ma era comunque molto strano che avesse avuto un episodio così simile a ciò che era capitato a Nysa Somers e a Clay Walsh. E se il responsabile che stava diffondendo quella sostanza avesse iniziato a prendere di mira persone qualsiasi e non avesse dato loro alcuna istruzione?

Da sola, a letto, nella sua mente rivedeva gli eventi degli ultimi giorni a ripetizione. Si alzò e accese sia la lampada del comodino che la lampada a soffitto. Trout si lamentò e cercò di nascondere la testa sotto una delle coperte. Josie staccò il telefono dal caricabatterie e controllò che non ci fossero notifiche, anche se l'avrebbe sentito suonare se ce ne fossero state. Come si immaginava, non ce n'era. Alle undici e mezza scrisse un messaggio a Noah. *Per favore, torna a casa. Ho bisogno di te.*

Fissò le parole per un lungo momento. Era come se si stesse mettendo a nudo sullo schermo. Si morse il labbro inferiore, cancellò le parole "ho bisogno di te" e premette invio. La sua risposta arrivò pochi secondi dopo: *Sto arrivando.* Il sollievo fu così profondo che un sussulto le sfuggì dalle labbra. Scese di corsa i gradini e si mise davanti alla porta d'ingresso. Indispettito, Trout rimase a letto.

Il rombo dell'auto di Noah che entrava nel vialetto le fece battere il cuore. Lui aprì la porta ed entrò. Josie fu sollevata nel vedere il suo sorriso semplice e le sue pupille di dimensioni normali.

«Ehi...» la salutò lui. «Mi dispiace molto. Mi hanno trattenuto...»

Josie gli gettò le braccia al collo. «Non importa.» disse, e lo tirò a sé in un bacio affamato.

TRENTADUE

Il mattino seguente, la prima tappa di Josie e Noah fu il Denton Memorial Hospital per fare visita al sergente Dan Lamay. Lo trovarono sveglio e seduto nel letto con il telecomando della televisione in mano. Quando Josie e Noah entrarono, lo lasciò da parte e fece loro cenno di avvicinarsi. Entrambi lo abbracciarono e Josie rimase sbalordita dalla tensione che immediatamente si scaricò dalle sue spalle vedendo che stava bene.

«Come ti senti?» gli chiese Josie mettendosi al lato opposto del letto dove si era messo Noah.

«Mi sento benissimo. Ma mi sono spaventato "un botto", come direbbe mia figlia. Mi sono svegliato qui questa mattina e non avevo idea di cosa diavolo fosse successo.»

«Non ti ricordi che ti abbiamo portato qui ieri?» chiese Noah.

Dan scosse la testa. «Per niente, e prima che me lo domandiate, il capo Chitwood è stato qui all'incirca un'ora fa e mi ha raccontato tutta la storia, e no, non ricordo nemmeno il campanile, né il prima né il dopo.»

«Che cosa ricordi?» chiese Josie.

«Ricordo di aver salutato mia moglie con un bacio ieri

mattina e di essere uscito dalla porta di casa e poi mi sono ritrovato in questo letto. Mi è quasi venuto un infarto quando mi sono svegliato qui in ospedale. Ma hanno detto che tutti i miei esami sono negativi. Dicono che sono in perfetta salute e che posso andarmene in giornata.»

«È fantastico!» disse Josie.

«Il capo ti ha detto qualcosa su come pensiamo che tu sia finito qui?» gli domandò Noah.

«Sì, ha detto che il Boss pensa che ci sia qualcuno che spaccia una sostanza stupefacente da qualche parte in città, probabilmente contaminando dei prodotti alimentari. Come un avvelenatore, immagino. Quindi non mangerò né berrò nulla che non mi abbia preparato mia moglie finché non avrete chiarito la questione. Vi giuro che non mi piace perdere tempo in questo modo.»

«Non ricordi di esserti fermato al mini-market o di aver mangiato qualcosa ieri mattina?» chiese Noah.

«No, ma probabilmente ho preso la stessa cosa che mangio tutte le mattine. Yogurt e muesli a casa, e poi caffè e pasticcini al mini-market mentre vado al lavoro.» Si mise a ridere. «Speravo che mia moglie non scoprisse che vado abitualmente al mini-market.»

Un paio di colpi alla porta li interruppe. Una delle infermiere fece cenno a Josie e Noah di spostarsi per permetterle di controllare i parametri vitali di Dan. Certi che fosse in buone mani, lasciarono l'ospedale e si presentarono alla stazione di polizia. Gretchen e Mettner sarebbero arrivati solo nel tardo pomeriggio, mentre il capo era nella sala comune e li stava aspettando con una lista di aggiornamenti. Lo trovarono in piedi davanti alle loro scrivanie, che stava leggendo una montagna di documenti che teneva stretti in mano. Amber, che era seduta alla sua scrivania, concentrata sul suo portatile, alzava a tratti lo sguardo mentre lui parlava.

«Ieri sera ho parlato con l'amministratore dell'ospedale che non era affatto contento, ma dopo aver esaminato i registri del pronto soccorso di lunedì, ha convenuto che si trattava di un numero insolito di casi troppo simili in un così breve lasso di tempo. Prima di andare via per la notte, Palmer ha preparato un mandato, per ottenere i nomi dei pazienti che si sono recati al Pronto Soccorso con convulsioni e attacchi di cuore il giorno in cui Nysa Somers è morta, ed è già stato notificato; l'ufficio legale e i responsabili della conformità normativa dell'ospedale lo stanno esaminando. Chiederò a Palmer di seguire la questione più tardi, quando arriverà. Né Mettner né Palmer hanno trovato alcun legame tra Nysa Somers, Clay Walsh e l'allenatore Brett Pace o tra questi tre e Dan Lamay, a parte l'ovvio collegamento tra la ragazza e l'allenatore.» Alzò gli occhi per guardare Noah. «Fraley, sei stato fuori tutto il giorno per gli interrogatori e sei stato qui fino a tardi, a quanto ho capito, per scrivere i rapporti. Neanche tu hai trovato nulla, vero?»

«No, Signore.» rispose Noah.

«Va bene.» disse Chitwood con un sospiro, sfogliando le pagine tra le sue mani. «L'unica buona notizia che ho è che Clay Walsh sta tenendo duro. È in condizioni stabili all'ospedale di Philadelphia. Questa mattina ho parlato anche con il capo dei vigili del fuoco, che ha confermato che l'incendio a casa Walsh è stato appiccato intenzionalmente e vogliono sapere chi diavolo ha dato alle fiamme la casa di uno dei loro vigili del fuoco più decorati.»

Guardò Josie e Noah da sopra la montatura degli occhiali. Nessuno dei due proferì parola. Il capo si avvicinò alle loro scrivanie. «Così gli ho detto che era stato Walsh, e lui mi ha risposto che sparavo un sacco di cazzate e mi ha sbattuto fuori dal suo ufficio prima che potessi parlargli della nostra ipotesi della droga. Watts!» Si voltò a guardare Amber. «So che stai origliando perché è l'unica cosa che fai da queste parti. Niente di tutto questo deve essere divulgato alla stampa, mi hai capito?»

Lei annuì e Chitwood riprese: «Cosa avete scoperto?»

Josie raccontò al capo la sua conversazione con Patrick, e quando ebbe finito, lui disse: «Beh, non statevene lì a fissarmi. Andate al campus e vedete cos'altro riuscite a scoprire! Andate, andate, andate!»

Alla sede della polizia del campus, Josie e Noah trovarono il capo Hahlbeck nel suo ufficio e Josie le riferì quello che Patrick le aveva raccontato sui video che circolavano nel campus l'anno precedente. Hillary Hahlbeck la ascoltò con espressione sempre più accigliata e infine si mise al computer. «Come sapete, è successo prima che arrivassi io...» disse. «Ma se è stato presentato un rapporto, dovremmo trovarlo qui nel sistema.»

Ci vollero diversi minuti prima che trovasse qualcosa. «Si tratta di una denuncia presentata da Patrick Payne per un video osceno girato con quella che probabilmente era una studentessa.»

Fece qualche altro passaggio e stampò il rapporto per loro. Non era particolarmente dettagliato: c'era una copia di una dichiarazione scritta a mano da Patrick in cui descriveva il video e il modo in cui lo aveva ricevuto, oltre ai tre video precedenti. Il secondo documento era un rapporto dattiloscritto del capo dell'epoca in cui si affermava che la segnalazione di Patrick era "infondata" e che non erano state presentate altre lamentele in merito, nemmeno da parte del soggetto interessato dal video. Nel rapporto proseguiva affermando che, dopo aver preso visione del video, lui era dell'opinione che fosse impossibile verificare se la giovane ripresa fosse o meno una studentessa, sottolineando che era evidente che le riprese non erano state girate all'interno del campus.

«Tutto qui?» esclamò Josie. «Non ci sono altri rapporti o segnalazioni su nessuno dei video?»

Il capo Hahlbeck scosse la testa. «Farò di nuovo delle ricerche, ma no, non vedo altro. È tutto qui.»

«Avete una copia del video?» si informò Noah.

La Hahlbeck tornò al computer e lo cercò un paio di volte, con la fronte sempre più aggrottata. «Non sembra che il mio predecessore abbia fatto una copia del video. O, se l'ha fatta, non l'ha salvata nel nostro sistema. Sono davvero spiacente.»

«E la cheerleader?» chiese Josie. «Patrick ha detto che la ragazza del secondo video era una cheerleader e che aveva avuto dei problemi con la squadra una volta che il video aveva cominciato a circolare.»

«Beh, questo non è di nostra competenza. Per questo dovrete contattare l'allenatrice delle cheerleader. Posso dirvi dove trovarla, se volete.»

«Sì, ci sarebbe d'aiuto.» rispose Josie proprio mentre il suo cellulare le notificava l'arrivo di un messaggio. Lo tirò fuori dalla tasca e digitò il codice di accesso.

Era un messaggio di Patrick: *Nessuno di quelli con cui ho parlato conserva ancora una copia di uno dei video. Mi dispiace.*

Delusa, Josie rispose velocemente: *Grazie per averci provato. E il nome della ragazza nell'ultimo video? Brenna te l'ha detto?*

La sua risposta arrivò in pochi secondi. *Si chiama Robyn Arber. Ora va alla Bloomsburg University. Brenna ha detto che accetta di parlare con te, ma solo con te. Robyn lavora come cameriera, inizia il suo turno al Rose Marie's a mezzogiorno.*

«Non ci voleva...» disse Josie. Girò il telefono verso Noah per fargli leggere lo scambio di messaggi. Se volevano essere a Bloomsburg per mezzogiorno, dovevano partire immediatamente.

«Io parlo con l'allenatrice delle cheerleader.» si offrì Noah. «Tu rintraccia questa Robyn Arber.»

«D'accordo, fantastico. Capo Hahlbeck, potrebbe cercare un nome per me nel suo sistema? Robyn Arber?»

«Certo...» disse il capo Hahlbeck, battendo sulla tastiera.

Dopo un minuto abbondante di ricerca, non trovò nulla.

«Non fa niente.» disse Josie. «In effetti, non credevo ci fosse.»

TRENTATRÉ

Josie arrivò a Bloomsburg poco prima di mezzogiorno. Era una cittadina pittoresca, simile a Denton ma in scala ridotta, con bellissimi edifici storici in mattoni che fiancheggiavano la sua ben curata Main Street, che conduceva dal quartiere fieristico della città fino all'edificio dell'università intitolato al primo rettore, Henry Carver, l'iconico palazzo del college in mattoni rossi con colonne bianche che sorreggevano un loggiato sopra al quale si ergeva una torre dell'orologio sormontata da una cupola. A pochi isolati dal blocco principale, Josie trovò il Rose Marie's nascosto in un parcheggio dietro gli edifici che si affacciavano su Main Street. Una singola porta si apriva dietro una siepe. Accanto, una lavagnetta nera a gesso elencava le specialità del giorno. Dopo aver pagato la sosta al parchimetro, Josie entrò, dicendo alla proprietaria che le serviva solo un tavolo per uno. Il ristorante era quasi vuoto, c'era solo un ragazzo seduto al bar; un tavolo sul lato destro dell'ampia sala a pianta aperta era occupato da una coppia di ventenni. La proprietaria la fece sedere vicino a loro. «Speravo di poter parlare con Robyn...» le disse Josie.

«Robyn è l'unica cameriera in servizio al momento...» disse la donna. «Gliela mando subito.»

Josie aprì il menù, ma non lo sfogliò. Qualche minuto dopo, una giovane apparve all'altro tavolo occupato. Aveva i capelli biondi raccolti in uno stretto chignon ed era vestita completamente di nero, con jeans e maglietta che le aderivano alle forme prosperose. La grande targhetta attaccata al pettorale destro toglieva qualsiasi dubbio che lei fosse proprio Robyn. Sorrise calorosamente mentre prendeva le ordinazioni della coppia, ma quel sorriso le scivolò via dal viso quando si avvicinò al tavolo di Josie.

«Sono la detective Quinn.» si presentò Josie.

«So chi è.» disse Robyn. «L'ho vista in televisione.» Piegò le braccia sul petto e aspettò che Josie parlasse.

«Devo parlarti del video in cui sei stata ripresa l'anno scorso quando eri a Denton e studiavi all'università.»

«So perché è qui.» disse Robyn. «Non dovrei nemmeno parlare con lei. Cos'è che vuole sapere?»

«Speravo che tu potessi dirmi cosa ti è successo.» spiegò Josie.

«Vuole sapere che cosa mi è successo? Non ricordo nulla. Ero andata a una festa con degli amici e un attimo dopo mi sono ritrovata nuda nel mio letto e c'era un video disgustoso di me su tutti i telefoni del campus. È stato umiliante. Sapevo di essere stata drogata. Ricordo di aver bevuto un paio di bicchieri a casa della mia amica, ma non così tanto. Anche se fossi stata ubriaca, avrei vomitato o sarei inciampata o avrei perso i sensi. Non avrei... mai fatto tutte quelle cose oscene in mezzo alla città.»

«Hai sporto denuncia?»

«All'inizio no. Ero troppo imbarazzata. Non sapevo cosa fare. Speravo che ignorando la cosa, sarebbe semplicemente passata. Voglio dire, se l'avesse visto capirebbe...» Fu scossa da un brivido. «Ma poi, a quanto pare, uno dei miei professori l'ha visto.» Al ricordo arrossì. «All'inizio mi ha rimproverato per averlo fatto. Ero nel suo ufficio e sono scoppiata a piangere. Gli ho detto che non mi ricordavo assolutamente niente. Allora mi ha detto che dovevo sporgere denuncia. Frequentavo il programma di Istruzione Secondaria. Era il mio tutor. Mi ha detto che non mi sarebbe piaciuto che una cosa del genere si diffondesse, perché avrebbe potuto compromettere le mie possibilità di trovare un lavoro. Sentirmi dire una cosa del genere mi ha mandata nel panico.»

«Sei andata alla polizia?»

Robyn fece una risata nervosa. «Alla polizia del campus? Sta scherzando per caso? Certo che no! Ascolti, c'è una mia amica che è stata drogata con il Rohypnol, va bene? Quindi si è rivolta alla polizia del campus e quei coglioni non hanno fatto un bel niente. Anzi, le hanno detto: "Beh, se non ti ricordi nulla, chi dovremmo arrestare?". Come se fosse un compito delle vittime quello di indagare. Non sarei mai andata alla polizia del campus per una cosa del genere, a meno che non avessi qualche prova su chi fosse il colpevole. E comunque, anche in quel caso, non mi sarei disturbata ad andare da loro. Sarei andata direttamente alla polizia, quella vera.»

«Quindi sei andata alla polizia di Denton per sporgere denuncia?» le chiese Josie.

«No.» rispose Robyn. «Non sono mai arrivata a tanto. Quando ho capito chi era stato, non ho potuto... mi ha pregato di non coinvolgere la polizia. L'ho accusato di avermi violentata, ma lui ha giurato di non avermi neanche sfiorata con un dito. Ha detto che quella che mi aveva dato non era nemmeno una droga da stupro, era soltanto una sostanza che aveva imparato a produrre dal dark web o da qualche fonte simile. Gli ho chiesto se fosse stato lui a fare gli altri video. E lui lo ha ammesso. Ha detto che voleva solamente divertirsi. Stava conducendo un esperimento. Pensava che sarebbe stato divertente e che non aveva intenzione di fare del male a nessuno.»

«Come si chiama?» chiese Josie.

«Le serve davvero sapere il suo nome?»

«Sì.» disse Josie. «Mi serve davvero. È importante, Robyn, altrimenti non sarei qui.»

Robyn si avvicinò a Josie e sussurrò: «Prima però deve sapere che è il figlio del preside di facoltà, capisce?»

«Il figlio del preside di facoltà?» le fece eco Josie. Allora non c'era da stupirsi che non ci fosse stato un rapporto della polizia del campus, né un seguito alla denuncia di Patrick.

«Sì, e mi creda, il preside voleva che tutto questo finisse in fretta. In modo definitivo. In realtà, non sarei nemmeno autorizzata a parlarne con nessuno.»

Josie la guardò esterrefatta. «Cioè, hai firmato un accordo di non divulgazione?»

«No.»

«Allora o scegli di dirmi il suo nome adesso, oppure io vado a cercarlo quando torno a casa.»

«Era una cosa innocua. Erano tutti d'accordo...» disse incerta Robyn.

A Josie risultava difficile credere che, in un modo o in un altro, una persona dotata di un briciolo di buon senso potesse reputare un video del genere innocuo; e trovava anche profondamente inquietante che chiunque potesse pensare che drogare una persona, sia a sua insaputa che con il suo consenso, in qualsiasi circostanza, fosse accettabile.

«Anche tu?» chiese Josie. «Eri d'accordo?»

Robyn chiuse la bocca di scatto.

Josie attese a lungo, ma la ragazza non proferì parola. Era uno dei pochi testimoni che le fosse mai capitato di interrogare in grado di sopportare un lungo silenzio imbarazzante.

«E se ti dicessi che c'è la possibilità che il ragazzo di cui parli non abbia smesso?» le chiese Josie. «E che magari ha smesso di fare video, ma non ha smesso di fare quello che ha fatto a te e ad altre persone, e che ora una ragazza è morta?»

Robyn si mise a giocherellare con la targhetta del suo nome.

«No. Non è possibile. Non può averlo fatto. L'aveva promesso. Faceva parte dell'accordo.»

«Quale accordo?»

La targhetta le cadde dalla maglietta. Robyn si affrettò a raccoglierla, tenendola con entrambe le mani. «Quando ho scoperto che era stato lui, ne abbiamo parlato e gli ho detto che non potevo lasciar perdere, soprattutto perché il video stava già circolando per tutto il campus e il mio tutor ne era venuto a conoscenza. Allora abbiamo raggiunto un accordo che prevedeva che io non andassi alla polizia. I miei genitori erano completamente a favore. Mio padre pensava che se avessimo fatto ricorso alle vie legali, la vicenda sarebbe diventata di dominio pubblico, il che avrebbe significato che un numero ancora maggiore di persone avrebbe visto il video, mentre la cosa più importante che desideravo era che il video sparisse.»

«Dimmi il suo nome, Robyn.» tagliò corto Josie.

Lo sguardo di Robyn si spostò verso la parte anteriore della sala, ma né la proprietaria né il barista le prestavano attenzione. La coppia vicina era impegnata in una conversazione privata. Premette l'indice sulla punta della spilla che reggeva la targhetta così forte da farsi uscire una piccola goccia di sangue. «Doug...» disse alla fine. «Doug Merlos. È stato suo padre a organizzare il nostro accordo. Ha coinvolto i miei genitori, anche se a quel punto loro volevano che mi trasferissi in un'altra università, per ricominciare da capo, il che mi andava bene. Grazie a Dio nessuno ha mai pubblicato il video su siti o social, almeno per quanto ne so io, ma non si può fermare una valanga. L'avevano già visto in molti all'Università di Denton. Così sono venuta qui quest'anno e a dire il vero mi piace molto questo posto, quindi non mi dispiace di aver cambiato.»

«Qual era l'accordo, Robyn?» insistette Josie.

«Doug è stato espulso. Non ha più potuto mettere piede all'interno del campus, gli hanno imposto di stare lontano da me e, soprattutto, ha dovuto distruggere tutte le copie che aveva del video.»

«Tutto qui?» sbottò Josie. «Robyn, quello che ti ha fatto è un crimine. Dovrebbe già essere in prigione e dovrebbe anche essere inserito nell'elenco dei criminali sessuali.»

Robyn sospirò. «Beh, insomma, all'epoca non avevo ancora l'età per bere eppure ero ubriaca.»

«E con questo?» disse Josie. Era difficile non saltare dalla sedia e dare una scrollata a quella ragazza. «A prescindere da questo, ciò che quel ragazzo ha fatto è sbagliato. Capisci che è sbagliato dare a qualcuno una droga, soprattutto una droga illecita, senza che ne sia a conoscenza o senza il suo consenso, vero? Non solo, è pericoloso. Immagina cosa sarebbe successo se tu avessi avuto una patologia di qualche tipo. Avrebbe potuto ucciderti!»

Robyn alzò le mani. «Ehi, detective. Questo non mi è di grande aiuto, chiaro? Quello che è fatto non si può cambiare. Ho accettato di parlare con lei perché Brenna è una mia amica e mi ha detto che lei è una brava persona. Non avrei mai accettato se avessi saputo che mi avrebbe giudicato.»

Josie fece un respiro profondo e cercò di rallentare il battito del suo cuore. La coppia vicina lanciò verso di lei e Robyn qualche occhiataccia, così abbassò la voce quando riprese a parlare. «Robyn, mi dispiace molto. Non ti sto giudicando e non volevo darti questa impressione. Oltretutto, i termini di prescrizione non sono scaduti. Puoi ancora sporgere denuncia.»

Robyn mosse qualche passo per allontanarsi. Rapidamente, Josie la afferrò per un polso. «Per favore. Robyn. Scusami. Mi dispiace davvero. La smetto. Posso farti soltanto un altro paio di domande?»

Le costava parecchio tenere la bocca chiusa, tutte le cose che avrebbe voluto dirle le balenavano per la testa. Che razza di persone erano quelle che facevano parte della vita di Robyn e che avevano permesso che quella situazione venisse gestita in un modo simile? I suoi genitori, il preside, il suo tutor? Che cavolo avevano per la testa? Come avevano potuto permettere a Doug Merlos di farla franca per un atto così riprovevole? Josie rabbrividì al pensiero che potesse essere passato da girare video sconcertanti a uccidere effettivamente delle persone. Se fosse stato gestito in modo adeguato fin dall'inizio, Nysa Somers sarebbe stata ancora viva? Clay Walsh sarebbe stato ancora in buona salute?

Robyn la fissò e poi liberò il polso dalla presa di Josie. «Cosa vuole sapere?»

«Conoscevi Doug Merlos prima che facesse quel video?»

«Seguivo un corso con lui e frequentavamo gli stessi gruppi di amici, quindi sì, lo conoscevo.»

«Come hai capito che era stato lui a farti quel video?» chiese Josie.

«Ho pensato di parlare con tutti quelli che ero riuscita a rintracciare e che erano stati alla festa. Ho iniziato parlando con le persone che conoscevo, compresi quelli che avevo incontrato ma che non conoscevo bene, come Doug. Prima ancora di avere la possibilità di parlare con lui, un'altra ragazza con cui avevo parlato mi ha detto di aver visto Doug che mi seguiva per strada dopo che avevo lasciato la festa. Allora sono andata a parlare con lui e ha confessato subito.»

«È un buon lavoro di investigazione...» osservò Josie, rabbrividendo internamente per quanto doveva essere stato difficile per Robyn rintracciare da sola la persona che l'aveva importunata. «Sai se Doug conosceva anche le persone che si vedevano negli altri video?»

«Ha detto che sapeva di loro, qualunque cosa significhi. Credo che abbia scelto persone a caso. Come ho detto, lui mi ha giurato che non aveva alcuna cattiva intenzione.»

Josie tirò fuori il telefono, scorse e selezionò fino a trovare la foto dell'adesivo. La mostrò a Robyn. «Questo ti sembra familiare?»

Il viso di Robyn divenne color cenere: era chiaro che aveva riconosciuto l'adesivo, perciò Josie dovette sforzarsi di non mostrarsi eccitata. Robyn si tirò su dritta, appuntò con cura il cartellino sulla maglietta e tirò fuori il telefono dalla tasca posteriore dei jeans. Josie aspettò che parlasse, non sapendo se stesse per andarsene senza aggiungere parola o se avesse solo bisogno di più tempo prima di rispondere alla sua domanda. Ma poi posò il telefono sul tavolo di fronte a lei. Sullo schermo Robyn aveva fatto apparire un video. Il fermo immagine mostrava una strada di Denton che Josie riconobbe subito. Di fronte alla fotocamera c'era la schiena di una donna in minigonna rossa e reggiseno. Ma non era una donna qualsiasi. Era Robyn Arber.

«Quel video dura tre minuti e trentasette secondi.» disse Robyn, con la voce attentamente modulata per non rivelare alcuna emozione. «Quello che sta cercando appare a un minuto e sedici secondi.»

«Sai qual è il secondo esatto?» disse Josie.

Gli occhi di Robyn si spensero. «Conosco ogni secondo di quel video. Ogni orribile secondo.»

Josie sentì un peso sulle spalle. Non si può conoscere ogni secondo di un video di quasi quattro minuti se non lo si guarda spesso. Forse addirittura ogni giorno. Con discrezione, Josie disse: «Potrei aver bisogno di questo video come prova nel caso a cui stiamo lavorando, Robyn. Mi occorre il tuo permesso per farne una copia.»

«Faccia come vuole.» tagliò corto Robyn. «Devo proprio riprendere il lavoro, quindi se vuole ordinare, si tenga pronta per quando torno.»

Si allontanò e si avvicinò all'altra coppia, sfoderando un sorriso.

Josie abbassò lo sguardo sul telefono e, con la sensazione che le avessero colato del cemento nello stomaco, fece partire il video. Né più né meno, era esattamente come lo aveva descritto suo fratello. Quando Doug Merlos ordinava a Robyn di guardarsi il sedere, lei si contorceva placidamente in ogni modo, cercando di accontentarlo. La risata di Doug era carica di entusiasmo. Perdeva il controllo del telefono, che vacillava e cadeva, mostrando solo il bagliore di un lampione che ruotava nell'oscurità. Poi l'immagine si fermava e un dito copriva l'obiettivo. Doveva averlo ripreso al volo prima che cadesse a terra. Il dito spariva dall'obiettivo, mostrando di nuovo tutto nero. Uscita dal nero, la ripresa inquadrava una borsa di tela a tracolla. In un angolo c'era un cerchio bianco. Josie mandò indietro il video e lo lasciò ripartire. Le ci vollero altri due tentativi prima di riuscire a fermarlo il secondo esatto in cui si vedeva la macchia bianca. Quando ci riuscì, fu chiaro che stava guardando l'adesivo del cranio spaccato.

Josie non guardò il resto del video. Le sembrava sbagliato farlo nella stessa stanza in cui Robyn Arber lavorava, sfoggiando un sorriso finto e servendo alla gente da bere e da mangiare. Così, lo inviò al proprio telefono e da lì lo inviò al resto della squadra, insieme al nome di Doug Merlos. Quando sarebbe tornata a Denton, lo avrebbe localizzato e sarebbe stata lei la prima a bussare alla sua porta.

Tirò fuori dalla tasca della giacca due banconote da venti e le mise sul tavolo. Poi mise il telefono di Robyn a faccia in giù sopra le banconote. Guardò da una parte all'altra della sala, ma non vide Robyn da nessuna parte. Uscendo disse alla proprietaria: «Per favore, dica a Robyn che la ringrazio.»

TRENTAQUATTRO

Non c'è ancora nessuna notizia sui prodotti che ho distribuito casualmente. Non ha senso. Perché non stanno morendo altre persone? Come minimo, avrebbero dovuto aumentare gli episodi di comportamenti abbastanza strani da suscitare l'intervento della polizia o dei notiziari. Che cosa posso aver sbagliato? O forse non è affatto frutto di un mio errore? Probabilmente il prodotto non è stato distribuito come speravo. Questo è il problema dell'invisibilità. Ogni operazione era più facile e più agevole quando avevo un contatto diretto con la vittima, come era successo la prima volta che avevo usato il mio preparato. Ricordo che stavo aspettando in macchina, con le mani che mi tremavano per l'eccitazione. Tremavano così tanto che per poco non rovesciavo la polvere. Una volta versata nel caffè in un bicchiere di carta, avevo usato una paletta per scioglierla completamente. Non dovevano rimanere grumi. Non dovevano esserci residui. Ma soprattutto, non se ne doveva sentire l'odore. Avevo tappato il bicchiere e avevo guardato in giro, con sollievo vedendo che né sulla console né sui sedili erano finite gocce di caffè contaminato. La sostanza era potente ed estremamente pericolosa, ed era questo che la rendeva tanto affascinante.

Avevo cominciato a battere i piedi contro il tappetino nell'attesa che lui superasse quelle porte. Per qualche minuto avevo cominciato a temere che il caffè si sarebbe raffreddato prima che lui uscisse, ma alla fine lo vidi arrivare: stava attraversando la doppia porta, tenendo la cartellina sotto braccio come sempre. Scesi, lo raggiunsi di corsa e scambiai con lui due chiacchiere di circostanza. Visto come erano andate le cose l'ultima volta che ci eravamo incontrati, fu felice di accettare il mio pensiero con un caffè caldo e appena fatto. Non so cosa avrei dato per tirarglielo in faccia. Era chiaro che la vedeva come un'offerta di pace, quando in realtà avrebbe dovuto essere lui a porgermi un ramoscello d'ulivo o, quantomeno, le sue scuse. Si era preso gioco del mio modo di fare, senza sosta, prima insultandomi e poi ridendone. Ma chi è che ride delle proprie battute? Gli avevo risposto di chiudere quella sua dannata boccaccia e questo lo aveva fatto ridere ancora di più.

Non l'avevo mai dimenticato. A pensarci bene, lui è stato la prima persona sulla mia lista una volta capito cosa poteva fare quella sostanza. Non mi deluse. Non ci volle molto perché facesse effetto. Avevo dovuto fare un sacco di ricerche per capire in quale momento esatto una persona fosse completamente preda di questa droga. Quando capii che era arrivato il momento, mi avvicinai e gli sussurrai un comando all'orecchio. Poi mi assicurai che avesse le chiavi in mano, lo accompagnai alla macchina e aspettai che la mettesse in moto.

Mi avvicinai al finestrino. «Ricorda.» gli dissi. «Vai più veloce che puoi. Non fermarti finché non avrai fatto almeno un'ammaccatura.»

TRENTACINQUE

Mentre percorreva l'Interstatale per tornare a Denton, Josie dovette ricordarsi ad alta voce e a più riprese di non superare i limiti di velocità. Si sentiva scorrere nelle vene una rabbia cieca. Non aveva nemmeno guardato la parte più brutta del video di Robyn Arber, ma si sentiva già in preda alla nausea. Facendo grossi respiri per contenere quel furore, cercò di elaborare nella sua mente le cose in modo più analitico. Doug Merlos aveva detto a Robyn di aver "imparato a produrre" la droga che le aveva somministrato attraverso il dark web. Era logico che avesse realizzato anche quel inquietante adesivo, infatti lo si vedeva attaccato sulla borsa nel video che aveva fatto a Robyn. I video erano stati interrotti dopo un accordo tra il preside di facoltà e la famiglia di Robyn Arber. Un accordo che prevedeva che Doug fosse espulso dal campus. Josie pensò che questo significasse anche da Hollister Way, dal momento che era amministrato dal servizio per gli alloggi del campus; anche se l'unica persona che sapeva davvero che Doug era stato bandito dal campus era suo padre. Robyn aveva lasciato l'università.Era scontato che Doug potesse aggirarsi ovunque nel campus a qualsiasi ora del giorno e della notte, praticamente, e senza che nessuno si allarmasse. D'altra parte, forse Doug aveva spacciato la sua droga brevettata a qualcun altro. Per esempio, poteva averla venduta a Brett Pace. Anche se, visto il contenuto dei video che Doug aveva girato, sembrava più probabile che ci fosse lui dietro l'annegamento di Nysa Somers e l'incendio a casa di Clay Walsh.

Josie premette il pulsante di controllo vocale sul volante e a denti stretti disse: «Chiama Noah.»

«Mi dispiace.» rispose la voce robotica del veicolo. «Non riconosco questo comando. Prova di nuovo.»

«Ma porca di quella…» Non aveva sincronizzato il suo cellulare con l'auto a noleggio, quindi dovette mettere la freccia e accostare sul ciglio dell'autostrada per prendere il cellulare e chiamarlo. Dopo otto squilli partì la segreteria telefonica. Riattaccò senza neanche lasciare un messaggio e chiamò Gretchen, che le rispose dopo due squilli. «Boss? Mi sono già procurata l'ultimo indirizzo di Doug Merlos. Sto solo facendo delle ricerche su di lui. Non ho trovato precedenti penali.»

«Fantastico.» disse Josie. «Hai una foto?»

«Ho la foto della patente, sì. Gli è stata sospesa durante l'estate per il secondo arresto per consumo di alcolici sotto i ventun'anni e guida in stato di ebbrezza, ma abbiamo una foto.»

«Mi chiedevo se potessi controllare i video di sorveglianza che abbiamo di domenica sera e lunedì mattina nel campus e vedere se riesci a trovarlo da qualche parte.»

«Certamente, posso guardare.» disse Gretchen. «Quando siamo arrivati in centrale oggi il capo ha aggiornato me e Mettner sugli indizi che ci ha dato tuo fratello, e Noah ci ha detto di aver fatto un controllo sulla cheerleader di uno dei video, ma né lei né le sue compagne o l'allenatrice delle cheerleader sapevano chi aveva girato il video. Poi ci ha anche parlato di Robyn Arber. Sei riuscita a farti dire qualcos'altro da lei?»

Josie le fece un resoconto della sua conversazione con Robyn Arber.

«Che pezzo di merda.» commentò Gretchen. «Due pezzi di merda. Lui e suo padre. Dove sei adesso?»

Josie le lesse il cartello dell'uscita successiva. «Mi daresti l'indirizzo di Merlos?»

Sentì che Gretchen girava le pagine del suo taccuino prima di trovarlo e dirglielo.

«Lo porto in centrale.» annunciò Josie.

«Aspetta...» propose Gretchen in tono asciutto, «potrei pensarci io a portarlo in centrale. Te lo sistemo per bene in una stanza per gli interrogatori a torturarsi per un'oretta. Così, quando arrivi, te lo ritrovi già a posto e spaventato a sufficienza sul perché si trova lì.»

A Josie piaceva questa idea, anche se tecnicamente non potevano trattenere Doug Merlos, non potevano costringerlo a presentarsi in centrale e nemmeno a parlare con loro. Quindi, anche se avesse accettato di seguire Gretchen in centrale, il ragazzo avrebbe potuto andarsene in qualsiasi momento. Naturalmente, per quanto strano fosse, capitava molto raramente che i testimoni si rifiutassero di seguirli alla stazione o che, una volta là, pretendessero di andarsene. Tutto stava nel capire se Doug Merlos fosse quel tipo di persona.

La voce di Gretchen interruppe il filo dei suoi pensieri. «Boss? Sei ancora lì?.»

«Sì sì...» rispose Josie. «Va bene. Vallo a prendere. Ci vediamo alla centrale. E appena hai fatto, fa' qualche ricerca sui suoi alibi, se ne ha, per l'ora della morte di Nysa Somers e dell'incendio a casa di Clay Walsh. Nel caso, li dobbiamo verificare.»

Per il resto del viaggio, Josie ripercorse nella sua mente ogni dettaglio sull'indagine. Il nome di Doug Merlos non era mai venuto fuori, nemmeno una volta. Questo non significava necessariamente qualcosa, soprattutto se sceglieva le sue vittime a caso come aveva suggerito Robyn. Mentre guidava verso Denton, un segnale acustico dalla console la avvertì che stava andando in riserva, così dovette fermarsi alla stazione di servizio più vicina per fare il pieno. Solo mentre stava pompando la benzina nel serbatoio si rese conto di essersi fermata allo stesso mini-market in cui si era fermato Dan Lamay la mattina precedente. Come avevano visto dal video delle telecamere a circuito chiuso che avevano recuperato il giorno prima, era un posto frequentato per la posizione centrale che gli garantiva sempre un grande afflusso di gente.

Josie pagò il pieno alla pompa e tornò in macchina, pronta a ripartire, quando qualcosa all'ingresso attirò la sua attenzione: a diversi metri di distanza, alla sinistra delle doppie porte d'ingresso, era stato piazzato un tavolino pieghevole. Sulla parte anteriore era steso uno striscione che recitava: *Sostieni il Centro di Adozione e Salvataggio Zampe Preziose*. Sopra il tavolino erano disposti numerosi oggetti che da lontano sembravano spille, opuscoli, magneti e penne, tutti con il logo *Salvataggio Zampe Preziose*, oltre a diverse scatole di prodotti alimentari. Un piccolo cartello scritto a mano accanto a una scatola di biscotti, dolcetti Rice Krispie e brownies recitava: "50 centesimi al pezzo o 2 dollari per cinque pezzi". Accanto al cartello c'era una piccola cassetta di metallo, sorvegliata da una donna sulla sessantina. Un formicolio scaturì alla base della spina dorsale di Josie. Si fermò in uno dei posti auto di fronte al mini-market e scese.

«Salve.» disse la donna seduta al tavolo vedendo Josie che le si avvicinava. «Le interesserebbe sostenere il nostro rifugio per animali locale? Abbiamo biscotti, brownies, dolcetti Rice Krispie.»

Josie la osservò. Aveva un po' di peso in eccesso intorno al girovita, i suoi capelli castani pieni di sfumature grigie erano tirati indietro in uno chignon. Indossava pantaloni blu e una maglietta verde fluorescente con il logo di Zampe Preziose. Una targhetta fatta a mano riportava la scritta Terri.

«Terri.» disse Josie. «Qual è il suo cognome?»

Il sorriso di Terri si irrigidì sul suo viso segnato. «Cassavettes. Ci conosciamo?»

«Lavora per Zampe Preziose?» continuò Josie.

«Faccio volontariato. Le interessa fare volontariato? Può fare domanda al rifugio con gli animali, o svolgere attività di sensibilizzazione della comunità e di raccolta fondi come questa.»

«Da quanto tempo sta qui fuori a vendere prodotti da forno?»

«Da tutta la settimana.»

«Da sola?»

«Beh, sì, ho accettato di fare volontariato questa settimana.»

«Ha preparato lei questi prodotti da forno?»

«No. Li prendo dal rifugio ogni mattina e li porto qui. Pensa di poter fare una donazione in cambio di questi prodotti per la nostra raccolta di fondi?»

Josie fissò le scatole. Quando disse "No", l'espressione di Terri crollò.

«Ma penso di poterle fare un verbale di sequestro probatorio.»

«Io non... non capisco.» disse Terri.

«Quanto costa tutto quanto?» chiese Josie.

<hr>

Arrivata alla stazione, Josie depositò le scatole di prodotti da forno sulla sua scrivania. Mettner si alzò dalla sua postazione e prese un brownie. Lei gli schiaffeggiò la mano. «Questi non sono da mangiare.» disse. «Anzi, prendimi un pennarello e del nastro adesivo. Voglio segnare e sigillare queste scatole come prove.»

Lui la guardò come se fosse impazzita. «Non sto scherzando, Mett: pennarello e nastro adesivo. Datti una mossa.

Potrei avere una nuova pista. Gretchen è qui o è già andata a prendere Doug Merlos?»

Mettner frugò nei cassetti della scrivania fino a trovare un pennarello e del nastro adesivo. «Dice che non l'ha trovato in casa, quindi si è appostata per sorvegliare l'abitazione. Chiamerà non appena lo vedrà. Come mai hai portato questa roba?»

«I volontari del rifugio Salvataggio Zampe Preziose hanno organizzato una raccolta di fondi fuori dal mini-market in cui Dan ha comprato caffè e pasticcini ieri mattina. Non hai visto il tavolino accanto alla porta quando sei andato a controllare i filmati delle telecamere a circuito chiuso?»

«Sì, certo che l'ho visto.» disse Mettner. «E allora?»

«Però Dan non si è fermato quella mattina, dico bene?»

«Al tavolo di Zampe Preziose? No. Ho visto il video, Boss. Di una cosa del genere ne avrei parlato alla squadra.»

«È quello che pensavo.» disse Josie. Dalla tasca della giacca tirò fuori una chiavetta USB. «Ma quando ho visto Dan all'ospedale questa mattina, mi ha detto che si ferma al mini-market ogni giorno per prendere qualcosa di dolce da accompagnare al caffè, ma non vuole che la moglie lo sappia. La volontaria di Zampe Preziose, Terri, mi ha detto che è lì dall'inizio della settimana.»

Mettner incrociò le braccia sul petto e la guardò dall'alto in basso. «Il gestore del mini-market ti ha fornito i filmati del resto della settimana senza un mandato?»

Josie sorrise. «Certo che sì.»

Si lasciò cadere sulla sua sedia e collegò la chiavetta al computer. Un attimo dopo, Mettner si sporse sulla sua spalla per guardare insieme a lei il filmato di sorveglianza sul tavolino di Zampe Preziose appena fuori dalle porte del mini-market il martedì mattina, il giorno prima che Dan salisse disorientato e in stato confusionale in cima al campanile. Josie mandò avanti velocemente alcuni fotogrammi finché non videro Dan che emergeva dalle porte, con un caffè in una mano e una ciambella nell'altra. Aveva già dato un grosso morso alla ciambella. La volontaria Terri doveva averlo chiamato, proprio come aveva fatto con Josie, perché lui si fermava di colpo e voltava la testa avviandosi lentamente verso il tavolo e passando più di un minuto a guardare la selezione di Terri. Poi le allungava un dollaro e prendeva due brownies dalla scatola prima di dirigersi verso la sua macchina.

«Eppure non ha avuto l'incidente fino al giorno dopo.» sottolineò Mettner.

«Forse perché stava già mangiando la ciambella e ha preferito tenersi i brownies nascosti in macchina fino a mercoledì. Non escluderei, anzi, che non si sia ricordato di aver comprato quei brownies fino a ieri mattina. Scommetto che se chiami sua moglie e le chiedi di controllare in macchina, ci troverà ancora un brownie da qualche parte. Ne ha comprati due.»

«Andrò per fare un controllo.» disse Mettner. «Se ne trovo uno, dovremo farlo analizzare. Ma scusa, non credi che sia una forzatura?»

Josie sigillò le scatole e scrisse sul coperchio di ciascuna NON MANGIARE a lettere cubitali. «Lo so. Ma è l'unica cosa di cui non abbiamo tenuto conto nell'episodio di Dan. A che punto siamo con il mandato per l'ospedale? Quello per i nomi di tutti i pazienti che sono entrati il giorno in cui Nysa Somers è morta?»

Mettner rovesciò la testa all'indietro ed emise un lungo sospiro. «Ora capisco dove vuoi arrivare. I nomi sono arrivati mezz'ora fa. Fraley è di sotto, nella saletta ristoro. Lo chiamo e facciamo una ricerca su queste persone, per vedere se qualcuno di loro si è fermato al mini-market quella mattina o in qualsiasi altro momento della settimana. Se riusciamo a collegare uno qualsiasi dei casi di crisi epilettica o di insufficienza cardiaca al tavolino di Zampe Preziose, allora possiamo provare che qualcuno, forse proprio questo Doug Merlos, se ne va in giro per Denton ad avvelenare la gente. Ma Boss, perché dare a Nysa

Somers e Clay Walsh istruzioni specifiche come "È l'ora di fare la sirena" ed "È l'ora di fare il fiammifero" per poi avvelenare con la propria droga un gruppo di persone causali servendosi di Zampe Preziose?»

Il cellulare di Josie le notificò l'arrivo di un messaggio: era da parte di Gretchen, che avvertiva che Doug Merlos era appena rientrato al suo appartamento.

«Per depistarci, probabilmente.» suggerì Josie, infilando il telefono in tasca. «Oppure per rompere il suo schema. Mi ha scritto Gretchen per avvertirmi che Merlos è a casa. Ci andrò in macchina. Non ho tutte le risposte, Mett, sto solo seguendo delle piste.»

«Capito.» rispose lui.

Josie indicò i prodotti da forno che aveva sequestrato. «Ti affido la custodia di questi pasticcini. Chiama Hummel.» gli disse. «Digli di portarli al laboratorio insieme a tutto ciò che troverete nell'auto di Dan. Ho parlato con il mio contatto a Greensburg. Ha detto che i risultati dei test per la scopolamina possono essere fatti in ventiquattr'ore in casi urgenti.»

«È un caso urgente?»

Per tutta risposta Josie gli rivolse uno sguardo eloquente. «Nel giro di pochi giorni, abbiamo probabilmente avuto una mezza dozzina di avvelenamenti.»

«Ma in realtà non lo sappiamo con certezza.» le fece notare Mettner. «Non abbiamo ricevuto alcun risultato di laboratorio. Tutto ciò che abbiamo è un adesivo trovato sulle scene di Somers e Walsh.»

«Questo è vero.» concesse Josie. «Ma nelle prossime ventiquattro ore potremmo avere la prova che i brownies che ha mangiato Nysa Somers sono stati addizionati con il Respiro del Diavolo o con qualche sostanza simile, che Dan Lamay e Clay Walsh lo avevano in circolo dalle analisi del sangue e che anche questi dolci che ho preso da Zampe Preziose contengono il Respiro del Diavolo o qualche suo derivato. Se viene tutto confermato, se è vero che c'è qualcuno che avvelena la gente in questa città, non voglio perdere nemmeno un secondo.» Il ricordo delle gambe carbonizzate di Clay Walsh le balenò nella mente. «Potrebbe significare la differenza tra la vita e la morte, Mett. Se mi sbaglio, allora avremo solo perso tempo.»

«E un po' dei soldi del dipartimento...» disse con un sorriso e un'occhiata di traverso alla porta chiusa dell'ufficio del capo Chitwood.

Josie annuì. «Giusto, ma non sono più io il capo. Il mio lavoro è risolvere questo caso e basta.» Le tornò in mente l'immagine dei genitori di Nysa Somers nell'atrio del Marriott Hotel, appesantiti da un dolore opprimente che li costringeva a trascinarsi. «Ne varrà la pena. Se ho ragione e tutti questi rapporti di laboratorio risultano positivi al Respiro del Diavolo, o a sostanze analoghe, voglio essere pronta a partire.»

«Agli ordini.» disse Mettner.

«C'è un'altra cosa...»

«Lo so, lo so. Mi informerò su tutto quello che ci occorre sapere riguardo ai vari collaboratori di Zampe Preziose.» aggiunse Mettner. «Mi ci metto subito.»

TRENTASEI

Doug Merlos viveva in un appartamento in una delle zone più degradate di Denton, dove una buona parte degli edifici, alti e abbandonati, erano inagibili, e quelli occupati, con vetrine di negozi al piano terra e appartamenti infestati da scarafaggi ai piani superiori, sembravano prossimi alla demolizione. Al piano terreno del condominio in cui viveva Doug Merlos c'era un banco dei pegni. Una porta a vetri laterale conduceva a una serie di scale che fecero spuntare Josie e Gretchen in un pianerottolo proprio soprastante.

«Un ascensore!» esclamò Gretchen. «Questo deve essere l'unico palazzo in questa parte della città con un ascensore. Vediamo se funziona.»

Premette il pulsante e qualcosa dietro le porte prese vita. Dopo un'eternità, le porte dipinte di azzurro si aprirono di scatto e una nuvola di odori sgradevoli si diffuse verso di loro. «Sei sicura di non voler prendere le scale?» le chiese Josie sventolandosi una mano davanti al naso.

«L'appartamento è all'ottavo piano...» si lamentò Gretchen. «Prendiamo l'ascensore.»

Sorprendentemente, arrivarono al piano senza incidenti,

anche se Josie avrebbe giurato che lo sgradevole odore misto di fogna, sigarette, erba e urina le fosse rimasto appiccicato alla maglietta anche dopo aver percorso il corridoio fino alla porta di Doug Merlos. «E qui ci vivrebbe il figlio di un preside di facoltà dell'Università di Denton?»

Gretchen ridacchiò. «A quanto pare, il campus non è l'unico posto da cui è stato bandito.»

Josie bussò alla porta. Da dietro, una voce rispose: «Solo un minuto.»

Sentirono un movimento all'interno, dei passi che si dirigevano verso la porta e poi niente. Gretchen tirò fuori il suo distintivo e lo avvicinò allo spioncino. Dall'altra parte della porta si sentì un "Merda" sommesso.

«Doug Merlos!» disse Josie a voce alta. «Polizia di Denton. Abbiamo solo qualche domanda da farti.»

Sentirono un altro "Merda" borbottato.

Sottovoce, Gretchen disse: «Stavolta non ho intenzione di lanciarmi all'inseguimento...»

Josie ripensò all'inseguimento a piedi a un paio di isolati da dove si trovavano in quel momento che avevano sostenuto cinque mesi prima durante un caso di omicidio a cui avevano lavorato. «Beh, non è escluso che scappi...» sussurrò Josie.

Da dietro la porta si udirono fruscii e rumori di vetri che tintinnavano.

«Sai cosa ci servirebbe?» disse Gretchen. «Un cane. Un cane bello grosso, come un pastore tedesco. Così ci penserebbe lui agli inseguimenti. Sto diventando troppo vecchia per queste stronzate.»

«Non si è mai troppo vecchi per allenarsi nella corsa...» le suggerì Josie. «Dovresti provarci. Ti farebbe bene. Rilascia le endorfine. Ti fa sentire meglio.»

Qualcosa all'interno produsse un forte tonfo, seguito da un "Porca troia..." detto tra i denti.

«È meglio che questo ragazzo non sia un mezzofondista...»

brontolò Gretchen sottovoce prima di alzare il tono e urlare: «Merlos, per favore, apri la porta.» Poi, riabbassando la voce: «Sai cos'altro ti fa sentire meglio? La terapia. Dovresti provarla.»

Da dentro, Merlos gridò: «Arrivo subito!»

Josie disse: «Non c'è pericolo. Non mi dà l'idea che questo ragazzo sia un velocista...»

E mentre la porta si apriva, Josie borbottò un ultimo commento a mezza bocca. «Io non ci vado in terapia.»

Doug Merlos non era affatto quello che Josie si aspettava, anche se non aveva avuto il tempo di chiedere a Gretchen di mostrarle la foto della patente sospesa. Era basso, perfino più basso di Josie, il che lo collocava tra il metro e cinquantacinque e il metro e sessantacinque. Aveva capelli neri, arruffati, che gli ricadevano a matassa intorno alla testa. Sembrava quasi che un barbiere che ce l'aveva con lui avesse iniziato a tagliargli i capelli e poi avesse lasciato il lavoro a metà. Due occhietti scuri e ravvicinati le fissavano da sopra un naso lungo che si arricciava alla punta. Addosso aveva una tuta grigia di qualche taglia troppo larga. La sua pelle aveva il pallore di chi il sole lo vede raramente. «Cosa volete?» chiese.

Gli rispose Gretchen: «Dobbiamo parlare con te.»

«Di che cosa?»

«Di Robyn Arber, tanto per cominciare.» esordì Josie.

«Oh merda.» disse Merlos. Prima che potessero chiedergli di seguirle in centrale, sparì nell'appartamento, lasciando la porta aperta dietro di sé. Josie mise una mano sul calcio della pistola e la sfilò dalla fondina.

«Doug, possiamo entrare?»

«Sì, sì...» rispose lui da un'altra stanza.

Varcarono la porta, Josie avanti, sempre con la mano pronta sulla pistola. Un breve corridoio immerso nell'oscurità conduceva in una stanza quadrata che un tempo poteva essere stato un salotto, ma che attualmente si presentava come un centro di controllo della NASA: Josie contò quattro scrivanie, ciascuna con almeno un paio di computer portatili. Cavi e cablaggi si snodavano in ogni direzione lungo il pavimento, sulle pareti e persino sotto alcune porte chiuse sul lato opposto della stanza. Le due finestre erano state rivestite con sacchi della spazzatura, tenuti in posizione dal nastro adesivo. La stanza era illuminata da strisce di luci LED viola che correvano lungo la linea di giunzione tra le pareti e il soffitto. Josie sbatté le palpebre per abituare la vista. Un odore chimico aleggiava nell'aria, ma non riuscì a capire di cosa fosse. Merlos sedeva su una sofisticata sedia da ufficio con lo schienale alto e le cuffie appese a uno dei braccioli.

«Mio padre sa che siete qui?» chiese Melos.

«No.» rispose Josie.

«Robyn ha deciso di sporgere denuncia o qualcosa di simile?» chiese.

Josie avrebbe voluto che lo avesse fatto. «Può darsi.» disse. «Dipende da quello che ci dirai adesso...»

Merlos si passò una mano tra i capelli e alcune ciocche nere rimasero dritte e rigide come un muro. Josie si era aspettata che gli ricadessero sul viso, ma rimasero in posizione e per un attimo cercò di decidere se l'effetto fosse comico o sinistro. Gretchen tirò fuori una foto dell'adesivo del teschio spaccato a metà sul suo telefono e gliela mostrò. «Questo l'hai creato tu?»

Merlos lo guardò a lungo. «È stato un tentativo fallito.» disse.

«Un tuo tentativo?» chiese Josie.

«Già. Siete venute qui per un adesivo?»

«È il tuo marchio o no?» domandò Gretchen.

«Lo era.» disse. «Doveva essere il mio marchio. Come ho detto, è stato un tentativo fallito.»

«Quindi l'hai disegnato tu?» chiese Josie.

«Sì, l'ho disegnato io.» Si appoggiò alla sedia e la mano destra scivolò sotto la seduta. La pistola di Josie era già per metà fuori dalla fondina quando un poggiapiedi spuntò da sotto la seduta e Merlos vi posò sopra i piedi, infilati in un paio di ciabatte azzurre. «Ehi.» disse. «Non mi spari, agente!»

Gretchen gli disse: «Tu pensa a tenere le mani dove possiamo vederle, okay? A proposito del tuo tentativo fallito... di cosa si trattava?»

«Oh, andiamo...» disse Merlos. «Se avete parlato con Robyn, allora sapete di cosa si trattava.»

«Di una droga.» disse Josie. «È così?»

«Non solo di una droga. "La droga". Qualcosa che qui non abbiamo. Qualcosa che non abbiamo mai avuto qui. La gente parla sempre del dark web, ma nessuno sa davvero come usarlo.»

«E tu invece sì.» disse Gretchen.

«Potete scommetterci. Non credereste mai alla roba che si può trovare nel dark web.»

«Vale a dire la droga.»

«Mi arrestate se dico droga?»

«Ci sto ancora pensando.» gli disse Josie, con la mano ancora sulla Glock. «Merlos, credo che sarebbe meglio se venissi in centrale con noi per parlare.»

Abbassò lo sguardo sulle mani giunte in grembo e poi sui monitor. «No.» disse. «Preferirei evitare.»

Non lo potevano costringere. Non in quel momento. Avevano bisogno di molte più informazioni e, se volevano arrestarlo, di un mandato. «Va bene.» disse Gretchen. «Possiamo parlare qui. Ma vorrei leggerti i tuoi diritti, se per te va bene.»

«Certo, come preferite.»

Gretchen gli recitò i suoi diritti e, dopo che lui ebbe dichiarato di averli compresi, gli chiese: «Dove eri domenica sera?»

Doug ridacchiò e agitò le mani in aria, indicando tutta la stanza. «Dove pensa che mi trovassi?»

«Qui?» fece Gretchen. «Da solo?»

«Non sono un tipo che ama la compagnia e, stenterete a crederlo, non piaccio un granché alle ragazze.»

Josie non riusciva a immaginarsi il perché. «Dov'eri tra le tre e le quattro del pomeriggio di martedì?» gli chiese.

Anche questa volta, allargò le mani e si mise a ridere. «Ero qui. Da solo. Lasciate che vi risparmi un po' di tempo. A parte questa mattina, quando sono sceso al negozio all'angolo per comprare le sigarette, sono stato qui da solo nelle ultime due settimane. Vi basta? Ma se siete davvero interessate alla questione dell'alibi, o qualsiasi cosa vogliate ottenere, il banco dei pegni ha delle telecamere esterne che mostrano l'ingresso agli appartamenti. Ci siete? Perché vengono svaligiati una cosa come due volte al mese. Potete chiedere a loro i filmati di sorveglianza.»

«Lo faremo.» gli assicurò Gretchen. «Hanno delle telecamere anche sull'ingresso posteriore?»

Merlos rise. «Non si può uscire da quella parte. C'è un cassonetto proprio davanti alla porta.»

«È contro la normativa comunale.» sottolineò Gretchen.

Lui rise di nuovo. «Le sembra il tipo di posto che si preoccupa delle normative comunali?»

Cambiando argomento, Josie gli chiese: «Tu guidi?»

«Mi hanno sospeso la patente.»

«Per esperienza, so che questo raramente impedisce alle persone di prendere una macchina.» gli fece notare Josie.

«No. Non ho una macchina.»

«Ti capita mai di fartene prestare una?» chiese Gretchen.

«No. Cos'altro volete chiedermi adesso? Se so pilotare un aeroplano? Un elicottero? Anche il treno, già che ci siamo.»

«Vogliamo delle risposte.» disse Josie.

Merlos sorrise. I suoi occhi scuri scintillavano nella luce viola. «Se conoscessi le domande...»

«Nysa Somers.»

«È la nuotatrice che è appena morta, vero? La campionessa del college. Sì, guardo il notiziario. Non la conosco. Non l'ho mai conosciuta. Robyn dovrebbe avervi detto che sono stato espulso e bandito dal campus, quindi, è piuttosto improbabile che io conosca qualcuno legato all'università.»

«Clay Walsh.» proseguì Josie.

«Il vigile del fuoco. Anche di lui ho sentito al notiziario.» Merlos ridacchiò, un suono sconcertante. «Siete davvero poliziotte o siete dell'emittente locale e state conducendo qualche strano questionario per valutare il livello di attenzione dei telespettatori?»

Josie si chiese se fosse fatto di qualcosa. «Brett Pace.» continuò.

Puntò un indice verso di lei. «Ecco un nome che non conosco. Mai sentito nominare.»

«D'accordo, parliamo "della" droga.» disse Gretchen. «L'hai presa dal dark web?»

«Robyn Arber dice che le hai detto di aver imparato a produrla dal dark web.» precisò Josie.

«Oh beh, sì, la dose che le ho dato l'ho fatta io. Ma come sapete, la faccenda della droga non è andata come speravo.»

«Perché ti hanno beccato?» suggerì Gretchen.

«Beh, sì.» rispose lui. «Quello che speravo di fare con quei video era di far conoscere il mio marchio, mostrare alle persone quanto si sarebbero potute divertire con la mia roba, così poi avrebbero iniziato a comprarla. Ma mio padre ci è andato giù pesante con me, e a quel punto ho capito che non avrebbe funzionato. Voglio dire, sono stato fortunato a cavarmela con un'espulsione. Mi ha allontanato completamente. Non mi è nemmeno più permesso vedere mia madre o mio fratello. Non ne ha apprezzato la genialità, capite? Lui ha lavorato tutta la vita per l'università e cosa ha ottenuto? Una grande casa, un fondo pensione individuale di merda e una montagna di debiti. Avrei potuto vivere alla grande. Iniziare qui, a livello universitario, diffondere la mia roba, lasciare che la gente si divertisse con il mio prodotto, migliorarne le caratteristiche, i dosaggi e tutto il resto, e poi trasferirlo nel dark web. C'è un mercato tutto da sfruttare qui negli Stati Uniti. La gente non sa cosa si perde.»

«Hai detto che la dose che hai dato a Robyn l'avevi fatta tu.» disse Josie. «E le altre dosi? In totale i video erano quattro.»

«Impressionante, eh? Erano tutti roba mia. La mia roba. Ho preso un po' di quella vera dal dark web e poi l'ho ricreata.»

«Qual era quella vera?» chiese Gretchen. «Di cosa stiamo parlando, Doug?»

La sedia scricchiolò mentre lui si chinava in avanti, allungando le mani fino a che le dita non si arricciarono sulle punte delle sue ciabattine fino a toccarne la suola. «Il Respiro del Diavolo.» disse leccandosi le labbra e sorridendo, come se si aspettasse una qualche reazione eclatante da parte loro. Josie capì allora perché stava raccontando tutto questo, anche se stava confessando attività illegali e gli avevano già letto i suoi diritti: era orgoglioso di sé, aveva voglia di dirlo a qualcuno e probabilmente da tempo non aspettava altro che una buona occasione per vantarsi di quello che aveva fatto. Ma poiché non stava ottenendo alcuna reazione da Josie e da Gretchen, scosse la testa e si riappoggiò allo schienale. «Voi non lo sapete, ma c'è un giro d'affari importante. In Colombia lo danno alle persone e...»

«Sappiamo cosa fa.» disse Josie, interrompendolo. «Se te la potevi procurare dal dark web, perché hai provato a fartela da solo?»

«Perché è costosissima e, sapete, qui negli Stati Uniti c'è della roba, come la scopolamina e lo stramonio comune, non è nemmeno illegale procurarsela, che puoi praticamente sintetizzare.»

«Come facevi a sapere in che modo ottenere la droga?» domandò Gretchen.

Sorrise di nuovo. «Con la ricerca, signore mie. Ricerca. Si può trovare di tutto in rete, soprattutto nel dark web.»

Ancora una volta, Josie rimase sorpresa dalla sua sincerità. Si chiese per un attimo se non comprendesse come funzionava la legge o se piuttosto, pensò con un brivido improvviso, la comprendesse perfettamente. Nella sua mente ripassò quello che sapeva sulla legge sulle sostanze proibite in Pennsylvania. Doug Merlos aveva usato ingredienti legali per creare la sua droga. Per quanto ne sapeva lei, né la scopolamina né lo stramonio comune, né alcuna combinazione di queste due sostanze, rientravano nell'elenco delle sostanze soggette a controllo secondo il codice penale. Le leggi sul traffico e la distribuzione di sostanze stupefacenti in Pennsylvania si applicavano a sostanze molto specifiche soggette a controllo e di solito tenevano conto della gravità degli effetti di tali sostanze e della quantità in possesso dell'individuo. Tanto per cominciare, c'era la possibilità che le accuse di traffico di stupefacenti contro Doug Merlos non sarebbero mai state confermate; ma, anche se lo fossero state, un buon avvocato difensore avrebbe potuto farle cadere. Avrebbero avuto più fortuna se lo avessero accusato di negligenza per ciò che aveva fatto a Robyn Arber, per quanto fosse probabile che il procuratore distrettuale avrebbe avuto bisogno della testimonianza della ragazza per poterlo perseguire con successo, e anche in quel caso avrebbe potuto evitare la galera perché la negligenza è un reato minore. Si trovavano su un terreno scivoloso dal punto di vista giudiziario e, nonostante la propensione di Doug Merlos a confessare ciò che aveva fatto, Josie non era sicura che sarebbe servito a qualcosa. Ciononostante, non aveva intenzione di impedirgli di parlare con loro, soprattutto perché era già stato informato dei suoi diritti.

«Se è possibile prepararla da soli...» riprese Josie, «perché comprare la roba vera? Che bisogno avevi di ricrearla?»

«Perché dovevo sapere come ci si sente, capite?»

«Cioè, l'ha provata anche tu?» gli chiese Gretchen.

Lui annuì con orgoglio. «Certo che l'ho provata.»

«Doug...» continuò Josie. «Sappiamo che il Respiro del Diavolo causa amnesia. Come facevi a sapere cosa si prova a prenderlo?»

«Non lo sapevo. Mi sono dovuto registrare. Mi sono chiuso in una stanza e mi sono registrato. Poi, una volta fatto, ho iniziato a preparare la mia e a prenderla. Mi ci è voluto qualche tentativo per capire il dosaggio e tutto il resto.»

Il tono di Gretchen si fece scettico. «Hai fatto tutto da solo? Senza aiuto? Saresti potuto morire.»

«Sì, lo so...» disse lui. «Fa parte dell'emozione di creare qualcosa, non vi pare?»

«Non lo so.» disse Josie. «Quando distribuivi la tua roba alle persone, come gliela passavi?»

«Nelle bevande. Come una polvere. Mi ci è voluto un po' per arrivare al punto di renderla completamente solubile, ma ce l'ho fatta.»

«Hai detto che hai smesso di dare la droga alla gente dopo essere finito nei guai per il video di Robyn Arber.» continuò Josie. «Avevi ancora un po' del tuo Respiro del Diavolo?»

«L'ho buttato.» rispose. «Ho dovuto farlo. Era una delle condizioni poste da mio padre. Ha parlato con un avvocato, il quale ha detto che, siccome la mia roba non era una sostanza soggetta a restrizioni, probabilmente sarei stato rilasciato se la polizia fosse stata coinvolta, ma ha comunque pensato che fosse meglio distruggere ogni prova. Non voleva che fosse possibile risalire a me, se mi seguite. O, per meglio dirla, risalire a lui.»

«L'hai buttato?» chiese Gretchen, con un tono incredulo. «In che senso? L'hai scaricato nel water?»

«Sì. Che altro potevo farci?»

«E i tuoi adesivi?» chiese Josie. «Cosa ne hai fatto di quelli?»

«Li ho buttati via. È stato un peccato, perché erano uno dei miei articoli migliori.»

TRENTASETTE

«Pensi che ci abbia detto la verità?» chiese Gretchen una volta tornate in centrale.

Josie si sedette alla scrivania e si guardò intorno. C'erano solo loro. La porta dell'ufficio del capo Chitwood era chiusa. «Per la maggior parte. Sono sbalordita da quante cose ha confessato.»

«Ovviamente sa che il massimo che potremmo fare è accusarlo di negligenza, che non prevede quasi nessuna pena, e che lo potremmo accusare solo per il caso Arber perché è l'unico filmato che abbiamo.» rielaborò Gretchen.

«Giusto. E senza la testimonianza della ragazza le accuse non reggerebbero. Anche se lo arrestassimo per aver messo in pericolo Robyn Arber, sarebbe fuori in poche ore.»

«Tu credi?» disse Gretchen. «Papà gli ha dato il benservito.»

«Perché papà era preoccupato per la propria reputazione. Se suo figlio venisse arrestato con queste accuse, eserciterebbe tutta la sua influenza per tenere la cosa sotto silenzio e insabbiarla il più velocemente possibile, il che significa che farebbe uscire suo figlio su cauzione nel giro di poche ore e poi tirerebbe qualsiasi filo per far cadere le accuse. Probabilmente contatterebbe la famiglia di Robyn Arber per assicurarsi che non parli. In questo modo, Doug tornerebbe subito in circolazione e saprebbe con quanta aggressività siamo pronti a dargli la caccia. Non ci servirebbe a nulla portarlo dentro adesso, soprattutto con il rischio che suo padre e un prestigioso avvocato difensore vengano coinvolti immediatamente. Preferirei che pensasse che siamo state a casa sua solo per parlare con lui, mentre continuiamo a lavorare al caso. Ci ha detto molto, ma sicuramente sta tralasciando qualcosa.»

«Come la parte in cui alcuni dei suoi amici lo hanno aiutato a testare il prodotto?» suggerì Gretchen.

«Sì, esattamente quello. E anche la parte in cui probabilmente sta ancora vendendo la sua roba.»

«Ma in che modo?» chiese Gretchen. «Non mi sembra esattamente il tipo più alla mano che si possa immaginare, e se è vero quando dice che non si muove da casa sua, dove la distribuirebbe?»

«Magari è la gente che va da lui.»

«Ma se così fosse, non avremmo già visto o sentito parlare dell'adesivo per strada? Come ha detto Noah, non mancano le segnalazioni nelle zone ad alta densità di spaccio, ma il suo adesivo non è mai venuto fuori prima.»

«Allora forse la vende solo a pochi amici intimi.» ipotizzò Josie.

Gretchen agitò una chiavetta USB in aria. «In questo caso, potremmo dover tornare al banco dei pegni per procurarci altri filmati e vedere chi entra e chi esce. Per ora, vediamo che cosa hanno da offrire in termini di alibi.»

Il filmato del banco dei pegni fu uno sfacciato colpo di fortuna. Il posto sembrava scadente e malandato, ma avevano acquistato un costoso sistema di sicurezza della Rowland Industries che conservava i filmati di mesi prima. A Josie e Gretchen servivano soltanto quelli che risalivano a domenica. Il proprietario non aveva chiesto un mandato perché non voleva che tornassero, mai possibilmente, perché vedere la polizia in giro tendeva a mettere a disagio la clientela. Una volta copiato il filmato richiesto su una chiavetta, Josie e Gretchen si erano dirette verso il retro dell'edificio e avevano scoperto che Doug Merlos aveva detto la verità: l'unica uscita posteriore era bloccata da un grande cassonetto ricoperto di melma che puzzava più dell'obitorio del Denton Memorial Hospital. C'era una scala antincendio che si inerpicava sul fianco dell'edificio, il che avrebbe permesso a Merlos di entrare e uscire senza essere visto, se non fosse stato che il salto dal suolo alla scala era tale che non sarebbe mai stato in grado di raggiungerla se avesse voluto servirsene per tornare al suo appartamento.

Josie fece il giro della scrivania per sedersi accanto a Gretchen ed esaminare insieme a lei il filmato, che confermava esattamente ciò che Doug Merlos aveva detto a casa sua: da domenica mattina, era uscito dal suo appartamento solo una volta, poco prima che Gretchen si presentasse e bussasse alla sua porta per scoprire che non c'era.

«Va bene.» disse Josie. «Ci ha detto la verità sul suo alibi e non possiamo contestarlo, ma non è un caso che sia stato lui a creare questa droga e gli adesivi. Penso che dobbiamo scoprire con quali persone si frequentava quando era all'università l'anno scorso.»

«Chiama Robyn Arber e chiedile se si ricorda di qualcuno dei suoi amici.»

«Buona idea.» disse Josie, spostando la sedia verso la propria scrivania e ripescando il cellulare dalla pila di scartoffie che la ricoprivano. La sua telefonata a Robyn Arber finì con la risposta della segreteria telefonica. Josie le lasciò un messaggio, ma dubitava che Robyn l'avrebbe richiamata.

«Contatterò il capo Hahlbeck per farmi passare un elenco delle lezioni e dei compagni di corso che Merlos frequentava.» annunciò Gretchen.

«Scopri se aveva un compagno di stanza.» disse Josie.

«L'aveva di sicuro.» disse Gretchen. «Data la sua età, l'anno scorso doveva essere una matricola.» Cominciò a battere sulla tastiera.

Entrambi i loro telefoni emisero un segnale con l'arrivo di un messaggio. Josie prese il suo e lo lesse. «È un messaggio di Mett.» disse. «Lui e Hummel hanno trovato un brownie e un sacchetto di plastica con resti di brownie nell'auto di Dan.»

Gretchen continuò a scrivere. «Il che ci porta a confermare la tua teoria secondo cui i brownies di Zampe Preziose sono stati alterati.»

«Esatto.» disse Josie. «Allora non dobbiamo far altro che aspettare i risultati. Hummel sta già andando al laboratorio con i prodotti da forno che ho preso dal tavolino davanti al mini-market e con quello che hanno trovato oggi nell'auto di Dan.»

Josie digitò una rapida risposta per ringraziare Mettner. Le ci vollero alcuni secondi per rendersi conto che Gretchen aveva smesso di scrivere. Quando Josie alzò lo sguardo dal telefono, Gretchen la stava fissando. «Ehi, il tuo turno è finito da un pezzo. Perché non vai a casa?»

Josie voleva controbattere, ma era esausta. La portata del caso, o meglio dei casi, continuava ad allargarsi con ogni persona con cui parlavano e con ogni pista che seguivano, e ancora non avevano alcuna prova concreta che il Respiro del Diavolo o la versione sintetica di Doug Merlos fossero stati effettivamente usati su una delle loro vittime. Per il giorno dopo si segnò mentalmente di chiamare il suo contatto al laboratorio della Polizia di Stato per l'analisi degli alimenti.

«Boss.» disse Gretchen. «Ti si stanno velando gli occhi.»

Josie si scosse per recuperare l'attenzione e si mise a ridere. «Hai ragione. Questo caso mi sta risucchiando parecchie energie.»

«C'è molto da digerire.» concordò Gretchen.

Josie finì di scrivere i rapporti della giornata. Prima di uscire mandò un messaggio a Noah per sapere dov'era: era ancora in giro con Mettner a seguire le piste dei pazienti dell'ospedale e del rifugio per animali. Si sentì sollevata quando aggiunse: *Non mi ci vorrà ancora molto.*

Josie trovò il vialetto vuoto, ma le luci del piano di sotto erano accese. Fece un rapido elenco mentale delle persone che avevano le chiavi di casa sua. Se qualcuno di loro fosse stato dentro, sarebbe stato logico che la loro auto fosse parcheggiata nel vialetto. Raggiunta la porta d'ingresso, aprì la fondina, tenne una mano sul calcio della pistola mentre girava la chiave nella serratura il più silenziosamente possibile. Sentì il ticchettio delle unghie di Trout sul pavimento dell'ingresso e i suoi sbuffi di quando era molto eccitato.

Non avrebbe fatto il matto se ci fosse stato qualcuno in casa? O erano stati lei e Noah che avevano dimenticato le luci accese tutto il giorno?

Girò la maniglia e spinse la porta in modo che il chiavistello non agganciasse più, ma sembrasse ancora chiuso. Poi estrasse la Glock, tenendo la canna rivolta verso il cielo. Con il piede spinse la porta per aprirla ed entrò, usando una delle gambe per tenere a bada Trout, mentre faceva una panoramica dell'ingresso, delle scale e del soggiorno.

Dalla porta della cucina si levò una voce maschile. «Ehi, Trout. Dove sei, bello?»

Il cane smise di dimenarsi eccitato, le orecchie drizzate, la testa rivolta verso la cucina.

«Chi c'è?» chiese Josie.

L'agente dell'FBI Drake Nally apparve nell'ingresso con una forchetta in una mano e un piatto con una fetta di cheesecake nell'altra. «Quinn!» disse. «Anche per me è un piacere vederti.»

Josie lasciò andare un sospiro e rimise la pistola nella

fondina. «Mi hai spaventato a morte, Drake. Ti avrei potuto sparare. Cosa ci fai qui?»

Si mise su un ginocchio per prestare attenzione al cane finché non fu soddisfatto e poi si avvicinò a Drake, che la fissò. Era più alto della maggior parte degli uomini che conosceva, robusto e atletico, e molto serio nel suo lavoro. Era anche molto serio riguardo alla sua relazione con la sorella gemella di Josie, Trinity Payne, una famosa giornalista di New York.

«In che senso?» chiese Drake. «Io e Trinity non possiamo venire a trovarvi? Voleva lasciare la grande città per un po'. Le mancavi.»

«Avreste potuto chiamare.» disse Josie. «Non perché non siate i benvenuti, ma per non farti sparare. A proposito di Trinity, dov'è? Non c'è nessuna macchina qui davanti.»

«È andata a trovare Patrick, credo.» le disse mentre lei studiava la cheesecake sul piatto, notando che era ancora completamente intatta.

«Credi?»

Trinity era stata rapita diversi mesi prima e Josie sapeva per certo che Drake non avrebbe mai perso le tracce di sua sorella.

«No, ne sono sicuro. È andata a trovare vostro fratello. Al campus. È quello che ha detto.»

Josie stava per fargli altre domande quando lui infilzò la cheesecake con la forchetta e se la portò verso la bocca. Lei si avvicinò e mise due dita sul fusto della forchetta prima che potesse arrivare alla sua bocca.

«Dove l'hai presa questa?» chiese.

La guardò costernato. «Cosa?»

«La cheesecake. Dove l'avete presa?»

«L'abbiamo presa da Sandman. Trinity ha detto che è la migliore di Denton, ne voleva un po' e alla fine abbiamo preso una torta intera. Tra l'altro, è molto costosa, ma lei non voleva saperne di lasciarla lì. Serviti, prendine una fetta.»

«No.» disse Josie. Gli prese piatto e forchetta dalle mani e lo superò diretta verso la cucina alla ricerca del resto della cheese-cake. Sollevata nel vedere che quella era l'unica fetta mancante, prese l'intero contenitore e lo buttò nel cestino della spazzatura, aggiungendo anche la fetta di Drake.

«Ehi!» protestò lui. «Che diavolo stai facendo? Hai perso la testa?»

«No.» disse Josie. «Fidati di me.»

«Sei strana.» disse lui. «Sei diventata strana dall'ultima volta che ti ho visto.»

Josie aprì il frigorifero e spostò un po' di cose finché non trovò una torta alla crema di banane che Misty aveva preparato e lasciato durante il fine settimana. La mise sul tavolo. «Puoi mangiare questa.»

«Va bene, ispettore alimentare. Vuoi dirmi perché non mi hai fatto mangiare la deliziosa, morbida e costosissima cheese-cake che ha comprato la mia ragazza?»

Josie prese due forchette dal cassetto delle posate e si accomodò su una sedia. «Perché credo che ci sia qualcuno che va in giro per la città a condire con una droga molto pericolosa il cibo non cucinato in casa.»

Drake si raddrizzò un po'. Fece due passi e andò a sedersi accanto a lei, accettando la forchetta che gli offriva. «Un avvelenatore?»

Josie tolse la pellicola di plastica dalla torta alla crema di banane e affondò la forchetta al centro, estraendo una grossa porzione e infilandola in bocca. Chiuse gli occhi, godendosi il sapore ricco e cremoso. Misty era davvero la migliore cuoca che conoscesse. Quando riaprì gli occhi, Drake la stava guardando con un'espressione divertita. «Va così male, eh?»

Josie deglutì e ne prese un'altra forchettata. «Direi di sì.»

Drake iniziò dal bordo della torta e si diresse verso il centro. «È davvero molto buona.» osservò. «Avete qualche sospetto?»

«Un ragazzo del college.» disse Josie. «Anzi, un ex universitario. E forse un allenatore di nuoto. Ne approfitto, dato che sei qui... tu hai lavorato a molti casi diversi, giusto? Hai lavorato con l'Unità di Scienze Comportamentali di Quantico?»

Buttando giù il boccone di torta, Drake disse: «Sì, beh, a volte li chiamiamo per farci aiutare a sviluppare i profili dei criminali. A proposito, ho già lavorato a un caso di avvelenamento. Un caso piuttosto grosso, per giunta.»

«A dire il vero...» disse Josie, «non so se questo possa essere definito un caso di avvelenamento.»

«Sono tutt'orecchi.»

«Crediamo che qualcuno stia usando una droga chiamata Respiro del Diavolo, o un suo prodotto derivato, e che la stia mettendo nei prodotti alimentari che le sue vittime poi mangiano. Alcune sembrano essere mirate, altre casuali.»

«Il Respiro del Diavolo, come la roba che hanno in Colombia?» chiese Drake.

«Ne sei a conoscenza?»

«Ho sentito alcune storie. Ma dammi retta se ti dico che questo mi sembra comunque un caso di avvelenamento.»

«Parlami del caso a cui hai lavorato.» chiese Josie.

«Va bene. Ne ho trattato uno nei primi tempi in cui ho lavorato nel nostro distaccamento di New York. Qualcuno aveva preso di mira i banchi delle insalate dei fast food della città e riempiva i condimenti con un detergente per drenaggi. Lo Special Activities Center chiese all'Unità di Analisi Comportamentale di elaborare un profilo.»

«È terribile.» disse Josie. Con il dito staccò dal bordo della torta un pezzetto di crosta e lo lanciò a Trout, che aspettava avidamente ai suoi piedi il minimo cenno che fosse disposta a condividere, o a lasciar cadere, un pezzettino di quello che c'era sulla tavola.

«Hanno fatto un profilo approfondito per un sospetto nel nostro caso specifico e uno più generalizzato che si applica agli avvelenatori. Ogni caso è diverso dagli altri, ma ci sono alcuni aspetti, uguali o simili, ricorrenti in una grande percentuale di situazioni.»

«Per esempio?» chiese Josie.

Drake ingoiò un altro boccone di torta e disse: «Tra gli avvelenatori c'è una buona percentuale di donne.» disse.

«Non ho sospetti femminili.» disse Josie.

«Non c'è problema. Non sto dicendo che tra gli avvelenatori non ci sono uomini, anche perché la maggior parte degli avvelenatori che operano su larga scala su cui lavoriamo sono medici uomini; è solo che con l'avvelenamento c'è una divisione abbastanza equa tra gli autori maschi e femmine. Ho sentito alcuni psicologi criminali definirlo un "crimine femminile", perché in genere richiede attenta pianificazione, pazienza e astuzia. Inoltre, non viene ritenuto così apertamente violento come possono esserlo l'accoltellamento o il pestaggio. È questa la differenza tra autori di reati di sesso maschile e femminile: un uomo è più propenso a colpire qualcuno a morte, mentre una donna è più propensa a far fuori le sue vittime in modo più delicato, se così lo si può definire.»

Josie pensò all'annegamento di Nysa Somers e a Clay Walsh che per poco non moriva bruciato. «Il modo in cui è morta la vittima di questo caso non lo definirei delicato...» commentò Josie, «e la vita dell'altra vittima è aggrappata a un filo. Anche la sua esperienza è stata tutt'altro che delicata.»

«Nessuna morte è davvero dolce, direi.» osservò Drake. «Il punto è che con l'avvelenamento, il colpevole non deve essere necessariamente presente per vederne il risultato. Ecco perché per loro non è così brutale come lo è per quelli che accoltellano o strangolano la vittima da vicino. C'è una certa differenza. E a parte questo, il divertimento per l'avvelenatore sta nel senso di potere e di controllo che prova sapendo di aver provocato tutto questo scompiglio ma senza essere coinvolto. Si tratta di manipolazione, non di confronto. Sto parlando di avvelenatori seriali, sia chiaro.»

Josie allontanò la torta e posò la forchetta sul tavolo. «Questo è evidente. Cos'altro emerge dal profilo?»

«Che gli avvelenatori sono subdoli, mancano di empatia. Sono emotivamente disturbati. Hanno un modo di pensare quasi infantile... estremamente immaturo. Si sentono legittimati.»

Josie pensò subito all'allenatore Brett Pace. «Continua.» lo esortò.

«In alcuni casi c'è una storia di traumi o di abusi subiti nel corso dell'infanzia, ma è più probabile che siano stati viziati. Estremamente, estremamente viziati.»

«Dici sul serio?» disse Josie. «Mi sembra strano.»

«Sì, sembra strano, ma è quello che hanno scoperto, e comunque gli avvelenatori spesso provano un senso di inadeguatezza, anche se lo nascondono bene perché, come ho detto prima, non sono propensi al conflitto e sono molto astuti. Tendono a essere estremamente immaturi. Per farti un esempio, mentre tu o io potremmo volerci vendicare di qualcuno che ha ucciso una persona a noi cara, loro tendono di più a vendicarsi di qualcuno che li ha offesi con un gesto piuttosto insignificante. C'è stato un caso in Idaho in cui una ragazzina di quindici anni ha versato una capsula di detersivo per bucato nel caffè della madre perché quest'ultima le aveva proibito di usare i social media per un mese.»

«Ma è follia...» disse Josie.

«Sì, e c'è stato un caso in Florida in cui uno stagista di un'azienda di web design andava al frigo dell'ufficio e metteva del veleno per topi nei pranzi degli altri perché non sentiva di ricevere abbastanza credito per le sue idee.»

«È assurdo.»

Drake annuì, prendendosi un altro boccone di torta con la forchetta. Dopo aver finito, disse: «Ne abbiamo avuto uno in Alabama in cui una suocera avvelenava lentamente la nuora con l'arsenico perché alla nuora non piaceva la sua cucina. Insomma, inizi a farti il quadro, immagino...»

Josie fece una risata secca. «Il quadro è che se fossi in mezzo al traffico e tagliassi la strada a una di queste persone, loro vorrebbero avvelenarmi a morte. Sì, me lo sono fatto il quadro.»

«Diciamo solo che il torto non corrisponde alla reazione. Queste persone pensano di meritare tutto, indipendentemente dal loro comportamento. Sono abituate a ricevere tutto ciò che vogliono perché sono state viziate. Quando diventano adulte si aspettano che il mondo le vizi come hanno fatto i loro genitori e quando vedono che non succede, sentono di doversi vendicare. Poi ci sono persone che lavorano nella sanità e che avvelenano un gran numero di pazienti. Questi casi sono un po' diversi, ma di solito vediamo gli stessi segni psicologici: evitano il confronto diretto, sono molto intelligenti, si sentono legittimati in quello che fanno, sono stati viziati da piccoli, mancano di empatia e sono assolutamente spietati. Indipendentemente dalla categoria in cui rientra l'avvelenatore, brama il potere che ottiene facendo ciò che fa.»

Eppure, né Brett Pace né Doug Merlos avevano dato a Josie l'impressione di essere assetati di potere, spietati o addirittura astuti. Senza dubbio Brett Pace era un manipolatore e mancava di empatia, così come mancava a Doug Merlos. Nessuno che fosse in grado di fare quello che lui aveva fatto a Robyn Arber poteva considerarsi empatico. Per sua stessa ammissione, però, non aveva inteso nessuno dei quattro video girati l'anno precedente come una vendetta di qualche tipo: nella sua mente, stava iniziando un'impresa grandiosa, una sorta di schema per arricchirsi velocemente: "comprate questa droga e divertitevi con i vostri amici ubriachi" sarebbe stato lo slogan della sua attività, se non si fosse spinto troppo oltre con Robyn Arber. Se, un anno più tardi, fosse stato lui a dare a Nysa Somers o a Clay Walsh la sua versione del Respiro del Diavolo e avesse detto loro di farsi del male o di uccidersi, quale sarebbe stato il movente? Non sembrava spinto da un proposito di vendetta evidente. Brett Pace aveva ovviamente una vena crudele, ma era così insensibile da somministrare alla sua nuotatrice di punta, nonché sua amante, una droga illecita e da convincerla a lasciarsi annegare? Facendolo, non solo avrebbe rovinato la sua vita, ma avrebbe anche rivelato la loro tresca. E anche se fosse stato lui a farlo, che collegamento c'era con Clay Walsh o con l'associazione animalista? Allora era coinvolto anche il centro di soccorso per gli animali? Senza i risultati di laboratorio dei prodotti dolciari che Josie aveva preso dal tavolo di beneficenza o dei brownies trovati nell'auto di Dan Lamay, il collegamento tra i casi Somers e Walsh e il rifugio per animali rimaneva a dir poco tenue.

Prima che lei e Drake potessero continuare la loro conversazione, Trout saltò in piedi e corse verso la porta d'ingresso e un attimo dopo sentirono Noah e Trinity che entravano. Josie non vedeva sua sorella da settimane. Si sforzò di distogliere la mente dai pensieri sul caso e si precipitò verso la porta d'ingresso per abbracciarla.

TRENTOTTO

La mattina successiva, il rumore di pentole e padelle che tintinnavano al piano di sotto svegliò Josie mezz'ora prima che la sveglia suonasse. Alzandosi dal letto, sbadigliò e si guardò intorno. Trout non si trovava da nessuna parte, il che significava che chiunque fosse in cucina stava sicuramente preparando la colazione. Il profumo di qualcosa di delizioso, forse frittelle o pane tostato, si diffondeva fino alla camera da letto. Il lato del letto di Noah era freddo. Un'occhiata al cassettone le fece capire che era già uscito di casa per tutto il giorno, dato che mancavano il portafoglio, il telefono e la pistola.

Con un sospiro, Josie scese al piano di sotto e trovò sua sorella Trinity tutta presa a preparare i pancake. Sul pavimento, accanto alla ciotola del cibo di Trout, c'era un piattino con piccoli quadratini di pasta ricoperti da un velo di sciroppo d'acero. Il cane si mise a rovistare, ad annusare e a trangugiare, facendo un rumore simile a quello di una macchinetta per il caffè. Alzò lo sguardo quando Josie entrò nella stanza, poi ricominciò rapidamente a mangiare, questa volta ancora con più fretta, come se avesse paura che lei gli portasse via quello che stava mangiando. Cosa che lei fece.

«Trinity...» disse Josie, «stai cercando di far venire il diabete al mio cane, o cosa?»

«Oh, ehi!» la salutò Trinity, voltandosi verso Josie. Sul suo fisico slanciato e snello pendevano un paio di pantaloni da ginnastica e una maglietta dell'Università di New York. In una mano teneva una spatola, non era truccata e i lunghi capelli neri erano tutti attorcigliati in uno chignon dietro la testa. Eppure, aveva un aspetto splendente e affascinante, come se fosse appena uscita dal set di un programma mattutino dopo aver presentato un servizio dedicato alla cucina per i ragazzi del college o al pigiama party perfetto. Trinity sembrava sempre la versione cinematografica di Josie, e Josie si chiedeva se fossero i prodotti per capelli e per la pelle che usava, o se gli anni trascorsi come co-conduttrice di un notiziario nazionale le avessero lasciato addosso una specie di luminosità residua da celebrità. Josie cercò di ravvivarsi i capelli che erano tutti aggrovigliati sulla nuca e schiacciati da una notte di sonno agitato. Poi le sue dita percorsero inconsciamente la sottile cicatrice lungo il lato destro del viso che andava dall'orecchio, lungo la mascella, fino al centro del mento. Era un ricordo della sua infanzia traumatica. Un ricordo che Trinity non aveva condiviso perché, anche se sembrava una storia uscita da un film sdolcinato, erano state separate alla nascita.

Trinity guardò il piatto mezzo mangiato che Josie teneva in mano. «Pensavo che tu dessi da mangiare a Trout i vostri avanzi.»

«Molto raramente.» disse Josie. Lanciò un'occhiata a Trout, che ora si era disteso sulla sua brandina in un angolo della stanza, con un'espressione di perfetta innocenza sul suo musetto. Depositò il piatto nel lavandino e si spostò verso la caffettiera, sollevata di trovarla mezza piena.

Trinity capovolse un pancake nella padella che aveva davanti. «Hai detto che gli piaci se gli dai da mangiare e io vorrei piacergli.»

Josie rise. «Ci sono dei croccantini per cani nella dispensa. Dove sono i nostri uomini?»

«Drake è ancora a letto. Noah è già andato via.»

«È uscito? Dov'è andato?» chiese Josie mentre finiva di versare il caffè. Si sedette al tavolo e lo sorseggiò lentamente. «È andato al lavoro.» spiegò Trinity. «È l'unica cosa che fate tutti e due... sai no? Il lavoro.»

«Non è vero.»

Trinity schiaffò il pancake su un piatto vicino già pieno di altri pancake, spense il fornello e si voltò verso Josie con una mano sul fianco. «Davvero?»

«Sì, davvero. Noi, eh...» si interruppe cercando di pensare all'ultima volta che lei e Noah avevano fatto qualcosa insieme, oltre al jogging, che non riguardasse il lavoro. «Lascia stare.»

Trinity prese il suo tazzone di caffè che aveva lasciato accanto ai pancake e si sedette di fronte a Josie. «Forse dovreste trovare un po' di tempo per voi due.»

Josie guardò la sorella con occhi ridotti a due fessure. «Esci con Drake da quanto? Otto o nove mesi? All'improvviso sei diventata un'esperta di relazioni? E comunque, è Noah che non è qui in questo momento. Non mi ha nemmeno lasciato un biglietto.»

Trinity diede un sorso al suo caffè. «Mi ha detto di dirti di controllare il telefono.»

Josie estrasse il cellulare dai pantaloni del pigiama e digitò il codice di accesso. Apparve una serie di notifiche di messaggi. Tutti di Noah.

Scusa se sono andato via prestissimo.

«Non dico di essere un'esperta. Tutt'altro. Dico solo che nell'ultimo anno ho imparato che bisogna trovare il tempo per le persone che si amano, tutto qui.»

Volevamo iniziare la giornata un po' prima.

«Tu e Noah dovreste avere, non so, una serata speciale per voi due o una ricorrenza.»

Ho già portato Trout a fare una corsetta e gli ho dato da mangiare.

«Potreste iniziare da questo fine settimana. Oggi io e te potremmo andare a farci i capelli e le unghie o un massaggio magari. Ti potresti comprare un vestito nuovo. Qualcosa di sexy.»

Mett e io ci stiamo procurando un mandato per perquisire l'appartamento di Doug Merlos. Ti farò sapere come andrà a finire.

«Ho saputo che hai questa fissa di non mangiare cibo cucinato fuori casa in questo momento, ma sai cosa sarebbe davvero romantico?»

Chiama Denise al laboratorio e vedi se ha già scoperto qualcosa.

«Un picnic!» esclamò Trinity. «Voi preparate il pranzo... beh, magari nel vostro caso non lo preparereste proprio voi due. Eventualmente potremmo chiedere a Misty di preparare qualcosa di veramente buono e voi potreste impacchettare tutto e organizzare un picnic. Ho sentito che hanno rinnovato l'area esterna del parco cittadino. Proprio vicino alla Grotta degli Amanti. Ora ci hanno messo anche dei tavolini. Non sarebbe fantastico?»

Josie alzò lo sguardo verso la sorella. Spinse il telefono verso Trinity in modo che potesse vedere la raffica di messaggi di

Noah. «Romantico?» le fece il verso. «Guarda questi. Non ho ricevuto nemmeno un banale "ti amo".»

Trinity storse le labbra mentre scorreva i messaggi. Poi posò il telefono sul tavolo tra loro come se stesse per esplodere. «Qualche volta in una relazione si diventa prigionieri di abitudini e routine da cui è difficile uscire, e ci si dimentica di prestare davvero attenzione l'uno all'altro. Come se non bastasse, il caso a cui state lavorando è a dir poco impegnativo. Ecco perché ti suggerisco...»

Josie alzò una mano per fermarla a metà frase. «Io sono stata qui» si lamentò. «Sono stata qui tutta la settimana. Volevo che tornasse a casa. Volevo vederlo. Ma come puoi constatare, lui non c'è.»

Trinity si alzò e portò la tazza al lavandino, gettando il resto del contenuto e sciacquando la tazza sotto il rubinetto. «Voi due dovete prendervi un giorno di riposo ogni tanto. O anche una serata libera. Giusto qualche ora. Che ne dici di sabato? Nel tardo pomeriggio o in prima serata? Chiamo Misty. Vi aiuteremo a preparare tutto e vi faremo andare all'appuntamento. Sarete costretti a riallacciare i rapporti.»

Josie sgranò gli occhi e prese il telefono, cercando il numero di Denise Poole. «Va bene. Ma non mi faccio fare i capelli. Devo essere al lavoro tra due ore e non ci sono parrucchieri aperti a quest'ora.»

Trinity si girò di nuovo verso di lei, con aria sconsolata. «Almeno fatti fare le unghie. Ma dai... C'è un salone a South Denton dove andavo quando lavoravo per la WYEP. Conosco la proprietaria. Tutto quello che devo fare è una telefonata e lei ci farà entrare prima che tu debba andare al lavoro. Io e Drake non resteremo in città ancora per molto. Lo so che stai lavorando a un caso importante, ma passa una mezz'ora con me, così posso raccontarti tutto sul mio nuovo programma!»

Josie premette il comando di chiamata sotto il nome di

Denise Poole. «Va bene...» brontolò. «Fammi fare questa telefonata e poi mi preparo.»

Trinity batté le mani con gioia e si affrettò a uscire dalla stanza, senza dubbio per fissare l'appuntamento per la manicure.

Denise non rispose, così Josie le lasciò un messaggio in segreteria. Mentre Trinity lasciava la cucina, Josie cercò di nuovo Robyn Arber per vedere se riusciva a fare una lista di amici di Doug Merlos, ma anche in questo caso le rispose la segreteria telefonica. Allora alzò il volume della suoneria al massimo in modo da assicurarsi di rispondere se una delle due donne l'avesse richiamata, divorò un paio di pancake e andò a prepararsi per la manicure con la sorella. Due ore dopo si stava presentando alla centrale con le unghie rosa pallido appena smaltate, quando il suo cellulare squillò. Sullo schermo del telefono apparve il volto di Denise Poole.

Josie lasciò l'auto presa a noleggio nel parcheggio comunale e rispose.

«Quinn...» disse Denise. «È meglio che sia una cosa importante. Hai chiamato molto presto.»

Per quanto Denise sembrasse scontrosa, Josie sapeva che si atteggiava soltanto a spaccona. Si erano aiutate a vicenda in un caso importante cinque anni prima, che era quasi costato la vita a entrambe, e quello era un legame che non poteva essere spezzato.

«Non avrei chiamato se non fosse importante...» rispose Josie. «Chiamo per i campioni di cibo che abbiamo inviato.»

«Sì. Aspetta un attimo.»

Josie sentì un fruscio e poi Denise tornò in linea.

«Ho delle briciole di brownie dal fondo di un sacchetto. Ho il contenuto dello stomaco di una ventenne. Anche in questo caso, di brownies. Poi ho... vediamo... altri brownies e briciole di brownie da un veicolo appartenente a Daniel Lamay, e un grosso sacchetto di prodotti da forno di un'organizzazione non proﬁt chiamata Zampe Preziose in mezzo ai quali ci sono dei brownies. Mi sembra di scorgere un elemento ricorrente. Comunque, i biscotti e i Rice Krispie sono risultati negativi, ma indovina cosa hanno in comune tutti i brownies e i residui di brownie?»

Josie trattenne il respiro.

Denise non aspettò che Josie rispondesse. «Avevano tutti livelli variabili, ma significativi, di scopolamina e datura stramonium.»

Josie chiuse gli occhi, godendosi la sensazione di sollievo che la pervadeva. Una prova. Avevano una prova. Riaprì gli occhi e chiese: «Datura stramonium? Cos'è?»

«Stramonio comune.» rispose Denise. «Oltre alla scopolamina, mi avete chiesto di cercare dei suoi derivati o qualsiasi sostanza, naturale o artificiale, equivalente alla scopolamina. Questo è ciò che ho trovato. Vuoi che ti mandi questo rapporto per e-mail?»

«Sì, per favore.» disse Josie lasciando andare un sospiro. «Denise, ti devo molto.»

«No.» disse Denise. «Non è vero.»

Josie si precipitò verso l'ufficio, ma nessuno della squadra era ancora arrivato e la porta di Chitwood era ancora chiusa. Era già piena di lavoro quando la squadra arrivò: Noah e Mettner, di ritorno dalla notifica del mandato nella residenza di Merlos, e Gretchen, che quel giorno cominciava il suo turno più tardi. Bussò alla porta del capo e poi aspettò che tutti si fossero seduti alle rispettive scrivanie, con Amber che indugiava da una parte e il capo Chitwood in piedi davanti a loro, con le braccia conserte sul petto come al solito. «Quinn.» abbaiò. «Sembra che tu stia per saltare in aria da quella sedia. Comincia tu per prima.»

Josie li informò, distribuendo copie del rapporto che aveva ricevuto da Denise. Poi aggiornò Chitwood su ciò che aveva appreso da Robyn Arber il giorno precedente. Gretchen riepilogò l'interrogatorio di Doug Merlos sottolineando che stava aspettando una risposta dal capo Hahlbeck riguardo al compagno di stanza di Merlos e ad altre persone che conosceva nel campus. Una volta terminato, Josie si rivolse a Mettner e Noah. «E voi ragazzi? Stamattina eravate su Merlos e ieri Mett doveva rintracciare i pazienti dell'ospedale. Siete riusciti a ottenere qualcosa?»

«Merlos aveva nel suo appartamento una serie di sostanze in polvere che non siamo riusciti a identificare.» disse Noah. «Si è rifiutato di dirci cosa fossero, ma la camera da letto del suo appartamento sembra un laboratorio di chimica del liceo...»

«Potrebbero essere metanfetamina?» chiese Gretchen.

Noah scosse la testa. «No, non credo. Abbiamo insistito un bel po' perché ci dicesse cosa produceva e quando abbiamo menzionato la metanfetamina, ha detto che non era alla sua altezza.»

Gretchen rise.

«Lo scopriremo con sicurezza quando arriveranno i risultati del laboratorio, e speriamo di poter arrestare quello stronzetto con l'accusa di spaccio di droga.» disse Chitwood. «Che altro avete trovato voi due?»

Mettner alzò un dito per attirare la loro attenzione su di sé e, guardando il suo telefono, lesse dai suoi appunti. «Ieri sera all'ospedale, ho rintracciato cinque dei pazienti e sono stati disposti a parlare con me. Sono riuscito a collegarli tutti, tranne uno, al tavolo di Zampe Preziose fuori dal mini-market dove Dan è stato visto l'ultima volta prima di venire al lavoro l'altro giorno. Tutti si sono fermati al tavolo e hanno comprato... indovinate un po'?»

«Brownies!» risposero tutti in coro.

Mettner prese una pila di documenti dalla sua scrivania e ne consegnò uno a ciascuno di loro. «Alla luce di ciò, ho pensato di dare un'occhiata più da vicino al centro di soccorso per animali, come suggerito dal capo. Quello che avete tra le mani è un elenco di dipendenti e volontari. I nomi con l'asterisco sono quelli delle persone coinvolte nelle ultime due settimane di raccolta fondi e di sensibilizzazione della comunità, ovvero quelle che hanno allestito questi tavolini in tutta la città per cercare di convincere la gente a donare o a comprare prodotti da forno. I nomi cerchiati sono dei volontari che hanno cucinato i prodotti. Questa mattina ho parlato con la direttrice e mi ha detto che, in pratica, chiunque abbia in programma di preparare una partita di biscotti, brownies o altro, deve consegnare i prodotti entro le sette e mezza del mattino al rifugio. Poi i volontari che effettivamente vanno in giro per la comunità arrivano prima delle otto e mezza e prendono ciò di cui hanno bisogno.»

Josie guardò i sette nomi cerchiati: Lori Guerette, Neil Sidebotham, Mary Lyddy, Samantha Vogelpohl, Jen Rector, Joanne McCallum e Darlene Skwara.

Chitwood chiese: «C'è un modo per risalire a chi ha fatto i brownies?»

Mettner sospirò. «Sono in tanti ad aver fatto i brownies, così come sono in tanti quelli che hanno fatto i biscotti e i Rice Krispie. È una raccolta fondi che coinvolge tutta la città. Nessuno tiene traccia di chi prepara che cosa. La gente si limita a consegnare al rifugio tutto quello che riesce a cucinare: più è, meglio è.»

«Dunque non c'è modo di sapere di chi erano i prodotti da forno al mini-market il giorno in cui c'era Dan Lamay?» chiese Chitwood.

Mettner scosse la testa.

«Non importa.» disse Josie. «Abbiamo la prova che alcuni dei brownies del lotto che ho preso ieri e quelli che Dan ha comprato all'inizio della settimana contenevano scopolamina e stramonio comune. Potremmo avere i risultati delle analisi del sangue di Dan già in giornata.»

«Quinn ha ragione.» disse Chitwood. «Uno di voi dovrebbe

rintracciare le persone di quella lista che hanno preparato i brownie e vedere se riesce a scoprire qualcosa.»

Il telefono sulla scrivania di Gretchen iniziò a squillare. Lei lo prese e disse: «Palmer.»

«Dovreste parlate di nuovo con il direttore del centro di soccorso, oppure andate lì a vedere se ci sono telecamere che potrebbero aver ripreso le persone che hanno lasciato i prodotti da forno per la vendita.» continuò Chitwood.

Gretchen riagganciò il telefono e si schiarì la gola, ritrovandosi tutta la squadra a guardare nella sua direzione. «Il capo Hahlbeck ha scoperto il nome del compagno di stanza di Doug Merlos.»

«Ah sì?» disse Noah. «Come si chiama?»

«Hudson Tinning.»

TRENTANOVE

Cerco di affrontare la giornata come se tutto fosse normale, ma una parola continua a tornarmi in fondo alla mia mente: fallimento. Ho fallito? Perché i prodotti da forno che avevo lasciato al rifugio non sono stati distribuiti? O magari sono stati distribuiti, ma siccome non c'è nessuno a dare istruzioni a chi li ha mangiati, questi se ne vanno in giro come un mucchio di bombe inesplose? Pensavo che sarebbe stato uno spasso se la droga fosse spuntata in tutta la città senza alcuna ragione, senza alcuna logica, con tutte quelle persone che si comportavano in modo bizzarro e che facevano tutto quello che qualcun altro diceva loro di fare. E invece, non è successo nulla di tutto questo. O forse la polizia ha capito molto più di quanto avessi previsto e ha confiscato i brownies. Oppure il dosaggio ha causato altri problemi; soltanto in un'altra occasione ce n'erano stati: era appena il secondo nome della mia lista e dovevo vederla tutti i giorni per mesi, e ogni giorno, per mesi, criticava ogni minima cosa che facevo, dal modo in cui parcheggiavo l'auto a quello in cui organizzavo le cose prima delle lezioni. Era insopportabile. Davvero, il fatto di non averla eliminata subito ha dimostrato un'incredibile capacità di moderazione da parte mia. La goccia che fece traboccare il vaso fu quando, un giorno, si lamentò del modo in cui parlavo con un altro studente. Disse che ero accondiscendente. Era un'affermazione forte, detta da lei: dovevo fare qualcosa per far tacere quella stronza. Però non era una che beveva tanto caffè, perciò dovevo inventarmi qualcos'altro. Così preparai dei biscotti aggiungendovi la polvere. Dovevo assicurarmi che prendesse quello giusto, ma ne avevo fatti di diversi tipi, tra cui il suo preferito. Pensava davvero che l'avessi fatto per lei. Ecco quanto pensava di essere importante e quanto in realtà era egocentrica. Mi sorrise con estrema gentilezza prima di trangugiarlo e mi rivolse un condiscendente "Grazie, era davvero squisito" dopo essersi ripulita le briciole dalla bocca. Aspettai che la droga facesse effetto. Avevo già pensato alle istruzioni da darle. Ma lei non raggiunse mai uno stato di docilità. La morte arrivò comunque a prenderla, per fortuna, quindi non fu uno spreco totale. Solo che non andò come avevo programmato. A parte questo, fu deliziosamente drammatico. Molto suggestivo, anche se non intenzionale. Il lato sinistro del suo corpo smise di funzionare. La sua bocca si afflosciò. Cercò di parlare, ma tutto ciò che ne uscì fu un farfugliamento incomprensibile. Mi resi conto che le stava venendo un ictus. Era un effetto collaterale raro, estremamente raro, ma poteva accadere. Per un brevissimo istante mi chiesi se sarebbe sopravvissuta o se ci sarebbe rimasta secca. Poi abbandonai ogni prudenza e mi avvicinai al suo viso. «Hai avuto quello che ti meritavi...» sussurrai e le sorrisi.

Non so esattamente se abbia percepito le mie parole o il sorriso, perché in quel momento si accasciò e le sue urla si levarono tutt'intorno a noi.

Comincio a chiedermi se scene come quella non si stiano verificando in tutta la città, senza che io lo sappia.

QUARANTA

Josie misurava a falcate il grande ufficio mentre aspettavano che Gretchen andasse al campus, trovasse Hudson Tinning e lo portasse in centrale per un interrogatorio. Mettner era andato a seguire le piste del rifugio di Zampe Preziose. Noah era seduto alla sua scrivania a scrivere al computer. Josie sapeva che stava preparando un mandato di perquisizione per l'abitazione di Hudson, ma ogni tanto alzava lo sguardo verso di lei, con gli occhi che si muovevano come due metronomi a tempo con i suoi movimenti.

«Che piccolo bastardo...» mormorò.

«Lo sai bene che nessuno di noi aveva motivo di sospettare di lui.» disse Noah.

Josie si fermò di colpo e indicò la planimetria del quartiere che mostrava le coordinate della triangolazione del cellulare di Nysa Somers che lei e Mettner avevano lasciato sul muro. «Anche lui vive a Hollister Way. Ho controllato tutti gli appunti nel fascicolo sul caso. Il suo attuale coinquilino è stato in grado di fornirci informazioni sui suoi spostamenti solo fino all'una di notte e Nysa è stata lasciata all'ingresso di Hollister Way un'ora più tardi.»

«È un'affermazione debole, Josie, e sai anche questo.» le rispose tornando a scrivere.

«Aveva una cotta per lei. Forse ne era addirittura ossessionato, per quanto ne sappiamo, perché lei lo aveva respinto.»

Senza alzare lo sguardo, Noah disse: «Ce ne sono tanti di uomini che vengono rifiutati da una donna, ma non tutti finiscono con l'avvelenarle. Hai seguito tutte le prove dove ti hanno portato, e siamo arrivati a questo punto.»

«Dici che le ho seguite tutte?»

Il ticchettio della sua tastiera si interruppe. «Se ti stai chiedendo se avresti potuto evitare l'incendio a casa di Clay Walsh o l'incidente di Dan, la risposta è no. Queste indagini non procedono in modo lineare e tu lo sai meglio di chiunque altro. Non siamo dei sensitivi, seguiamo le piste e fino a questo momento non c'era nulla che puntasse su Hudson Tinning.»

«Tu, Mettner e Gretchen avete girato tutta la città alla ricerca di collegamenti tra Nysa Somers e Clay Walsh, tra loro due e Brett Pace, ma non avete cercato di collegarli a Hudson Tinning.»

«Sappiamo già che è collegato a Nysa Somers. Adesso possiamo tornare indietro e cercare di collegarlo a Walsh... e al rifugio per animali.»

«In alternativa possiamo verificare se possiede un veicolo e ottenere le coordinate GPS per vedere se era nei paraggi della casa di Clay Walsh il giorno e l'ora dell'incendio.»

Noah le sorrise. «Non appena avrò finito di lavorare a questa cosa, cercherò il libretto di circolazione e mi procurerò un mandato.»

Nel giro di un'ora, Hudson Tinning era stato sistemato in una delle stanze per gli interrogatori con una tazza di caffè, ancora intatta davanti a lui. Si era adagiato sulla sedia, con le spalle incurvate e i capelli biondi che gli ricadevano sul viso. Questa volta indossava una maglietta dell'Università di Denton e jeans strappati. Un paio di infradito completavano il suo abbigliamento da surfista. Josie, nella stanza di osservazione adiacente, si voltò verso i monitor collegati alle telecamere a circuito chiuso e chiese a Gretchen: «Ti ha creato qualche problema?»

«No, niente affatto. Noah è al suo appartamento con l'agente Chan per procedere con il mandato di perquisizione dell'abitazione. Al ragazzo non importava nemmeno. Per quanto riguarda l'auto, non ha un sistema di navigazione attivo, quindi Hummel ha dovuto sequestrarla per ottenere le coordinate del GPS. Hummel dovrebbe riportare l'auto qui quando avremo finito con il ragazzo. Hudson non era entusiasta di dover rinunciare alla sua auto per un paio d'ore, ma a parte questo, era perfettamente disposto a seguirci e a parlare con noi. Infatti, quando gli ho chiesto il telefono me lo ha dato.» disse Gretchen esibendo un elegante cellulare Android nero.

Josie si accigliò. «Davvero?»

Gretchen lo posò di nuovo sul tavolo. «Sì. Ma il GPS non è abilitato. Non c'è niente. O comunque, niente di utile per noi. Niente di incriminante e niente che faccia pensare che questo ragazzo sia il tipo di individuo spregevole che per divertimento droga persone a caso con una sostanza potenzialmente letale.»

«Chiamate o messaggi da e verso Nysa?»

«Niente di recente. Quelli che ci sono qui riguardano solo gli orari degli allenamenti e gli incontri per il servizio che la WYEP ha fatto su di lei.»

«E Merlos?» chiese Josie.

«Niente. Non c'è nemmeno il suo contatto nel telefono.»

«Potrebbe aver cancellato qualsiasi cosa anche solo lontanamente incriminante.» le fece notare Josie. «Ha avuto tutto il tempo che voleva per farlo.»

Gretchen fece scivolare gli occhiali da lettura sul naso e guardò il telefono, sfogliando e scorrendo. «Ti dirò una cosa.

Se voleva cancellare qualcosa, avrebbe dovuto cancellare tutti questi messaggi di sua madre. Questo ragazzo non ha alcuna possibilità di instaurare una relazione se non con lei. Senti qua cosa si sono scritti: "Oggi ho parlato con i tuoi professori per informarli che sei troppo sconvolto per consegnare i tuoi compiti. Hanno tutti accettato una proroga di una settimana". Cuoricino e faccina sorridente.»

«Però!» esclamò Josie. «Un bel modo per incoraggiarlo a essere indipendente.»

«Puoi dirlo forte.» commentò Gretchen con un sospiro. «A suo merito, Hudson le ha risposto con un messaggio in cui le chiede di smettere di intromettersi nella sua vita, perché lui è perfettamente in grado di parlare da solo con i suoi professori. Ci sono anche un sacco di telefonate, anche se per lo più è lei che chiama lui. Hudson l'ha chiamata domenica sera verso le dieci. Hanno parlato per quarantanove minuti. Poi c'è una chiamata di lunedì pomeriggio di un'ora.» Rimise il telefono sul tavolo. «Sei pronta?»

«Andiamo a parlargli.»

Hudson sorrise a Josie quando la vide entrare insieme a Gretchen e Josie si sedette al posto più vicino a lui. Gretchen si sedette più lontano, con il taccuino davanti a sé.

«Ehi.» disse Hudson. «Ha scoperto qualcosa su Nysa? È riuscita a capire cosa le è successo?»

«È per questo che ti abbiamo chiesto di venire qui oggi, Hudson. Prima ti devo informare su alcuni diritti, d'accordo?»

«Ah, come in televisione? Sono in arresto?»

«No.» disse Josie. «Non per il momento, ma se dobbiamo parlare, vorrei che tu fossi consapevole dei tuoi diritti prima di iniziare. Che ne pensi?»

«Certo, va bene.»

Josie gli lesse i suoi diritti e lui fece un cenno di assenso mentre parlava. Terminato, Josie aspettò qualche istante per vedere se il ragazzo avrebbe chiesto di andarsene o di chiamare un avvocato, ma lui si limitò a fissarla, in attesa.

«Hudson...» riprese Josie, «ti abbiamo chiesto di venire qui perché speravamo che tu potessi dirci cosa è successo con Nysa.»

«Come sarebbe? Mi sembrava che aveste detto che stavate indagando. Perché lo chiedete a me?»

«Penso che tu sappia perché te lo stiamo chiedendo, Hudson...» disse Josie. «Nysa è stata con qualcuno tra le due e le sei di lunedì mattina. Proprio prima di entrare in piscina e lasciarsi annegare.»

Hudson strabuzzò gli occhi e a ogni parola che Josie aggiungeva, si sporgeva un po' più in avanti, come se stesse ascoltando una storia avvincente.

«E chi era?» chiese Hudson.

«Non lo sai?» intervenne Gretchen. «Hudson, non abbiamo tempo per le bugie. Nysa è morta e la sua famiglia vuole delle risposte.»

«Bugie? Cosa intende dire?»

«Dacci un taglio con le stronzate, Hudson!» sbottò Josie. «Questo atteggiamento da ebete non funziona con noi. Dove hai portato Nysa Somers domenica notte? A casa tua? Da qualche altra parte?»

«Dove l'ho portata? Io non l'ho portata da nessuna parte. Non l'ho nemmeno vista. Ascoltate, ho preferito non parlarne finora, ma è bene che sappiate che Nysa andava a letto con l'allenatore Pace.»

«Ne siamo già al corrente.» disse Gretchen. «Gli abbiamo già parlato.»

«E che cosa vi ha detto? C'era lui con Nysa quella notte, giusto? Chi altro poteva esserci, sennò? Se volete sapere con chi era Nysa, ve lo dico io: era con lui.»

«Come fai a sapere di loro due?» chiese Josie.

Hudson sospirò e abbassò lo sguardo sul tavolo. «Li ho visti una volta, dopo un allenamento, erano nel suo ufficio. E credetemi, Nysa non era la prima studentessa con cui Pace andava a letto. Ho semplicemente pensato che non fossero affari di nessuno. Non credo che Nysa avrebbe voluto che la gente lo sapesse.»

«Deve essere stato difficile per te...» lo pungolò Josie. «Sapere che stavano insieme.»

Hudson abbassò lo sguardo. «Non ne ero entusiasta. Nysa meritava di meglio di quell'idiota.»

«E non ti è passato per la mente che fosse un'informazione che la polizia doveva conoscere?» chiese Gretchen.

«La detective Palmer ha ragione, Hudson. Hai mentito a me e al detective Mettner quando abbiamo parlato con te lunedì.» lo riprese Josie. «Adesso come possiamo crederti, se ci dici di non aver visto Nysa né domenica sera né lunedì mattina?»

«Non importa.» disse Gretchen con noncuranza, rivolgendosi a Josie. «Presto avremo i dati del GPS della sua auto e saremo in grado di capire dove ha portato Nysa. Andiamo avanti.»

«Aspettate un attimo.» disse Hudson. «Perché continuate a chiedermi di questa cosa? Che importanza ha chi l'ha vista domenica o lunedì?»

Josie gli si avvicinò di più. «Perché, Hudson, la persona che era con lei, chiunque sia, ha contribuito a ucciderla. Ma questo lo sai già, dico bene?»

Hudson si passò una delle sue grandi mani sul petto. «Volete dire che pensate le abbia fatto qualcosa? Cosa le avrei fatto? Ve l'ho già detto: l'ho vista sabato a una festa e, tempo un giorno, uno degli assistenti allenatori mi ha chiamato dicendo che era morta e che dovevo presentarmi al comando della polizia del campus.»

«Sappiamo cosa le hai fatto, Hudson.» disse Josie. «La stessa cosa che il tuo ex coinquilino ha fatto a Robyn Arber, solo che tu sei andato troppo oltre.»

Lui trattenne un respiro affannoso. Assunse una postura rigida che a Josie ricordò quella di una preda allo stato brado che si immobilizza nella speranza che il predatore vicino si allontani invece di attaccare. Riuscì a dire con voce strozzata: «Cosa ha detto?»

«Ti ricordi di Robyn Arber, Hudson?» gli chiese Josie.

«No, cioè, sì. Voglio dire che Doug mi ha parlato di lei. È stata la ragione per cui lo hanno cacciato dall'università.»

«È stata lei la ragione?» lo interruppe Josie, spostando la sedia più vicino a lui e penetrando ancora più a fondo nel suo spazio personale. «Ne sei sicuro, Hudson?»

Lui mimò qualcosa con le labbra ma non uscì alcun suono. «Sei sicuro che non sia stata la droga che tu e Doug avete sviluppato?» continuò Josie.

La sua voce si alzò di un'ottava. «Che cosa?»

Quella di Josie era una supposizione, era del tutto possibile che Hudson non avesse contribuito allo sviluppo della versione del Respiro del Diavolo sintetizzata da Doug Merlos, ma era impossibile che non ne sapesse nulla.

«Ascoltate...» le supplicò. «Non condividevo quello che Doug aveva fatto a Robyn. Era una vera e propria porcata. Ma non è stata una mia idea, d'accordo? Lo avevo avvertito che nessuno avrebbe trovato divertenti i suoi video.»

«Quindi tu sapevi della droga?» chiese Gretchen.

«Beh, chiaro, vivevamo insieme. Era sempre tutto preso a fare cose strampalate, sembrava una specie di scienziato pazzo, ma io non c'entravo un accidenti. Era una cosa tutta sua. Infatti, ho saputo dei video solo dopo che li aveva girati.»

Josie lanciò un'occhiata a Gretchen, che le fece un cenno appena percettibile. Spostandosi ancora di più nello spazio personale di Hudson, Josie disse: «Abbiamo parlato con Doug ieri, Hudson. Ci ha detto tutto. Tutto tranne il tuo nome. Credo che non pensasse che saremmo stati in grado di scoprire che eravate amici. Ma il vecchio capo della polizia del campus è stato sostituito, il che significa niente più insabbiamenti o documenti smarriti. Il nuovo capo, Hillary Hahlbeck, ha fatto un controllo per noi e ha scoperto che eri il compagno di stanza di Doug al primo anno. E indovina cos'altro ha scoperto?»

Lui non proferì parola.

«Che l'anno scorso non sei finito nei guai solo perché avevi una canna nel borsone per la piscina.»

Un muscolo gli fremette sulla mascella.

«Sei finito nei guai perché tu e Doug avevate prodotto una quantità estremamente elevata del Respiro del Diavolo sintetizzato nel vostro appartamento.» continuò Josie. «Doug è stato espulso e bandito dal campus. Tu invece te la sei cavata un po' più facilmente, perdendo solo la borsa di studio.»

Hudson si grattò il lato del naso con un indice. «Sì, beh, mia madre si è rivolta al preside di facoltà, sembrava una pazza scatenata. Mio padre è morto quando frequentavo l'ultimo anno delle superiori e i soldi della borsa di studio mi hanno aiutato molto. Il preside le ha detto che il pagamento della retta era l'ultimo dei nostri problemi, visto che voleva cacciarmi dall'università. Perdere la borsa di studio è stato un compromesso. In questo modo sono riuscito a rimanere lì.»

«Che borsa di studio era la tua, Hudson?»

La mano di Hudson gli ricadde in grembo. Non guardò Josie. Non parlò.

«Hudson?» disse Josie.

«La borsa di studio degli ex alunni Vandivere...» borbottò lui.

Josie si rivolse a Gretchen. «Detective Palmer, qual è l'importante borsa di studio che Nysa Somers ha vinto durante l'estate? Quella di cui parlavano al notiziario quando la WYEP ha fatto quel servizio su di lei?»

Gretchen fece un po' di scena sfogliando le pagine del suo taccuino per gli appunti e aggiustandosi gli occhiali da lettura. Josie notò che Hudson la osservava da sotto le palpebre abbassate. «La borsa di studio degli ex alunni Vandivere...» disse Gretchen.

«Quindi Nysa ha ottenuto la tua borsa di studio.» concluse Josie. «Scommetto che anche questo non ti è andato molto a genio, vero?»

«Nysa se la meritava.» disse Hudson.

«Vuoi dirmi che non ti ha fatto arrabbiare aver perso la borsa che poi ha ottenuto lei?» domandò Josie.

Finalmente Hudson la guardò negli occhi. «No, non mi ha fatto arrabbiare.»

«Hudson... è davvero difficile crederti con tutte le bugie che hai raccontato finora.» sottolineò Gretchen. «Hai mentito sul fatto di non sapere con chi potesse essere stata Nysa la sera prima di morire. Hai mentito sul fatto che non sapevi se si vedeva o meno con un uomo. Hai mentito sul motivo per cui hai perso la borsa di studio. Hai mentito sul fatto di non aver riconosciuto l'inquietante adesivo di Doug Merlos... che, allo stato attuale, ha più credibilità di te, perché non ci ha nascosto nulla.» disse Gretchen con una smorfia. «E perfino l'allenatore Brett Pace è stato più sincero con noi.»

Lasciarono che il silenzio si prolungasse fino a quando il ticchettio dell'orologio a muro divenne assordante. Josie aveva già contato novantasette ticchettii quando finalmente Hudson disse: «Cosa volete che dica?»

«Non vogliamo che tu dica nulla...» disse Josie. «Vogliamo la verità.»

«Vi sto dicendo la verità.»

«Non per quanto riguarda il Respiro del Diavolo...» precisò Josie.

Hudson emise un lungo sospiro. «Va bene. Avete ragione, non sono stato del tutto sincero su questa faccenda, ma non ho aiutato Doug a produrre quella droga. L'ho solo aiutato a testarla, d'accordo?»

«Testarla in che modo?» chiese Josie.

«L'ho presa per fargli vedere cosa succedeva, se funzionava.»

«Doug ti ha fatto prendere il Respiro del Diavolo e ti ha registrato?»

Lui la guardò. «Sì. Volevamo vedere se faceva davvero effetto. Perché Doug diceva che trasformava le persone in zombie e potevi fargli fare tutto quello che gli dicevi, senza che ricordassero nulla. Così l'ho presa e lui mi ha registrato, poi ci siamo scambiati, lui l'ha presa e io l'ho registrato. Poi gli è venuta l'idea di farne una versione sua, come se volesse avviare una stupida attività, o un giro d'affari tutto suo, e così ho preso un paio di dosi del Respiro del Diavolo che aveva preparato, che poi non era quello vero, era una combinazione di un farmaco da banco e di una sostanza vegetale come una pianta o una radice, e mi ha fatto un video mentre lo assumevo. Non era niente di sconvolgente, visto che non ricordavo nulla e che Doug mi aveva assicurato che non sarebbe rimasto nel mio organismo, così non avrei avuto problemi con i test antidroga della squadra di nuoto. Abbiamo continuato a testarla finché non ha trovato una combinazione che praticamente otteneva gli stessi effetti del vero Respiro del Diavolo. Ne era ossessionato.»

«Che ne avete fatto di quei video?» chiese Josie.

Hudson scrollò le spalle. «Non ne ho idea. Sono sicuro che Doug li ha eliminati. Li avevamo registrati col suo telefono. Voglio dire, quella merda ti fotte il cervello. Comunque, dopo i nostri test, ha cominciato a fare i video e ha finito col mettersi in grossi guai; siamo rimasti entrambi fregati e la cosa è finita lì.»

«Non avete mai dato la droga a nessuno?» chiese Gretchen.

«No.»

«E nemmeno a Nysa?» chiese Josie.

«Cosa? No, figuriamoci. Non credete mica che... abbia dato a Nysa il Respiro del Diavolo?» chiese toccandosi il petto. «Non ne ho nemmeno un grammo. Ce ne siamo liberati. Siamo stati costretti. Non potevamo tenerlo. Doug ha buttato la sua nel cesso dopo il casino con Robyn. E anche se ne avessi, non la darei a nessuno. Soprattutto non l'avrei data a Nysa. Era una brava ragazza. Non le avrei mai fatto una cosa del genere. Non lo avrei fatto nemmeno a qualcuno che non mi piace, figuriamoci a qualcuno a cui tenevo, come Nysa.»

«Ricominci con le stronzate, Hudson?» disse Josie, incalzandolo. «Doug sa come preparare questa roba. L'aveva già fatto in passato. Vive ancora a Denton. Non sarebbe stato difficile per te procurarti un'altra dose. Diamine, magari non l'ha neanche buttata tutta nel cesso. O forse ne hai tenuta un po' per te prima che potesse liberarsene del tutto. Hai somministrato a Nysa la stessa dose che Doug aveva dato a Robyn e poi hai messo un promemoria sul suo telefono. Sapevi benissimo che quando l'avrebbe letto, probabilmente sarebbe morta.»

«Cosa? No, no, no. Ma di cosa state parlando? Un promemoria sul suo telefono per cosa? Non ho fatto un bel niente. Non l'ho nemmeno vista. Non le ho dato nulla. Non le ho fatto del male. Non l'avrei mai fatto. Non avrei potuto.»

«Oh ma sì che l'hai fatto, invece.» disse Josie.

«Hai preparato dei brownies con il Respiro del Diavolo, ne hai dato uno a Nysa e l'hai mandata in piscina ad annegarsi. Poi il giorno dopo ti sei fermato a casa di un pompiere decorato, gli hai dato un brownie e gli hai detto di bruciare casa sua. Hai usato gli adesivi di Doug in modo che le indagini portassero a lui, ma hai mentito sul fatto di averli visti per non farci sospettare di te. Poi, un paio di giorni dopo che io e il detective Mettner ti abbiamo interrogato lunedì, hai lasciato il resto dei brownies a una vendita di dolci per beneficenza, in modo da far sembrare tutto casuale.»

A ogni nuova accusa, il suo viso perdeva sempre più colore, la sua bocca si apriva un po' di più e passarono diversi secondi in cui la aprì e la richiuse prima che riuscisse a dire: «Non so di cosa diamine stiate parlando.»

«Dov'è il resto del Respiro del Diavolo?» domandò Gretchen, con voce fredda che faceva da contrasto alla rabbia calda di Josie.

«Ve l'ho già detto. Non ne ho. Me ne sono liberato. Quella merda mi ha già incasinato abbastanza la vita. Mi ha fatto perdere la borsa di studio per il nuoto.»

«E a Clay Walsh?» chiese Gretchen. «A lui l'avresti data?»

La confusione gli increspò la fronte. «E chi è? Non conosco nessuno con questo nome.»

Passò un attimo di silenzio. Poi Josie disse: «E il centro di soccorso e adozione di animali, Zampe Preziose? Questo nome ti suona familiare?»

Il più lieve segno di sorpresa passò sui suoi lineamenti.

La sua voce vacillò mentre rispondeva: «No. Non conosco questo posto.»

QUARANTUNO

«Un altro vincitore agli Oscar.» borbottò Gretchen mentre entravano nell'ufficio del capo, osservando dalla finestra Hudson che usciva sul marciapiede dove Hummel aveva lasciato la macchina. «Che ne pensi?»

Josie si massaggiò le tempie dove un dolore sordo si stava trasformando in un pulsare corposo.

«Non lo so. Non so cosa pensare.»

Sotto di loro, Hudson tirava fuori il telefono, che Gretchen gli aveva restituito prima di lasciarlo andare, e con la punta delle dita lo punzecchiò rabbiosamente prima di portarselo all'orecchio.

«Prova a indovinare chi sta chiamando...» disse Gretchen. «Pensi che sua madre verrà qui come una "pazza scatenata" per cercare di sistemare il casino in cui si è cacciato?»

Hudson si era fermato accanto alla sua auto, andava avanti e indietro e la sua bocca si muoveva rapidissima, sputacchiando. Non potevano sentire le sue parole, ma non c'era dubbio che stesse urlando.

«Spero di no.» disse Josie. «Non è detto che stia chiamando sua madre. Forse sta chiamando Doug Merlos. Forse non ha un contatto di Doug nel suo telefono perché è il suo spacciatore? O forse, dopo che lunedì abbiamo trovato l'adesivo e glielo abbiamo mostrato mentre lo interrogavamo, ha rimosso ogni prova dei rapporti che intrattiene con Merlos.»

«Tutto è possibile.» commentò Gretchen. «Ma pensi che questo ragazzo ne sarebbe capace?»

Hudson continuava a camminare, con il telefono appoggiato all'orecchio, e ora si mangiava le unghie della mano sinistra. Stava ascoltando. Chi c'era all'altro capo? «Penso che sia un sospettato, né più né meno come Brett Pace o Doug Merlos. Non ha un vero alibi per la notte in cui Nysa è scomparsa, almeno dall'una di notte in poi. Se riuscissimo a collegarlo all'incendio di Clay Walsh, sarebbe già un grosso passo avanti.»

Gretchen disse: «Hummel dovrebbe fornirci le coordinate in un rapporto nel giro di un'ora.»

«Stava sicuramente mentendo sul fatto di non conoscere il servizio di volontariato per animali.»

«Sì, è quello che ho pensato anch'io.»

Hudson aveva smesso di camminare, ma la sua bocca continuava a muoversi, seppur con più calma. Un pugno pendeva stretto al suo fianco.

«Credo che dovremmo seguirlo.» disse Josie. «Ora sa esattamente cosa stiamo cercando. Se intende coprire le sue tracce, lo farà subito.»

«Sono d'accordo.» disse Gretchen. «Andiamo.»

***

Josie si mise alla guida della sua auto a noleggio. Seguirono Hudson Tinning attraverso il centro della città e verso il campus. Ma invece di svoltare sulla strada che portava a Hollister Way, proseguì a diritto. Per qualche minuto Josie si chiese se stesse andando a trovare l'allenatore Brett Pace, ma poi lo vide svoltare in una zona residenziale a circa un chilometro e mezzo dalla casa di Pace, in direzione di un piccolo quartiere, pittoresco, costruito da immobiliaristi venticinque anni prima per attirare per lo più famiglie dei ceti medi: vi abitavano insegnanti, commercianti, infermieri e persino alcuni agenti di pattuglia di Denton. Rimasero il più possibile distanti mentre Hudson si faceva strada tra le vie alberate. Era mezzogiorno, quindi non c'era molta gente in giro e la maggior parte dei vialetti era vuota, compreso quello in cui Hudson si fermò. Conduceva a un bungalow con i rivestimenti blu scuro e le rifiniture bianche. Il piccolo cortile era ben tenuto e vantava una piccola aiuola inondata di fiori dai colori vivaci che lo rendevano allegro, accogliente e molto invitante.

«A casa da mamma.» disse Josie. «Puoi controllare?»

«Non abbiamo un terminale dati mobile qui, Boss.» le ricordò Gretchen.

«Usa il telefono.» le disse Josie. «Puoi collegarti al sito di ricerca dei registri immobiliari della contea.»

Le dettò l'indirizzo mentre Gretchen si metteva gli occhiali da lettura e cominciava a scrivere sul telefono. Josie fece il giro dell'isolato una volta, per poi parcheggiare tre case più avanti, ma in una posizione che le consentisse di vedere la facciata del bungalow. Hudson si era fermato vicino alla porta d'ingresso, con le chiavi in mano.

«Questa casa è stata acquistata da Bradley e Mary Tinning venticinque anni fa.» spiegò Gretchen.

«Lo sapevo.»

Hudson prese una chiave e la infilò nella serratura per aprire. Scomparve all'interno della casa, chiudendosi la porta alle spalle. Josie guardò l'orologio del cruscotto, annotando l'ora per poter calcolare con certezza quanto tempo sarebbe rimasto dentro. Non risultò molto, perché ne uscì un quarto d'ora dopo, portando con sé una borsa Vera Bradley in tela. La lanciò sul sedile del passeggero della sua Nissan Versa, si affrettò a fare il giro dell'auto e a rimettersi al volante.

«Ha fretta.» osservò Gretchen. «Quanto vuoi scommettere che ha un po' di Respiro del Diavolo di Doug Merlos nella borsa di mamma?»

Josie guardò Hudson che usciva dal vialetto così velocemente da far stridere le gomme. Qualcosa in fondo alla sua mente lampeggiò e scomparve, come un fulmine, illuminando qualche dettaglio che aveva trascurato durante l'indagine.

«Boss?» disse Gretchen.

Josie mise in moto e partì al seguito di Hudson, cercando di non dare nell'occhio ma di non perderlo di vista. Lo seguirono fuori dal complesso residenziale e in città. Lui costeggiò il parco cittadino e svoltò a nord, dirigendosi verso il centro di Denton.

«Dove starà andando?» si chiese Gretchen.

«Non ne ho idea.» disse Josie. Teneva d'occhio la macchina di Hudson mentre cercava nel sancta sanctorum della sua mente quello che le sfuggiva. Aveva bisogno di nuovo di quel lampo. Solo un'altra volta e forse sarebbe riuscita a vedere ciò che le era sfuggito. «Dovremmo chiamare i rinforzi?» chiese Gretchen.

«No.» disse Josie. «Non ancora. Non voglio spaventarlo. Vediamo dove è diretto.»

Lo stomaco le si strinse quando Hudson svoltò sulla strada che portava alla scuola dell'infanzia Il Giardino delle Piccole Pesti, accelerando sempre di più, man mano che saliva sulla montagna. Passarono davanti al vialetto di Clay Walsh, ora sbarrato da un nastro giallo di protezione. Solo dopo che Hudson ebbe superato l'ingresso del parcheggio dell'asilo senza nemmeno rallentare, Josie tirò un sospiro di sollievo.

«Dove sta andando?» chiese Gretchen.

«Questa strada non conduce da nessuna parte.» disse Josie. «È così per chilometri e chilometri. Se continua così, finiremo col percorrere alcune autostrade, un paio di piccole città, un parco statale...»

Josie si allontanò sempre di più per evitare che Hudson si

insospettisse: non c'erano altri veicoli che andassero in quella stessa direzione o che venissero dalla direzione opposta. Gli alberi fiancheggiavano la strada da entrambi i lati. Ogni tanto sul ciglio della strada c'era un'apertura da cui si accedeva a un vialetto o a una proprietà privata.

«Cos'è quello?» esclamò Gretchen, indicando una luce rossa lampeggiante visibile in lontananza.

«Un passaggio a livello.» rispose Josie.

Avvicinandosi, videro il punto in cui i binari della ferrovia attraversavano la strada. Su entrambi i lati erano state tracciate delle linee e un segnale di attraversamento ferroviario si ergeva come una sentinella sulla destra, con le sue luci rosse che lampeggiavano costantemente e i suoi bracci rivolti verso il cielo, pronti ad abbassarsi in caso di transito di un treno. Josie si aspettava che Hudson passasse oltre e invece lo vide rallentare e, senza inserire la freccia, svoltare a destra. Anche Josie rallentò e, rimanendo dietro di lui di diverse lunghezze, si tenne sulla strada.

«È una strada di servizio.» disse Gretchen. Aveva il telefono e gli occhiali da lettura. «Vediamo se riesco a trovarla su Google Maps.»

«Non c'è campo qui.» le ricordò Josie.

«Certo che sì. Mi creo un hotspot mobile.»

«Buona fortuna, allora.»

Josie avanzò di soppiatto lungo la strada finché non furono a pochi metri dall'attraversamento, felice che non ci fosse nessuno dietro di lei. Proprio come aveva detto Gretchen, c'era una piccola strada asfaltata a una corsia che costeggiava i binari della ferrovia sul lato destro. Quando si avvicinarono, Josie allungò il collo per sbirciare tra gli alberi proprio all'altezza della curva, ma il veicolo di Hudson non si vedeva.

«Ce l'ho fatta!» esultò Gretchen. «Ecco qua! Ho la vista satellitare. È una piccola strada di servizio che porta a... sembrerebbe un ponte.»

Josie non aveva mai frequentato molto la zona a nord di Denton. Le volte che era stata da quelle parti, era solo di passaggio per altre destinazioni. Sapeva che la ferrovia si snodava tra le montagne, ma non conosceva la zona nel dettaglio. «Vediamo.» disse, fermando la macchina poco prima della svolta.

Gretchen girò lo schermo del telefono verso di lei: non c'erano case, solo alberi, la strada secondaria, la ferrovia e poi ancora alberi.

«La strada secondaria si interrompe dove inizia il ponte.» disse Josie. «Questa termina proprio alla spalla.»

«D'accordo.» disse Gretchen. «Vuoi aspettare che scenda o vuoi vedere che diavolo fa su un ponte ferroviario?»

Josie diede un'accelerata e svoltò. «Dalla vista aerea sembra una valle dannatamente grande. Secondo me ha intenzione di buttare nella vallata tutto il Respiro del Diavolo che gli è rimasto.»

Lanciò l'auto lungo la strada secondaria fino a quando non apparve la Nissan Versa di Hudson. Josie schiacciò i freni e poi fece una manovra in modo che Hudson non potesse allontanarsi senza chiederle di spostarsi o fosse costretto a schiantarsi contro di lei. Una volta inserito il freno a mano, Josie e Gretchen saltarono fuori e corsero verso la spalla del ponte. Josie disse: «Ora è un buon momento per chiamare i rinforzi.»

Gretchen rimase qualche passo dietro a Josie mentre chiamava la centrale per richiedere l'intervento di un'unità di pattuglia o di un'unità della Polizia di Stato, visto che probabilmente si trovavano fuori dai confini della città di Denton. La strada secondaria terminava con un muro di pietra alto fino alla vita. Accanto c'era una piccola collina di pietrisco che portava ai binari della ferrovia. Josie non riusciva ancora a vedere Hudson da nessuna parte. Con il cuore in gola, si sporse oltre il muretto e guardò verso il basso. L'effetto dava le vertigini. Il dislivello era notevole, probabilmente pari a un campo da football, ma al di là di questo, l'affilata forma a V della valle sottostante era inaccessibile a qualsiasi tipo di veicolo. Un torrente gonfio la attraversava: era il Tamanend Creek, un affluente del più grande Swatara Creek. Non si vedeva alcuna traccia di Hudson, che fosse saltato o caduto.

«Credo di vederlo!» annunciò Gretchen.

Josie si voltò per vedere Gretchen che faticava a salire il lieve pendio, cercando di mantenere l'equilibrio sulle pietre mentre si arrampicava dietro di lei. Raggiunsero i binari e Josie si sentì sollevata nel trovare un appoggio più solido sulle traverse e il pietrisco.

«Eccolo.» disse Gretchen.

Girandosi in direzione della valle, Josie vide Hudson al centro del ponte, con i colori viola e rosa accesi della borsa a tracolla che brillavano alla luce del sole. «Oh Signore...» disse Josie. «Che cosa sta facendo? Se aveva qualcosa da buttare, poteva lanciarlo oltre la murata.»

«Andiamo.» la esortò Gretchen.

Josie andò per prima, rimanendo all'interno delle rotaie, attenta a mettere i piedi solo sulle traverse. Quello che si estendeva davanti a loro era un ponte ad arco. In altre circostanze, avrebbe lasciato a bocca aperta: il sistema di copertura poggiava su colonne d'acciaio che erano sostenute dall'ampia nervatura dell'arco. Il ponte consisteva in un'unica arcata che collegava due spalle, ciascuna costruita nel fianco di una montagna. Hudson Tinning si era fermato al centro. Avvicinandosi, Josie e Gretchen videro che il ponte si allargava di qualche metro su entrambi i lati dei binari della ferrovia, con pietrisco di zavorra, che andavano a finire in due strette passerelle di cemento, delimitate da parapetti d'acciaio. Hudson si trovava alla loro destra, con la vita premuta contro la parte superiore del parapetto. La borsa gli pendeva dalla spalla. Con una mano la teneva aperta, mentre con l'altra vi frugava dentro. Cominciò a tirare fuori quelli che sembravano brownie avvolti nella pellicola alimentare e a gettarli nel vuoto sottostante.

«Hudson!» Josie gridò, mettendosi a correre. «Fermati.» Per un attimo il ragazzo rimase immobile, i suoi occhi azzurro pallido si spalancarono, il panico gli fece diventare il volto cenerino.

Per una frazione di secondo, Josie pensò che avrebbe collaborato. Poi lo vide allontanarsi da lei, mettersi la borsa su una spalla, appoggiare entrambe le mani sulla ringhiera del parapetto e scavalcarla.

Josie scattò verso di lui. Dietro di lei, sentì Gretchen che sbuffava, il rumore dei suoi passi che sbattevano contro le traverse della ferrovia nel tentativo di starle dietro. «Hudson, fermati!» disse Josie. «Non farlo!»

Aggrappandosi alla ringhiera, Hudson si riposizionò con prudenza in modo da trovarsi di fronte a lei, con entrambi i piedi sul bordo esterno del ponte. «Non avvicinatevi!» urlò. «O mi butto!»

QUARANTADUE

Josie si fermò e alzò le mani in segno di resa. Si trovava ad appena un metro e mezzo da lui, ma non abbastanza vicina per cercare di afferrarlo se avesse mollato la presa. «Hudson, ti prego. Torna da questo lato della ringhiera, sii ragionevole.»

Hudson scosse la testa. Con i palmi delle mani stretti intorno alla ringhiera, dondolava avanti e indietro, con la parte superiore del corpo protesa nell'aria e la borsa che oscillava violentemente da una parte all'altra. Un piccolo sacchetto di plastica, forse cinque centimetri per cinque, svolazzò fuori dall'apertura della borsa e finì nella valle sottostante. Da dove si trovava Josie, sembrava contenesse della polverina bianca.

Gretchen si accostò dietro Josie che la sentì picchiettare sullo schermo del cellulare. Stava cercando di chiedere aiuto, pensò Josie, ma senza allarmare Hudson. Rimanendo al suo posto, Josie tenne le mani in alto. «Hudson, guardami. Guardami.»

Lui smise di oscillare e incrociò il suo sguardo.

«Siamo qui solo per parlare, va bene? Tutto qui. Non voglio che tu ti faccia male. Perché non torni da questo lato della ringhiera?»

«No.»

«Non mi avvicinerò, te lo prometto. Rimango qui.»

Hudson alzò il mento per indicare Gretchen. «E lei?»

Josie si voltò e vide Gretchen alzare entrambe le mani. Doveva aver messo il telefono in tasca.

«Neanche io mi muovo.» gli assicurò Gretchen. «Faremo a modo tuo, Hudson. È chiaro che sei piuttosto sconvolto. Non vogliamo turbarti ulteriormente. Come ti ha detto la detective Quinn, vogliamo solo parlare. Possiamo farlo da qui, ma ci farebbe sentire molto più tranquille se tornassi da questa parte della ringhiera.»

Parve pensarci un attimo. Poi si guardò alle spalle, verso lo strapiombo sottostante. Tornando a guardare verso di loro, socchiuse gli occhi. Le nocche gli divennero bianche. «No, no, no. Devo farlo.»

«Cosa devi fare, Hudson?» gli chiese Josie. «Saltare? Perché non devi farlo. Possiamo trovare una soluzione.»

Riaprì gli occhi di scatto. Linee di rabbia gli incresparono il viso. «Evitate di raccontarmi queste stronzate da poliziotto. Io la guardo la televisione. So come funziona: voi mi dite che andrà tutto bene, io vi dico tutto quello che so, torno alla centrale con voi, o quello che vi pare, e un attimo dopo mi ritrovo in una cella. No. Ve lo potete scordare. Non andrà così. L'unica cosa che fermerà tutto questo è che io mi butti.»

«No, Hudson.» lo contraddisse Gretchen. «L'unica cosa che può fermare tutto questo sei tu. Tu puoi fermarlo. Proprio adesso. Ma hai ragione. Andrai in prigione. Su questo non possiamo farci niente. Nysa è morta. Clay Walsh resiste a stento e, anche se sopravvivesse, resterebbe invalido per il resto della sua vita a causa delle ferite che ha riportato. Cose come queste non possono restare impunite, Hudson! Ma tu puoi evitare che qualcun altro si faccia male.»

Una lacrima gli scivolò lungo la guancia. Passò lo sguardo da Gretchen a Josie, poi al cielo, scuotendo la testa. «Non credete che abbia cercato di fermarlo? Non credete che abbia sempre cercato di fermarlo? Non sapevo nemmeno...» Le parole gli morirono in gola e Josie si sentì fermare il cuore mentre lui lasciava il parapetto con una mano per asciugarsi gli occhi, e non riuscì a riprendere fiato finché lui non si aggrappò di nuovo alla ringhiera. «Amavo Nysa...» continuò. «So che lei non mi ricambiava. So che non le sarei mai piaciuto, ma l'amavo. Non le avrei mai fatto del male. Non farei mai del male a nessuno. Non sono così. Non sono come loro. Ma questo è successo a causa mia. Le cose... sono successe a causa mia. Se me ne vado, nessun altro si farà male.»

«Non sei come chi, Hudson?» chiese Gretchen.

Il caleidoscopio in fondo alla mente di Josie si spostò, mettendo meglio a fuoco le immagini di poco prima. Il profilo dell'avvelenatore di cui le aveva parlato Drake le tornò in mente. *Gli avvelenatori sono subdoli, mancano di empatia.*

Ma Hudson non mancava di empatia. Di fronte alla sua partecipazione per come la famiglia Somers aveva preso la morte di Nysa e la sua affermazione di non aver mai approvato i video realizzati da Doug Merlos, Josie aveva pensato che stesse fingendo, ma forse non era un bravo attore. Forse provava davvero empatia.

«Non voglio parlarne.» urlò. «Parlarne non servirà a niente. Le cose si sono spinte troppo oltre.»

«Va bene, Hudson, va bene.» gli rispose Gretchen. «Prendiamoci un minuto, ci stai? Fa' un bel respiro profondo.»

Sono emotivamente disturbati. Hanno un modo di pensare quasi infantile... estremamente immaturo.

Ma Hudson non era nulla di tutto questo. Certo, aveva mentito su parecchi argomenti, ma quando era stato messo di fronte a quelle sue bugie, aveva risposto in modo molto maturo. Quando gli avevano chiesto come si fosse sentito a perdere la sua importante borsa di studio, permettendo così a Nysa di ottenerla, la sua risposta era stata che Nysa se l'era meritata.

Sebbene non volesse che si sapesse cosa aveva fatto per perdere la borsa di studio, era chiaro che nella sua mente se ne assumeva la responsabilità; e questo non era il tratto distintivo di una persona emotivamente disturbata o immatura.

Josie lo guardò negli occhi e annuì. «Sì.» disse. «Calmiamoci un attimo. Non siamo venute qui per farti innervosire, Hudson. Come ti abbiamo detto, siamo venute solo per parlare, ma possiamo prenderci una pausa.» Lei fece diversi respiri profondi ed esasperati e, dopo i primi tre, vide che lui la stava imitando inconsciamente. «Così va bene.» gli disse.

Ma è più probabile che siano stati viziati. Estremamente, estremamente viziati... si sentono legittimati.

Non c'era dubbio che Hudson fosse viziato. Ricordava che Christine Trostle aveva detto che sua madre aveva dato in escandescenze quando aveva scoperto che non sarebbe stato incluso nel pezzo della WYEP. L'allenatore Pace lo aveva definito un mammone, e poi c'erano i messaggi di sua madre che diceva di aver parlato con i suoi professori al posto suo. Ma Josie non riusciva a immaginare il senso di legittimazione che poteva nascere da una madre così invadente. Hudson non era affatto compiaciuto delle sue macchinazioni. Aveva persino risposto al messaggio di sua madre sulla possibilità di facilitare le cose con i suoi professori chiedendole di non andare a parlare con loro. Quando Josie aveva sollevato la questione del servizio della WYEP durante il colloquio iniziale, lui aveva detto che non avrebbe nemmeno voluto parteciparvi. Non sentiva di essere lui quello legittimato.

«Hudson...» riprese Josie. «Quando dici che non assomigli a "loro", a chi ti riferisci? Intendi i tuoi genitori?»

Lui riprese a muoversi avanti e indietro. «Mio padre è morto.» sbottò.

«Giusto.» si affrettò a dire Josie. «Ma tua madre no.»

Stavolta Hudson non rispose nulla.

Con una mano Josie indicò la borsa appesa alla sua spalla.

«La tua percentuale del Respiro del Diavolo è in quella borsa, vero?»

La sua voce si alzò. «La mia percentuale? Non ho mai avuto una percentuale! Era tutto merito di Doug. Ho accettato quando eravamo solo io e lui a provare perché, non so, eravamo degli stupidi ragazzi del college. Non l'ho mai voluto. Non l'avrei mai usato.»

«Quando abbiamo parlato con te alla centrale, poco fa, hai detto: "Doug ha buttato la sua nel cesso".» gli ricordò Gretchen. «Perché l'avresti detto, se non ne avessi avuto una tua parte?»

Le ginocchia di Hudson cominciarono a tremare. Josie cercò di rimanere concentrata su quello che doveva dirgli invece che sull'immagine di lui che cadeva nella valle sottostante. Dato che lui non rispondeva, lei disse: «Non era la tua parte, vero, Hudson? Era di tua madre.»

Di nuovo, lui serrò gli occhi e, nonostante i suoi sforzi, le lacrime gli scivolarono sulle guance.

«Tua madre è stata quella che ha chiarito le cose con il preside di facoltà, che è il padre di Doug, quando c'è stata la ricaduta del video di Robyn Arber.» continuò Josie. «Stavi per essere espulso definitivamente dall'università, ma tua madre ha negoziato con il preside e ti ha fatto ottenere una punizione molto più leggera. Doveva essere stata particolarmente partecipe nel corso di tutta la vicenda. E deve essere molto partecipe anche di ogni aspetto della tua vita, non è vero, Hudson?»

Il ragazzo aprì gli occhi, di nuovo si tenne al parapetto con una mano sola per asciugarsi le lacrime con l'altra. «Lo fa solo perché mi vuole bene. Questo dovete averlo bene in mente. Lei e mia nonna, loro... beh, quando mia madre era una bambina, suo padre le faceva delle cose, capite?»

«Tuo nonno abusava sessualmente di tua madre?» chiese Gretchen.

Lui fece un cenno di assenso con la testa. «Sì, è così. Mia madre non me lo ha raccontato finché non sono stato abbastanza grande. Mi ha raccontato che è andata avanti per anni e mia nonna lo sapeva bene, ma anziché cercare di fermarlo, ha cercato di compensare all'opposto concedendo a mia madre tutto quello che voleva, capite? Qualsiasi cosa volesse, lei gliela dava.»

«La viziava.» sintetizzò Josie.

«Beh, senza girarci intorno, sì. Finché mio nonno non morì... accadde prima della mia nascita e mia nonna usò la polizza di assicurazione sulla vita per campare. Mia madre mi ha sempre detto che doveva starmi vicino a tutti i costi per assicurarsi che nessuno mi facesse mai del male come suo padre ne aveva fatto a lei. Quindi è sempre stata... come dire, presente. Vorrei che smettesse, ma mi sento in colpa. So che mi vuole bene e ora che mio padre non c'è più, sono tutto ciò che le resta.»

«Hudson, sono contenta che tu ci abbia parlato di queste cose...» provò Gretchen. «Ma potresti venire da questo lato della ringhiera? Per favore? Possiamo continuare a parlare in questo modo. Noi stiamo qui, tu stai lì.»

«No.» disse lui, cominciando a spingere violentemente il busto avanti e indietro.

«Va bene.» disse Josie. «D'accordo, come preferisci. Rimani da quel lato, ma stai fermo. Va bene?»

Hudson rallentò il dondolio. Josie contò qualche secondo e cercò di riprendere la conversazione. «Tua madre era presente quando tu e Doug avete dovuto sgomberare la vostra stanza per lasciare il campus, vero?»

Hudson annuì. «È venuta e ha preso il comando. Si è occupata lei della maggior parte delle pulizie e degli impacchettamenti. Doug aveva cominciato a buttare il Respiro del Diavolo e lei gli ha detto di smettere, gli ha detto che ci avrebbe pensato lei a smaltirlo, che quello era un lavoro per un adulto responsabile, non per un ragazzo. A lui non importava.»

«Ma non se ne è sbarazzata, esatto?» disse Gretchen.

Hudson lanciò un'occhiata alla borsa che penzolava dal suo

braccio nella valle sottostante. «Pensavo che l'avesse fatto. Ma poi lunedì mi avete detto che Nysa era morta e mi avete mostrato quell'adesivo, e mi sono davvero spaventato. Domenica sera ho visto Nysa salire in macchina con quella testa di cazzo di Pace e questo mi aveva fatto infuriare. Ho chiamato mia madre perché volevo solo... non so, sfogarmi. Volevo che qualcuno mi dicesse che non ero un perdente totale perché Nysa aveva preferito quel porco a me, anche dopo aver detto di aver rotto con lui. Mia madre mi ha risposto che non dovevo starci male perché Nysa non era degna di me, non mi meritava e prima o poi avrebbe avuto ciò che le spettava davvero.»

«Hai visto tua madre più tardi quella sera?» chiese Josie. «Dopo averle parlato al telefono? Dopo che il tuo compagno di stanza è andato a letto?»

«No. Dopo sono andato a dormire. Non avrei mai pensato che Nysa e mia madre... o che mia madre avrebbe... ma, beh, le persone tendono a...» Si interruppe. Guardò di nuovo dietro di sé, questa volta con più coraggio a quanto pareva. O si stava impegnando mentalmente a saltare, o si stava semplicemente abituando al pericolo che stava correndo. Josie non poteva dire lo stesso. Il suo batticuore non faceva che aumentare.

«Le persone tendono a fare cosa?» lo incalzò Josie.

«Mio nonno è morto per un'overdose accidentale.» esclamò il giovane.

«Overdose di cosa?» chiese Gretchen.

«Le sue medicine per il cuore, credo.»

«Pensi che tua madre abbia qualcosa a che fare con la morte di tuo nonno?» chiese Josie, cercando di mantenere l'attenzione di Hudson su di sé e non sulla caduta.

«O mia nonna. Ora è morta, ma quello che voglio dire è che intorno a lei la morte era una presenza costante. E lo stesso è con mia madre.»

«Quali persone, Hudson?» chiese ancora Josie.

La sua voce era appena udibile quando disse: «Persone

come mio padre. È morto nel sonno. Aveva un brutto raffreddore, una lieve polmonite, ma non sembrava tanto grave da morirne. In seguito ho scoperto che aveva avuto una relazione con una signora con cui lavorava.»

«Pensi che tua madre gli abbia fatto qualcosa?» chiese Gretchen.

«Non so cosa pensare. È sempre stata strana e subdola, capite? Per esempio, mette della roba nel cibo se le persone non la trattano bene o se dicono qualcosa che non le piace.»

«Che tipo di roba ci mette?» chiese Josie.

«Qualche volta ci sputa dentro, altre volte ci mette dei lassativi, della sporcizia.»

Alle sue spalle, Josie sentì Gretchen mormorare: «Che schifo...»

«Poco prima che mio padre morisse, l'ho vista intenta a fare qualcosa con i suoi antibiotici.» continuò a raccontare Hudson. «All'inizio pensavo che probabilmente li stesse sostituendo con qualcos'altro, ma non potevo esserne certo. Quando gliel'ho chiesto, mi ha risposto che ero matto. Ma io non credo di essere matto.»

«Chi altro è morto intorno a tua madre, Hudson?» chiese Josie.

«C'è stato un istruttore di guida. La patente di mia madre era scaduta perché mio padre l'accompagnava ovunque e così aveva deciso di riprendere lezioni di guida perché era passato talmente tanto tempo che non si sentiva a suo agio a guidare da sola. Ma l'istruttore la prendeva in giro per il modo in cui teneva il volante o per qualunque altro errore facesse. Diceva che lo abbracciava come fosse una borsetta in metropolitana o che so io. Qualche tempo dopo ho scoperto che era morto. Si era schiantato contro un albero. Mia madre diceva che era ubriaco, ma ora mi sembra strano. Se avesse avuto la roba preparata da Doug, e a quel punto l'avrebbe avuta, avrebbe potuto farlo finire contro un albero.»

Le parole di Hudson arrivavano come pugni in mezzo al petto di Josie. Dovette sforzarsi per riuscire a far uscire le parole: «Ho preso io quella telefonata. Poco prima dell'alluvione. Aveva una figlia di sei anni. È stato classificato come guida in stato di ebbrezza fino a due mesi dopo, quando gli esami tossicologici sono risultati negativi. La moglie ha richiesto che fosse eseguita un'altra autopsia, ma non è emerso nulla. Il medico legale ha detto che potrebbe aver avuto una specie di micro-ictus che non si sarebbe manifestato all'esame.» Stava per chiedere a Hudson se si ricordava il nome di quell'uomo, ma Josie non ricordava altri istruttori di guida di Denton che si fossero schiantati contro un albero negli anni recenti.

«Sì, e lo stesso mia nonna. È morta subito dopo mio padre, per uno shock anafilattico. Era allergica al pelo del gatto e chiaramente non aveva gatti. Ma mia madre fa la volontaria presso un rifugio...»

«Zampe Preziose.» disse Gretchen.

«Sì. Mia madre era sempre molto attenta a darsi una ripulita prima di andare da mia nonna, ma potrebbe non averlo fatto, no? Ce l'ha sempre avuta con mia nonna per non aver mai cercato di fermare mio nonno.»

«Tua madre ha preparato i dolci per la raccolta fondi di Zampe Preziose questa settimana, vero?» chiese Josie.

«Sì.»

Nella sua mente, Josie richiamò l'elenco dei volontari che Mettner le aveva procurato. Non c'era nessun Tinning, altrimenti avrebbe colto subito il collegamento. Mrs. Somers aveva detto che la madre di Hudson si chiamava Mary e nell'elenco c'era solo una Mary Lyddy. «Tua madre usa ancora il suo cognome da sposata?» gli chiese.

«No. Usa il suo cognome da nubile. Lyddy. Mary Kate Lyddy.»

«Hudson...» disse Josie. «Ci sei stato davvero utile con tutte le cose che ci hai detto e non credo che tu abbia fatto nulla di male. Non devi saltare. Per favore, torna da questa parte.»

Il ragazzo la ignorò, continuando a raccontare la sua storia. «Poi, nel corso dell'estate, c'è stata un'insegnante, che mia madre odiava a morte perché la criticava sempre per tutto quello che faceva con i bambini. Un giorno ha avuto un ictus proprio durante il campo estivo ed è morta.»

Josie sentì come un fruscio nelle orecchie. Con perfetta chiarezza, rivide il visino della piccola Bronwyn Walsh nel momento in cui aveva suggerito che suo nonno avesse avuto un "cactus", come era successo a una delle sue maestre durante l'estate. "Un ictus" l'aveva corretta sua madre. Josie non aveva nemmeno considerato la possibilità che la scopolamina potesse causare un ictus. Ma agiva sul sistema nervoso centrale. O forse a quell'insegnante avevano fatto una diagnosi sbagliata durante l'autopsia. Ma niente di tutto ciò aveva importanza in quel momento. Josie fece un passo avanti verso Hudson. Lui spinse le braccia in avanti, come se volesse creare una certa distanza tra loro. Josie si immobilizzò di nuovo. «Hudson...» disse con voce roca. «Tua madre fa la maestra d'asilo al Giardino delle Piccole Pesti?»

Hudson parve momentaneamente confuso. «Sì...» disse.

Josie fece un altro passo verso di lui.

«Non faccia un altro passo.» le intimò lui.

«Hudson...» disse Josie. «Oggi hai fatto una buona cosa parlando con noi. So che non ci credi, ma posso assicurarti che tutto andrà bene, per te. Davvero. Non per tua madre, ma per te. Puoi tornare da questa parte della ringhiera, stai tranquillo. Non c'è bisogno che tu venga in centrale con noi. Non dobbiamo metterti in prigione. Devi solo darci quella borsa. L'hai presa da casa di tua madre, dico bene? Immagino che dentro ci sia il Respiro del Diavolo.»

«L'ho chiamata dopo aver lasciato la stazione di polizia. All'inizio non voleva ammetterlo, ma poi mi ha detto che ce l'aveva ancora e che l'aveva usata di recente. Allora sono andato a casa sua e l'ho trovata nell'armadio della sua camera da letto...» Non fece alcun movimento per scavalcare di nuovo il parapetto. «Io vorrei poterla fermare, ma è mia madre. È tutto ciò che ho.»

«Lo capisco...» gli disse Josie. «Quando avevo la tua età, tutto quello che avevo al mondo era mia nonna. È una situazione impossibile quella in cui ti ha messo tua madre, ma hai fatto la cosa giusta. Quindi perché non torni da questa parte adesso? Puoi tornare a casa, nel tuo appartamento del campus. Faremo delle indagini su quello che ci hai detto, ma prima di tutto prepareremo un mandato d'arresto per tua madre. Possiamo fermarla.»

«No, non potete.»

Josie gli fece cenno di avvicinarsi. «Invece sì, Hudson. Possiamo fermarla, ma prima abbiamo bisogno che tu sia sano e salvo. Devi soltanto scavalcare quella ringhiera. Ti aiuto io.»

Si avvicinò e allungò una mano a pochi centimetri dal polso del ragazzo.

«Troverà un modo per farvi del male, in un modo o nell'altro.» ribadì Hudson. «Non lo capite? Ci riesce sempre. Non potete mettervi al sicuro. Penserete di esserlo, ma non lo sarete. È subdola ed è molto paziente. Un anno fa le avevo detto che Nysa mi aveva respinto ma lei ha aspettato fino a lunedì scorso per farle del male. Non potete prevedere quando vi colpirà.»

«Hudson, credimi, non c'è molto che tua madre possa fare da dietro le sbarre.» gli garantì Gretchen. «So che tu la vedi come se fosse una specie di divinità perché è tua madre, ma non è altro che una donna che ha fatto una serie di scelte sbagliate e ha fatto del male a molte persone, e deve essere chiamata a rispondere delle sue azioni. Aiutaci a farlo, Hudson. Non credi che Nysa lo vorrebbe? Che tu continuassi a fare la cosa giusta, aiutandoci?»

Josie si avvicinò, con la mano tesa, pronta ad afferrarlo,

fintantoché gli occhi di Hudson rimanevano incollati su Gretchen.

«Se avessi fatto la cosa giusta la prima volta che ho sospettato che aveva fatto del male a qualcuno, come quando è morto mio padre, forse Nysa sarebbe ancora viva. Questo non me lo perdonerò mai. Non riuscirò mai a...» Il resto delle parole gli si strozzò in gola. Le sue labbra si mossero per formare altre parole. Alla fine, disse solo: «Mi dispiace.»

Poi mollò la ringhiera.

QUARANTATRÉ

Josie si slanciò in avanti, afferrandogli il polso con una mano, ma la forza della caduta la trascinò giù, facendole superare con il busto la ringhiera. L'altra mano scattò in alto, cercando di aggrapparsi alla sbarra del parapetto mentre le sue gambe si sollevavano e superavano la barriera. Ma perse la presa. Un confuso collage di fogliame, Hudson e borsa di tela le passò davanti agli occhi. Per un fulmineo secondo di completa lucidità, pensò: "È così che morirò". Poi la caduta si arrestò bruscamente. Si rese conto che le mani di Gretchen le si erano strette attorno a un polpaccio, scavando così a fondo nella carne che i muscoli le si erano contratti. Alzò lo sguardo verso il volto di Gretchen, rosso per lo sforzo di tenerla per una gamba a testa in giù; e sotto di lei penzolava Hudson, che era riuscita ad afferrare per un polso con la mano destra. Quella presa da sola non sarebbe bastata a tenerlo stretto, data la differenza di peso e di dimensioni, ma poco dopo che lei lo aveva afferrato, l'istinto di sopravvivenza di Hudson doveva aver avuto la meglio e con la mano libera si era aggrappato all'avambraccio di Josie. Erano stretti l'uno all'altra, a penzoloni sopra la stretta vallata, e Josie si sentì come se le braccia le venissero strappate dal corpo.

Stringendo i denti, Gretchen disse: «Non posso resistere ancora a lungo, Boss.»

Josie doveva conservare le energie per ogni minimo movimento se voleva sopravvivere. Allungando lentamente l'altra mano verso Hudson, disse: «Aggrappati. Devi arrampicarti sul mio corpo e in fretta. È l'unico modo.»

«No, Boss.» urlò Gretchen. «Non funzionerà! Non ce la faccio a tenervi.»

Hudson liberò una mano e afferrò rapidamente l'altro braccio di Josie. Sopra di loro, Gretchen emise un grido e Josie sentì la presa di Gretchen sulla sua gamba scivolare un po'.

«Credo di riuscire ad aggrapparmi all'arco.» disse Hudson. «C'è spazio.»

«No, Hudson.» disse Josie. «È troppo pericoloso.»

«Boss.» disse Gretchen, con un tono di puro panico nella voce che Josie aveva sentito solo una o due volte. «Non ce la faccio. Non riesco a tenervi.»

Josie sentì che le mani di Gretchen scivolavano lungo il polpaccio fino alla caviglia, allora la sentì sporgersi oltre la ringhiera per far scorrere un braccio sul suo scarpone nel punto in cui si piegava all'altezza della caviglia, bloccandole il tallone contro la ringhiera del parapetto e usando l'altro braccio per stringerle con più forza la gamba, ancorando anch'essa alla ringhiera.

«Così va meglio.» le disse Josie.

«Cercherò di arrivare all'arco. Lo giuro.» urlò Hudson. «O così o moriamo tutti e due. O forse, se cado, finirò in acqua.»

«Non sai quanto è profonda quell'acqua, Hudson. Potresti comunque morire. Non so se Gretchen riuscirà a sostenere il movimento se ti metti a dondolare. Sei un atleta. Non puoi semplicemente arrampicarti sul mio corpo?»

Josie raddrizzò l'altra gamba per allinearla a quella che Gretchen stava tenendo, in modo che Gretchen potesse alzare un gomito con un movimento ondulatorio e agganciare l'altro piede sotto l'ascella, bloccando anche quello alla ringhiera del parapetto.

«Sono un atleta e penso di potercela fare.» ribadì Hudson. «Mi serve solo una buona oscillazione verso il ponte così posso aggrapparmi a una delle colonne. So che ce la posso fare.»

«Rischi di rimanerci.» lo avvertì Josie.

Ma entrambi sapevano che non c'era più tempo: Hudson era il più alto e il più pesante fra loro tre ed era quello che si era ritrovato a penzolare, lei iniziava a sentire che le braccia si stavano intorpidendo e Gretchen ce la stava mettendo tutta per tenere duro, ma stava iniziando a tremare violentemente. Avevano solo pochi secondi.

«Vai.» gli disse. Poi chiuse gli occhi, cercando di non concentrarsi sui movimenti di Hudson, sullo strattone impietoso che le tirava le membra, sul dolore che la attraversava dalla testa ai piedi, sulla fresca brezza autunnale che le accarezzava la guancia mentre oscillava avanti e indietro in quello strapiombo, completamente in balia della gravità. Stranamente, si ritrovò a pensare a quella stupida idea di Trinity di organizzare un picnic. Negli istanti prima che Hudson si lasciasse andare, le immagini di lei e Noah seduti a un tavolo di legno nel parco, accoccolati l'uno accanto all'altra a guardare le stelle che facevano capolino nel cielo notturno le affollarono la mente. Poi il peso che la tirava verso il basso sparì, sentì Gretchen gridare e pensò: *Avrei dovuto dedicare più tempo a Noah.*

Proprio quando la sua mente accettò la caduta libera, la voce di Gretchen fece breccia nella bolla di protezione che il suo cervello aveva eretto. «Boss, forza con gli addominali!»

Aprì gli occhi di scatto e si accorse che Gretchen teneva ancora saldamente i suoi piedi, allungandole all'improvviso una mano perché la afferrasse. «Usa gli addominali!» ripeté Gretchen. «Ce la fai a raggiungere la mia mano?»

Josie pensò che quello che le avrebbe salvato la vita era un piegamento addominale. Strinse i muscoli dell'addome e concentrò tutte le sue energie nel fare leva sul busto per avvicinarsi a Gretchen. Le loro mani si agganciarono, palmo contro palmo, come se stessero per fare un incontro di braccio di ferro, e poi Gretchen la tirò su. Josie riuscì ad afferrare la ringhiera con l'altra mano e con l'aiuto di Gretchen, riuscì a scavalcarla. L'una accanto all'altra, si lasciarono scivolare a terra, prendendo affannose boccate d'aria. Josie aveva la vista piena di macchioline nere, le braccia e le gambe le sembravano di burro. Mentre cercava di regolare il respiro, tutto ciò su cui riusciva a concentrarsi era l'impareggiabile sensazione di avere sotto di sé una superficie solida. Ogni singolo muscolo del suo corpo fu dilaniato da strazianti fitte di dolore quando si tirò su, di nuovo in piedi, sorreggendosi con entrambe le mani alla ringhiera. Si sporse oltre il parapetto, ma vide solo la superficie intatta del torrente sottostante. «Hudson!» urlò. «Hudson!»

Non ricevette risposta.

Josie guardò Gretchen, che aveva il viso cremisi e coperto di sudore. «È caduto? Hai visto se è caduto?»

Gretchen si teneva un braccio contro il petto come se si fosse rotta qualche costola. «Non lo so. L'ho perso di vista quando ti ha lasciato andare.»

«No, per favore...» pregò Josie. Si sporse di più, ma non vide alcuna traccia del ragazzo. «Hudson! Hudson!»

Rimasero entrambe completamente immobili ad ascoltare, ma non udirono nulla.

Josie si incamminò verso la strada secondaria, zoppicando visibilmente.

«Andiamo.» disse. «Penso che dovremmo riuscire a vedere l'arco dal muretto che chiude la strada.»

«Credo di essermi fatta male alla spalla.» si lamentò Gretchen facendo una smorfia.

Josie si avvicinò al suo lato buono e le mise una mano sotto al braccio, aiutandola a rimettersi in piedi. Appoggiate l'una all'altra si trascinarono fino ai binari, tornando a camminare all'interno delle rotaie fino a quando non furono lontane dal ponte e poterono scendere fino alla strada di collegamento.

«Sto diventando troppo vecchia per queste stronzate.» bofonchiò Gretchen.

«Beh...» disse Josie mentre scendevano lungo un piccolo argine di pietrisco di zavorra. «Mi hai salvato la vita. Questo significa che sei ancora in gamba.»

Gretchen rise. Una volta raggiunta la strada secondaria, Josie la lasciò andare e corse verso il muro di pietra. Appoggiò entrambe le mani sul bordo e si sporse fino a dove poteva arrivare la parte superiore del busto senza soffrire di vertigini. Con occhi frenetici cercò lungo il torrente sottostante e le sue sponde, ma non trovò nulla che somigliasse a un corpo. Del resto, se era caduto ed era finito nel torrente, forse era già stato trascinato a valle dalla corrente, troppo lontano perché lei potesse vederlo. Contò i pilastri tra l'arco e il ponte, cercando di capire qual era quello che Hudson aveva cercato di raggiungere.

«Hudson!» gridò ancora una volta.

«Arriva gente!» esclamò Gretchen, mentre un rumore di ruote sull'asfalto le raggiungeva. «I rinforzi!» disse «Era ovvio che arrivassero adesso.»

Josie tornò a scrutare il torrente quando un'esplosione di colori attirò la sua attenzione. A valle, accanto a un grosso masso, qualcosa svolazzava. Era rosa e viola. Josie la indicò. «È la borsa! La borsa!»

Gretchen accorse, sempre tenendosi il braccio al petto, e guardò. «Lo vedo! È lui?»

La borsa si fermò e Josie vide Hudson che si trascinava sugli avambracci per raggiungere la riva del torrente. Dopo aver percorso solo pochi metri, lo vide crollare, girare la testa di lato e adagiarsi sulle pietre. Lontana com'era, Josie non riuscì a vedere se faceva altri movimenti.

«Ce l'ha fatta!» disse Josie. «Ma non so se riuscirà a cavarsela. Deve essere gravemente ferito. Dobbiamo mandare subito dei soccorsi a recuperarlo. Potremmo aver bisogno della Polizia di Stato, di un elicottero, di qualsiasi cosa!»

Si voltò e vide due agenti della Polizia di Stato con Mettner e Noah che correvano verso di loro. Josie si staccò dalla murata e barcollò verso Noah, cingendogli la vita con le braccia nel momento in cui lo raggiunse.

Lui la tirò a sé e tra i suoi capelli le chiese: «Ma che diamine sta succedendo?»

Josie alzò lo sguardo verso i suoi occhi nocciola, al momento cupi di preoccupazione. «Te lo dirò in macchina. Adesso devo chiamare Misty e poi dobbiamo andare a prendere Harris.»

QUARANTAQUATTRO

Ho capito che era finita quando mio figlio mi ha telefonato dopo essere uscito dalla stazione di polizia. Era su tutte le furie, era fuori di sé, mi ha accusato di un'infinità di cose. Erano tutte vere, come gli ho detto con orgoglio, senza il benché minimo rimorso. Ma lui è sempre stato un tipo dal cuore tenero. Avrei dovuto sapere che non avrebbe apprezzato la genialità di ciò che avevo messo in atto. Non ha mai conosciuto la sensazione di potere assoluto sulla vita di un'altra persona come la conosco io. Non ha mai saputo cosa si prova a riparare ai torti che gli altri hanno compiuto nei tuoi confronti. Fargliela pagare è come eroina per la mia anima.

Hudson ha preso troppo da suo padre. Io lo amo e ho fatto di tutto in mio potere per proteggerlo dalle cose brutte della vita e al contempo per assicurarmi che disponesse di tutte le cose belle che la vita ha da offrire, ma lui non ha mai voluto capirmi. Non avrebbe mai potuto vedermi per come sono davvero. Non fino in fondo. Proprio come mio padre, che non mi ha mai capita veramente, perché per lui ero solo un corpo di cui abusare. Proprio come mia madre, che mi aveva insegnato a essere intelligente e in gamba e a uccidere impunemente, ma che non mi aveva mai considerato veramente. Se lo avesse fatto, non avrebbe permesso a mio padre di farmi le cose che mi faceva e non lo avrebbe ammazzato dopo l'accaduto, quando ormai il danno era fatto. Come minimo avrebbe potuto scusarsi con me. All'inizio del mio matrimonio speravo che con mio marito sarebbe stato diverso, ma anche lui si è rivelato una delusione quando ha cominciato a frequentare la sua segretaria perché io avevo messo su un po' di peso e mi era comparsa qualche ruga intorno agli occhi.

Forse non sarei mai stata considerata come si deve, ma almeno ora, grazie a quello stupido, dolce e smidollato di mio figlio, tutti conosceranno il mio potere. Mi stanno già addosso.

Solo che io non sto seguendo la loro strada. Se la vita come la conosco deve finire, allora sarà alle mie condizioni. Anche se sono in fuga, sono ancora io ad avere potere sulla vita e sulla morte... e non solo sulla mia.

QUARANTACINQUE

Lasciando il salvataggio di Hudson alle mani esperte di Gretchen, Mettner e della Polizia di Stato, Josie salì sul sedile del passeggero della Toyota Corolla di Noah. Mentre lui avviava il motore, lei tirò fuori il cellulare per chiamare Misty. Le tremavano le dita mentre premeva il comando verde di chiamata. Dopo tre squilli finalmente Misty rispose e Josie emise un grido strozzato.

«Stai bene?» chiese Misty.

«Misty...» disse Josie. «Non ho tempo di spiegarti come stanno le cose. Ho bisogno soltanto che tu vada all'asilo di Harris, immediatamente. Non devi aspettare neanche un secondo, vai lì e prendi Harris. Hai capito?»

«Josie, non mi piace questa situazione.» disse Misty con voce che si era fatta subito alta e roca. «È tutto a posto? Harris è in pericolo?»

«No, non credo, Misty.» disse Josie. Non aveva mai incontrato Mary Lyddy in nessuna delle due occasioni in cui era stata alla scuola e non c'era davvero alcun motivo per pensare che avesse preso di mira proprio Harris, però, dato che stavano per trattenerla alla scuola, sarebbe stato meglio che Harris non fosse stato presente. E a parte questo, nel corso della sua vita e della sua carriera Josie aveva imparato a sue spese che le conveniva sempre seguire il suo istinto, per quanto folle potesse sembrare sul momento. «Ti prego, vai a prenderlo, Misty, mi hai sentito? Ti spiegherò tutto più tardi.»

«D'accordo.» concesse Misty con un filo di voce. «Sto uscendo dal lavoro in questo momento.»

Josie riattaccò. Noah svoltò a sinistra sulla strada principale e tornò indietro verso Denton. «Non la troveremo.» le disse.

«Cosa vuoi dire?» chiese Josie.

«Mary Lyddy. Mett e io stavamo rintracciando tutti quelli della lista dei volontari, compresa una certa Mary Lyddy. Abbiamo capito che era la madre di Hudson perché la sua casa è ancora registrata sotto i nomi di Bradley e Mary Kate Tinning. Mett ha fatto delle ricerche nel database del TLO-XP e ha scoperto che il suo cognome da nubile è Lyddy. Ho provato a chiamarti, ma non hai risposto e allora ti ho mandato un messaggio. Abbiamo pensato che fossi in giro a caccia di indizi, così siamo andati prima a casa di Mary Lyddy, ma non c'era nessuno. Uno dei suoi vicini ci ha detto che lavorava all'asilo Piccole Pesti e ci siamo andati subito, ma la donna che lavora in segreteria ha detto che non c'era, che era andata via prima perché non si sentiva bene.»

«Questa non ci voleva.» borbottò Josie. «Dove potrebbe essere andata?»

«Non ne ho idea.» disse Noah. «Ci stavamo mettendo alla ricerca di amici e conoscenti quando dalla centrale è arrivata la chiamata di soccorso per te e Gretchen. Cosa diavolo è successo su quel ponte?»

Josie gli raccontò tutto; a ogni parola le mani di Noah si stringevano più forte sul volante. «Josie...» sussurrò.

Si era trovata in molte situazioni pericolose. Aveva rischiato di morire un numero di volte che non riusciva più nemmeno a contare, ma quel giorno era stata la prima volta in cui aveva creduto davvero di non riuscire a cavarsela. Quella era stata la prima volta che si era lasciata andare e aveva aspettato di cadere, accettandolo. E adesso questo la faceva sentire in colpa. «Hai detto che uno dei motivi per cui mi amavi era perché correvo sempre verso il pericolo.» si lasciò sfuggire. In quel momento il suo cellulare le notificò l'arrivo di un messaggio: era da parte di Misty.

L'ho preso. Stiamo andando a casa. Chiamami il prima possibile. Sto andando fuori di testa.

Noah si prese qualche attimo prima di risponderle, percorrendo in silenzio una strada costeggiata da alberi ad alto fusto. «Sì, l'ho detto.» mormorò alla fine. «E dicevo sul serio. Ma per l'amor di Dio, Josie, non voglio che tu muoia.»

«Laggiù.» disse Josie, indicando davanti a sé, verso sinistra. «Manca poco all'asilo. Vedi il cartello?»

«Quindi ci andiamo lo stesso?»

Era contenta che lui non cercasse di continuare a parlare del fatto che era quasi morta cadendo giù da un ponte.

«Chi meglio dei suoi colleghi può dirci dove potrebbe trovarsi Mary Lyddy?»

Lui fece un cenno di assenso. Proprio mentre rallentava e metteva la freccia, videro l'auto di Misty passare davanti a loro, svoltando a sinistra e allontanandosi.

Noah parcheggiò in una piazzola riservata ai visitatori, scesero e si diressero verso l'edificio principale. L'atrio era vuoto e silenzioso perché mancava ancora un'ora all'orario di uscita. Dai corridoi che conducevano alle aule erano appena percettibili i bambini che ridevano, battevano le mani, cantavano e strillavano di gioia. Mrs. D. era seduta al tavolo davanti all'entrata e stava scrivendo al computer. Vedendoli li accolse con un sorriso, ma quando si avvicinarono il suo sorriso vacillò e dovette fare uno sforzo notevole per mantenerlo.

«Posso aiutarla, Ms. Quinn? La madre di Harris se n'è appena andata con il bambino. Sembrava un po' sconvolta, se devo essere sincera. Spero che non ci siano problemi. Questo signore è il padre di Harris? Non è presente nella lista...» Si alzò in piedi, portandosi le mani sul petto. Anche se erano soli nell'atrio, abbassò la voce. «Non so che tipo di questioni o accordi di custodia abbiate, ma se c'è una disputa, la scuola non è il luogo in cui affrontarla.»

Josie guardò Noah, cogliendo la confusione nel suo sguardo, poi tornò a guardare Mrs. D. e cercò di abbozzare un sorriso. «No, no, Mrs. D. Non siamo qui per Harris. In realtà, come ricorderà, sono una detective della polizia di Denton. Questo è il mio collega, il tenente Noah Fraley, che è stato qui poco fa insieme a un altro nostro collega per parlare con una delle vostre insegnanti, ma non hanno avuto modo di incontrarla perché era uscita prima per motivi di salute. Tuttavia, ci risulta che non è tornata a casa. Quindi ci chiedevamo se lei, o qualcun altro del corpo insegnanti, saprebbe dirci dove possiamo rintracciarla.»

Mrs. D. aggrottò le sopracciglia. «Nessuno dei nostri insegnanti è andato a casa per malattia oggi. Siete sicuri?» guardò Noah. «Lei è venuto qui? Poco fa? Con chi hai parlato?»

«Con la vostra segretaria.» disse lui. «Miss K.»

«Oh, capisco. È lei che se n'è andata prima.» spiegò Mrs. D. «Proprio quando la madre di Harris è venuta a prenderlo. Chi è l'insegnante che state cercando?»

Josie si sentì sprofondare.

Le rispose Noah: «Mary Lyddy.»

Mrs. D. rise. «Oh, Mary non è una delle nostre insegnanti. È con lei che ha parlato. La chiamiamo Miss K. perché anche se il suo nome completo è Mary Kate Lyddy avevamo due Mary in organico quando ha iniziato a lavorare qui, così ha detto che potevamo usare tranquillamente il suo secondo nome, Kate, e col tempo è stato abbreviato da Kate a Miss K. Ma non capisco perché le abbia detto che non era qui. L'ha detto a lei? Alla polizia? Sapeva che lei era della polizia?»

Josie guardò Noah. Un muscolo della sua mascella si contrasse. «Sì, glielo abbiamo detto.» disse.

Mrs. D. si asciugò una sottile patina di sudore dalla fronte. «Oh, cielo. Questo è davvero singolare. Non mi spiego proprio perché abbia mentito alla polizia. Che strano. Le dispiace se le chiedo perché la stavate cercando? Ha fatto qualcosa? Anzi, sapete... forse dovremmo andare nel mio ufficio.»

Noah disse qualcosa in risposta, ma Josie non lo stava ascoltando. Stava ripensando all'incidente del primo giorno di scuola, quando si era arrabbiata con Miss K. per aver suggerito loro di sgattaiolare via mentre Harris non prestava attenzione.

Le parole di Drake le attraversarono la mente: *il torto non corrisponde alla reazione.*

«Porca puttana...» sussurrò Josie.

Subito dopo aver chiuso l'interrogatorio con Josie e Gretchen alla centrale, Hudson, inequivocabilmente sconvolto, aveva chiamato sua madre. Le aveva detto come si chiamavano le due detective? O era stata sua madre a chiederglielo? Aveva capito che la detective che accusava il figlio di avvelenare le persone era l'altra tutrice di Harris? Quindi l'aveva riconosciuta dal primo giorno di scuola. E sapeva che la polizia era sulle sue tracce perché Noah e Mettner erano appena stati lì a cercarla, per questo aveva mentito spudoratamente.

«Noah...» disse Josie. «Dobbiamo andarcene subito.»

Noah e Mrs. D. la fissarono a bocca aperta. Evidentemente aveva interrotto una conversazione in corso.

«Noah!» ripeté, con voce stridula. «Adesso. Subito. Dobbiamo andarcene immediatamente!»

Senza aspettare una risposta, gli prese la mano e lo trascinò verso la macchina. Noah si fermò accanto alla portiera del guidatore. «Josie!» disse. «Calmati. Che cavolo stai facendo?»

«Andiamo a casa di Misty. Non perdere un attimo. Per favore. Fai più in fretta possibile.»

Lui non discusse, anzi, andò al bagagliaio, tirò fuori il suo lampeggiante d'emergenza, lo scaraventò sul tettuccio dell'auto; il magnete lo catturò all'istante e il lampeggiante si accese proiettando una luce blu in ogni direzione. «Andiamo!» disse.

Josie compose il numero di cellulare di Misty con una mano mentre con l'altra si resse alla maniglia della portiera; Noah sfrecciò verso la zona centrale della città, infilandosi nel traffico. Le rispose la segreteria telefonica. Ci riprovò. Partì di nuovo la segreteria telefonica. Noah fermò l'auto di fronte alla grande casa in stile vittoriano di Misty. Josie saltò fuori e corse lungo il vialetto. Noah le corse dietro. Dando un'occhiata dalle finestre della porta del garage, non c'era altro che spazio vuoto.

«La sua macchina non è qui.» urlò a Noah mentre correva verso il portico. La porta d'ingresso era chiusa a chiave. «Non sono in casa.» concluse. «Oh mio Dio, Noah. Non sono qui. Non credo che siano nemmeno tornati a casa. Hai sentito cosa ha detto Mrs. D. Lyddy se n'è andata proprio quando Misty è andata a prendere Harris. E se Lyddy avesse chiesto un passaggio a Misty? Misty non avrebbe motivo di sospettare di lei. E se Lyddy fosse insieme a loro? Non ci posso credere. Avevo promesso a Harris che non gli sarebbe successo nulla di male.»

Una parte razionale della sua mente si rese conto che stava precipitando sull'orlo della follia, eppure era impotente e non poteva fermarla. Tutto cominciò a girare, fermandosi solo quando Noah la scrollò per le braccia. «Josie. Devi calmarti. Fai un bel respiro.»

«Non ci riesco.» strillò. «Non ci riesco. Harris. Cosa ne avrà fatto? Noah, dobbiamo trovarlo.»

Non riuscì a capire se l'avesse fatto apposta o se fosse un

caso, ma le mani di Noah diedero tre dolci strizzate. Proprio come faceva Harris. Josie alzò lo sguardo sul viso Noah.

«Ha il Geobit che gli hai dato, ricordi?» disse.

«Sì, giusto!» sospirò. «Sì, sì. Il mio telefono è in macchina. Anciamo.»

Mentre tornavano a bordo, Noah chiese: «Cos'è questo?»

«Questo cosa?» Josie disse, cercando il telefono sul sedile e poi sul pavimento.

«Questo suono.» disse Noah. «Cos'è questo suono?»

La sua mano si chiuse intorno al telefono, che era caduto tra il sedile e la console centrale. Mentre lo tirava su, il suono si fece più forte. Come un piccolo allarme per auto ma proveniva dal suo telefono. «Oh santo cielo.» sussultò. Le mani le tremavano così tanto che perse di nuovo la presa sul telefono. Noah lo prese dal sedile e glielo restituì. «Calmati, Josie.» disse. «Devi stare calma.»

«Coraggio.» mormorò, sfiorando lo schermo. Finalmente arrivò alla tastiera. Inserì il codice di accesso e sullo schermo apparve la notifica del Geobit. Harris aveva premuto il pulsante dell'allarme.

Noah mise in moto l'auto. «Dove sono?»

Josie premette l'icona di localizzazione. In un attimo apparve una mappa con una piccola icona blu che rappresentava Harris che si muoveva costantemente lungo le linee che percorrevano la mappa.

Noah si allontanò dalla casa di Misty, con la luce blu sul tetto ancora lampeggiante. «Guido io. Tu dimmi dove andare.»

«Vai dritto.» ordinò Josie mentre si allontanavano dal marciapiede. Studiò la mappa e poi con due dita la pizzicò per ingrandirla, in modo da capire dove si trovavano rispetto ad Harris.

«Qui a sinistra.» gli disse. «Poi a destra.»

Osservò la figura blu che si muoveva sulla mappa.

«Non riesci a capire dove sono diretti?» chiese Noah.

«A destra. Va' a destra e poi un'altra volta a destra.»

Josie andò a sbattere contro la portiera mentre Noah faceva una brusca virata a destra. Ingrandì di nuovo la visuale sulla mappa. «Sembra che stiano svoltando su quella strada che porta a Bellewood.»

«La strada sterrata?» chiese Noah.

«Sì.»

La mano di Noah sparì nella tasca della giacca e ne estrasse il suo cellulare. Passando lo sguardo avanti e indietro dalla strada al telefono, provò a digitare qualcosa sullo schermo, ma l'auto continuava a sbandare.

«Cosa stai facendo?» gridò Josie.

Le passò il telefono. «Qui ho il numero di cellulare di Mary Lyddy. Ho provato a chiamarla prima, ma non era in casa. Chiamala.» Le dettò le ultime quattro cifre del numero e Josie lo trovò nel registro delle telefonate. Premette l'icona di chiamata e mise in vivavoce in modo che potessero sentire entrambi e che lei potesse continuare a monitorare la posizione di Harris sul proprio telefono.

Dopo tre squilli, rispose una voce femminile: «Pronto?» Era così brillante e allegra. Non si addiceva affatto al genere di persona che avrebbe tentato di ucciderne una mezza dozzina e che avrebbe messo a rischio la vita di un bambino di quattro anni.

«Miss K.» disse Josie. «Sono Josie Quinn.»

«Detective Quinn.» disse lei senza scomporsi. «Sono contenta che abbia chiamato. Volevo parlarle di mio figlio.»

Davanti a loro, scorsero la Chrysler 300 nera di Misty, che stava ancora attraversando la zona residenziale in fondo alla strada sterrata. Tra la loro macchina e quella di Misty c'erano altre due auto. Josie non riuscì a capire se ci fosse qualcuno sul sedile del passeggero.

«Oggi suo figlio ha cercato di saltare giù da un ponte.» le disse Josie senza mezzi termini. «È caduto. L'ultima volta che l'ho visto era ancora vivo ma gravemente ferito. Per colpa sua.»

Dall'altra parte silenzio.

«Mi ha sentito?» chiese Josie. «Mi ha detto tutto. È finita, Mary.»

«È finita? Mio figlio non era sconvolto per colpa mia. Era sconvolto per colpa sua. Mi ha chiamato, praticamente piangendo, e mi ha detto che due delle detective di Denton lo avevano perseguitato e accusato di cose tremende. Gli ho chiesto i loro nomi e quando ha detto il suo l'ho riconosciuto immediatamente. Non penserà certo che lasci impunito quello che ha fatto a mio figlio.»

Josie fece segno a Noah di avvicinarsi all'auto di Misty. Noah allungò il collo per vedere se c'era un modo di superare le altre auto senza correre rischi. Anche se il lampeggiante blu era acceso, le altre auto non fecero alcuna manovra per accostare.

«Penso che lei abbia inflitto punizioni a sufficienza. Questo gioco è finito.» Immaginò che Mary fosse in macchina con Misty e Harris. «Dica a Misty di accostare.»

Ancora silenzio. L'auto davanti a loro rallentò per svoltare a destra. Sembrava muoversi così lentamente che per una frazione di secondo Josie si chiese se il conducente fosse improvvisamente svenuto al volante. Le gomme della macchina di Noah stridevano mentre lui la superava a metà della curva.

Alla fine Mary rispose, ma rispetto a prima la sua voce era meno allegra. «Non intendo di certo dirle di accostare.»

Avere conferma che Mary era in macchina con Misty e Harris diede a Josie le vertigini.

«Non sta a lei dire quando finisce il gioco.» annunciò Mary. «Lo dico io, è una decisione mia. Misty, la vedi quella fila di cassette della posta più avanti?»

Come se arrivasse da molto più lontano, Josie sentì la voce di Misty, che rispondeva: «Le vedo, Miss K.»

«Sbattici contro.»

«No!» gridò Josie.

Ma era troppo tardi. La Chrysler di Misty sbandò violentemente verso sinistra, attraversando la corsia di marcia opposta e andando a schiantarsi direttamente contro una fila di cassette postali che costeggiavano la strada.

Il cuore di Josie si fermò per un lunghissimo istante prima di riprendere a correre quando sentirono la vocina di Harris. «Mamma, no!»

L'auto dietro quella di Misty inchiodò.

«Non ti fermare, va' avanti Misty!» ordinò Mary.

Misty non fermò il veicolo. I paletti di legno e le cassette della posta in metallo si accartocciarono sotto gli pneumatici della sua auto, mentre lei tornava sulla strada e proseguiva. Chiaramente, nonostante gli avvertimenti di Josie di non mangiare cibo che non fosse preparato da lei stessa, Misty aveva accettato un brownie da Mary. O questo, oppure Mary glielo aveva passato in qualche altro modo, forse nella bottiglia d'acqua che Misty teneva sempre nel portabicchieri della console.

Noah suonò il clacson vedendo che la persona che si era fermata scendeva dall'auto. Ruotando il volante, Noah rischiò quasi di investirlo mentre aggirava la sua macchina abbandonata in mezzo alla strada. Poi accelerò, raggiungendo l'auto di Misty.

«Penso che ora dovreste smettere di seguirci.» disse Mary. «Se vi fermate ora, non farò del male al bambino. So cosa significa avere un figlio.»

«Allora non dovresti chiedermi di fermarmi.» le disse Josie. «Di' a Misty di accostare immediatamente.»

Questa volta la voce di Mary suonò tagliente. «Non mi sta ascoltando, detective. E non mi piace quando la gente non mi ascolta. È un atto di maleducazione e lei è una gran maleducata. Devo darle una lezione. Proprio come quella ragazza della squadra di nuoto che ha rifiutato mio figlio e non contenta si è presa la sua borsa di studio ed è andata a letto con quell'allenatore. La gente deve imparare a rispondere dei propri errori.»

«Gli errori che fanno nei suoi confronti.» la accusò Josie. «Fa del male alle persone perché non le piacciono le loro scelte, non perché ne fanno di sbagliate. Nysa Somers non aveva fatto niente di male.»

Mary rise. «Non aveva fatto niente di male? Era una bugiarda. Tutti quanti la consideravano una ragazza candida e perfetta, ma era solo una sgualdrina che si era fatta strada nel letto per ottenere una borsa di studio e un servizio giornalistico. Non era una brava persona. Ed era anche una stupida. Sono rimasta ad aspettarla vicino all'ingresso di Hollister dove l'allenatore l'aveva lasciata nel cuore della notte. Era così arrabbiata per qualcosa che lui le aveva detto che non è stato difficile farla salire sulla mia macchina. Ho fatto in modo che avesse quello che si meritava.»

Josie si sentiva nauseata. «E Clay Walsh? Cosa le aveva mai fatto?»

«Non era stato inserito nella lista dell'asilo.» disse Mary. «E proprio come la nonna di Harris, Cindy Quinn, ha dato in escandescenze. Ha fatto il giro della scrivania e mi ha spinta da parte! Mi ha messo le mani addosso. Avrei dovuto chiamare la polizia, ma Mrs. D. non voleva scenate. Avrebbe dovuto pensarci bene prima di reagire con quello scatto d'ira.»

«Ma Misty non le ha fatto niente.» obiettò Josie. «Le dica di accostare e di fermarsi subito.»

«No, Misty non mi ha fatto niente. Ma lei sì.»

«Harris...» tentò Josie. «Ha solo quattro anni. È innocente. Lei ha un figlio. Dica a Misty di accostare e lasci andare almeno il bambino.»

«Ho un figlio? Mio figlio è ancora vivo? O me l'ha portato via quando l'ha sconvolto a tal punto da fargli pensare che buttarsi da un ponte fosse l'unica soluzione?»

«Io non l'ho costretto...»

«Misty...» disse Mary. «Ti ricordi di cosa abbiamo parlato poco fa mentre mangiavi quei brownies?»

«Certo, Miss K.» rispose Misty.

«Bene. Allora è l'ora di fare l'uccello.» e la linea cadde.

«È l'ora di fare l'uccello.» borbottò Noah tra sé e sé, prima di esclamare. «Porca puttana, Josie! Sta andando al Belvedere di Red Hawk.»

QUARANTASEI

Il cuore di Josie prese a battere più rapidamente. «Corri, corri!» disse a Noah.

«Tu chiama i rinforzi.» le disse lui.

Josie chiamò la centrale mentre Noah si lanciava all'inseguimento. Non aveva bisogno di altre indicazioni per arrivare al Belvedere di Red Hawk. Tutto quello che dovettero fare fu seguire l'auto di Misty fuori dall'area residenziale fino a quando questa lasciò il posto alla strada di montagna a una sola corsia e piena di curve che da Denton portava a Bellewood, capoluogo della contea di Alcott. A circa metà strada tra le due città si trovava un punto panoramico, non molto più di una sponda di ghiaia particolarmente larga sul lato della strada in cima alla montagna. Era caratterizzato da una piccola sporgenza che si affacciava su un'enorme vallata di centinaia di metri di profondità. Solo una barriera metallica, che non superava l'altezza delle cosce, si frapponeva tra i visitatori e lo strapiombo. Un'auto poteva tranquillamente passarci attraverso se andava abbastanza veloce, se affrontava la curva nel modo giusto senza perdere lo slancio.

Finalmente Noah raggiunse l'auto di Misty e senza perdere

un secondo cominciò a suonare il clacson per attirare la sua attenzione. Lei accelerò. Noah cercò di sorpassarla da sinistra, ma Mary doveva aver capito cosa stava cercando di fare perché un secondo dopo l'auto di Misty sbandò contro la loro con un acuto stridore di metallo contro metallo. Noah schiacciò il pedale dei freni e fece scattare il volante per staccarsi dall'auto di Misty, che proseguì. Era impossibile sorpassarla e mettersi davanti a lei per farla rallentare o fermare, e Josie sapeva che nessuno dei due voleva mettere a rischio Harris. Anche se, pensò con il cuore in gola, quello che Mary aveva in mente lo avrebbe ucciso.

«Pensi che andrà fino in fondo?» chiese Noah, leggendole praticamente nel pensiero. «Si vuole ammazzare portandosi dietro Harris e Misty? Vuole buttarsi da un precipizio?»

«Non lo so.» disse Josie cercando di sciogliere il nodo che aveva in gola.

«Guarda!» disse Noah, indicando il retro della Chrysler di Misty, nel punto in cui una delle luci posteriori si era allentata. Una manina sbucava dall'apertura e sventolava. «Cosa sta facendo?»

«Esattamente quello che gli ho insegnato.» disse Josie. Era un bambino davvero intelligente. A quel pensiero sentì le lacrime pungerle gli occhi. «Gli ho detto che se una persona cattiva tenta di portarlo via in macchina, deve cercare di attirare l'attenzione di qualcuno in strada smontando il fanale poste-riore e mettendo fuori la mano.»

«Non ci credo! Quella pazza l'ha messo nel bagagliaio?» urlò Noah, accelerando di nuovo per accostare la sua auto a quella di Misty.

«Non penso.» disse Josie. «Harris ha gridato quando hanno colpito le cassette della posta. Gli ho anche insegnato a scendere dal seggiolino e a tirare giù i sedili posteriori per raggiungere il bagagliaio. Sai, in caso di emergenza.»

«Beh, questa è un'emergenza.» concordò Noah. «Non riesco a superarla. Non riesco a fermarla.»

La strada si inerpicava e si attorcigliava sul fianco della montagna. Noah continuava a guadagnare terreno su Misty e continuava a suonare freneticamente il clacson. Il piccolo Harris tirò la mano all'interno dell'auto. All'improvviso apparve il belvedere.

«Noah!» strillò Josie.

Proprio quando la Chrysler di Misty raggiunse il tratto di strada coperto di ghiaia, l'unica luce dei freni rimasta si accese. Ma andava comunque troppo veloce. L'auto si tuffò contro la barriera di alluminio sul bordo del belvedere. Josie si preparò a guardarla cadere giù, ma invece rimase lì a oscillare.

Noah si fermò subito dietro, mise il freno a mano e scese dalla sua Corolla. Josie lo seguì a ruota. Il cofano dell'auto di Misty era precariamente inclinato verso il basso. Sentirono Harris che urlava dall'interno. Josie corse al lato e fece forza con le mani sul bagagliaio per cercare di usare il suo peso e controbilanciare l'auto. «Harris!» gridò. «Siamo qui!»

Guardò alle sue spalle ma di Noah non c'era traccia. Pochi secondi dopo, lo vide riapparire dal portabagagli della sua auto con in mano un paio di cinghie a cricchetto di colore arancione acceso.

«Cosa stai facendo?» gli urlò Josie. «Aiutami a tirarlo fuori di qui.»

«La macchina non rimarrà in equilibrio a lungo!» ribatté Noah. «Dobbiamo cercare di fissarla in un modo o nell'altro.» Con mani frenetiche si adoperò per sbrogliare e sganciare le cinghie e poi collegarle l'una all'altra a formare un'unica lunga cinghia. Si guardò intorno. «Possiamo usare la mia macchina.» disse. «Devo spostarla più vicino.»

Il sudore colava sul viso di Josie mentre teneva in posizione la parte posteriore dell'auto. Si rese conto che non sarebbero riusciti ad aprire il bagagliaio per recuperare Harris senza le chiavi o senza che Misty o Mary usassero il comando di apertura automatica dal sedile anteriore. Sbattendo contro il coperchio del bagagliaio, Josie gridò: «Harris! Vai sul sedile di dietro!» Lui dovette averla sentita, perché un secondo dopo l'auto vacillò sotto le sue mani. Guardò attraverso il lunotto posteriore, ma non vide alcun movimento sui sedili anteriori. Le ruote si sollevarono dal suolo con le continue oscillazioni dell'auto. Josie cercò con tutte le sue forze di esercitare abbastanza pressione da impedire che si dirigesse a muso in giù verso il canyon. Noah accostò l'auto quasi alle spalle di Josie e scese di nuovo. Infilandosi sotto la sua Corolla, agganciò un'estremità della cinghia a cricchetto sul tirante dello sterzo. Poi si spostò sotto la parte posteriore della Chrysler di Misty e fece lo stesso. Josie sentì che la cinghia si faceva carico di una parte dello sforzo per trattenere la Chrysler dalla caduta.

Saltando in piedi, Noah disse: «Prima prendiamo Harris.»

Josie corse alla portiera posteriore e la spalancò. L'auto traballò, ma resse. All'interno, raggomitolato in posizione fetale in un angolo del sedile posteriore, c'era Harris. Josie gli tese una mano. «Forza Harris. Prendi la mia mano. Ti tirerò fuori.»

«E la mamma?» chiese lui. «Si sta comportando in modo strano. E Miss K... è molto cattiva.»

Josie guardò verso il sedile anteriore. La testa di Miss K. si era accasciata sul cruscotto. Il sangue le colava dall'attaccatura dei capelli lungo un lato del viso. Di fianco a lei, Misty stava seduta immobile, con le mani ancora aggrappate al volante. In attesa di istruzioni, pensò Josie con un brivido.

«Harris.» disse Josie. «Miss K. è una persona cattiva. Ha dato alla mamma una medicina che l'ha fatta ammalare e le ha fatto fare cose cattive, tutto qui. Te lo assicuro.»

Il labbro inferiore prese a tremare. «Puoi far guarire la mamma?»

«Sì, ma ora afferra la mia mano. Prima dobbiamo tirarti fuori.»

A tentoni, si spostò sul sedile. Quando arrivò al centro, l'auto si inclinò di nuovo bruscamente in avanti, facendolo sbattere contro lo schienale del sedile di Misty. Josie riuscì a vedere della sua amica solo la nuca bionda, poi si voltò verso Noah. Il suo volto era rosso per il panico. «Non reggerà.» disse. «Devo provare a entrare e a fare retromarcia, sperando che funzioni.»

Ma quando Noah si avvicinò al suo posto di guida, le due auto fecero un balzo in avanti. Nel timore che precipitassero entrambe, Josie si allungò rapidamente all'interno stendendo il busto sul sedile posteriore, afferrò il cinturino dei pantaloni di Harris e lo tirò con un movimento fulmineo verso di sé. Lui approfittò dello slancio e le saltò tra le braccia. Josie ebbe soltanto un secondo per stringerlo a sé prima di posarlo sul terreno solido. «Vai sulla strada.» gli disse. «Ma non andare nel mezzo, mi hai capito? Aspettami lì. Se vedi una macchina della polizia, agita le braccia in aria e cerca di farli fermare.»

Lui annuì e prese a correre. Josie guardò oltre il tettuccio dell'auto per individuare Noah dall'altra parte. «Non ha funzionato.» disse. «La sua auto è più pesante, trascinerà giù anche la mia.»

«Ce la fai a raggiungerla?» chiese Josie. «O almeno la portiera?»

Non aveva bisogno di specificare a chi delle due si riferiva. Sapevano entrambi che avrebbero cercato di far uscire dalla macchina prima Misty e poi Mary Lyddy.

La testa di Noah scomparve per quella che le sembrò un'eternità, ma probabilmente non furono neanche tre secondi. «Penso di potercela fare, ma ho bisogno che tu cerchi di controbilanciare.»

«Come faccio?» gli domandò Josie.

Noah guardò alle loro spalle, dove gli pneumatici della sua automobile stavano lasciando dei solchi sempre più lunghi nella ghiaia palmo a palmo che veniva tirata in avanti. «Merda.» urlò «Non lo so!»

«Salgo sulla tua macchina, metto la retromarcia e vado a manetta.»

«No.» disse Noah. «È troppo precario. Potrebbe non funzionare. Siamo troppo vicini al bordo. Se ci provi, finirai per cadere dallo strapiombo con loro. Riesci a passare da questa parte?»

Faticosamente, Josie si diresse verso il bagagliaio dell'auto di Misty. Scavalcò la cinghia a cricchetto che teneva uniti i due veicoli e si diresse verso il punto in cui si trovava Noah, con una mano sulla maniglia della portiera dove era seduta Misty. «È cosciente. Misty! Misty! Devi uscire dall'auto.»

Josie si avvicinò a Noah e si aggrappò al suo braccio.

Si voltò verso di lei. «Apro la portiera quanto basta, così tu puoi tirarla fuori. Se la apro di più o se la spalanco, entrambe le auto finiscono di sotto, chiaro?»

«Sì.» disse Josie.

«Pronta?»

Josie annuì.

Come se stesse eseguendo un'operazione delicatissima, Noah tirò lentamente la maniglia e fece scorrere la portiera fino a quando l'auto non cominciò a traballare leggermente.

«Non posso aprirla più di così.» disse.

Josie alzò lo sguardo vedendo il sudore che gli colava dalla fronte. Lo superò e toccò la spalla della sua amica. «Misty.» disse. «Scendi dalla macchina.»

«Scendo dalla macchina.» ripeté Misty.

Josie allungò la mano e Misty si girò verso di lei, allungandosi a sua volta per prenderla. L'auto si inclinò ancora di più in avanti e Josie si lasciò sfuggire uno strillo. Gli avambracci di Noah erano così tesi per lo sforzo di tenere la portiera in quell'esatta posizione che anche le più piccole vene erano in evidenza.

«Piano...» disse Josie a Misty. «Scendi lentamente. Lentamente.»

Con infinita lentezza, Misty ruotò su se stessa finché non ebbe fatto uscire entrambi i piedi dalla portiera aperta: il destro a penzoloni nel vuoto, ben oltre il bordo del precipizio, e il sinistro alla ricerca di un appoggio sul ciglio di ghiaia del belvedere. Allungò le mani e Josie le afferrò. «Conterò fino a tre.» disse Josie. «Poi ti tirerò più forte che posso. Ho bisogno che ti butti su di me. Veloce.»

Misty annuì. Josie si accorse che aveva le pupille completamente dilatate, ma sembrava obbedire a tutti i comandi che le dava.

«Sbrigati.» grugnì Noah. «Non ce la faccio a resistere ancora per molto.»

Josie contò fino a tre e poi tirò più forte che poté, lasciandosi cadere sulla schiena, mentre Misty saltava dalla macchina e atterrava sopra di lei. Josie guardò oltre, per vedere se Noah, che reggeva ancora la portiera con una mano, ce l'aveva fatta a raggiungere il terreno solido. In quell'istante, si sentì un rumore provenire dall'interno dell'auto. Un urlo selvaggio, come di un animale infuriato. Attraverso i finestrini, Josie riuscì a vedere Mary Lyddy che tirava su la testa e cominciava a dimenarsi furiosamente nel tentativo di raggiungere Noah attraverso la portiera aperta.

«Noah, spostati!» urlò Josie, ma era troppo tardi. Noah era scomparso.

Lo stridore del metallo contro la pietra trasformò il sangue di Josie in ghiaccio. Levandosi di dosso Misty, si rimise in piedi. L'auto di Misty era finita completamente oltre il bordo, l'unica cosa che le impediva di cadere era la cinghia a cricchetto che la teneva legata all'auto di Noah. Josie guardò alle sue spalle e vide le ruote posteriori della Toyota Corolla sollevarsi leggermente da terra. Stava per essere trascinata giù.

Josie si abbassò e prese di peso Misty per farla alzare. «Corri.» le disse. «Vai sul ciglio della strada, ma non in mezzo alla corsia. Trova Harris e aspetta lì che arrivi la polizia.»

Misty prese a correre nella stessa direzione che aveva preso

Harris. Josie andò dalla parte opposta, verso il bordo del precipizio. «Noah?» chiamò.

Si sporse e lo vide, ancora aggrappato alla portiera spalancata della Chrysler di Misty. I muscoli del viso erano così serrati che non c'era dubbio che quello sforzo gli costava un grande dolore.

Mary pendeva per metà dalla portiera, ringhiando e cercando di raggiungerlo. «Smettila di muoverti o moriremo entrambi!» le urlò contro Noah.

«Noah!» urlò Josie. Si guardò intorno, cercando di trovare un modo per scendere e avvicinarglisi, ma non c'erano appigli. «Resisti.» gli disse. «Prendo un ramo e te lo allungo così lo afferri e ti tiro su.»

«Aspetta.» le gridò dietro con voce strozzata. «Josie, ti prego.»

Le urla selvagge di Mary Lyddy si stavano attenuando man mano che si spostava dall'altra parte del veicolo. Josie riuscì a vederla mentre cercava di spingere la portiera del lato passeggero per aprirla.

Josie mantenne la sua attenzione su Noah. «Non abbiamo tempo.» gli gridò.

«Ti prego, Josie. Aspetta, devo dirti una cosa.»

«No!» gli urlò. «Non c'è tempo. Devo riportarti quassù.»

I movimenti frenetici di Mary Lyddy fecero oscillare l'auto ancora di più. Sempre più vicina al bordo del burrone, l'auto di Noah perse ancora qualche metro di aderenza e scivolò rapidamente in avanti e alla fine le ruote anteriori finirono oltre il ciglio del precipizio. Il movimento improvviso fece sobbalzare l'auto di Misty e la portiera a cui Noah si teneva aggrappato ondeggiò nel vuoto. A entrambi scappò un urlo di gola involontario. Josie sentì le guance inumidirsi di lacrime calde.

«Volevo chiederti di sposarmi.» urlò Noah.

Josie pensò di aver sentito male. Stava penzolando da un'auto che era sul punto di precipitare da un dirupo, a centinaia di metri dal suolo, con un'avvelenatrice seriale a due braccia di distanza da lui. Aveva perso la testa?

«Ho un anello. Trinity mi ha aiutato a sceglierlo! Volevo chiederti di sposarmi. Voglio che tu sia mia moglie.»

Poteva vedere i muscoli delle sue braccia che si gonfiavano, combattendo la fatica.

«Chiedimelo quando ti avrò riportato quassù!» gli disse.

Si voltò per cercare il ramo di un albero più vicino abbastanza robusto e lungo per raggiungerlo. La sua voce arrivò ancora una volta. Due parole.

«Josie, vuoi...»

Poi il retro dell'auto di Noah si sollevò completamente da terra e, con un gemito, ruzzolò giù dalla scarpata.

QUARANTASETTE

Josie non aveva idea di quanto tempo fosse passato quando sua sorella arrivò al belvedere, ma ormai era buio. Intanto qualcuno le aveva messo una coperta sulle spalle e l'aveva fatta sedere sul retro di un'ambulanza. Era quasi certa che fosse stato Sawyer. Da quando Noah era caduto giù dal dirupo, molti occhi si erano fissati sul suo volto, guardandola con compassione e preoccupazione. Le avevano fatto svariate domande, ma lei non aveva risposto neanche a una. Tutto ciò che riusciva a dire era: «Noah è caduto di sotto.» ancora e ancora, come se dirlo potesse aiutare la sua mente a elaborare l'orrore. La realtà. No, pensò debolmente, non sarebbe mai riuscita ad accettarlo.

Qualcuno la avvolse tra le sue braccia e lei sentì il profumo di sua sorella, e poi le giunse la sua voce, ma di quello che le stava dicendo Josie colse soltanto alcuni sprazzi. Misty e Harris erano stati caricati su un'altra ambulanza e portati in ospedale; stavano bene entrambi e sembrava che Misty si sarebbe ripresa dall'esperienza del Respiro del Diavolo senza conseguenze durature. Hudson Tinning era stato ricoverato con gravi lesioni alla schiena. Probabilmente avrebbe dovuto sottoporsi a un intervento chirurgico e avrebbe dovuto fare molta fisioterapia per tornare a camminare. Aveva accolto con tristezza, ma anche con un certo sollievo, la notizia della morte di sua madre. Inoltre, si era detto dispiaciuto per la scomparsa di una persona legata a Josie.

Josie lasciò che i fatti la investissero, senza provare alcun sollievo nel sapere che Mary Lyddy era stata finalmente fermata. Il costo era stato troppo alto da sopportare per lei.

«Mettner voleva venire a parlarti, ma non smette di piangere, Josie. È arrivata anche Gretchen. Vuoi parlare con lei? No? D'accordo. Qualcuno andrà a Rockview a prendere tua nonna. Mamma, papà e Patrick stanno arrivando...»

«Posso parlarle da solo?» domandò una nuova voce.

Nel suo cervello Josie cercò di associare quella voce a una persona finché non capì che si trattava di Drake.

«Da solo?» ripeté Trinity. «Ha appena perso l'amore della sua vita. Ha bisogno di me in questo momento.»

«E ti riavrà subito. Mi bastano cinque minuti.»

Trinity protestò, ma poi liberò Josie dall'abbraccio e uscì dall'ambulanza. Josie sbatté le palpebre per mettere a fuoco il mondo, mentre Drake saliva a bordo e si sedeva di fronte a lei. Ogni cosa era troppo luminosa.

«Non posso andarmene.» disse Josie. «Non posso lasciarlo laggiù. Non posso tornare a casa, ma avranno bisogno di questa ambulanza.»

«Lo so.» disse Drake.

«Non riusciranno a trovarlo stanotte. È troppo buio. La valle è troppo profonda. Ma non posso lasciarlo qui.»

«Lo capisco.» disse Drake. «Ho avuto un'idea. Patrick ha parlato con un suo amico del campus. Hanno un piccolo drone con una telecamera ad alta definizione e la visione notturna. Possiamo lanciarlo nel canyon, dare un'occhiata ai rottami, localizzare il...»

«Il corpo di Noah.» finì Josie con voce strozzata.

Drake si schiarì la gola. «Sì. In modo da individuarlo. Così

Mettner, Sawyer e io potremo riportarlo indietro passando da fondovalle. Stanotte stessa. Possono prendere Mary Lyddy e le macchine in un altro momento. Chitwood ha già dato l'autorizzazione.»

Josie chiuse gli occhi e scoppiò in un altro pianto silenzioso. «Grazie.» riuscì a dire.

Si strinse la coperta intorno alle spalle e si avvicinò al bordo dove tutti si erano riuniti intorno all'amico di Patrick. Tra le mani teneva quello che sembrava una combinazione tra un palmare e un controller per videogiochi. Sul tablet c'era uno schermo che si illuminava di verde. Ai lati dello schermo, lavorava con agili dita su pulsanti e frecce. Josie non si preoccupò di guardare lo schermo. Non aveva bisogno di vederlo. Nel giro di un attimo si sarebbe ritrovata alle pompe funebri a seppellire un altro uomo che aveva amato. Il pensiero della caduta di Hudson Tinning e di come aveva davvero creduto che ne fosse rimasto vittima, le lacerava le viscere. E allora perché a lui era stato concesso di vivere e a Noah no? Non era giusto. Anche se il pensiero le si affacciò alla mente, Josie lo ricacciò indietro. Molto prima di diventare un'agente di polizia, aveva capito, nel profondo dell'animo, che la vita non è giusta. I cattivi non muoiono. Vivono e prosperano e, se non prosperano, riescono a cavarsela; invece, sono le persone perbene quelle che ci rimettono. Era così che funzionavano le cose. E questo non era stato il lavoro ad avverglielo insegnato; semmai, glielo aveva fatto comprendere meglio. In tutta la sua vita personale Josie aveva potuto sperimentare l'ingiustizia; inveirle contro, che fosse ad alta voce o solo nella sua mente, non aveva mai fatto la benché minima differenza.

Sperava sinceramente che nessuno le proponesse di nuovo

la terapia dopo un simile episodio. La prima persona che glielo avesse proposto si sarebbe presa un pugno direttamente in gola.

Accanto a lei, qualcuno disse: «Laggiù non c'è.»

«Non è possibile.» disse un'altra voce. «Deve esserci.»

«Vi dico che tra quei rottami non c'è. Vedo soltanto il corpo di una donna. Non c'è nessun altro.»

Qualcuno sussurrò: «Non potrebbe essere finito sotto le auto?»

Josie si sentì male. Per qualche motivo, pensò al loro dolce cane, Trout. Per quanto tempo avrebbe aspettato accanto alla porta che il padrone tornasse a casa da quel momento? Per quanti giorni? Settimane? Mesi? Avrebbe cercato Noah per sempre, con il suo odore diffuso in ogni angolo della casa a ricordarglielo. E non ci sarebbe stato modo di spiegargli che il suo "papà" non sarebbe mai tornato a casa. Una volta tanto, Josie non si sentì in colpa di aver deciso di comune accordo di non avere figli.

«È colpa del tuo drone.» disse Patrick. «Ha qualcosa che non va.»

«Non c'è niente che non vada in questo drone.» protestò l'amico.

«Riportatelo su.» disse Drake. «Controllatelo, assicuratevi che funzioni correttamente.»

Ci fu un pesante sospiro. «Va bene.»

Proprio quando il sibilo del drone arrivò alle loro orecchie, l'amico di Patrick disse: «Aspettate un attimo. Aspettate. Cos'è questo? Guardate qui.»

Josie alzò lo sguardo e vide Patrick, i suoi genitori, Drake, Trinity, Gretchen, Mettner, Chitwood e persino sua nonna Lisette, appoggiata al suo deambulatore, che si avvicinavano allo schermo. L'amico di Patrick esclamò: «Ehi, lasciatemi un po' di spazio!»

«Che cosa hai visto?» chiese Mettner.

«Porca puttana, è finito su una sporgenza.» disse Drake. «Avvicinati. Riesci a capire se è ancora vivo o no?»

Ogni processo del corpo di Josie sembrò fermarsi all'improvviso. Il respiro. Il movimento del sangue nelle vene. Il tumulto dello stomaco. Il martellare della testa. Non osava sperare.

«No, non da questa immagine.» rispose il ragazzo.

«Puoi far atterrare il drone su di lui.» gli propose Patrick.

«Per vedere se si muove?»

«Sì, vale la pena provare.»

Josie fece entrare l'aria nei polmoni. Poi cominciò ad allontanarsi. Non poteva sopportare di perdere Noah due volte in una notte.

Aveva già fatto tre passi quando dal gruppo si levò un applauso. «Non ci posso credere!» gridò suo padre. «Josie! Josie! È vivo!»

Josie cadde sulle ginocchia. Mani morbide le toccarono la schiena. Poi sua madre la raccolse tra le braccia. «È vivo.» sussurrò Shannon tra i capelli di Josie. «È vivo.»

«Patrick!» disse Drake. «Hai qualche amico scalatore alla università?»

QUARANTOTTO

Era già giorno quando una squadra composta dai primi soccorritori, dalla compagnia dei vigili del fuoco e da studenti dell'università riuscì a tirare via Noah dall'affioramento roccioso su cui era rimasto impigliato durante la caduta delle due auto. Aveva preso esempio da Hudson Tinning e aveva avuto fortuna. Le due automobili, per come erano precipitate, non lo avevano schiacciato e lui era riuscito ad aggrapparsi a una piccola sporgenza proprio mentre iniziava ad andare giù, prima che il suo corpo prendesse troppa velocità. Era gravemente ferito, contuso, con una commozione cerebrale e con alcune fratture minori, ma era ancora vivo. All'ospedale, Josie attese che i medici le dessero il permesso di vederlo.

Andò direttamente al suo letto e si distese al suo fianco, premendosi contro di lui. Con un sospiro lui le mise un braccio intorno alle spalle e cercò di tirarla più vicino a sé. Voleva chiedergli se gli stava facendo male, ma non le importava. Lui era lì. Era vivo. Si abbandonò tra le pieghe del camice d'ospedale sul suo petto e vi pianse dentro finché non si addormentò.

La voce di una donna la svegliò qualche ora più tardi. «Tesoro, non puoi stare in questo letto con quest'uomo. Lui...»

La voce di Chitwood rimbombò sopra la sua. «Lasci quella donna dov'è, mi ha sentito?»

«Se l'ho sentita? L'ha sentita tutto l'ospedale, mi creda. Chi si crede di essere?»

«Io sono il capo della polizia e quelli sono i miei detective.» «Beh, io sono un'infermiera di questo ospedale e quello è un mio paziente. Ora, se non le dispiace...»

«Oh, sì che mi dispiace. Li lasci stare. Può tornare tra... due ore e potrà fare tutti i controlli che vuole. Mi ha capito?»

Josie sentì un borbottio indistinto e poi dei passi che si allontanavano. Sbattendo le palpebre, vide la sagoma annebbiata di Chitwood che si chinava sull'altro fianco di Noah. Ci fu un sussurro. Noah lo ringraziò a bassa voce. Poi Chitwood disse: «Non c'è momento migliore del presente, figliolo.» e con questo scomparve.

Josie alzò la testa e si strofinò gli occhi gonfi, sbattendo di nuovo le palpebre finché non riuscì a vedere bene. Guardò Noah in faccia, e non poté trattenere il sorriso. Affondò di nuovo il naso nel suo petto e inspirò. Poi disse: «Che cosa voleva dire?»

Noah si spostò con delicatezza, sollevando il braccio da dietro la schiena di Josie. «C'è una cosa che devo finire.» disse. «Avevo un piano completo. Mi stavano aiutando tutti quanti. Tua sorella, Drake, i tuoi genitori, Patrick, il capo Chitwood, Gretchen e Mettner. Ognuno di loro mi ha coperto mentre mettevo in piedi questa cosa. Volevo portarti al parco, sotto le stelle...»

«Quindi è questo quello che mi stavi nascondendo.» sussurrò Josie.

«I piani sono una stupidaggine.» disse Noah. «Avrei dovuto semplicemente chiedertelo.»

Le diede una leggera gomitata. Di nuovo, lei tirò su la testa e si trovò di fronte a una piccola scatola con un enorme anello di fidanzamento.

«Comunque, probabilmente ti ricorderai che stavo cercando di chiederti, un attimo prima di rischiare di morire, se volessi diventare mia moglie. Josie Quinn, vuoi sposarmi?»

Josie sorrise. Allungò una mano e gli accarezzò una guancia, si sollevò e lo baciò dolcemente sulla bocca. Poi lo guardò negli occhi. Le venne in mente una sola parola.

Casa.

«Sì, Noah Fraley.» disse. «Ti voglio sposare.»

QUARANTANOVE

Josie si svegliò alla luce del sole che penetrava dalle alte finestre ad arco, le cui pesanti tende erano state lasciate spalancate. Aprì gli occhi e ispezionò la stanza decorata in modo ornamentale, che sembrava risalire ad almeno un secolo prima, fatta eccezione per le moderne comodità come il televisore e il sistema di ventilazione ad aria forzata. Le pareti erano di un oro pallido e le modanature di un noce scuro e pesante che si intonava con l'enorme letto che cullava il suo corpo. Le ci vollero alcuni secondi per ricordare dove si trovava, o meglio, dove si trovavano. Accanto a lei, Noah dormiva profondamente, con il respiro regolare e un'espressione rilassata dipinta sul viso. Josie si girò su un fianco e gli tracciò la mascella con un dito. Il diamante del suo anello di fidanzamento scintillò alla luce del sole. Un effetto prisma fece sfavillare decine di piccoli puntini di luce sopra le loro teste.

Era passato un mese dalla caduta di Noah. Un mese da quando si erano fidanzati. Poiché gli elaborati piani di Noah per la proposta di matrimonio erano stati mandati a monte, e dal momento che erano rimasti entrambi traumatizzati dal caso di Mary Lyddy in un modo che Josie stava ancora cercando di elaborare, amici e parenti si erano accordati e avevano organizzato per loro una fuga romantica di un fine settimana in un grande e imponente resort sulle montagne di West Denton. Si chiamava Harper's Peak. Era una grande tenuta che era stata trasformata in complesso turistico. Da qualsiasi punto della proprietà si godeva di un panorama mozzafiato, soprattutto nel periodo in cui il colorato fogliame autunnale raggiungeva il suo massimo splendore. Ma Josie e Noah avevano passato la maggior parte del tempo nella loro stanza, a letto, e benché Noah si stesse ancora riprendendo dalle numerose ferite che aveva riportato nella caduta, niente aveva impedito loro di godere l'uno dell'altra. Quanto a Josie, una volta tanto, non le importava cosa stesse succedendo al lavoro o fuori dalla loro stanza. Le importava solo di poter toccare Noah e ascoltarlo respirare.

Con un sospiro di soddisfazione, lasciò cadere la testa sulla sua spalla e appoggiò la mano sul suo petto. Sotto il suo palmo, il cuore di Noah batteva a ritmo costante. Chiuse gli occhi, desiderando che quel momento non finisse mai. Non sopportava che quel fine settimana si stesse per concludere. Ci sarebbero stati altri casi. Altre morti. Altre persone come Mary Lyddy che avrebbero dovuto essere fermate in qualche modo. I pensieri sul percorso di distruzione che quella donna aveva scavato nella sua vita affollarono la sua mente e dovette ricacciarli indietro. Non voleva più pensare alle efferatezze che aveva compiuto, specialmente non adesso che era morta e non c'era più bisogno di preoccuparsi di lei. Non ci sarebbe stato alcun processo, non sarebbe stato necessario testimoniare contro di lei, anche se il caso si sarebbe rivelato solido, soprattutto considerando che sia il campione di sangue di Dan Lamay che quello di Clay Walsh erano risultati positivi alla versione sintetica del Respiro del Diavolo di Doug Merlos. L'unica buona notizia che era emersa da tutta la tragedia che Mary Lyddy aveva provocato nella loro città era che Clay Walsh era sopravvissuto. Josie aveva saputo che sarebbe stato ricoverato ancora per mesi, ma un giorno sarebbe tornato a casa da sua figlia e dalle sue nipotine, e la sua reputazione di eroe cittadino sarebbe rimasta intatta.

«Ehi.» disse Noah, distogliendola dai suoi pensieri. «Basta.»

Josie sollevò la testa e lo guardò negli occhi color nocciola. «Basta cosa?»

Lui la raccolse tra le braccia, stampandole un bacio sulle labbra. «Basta pensare alle cose che non sono "questo".»

«Questo?» lo incalzò lei, mentre le sue mani scivolavano sotto le coperte e accarezzavano la pelle nuda della sua schiena.

«Noi due.» disse Noah. «In questo momento. Torneremo presto nel mondo reale.»

Josie rise sommessamente. «Lo so. Non voglio tornare indietro. Voglio restare qui per sempre.»

La baciò di nuovo. Josie sentì un calore elettrizzante crescere tra i loro corpi caldi. «Possiamo sempre tornarci, sai.» le sussurrò all'orecchio. «Potremmo sposarci qui.»

«Sì, dovremmo...» concordò Josie prima che le carezze di Noah spegnessero ogni pensiero cosciente.

UNA LETTERA DA LISA

Vi ringrazio di cuore per aver scelto di leggere *Respira un'ultima volta*. Come sempre, proporvi l'ultimo episodio delle vicissitudini e delle traversie di Josie Quinn e della sua squadra rappresenta per me un piacere e un privilegio. Se questa lettera vi ha trovati significa che, quando Noah è caduto nel precipizio, non avete scaraventato l'Ebook Reader o il libro su cui stavate leggendo dall'altra parte della stanza e che non vi siete fermati finché non siete arrivati al punto culminante. E di questo vi sono davvero riconoscente! Se vi è piaciuto questo libro, e se volete rimanere aggiornati su tutte le mie ultime uscite, iscrivetevi al seguente link. Il vostro indirizzo e-mail non sarà mai condiviso e potrete disiscrivervi in qualsiasi momento.

italia.bookouture.com/subscribe/

Ogni nuovo libro mi impone di prendermi delle libertà creative su diversi elementi, per motivi di trama e di ritmo, perché per far progredire la storia è davvero impossibile fare diversamente. Molto spesso, nella vita reale, le indagini sono più laboriose e possono richiedere settimane, mesi o addirittura anni prima che vengano portate a termine.

Per il piacere della vostra lettura, faccio del mio meglio per tagliare gli aspetti meno interessanti e raccontarvi solo i momenti più coinvolgenti! Per ciascun libro della serie faccio molte ricerche e parlo con numerosi esperti di vari settori.

Perciò, eventuali errori o modifiche sono esclusivamente frutto del mio lavoro.

Sono sempre molto entusiasta quando ricevo commenti da parte dei miei lettori. Potete mettervi in contatto con me attraverso i social media qui sotto, compreso il mio sito web e la mia pagina Goodreads. Inoltre, se ve la sentite, vi sarei molto riconoscente se lasciaste una recensione e se poteste consigliare *Respira un'ultima volta* ad altri lettori. Le recensioni e le raccomandazioni attraverso il passaparola sono estremamente preziose nell'aiutare i lettori a scoprire i miei libri per la prima volta. Come sempre, vi ringrazio infinitamente per il vostro sostegno e per l'entusiasmo con cui seguite questa serie. Significa molto per me. Non vedo l'ora di ricevere vostre notizie e spero di rivedervi la prossima volta!

Grazie,
Lisa Regan

www.lisaregan.com

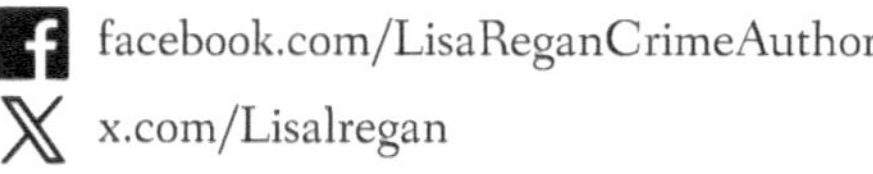

RINGRAZIAMENTI

Adorabili, fantastici, affezionati lettori, siete semplicemente i migliori! Non posso credere che la vostra passione per questa serie cresca con ogni libro. È davvero un privilegio scrivere queste storie per voi. Sono talmente grata per il vostro entusiasmo e la vostra fedeltà che mi è difficile esprimerlo a parole. Dire grazie non mi sembra sufficiente, ma continuerò a dirlo lo stesso. Grazie!

Come sempre, voglio ringraziare mio marito, Fred, che passa ore e a volte anche giorni senza la mia attenzione mentre sono "nel libro" e che, in un modo o nell'altro, è ancora il mio più grande sostenitore. Credo che ora tu sia pronto a scrivere il tuo libro, amore mio, intitolato: *Come prendersi cura e provvedere a uno scrittore.*

Voglio anche ringraziare mia figlia, Morgan, per la sua pazienza, il suo buon umore e per avermi lasciato il tempo di fare la scrittrice.

Grazie alle mie prime lettrici: Dana Mason, Katie Mettner, Nancy S. Thompson, Maureen Downey e Torese Hummel. Grazie a Cindy Doty. Grazie ai miei lettori di Entrada. Grazie a Matty Dalrymple e Jane Kelly per avermi aiutato a mantenere la concentrazione e per essere disponibili quotidianamente ad aiutarmi anche con il più piccolo problema di scrittura. Voi signore siete una manna dal cielo!

Grazie alle mie nonne: Helen Conlen e Marilyn House; alla mia famiglia: William Regan, Donna House, Joyce Regan, Rusty House e Julie House; ai miei cognati e alle mie cognate:

Sean e Cassie House, Kevin e Christine Brock e Andy Brock; e le mie adorabili sorelle: Ava McKittrick e Melissia McKittrick. Grazie anche a tutti i soliti sospetti per il loro incrollabile sostegno e per aver sempre sparso la voce delle mie uscite: Debbie Tralies, Jean e Dennis Regan, Melisa Wolfson, Tracy Dauphin, Laura Aiello, Ann Bresnan, Karen Powell, Amy e Starkey Quinn, Claire Pacell, Jeanne Cassidy, la famiglia Regan, la famiglia Conlens, la famiglia House, la famiglia McDowell, la famiglia Kays, la famiglia Funk, la famiglia Bowman e la famiglia Bottinger!

Vorrei anche ringraziare tutti i favolosi blogger e i recensori che hanno letto i primi nove libri di Josie Quinn o che hanno ripreso la serie a metà strada. Apprezzo molto il vostro continuo entusiasmo e la vostra passione per questa serie!

Un ringraziamento particolare va al sergente Jason Jay per essere stato sempre presente, anche con scarsissimo preavviso e senza mai stancarsi di me, e per aver risposto a tutte le assurde domande che gli faccio sulle forze dell'ordine! Gli sono incredibilmente grata. Grazie a Lee Lofland per avermi messo in contatto con tutti gli esperti di cui avevo bisogno per portare avanti le ricerche di questo libro. Grazie a Kevin Brock e a Michelle Mordan per aver risposto in modo così paziente e approfondito alle mie numerose e dettagliate domande sulle procedure di salvataggio che il personale di pronto soccorso e i paramedici devono conoscere. Grazie a Elizabeth Trostle per aver risposto, a tutte le ore del giorno e della notte, alle mie infinite domande sul nuoto universitario e per avermi spiegato le peculiarità delle piscine al coperto! Grazie anche a Geoff Symon per avermi aiutato a risolvere la sequenza dell'annegamento!

Un grande grazie a Jenny Geras, Kathryn Taussig, Noelle Holten, Kim Nash e a tutto il team di Bookouture per aver reso questa impresa così tranquilla, così eccitante e così incredibilmente divertente. Infine, ma non per questo meno importante, ringrazio l'impareggiabile Jessie Botterill per avermi tenuto per mano durante la stesura dell'intero libro, per avermi suggerito di cambiare il programma tante volte e per avermi tranquillizzato ogni volta che sono andata nel panico! Non sarei mai in grado di scrivere un libro senza di te, e non vorrei farlo! Sei l'editor più brillante e paziente del mondo e anche una delle persone più favolose che abbia avuto il privilegio di conoscere!